ullstein

LILLY BERNSTEIN ist das Pseudonym der Kölner Journalistin und Autorin Lioba Werrelmann, deren Debütroman *Hinterhaus* 2020 mit dem Friedrich-Glauser-Preis ausgezeichnet wurde. Sie stammt aus einer Bäckersfamilie und wuchs zwischen Laden und Backstube auf. Ihre Mutter ist ebenfalls Bäckerskind und hat die Nachkriegszeit noch in lebendiger Erinnerung. *Trümmermädchen – Annas Traum vom Glück* ist Lioba Werrelmanns persönlichster Roman. Mit seiner Veröffentlichung geht für die Autorin ein Herzenswunsch in Erfüllung.

Lilly Bernstein

TRÜMMER MÄDCHEN

Annas Traum vom Glück

Roman

Ullstein

Besuchen Sie uns im Internet:
www.ullstein.de

MIX
Papier
FSC® C083411

Originalausgabe im Ullstein Taschenbuch
1. Auflage November 2020
2. Auflage 2020

Umschlaggestaltung: bürosüd° GmbH, München
Titelabbildung: © Mark Owen / arcangel images (Mädchen);
akg-images / Elsengold Verlag / Sammlung Wolfgang
Holtz (Köln Skyline Hintergrund); © Mark Owen /
Trevillion Images (Hintergrund)
Gesetzt aus der Quadraat Pro powered by pepyrus.com
Druck und Bindearbeiten: CPI books GmbH, Leck
ISBN 978-3-548-06341-6

Für Papa

TEIL I

Juli 1941 – Mai 1942

Kapitel 1

Es war der Duft, der sie geweckt hatte. Keine heulende Sirene. Keine Hände, die nach ihr griffen. Kein hastiges Zerren die Treppe hinab. An diesem frühen, stillen Morgen war es einfach nur der Duft, der Anna geweckt hatte. So vertraut, so köstlich.

Es war der schwere, ein wenig saure Geruch von frisch gebackenem Schwarzbrot. Anna liebte Schwarzbrot. Allein bei dem Gedanken an die großen Laibe, die in der Hitze des Ofens vor sich hin waberten, seufzte sie wohlig. Schwarzbrot! Das backte Onkel Matthias nur einmal in der Woche. Heute musste ihr Glückstag sein! Kein Alarm, und dann auch noch Schwarzbrot. Es brauchte fast zwei Stunden, bis es fertig ausgebacken war. Anna war erst elf, aber es gab vieles, was sie schon wusste. Zwei Stunden volle Hitze! Wie viele Briketts dafür wohl nötig waren? Sie würde später Onkel Matthias fragen.

Anna rutschte ein bisschen tiefer ins Bett, so tief, dass ihre nackten Füße die Wand erreichten. Hmmm. »Niemals mehr kalte Füße«, hatte Tante Marie gelacht, als sie in dieses Zimmer gezogen waren, damals, nachdem sie nicht mehr oben bei den Kohns hatten wohnen dürfen. In der engen Kammer unter dem Dach hatten sie im Winter gefroren wie die Schneider. Hier aber, direkt über der Backstube, war es immer herrlich warm. Dafür sorgte der Kamin, der mitten durch den schmalen Raum hindurchging. Anna presste ihre Fußsohlen gegen die Wand. Himmlisch fühlte sich das an. Auch jetzt, im Sommer, konnte sie nie genug davon bekommen. Und Tante Marie hatte natürlich recht behalten. Anna hatte niemals mehr kalte Füße, denn der Ofen bullerte Tag und Nacht.

Sie konnte das Bullern spüren. Es fühlte sich an, als würde ein Riese das ganze Zimmer vorsichtig in seiner Hand hin und her wiegen, mit allem, was darin war, mit dem Bett und der kleinen Kommode und natürlich mit Anna. Dieses Wiegen, dieses sanfte Vibrieren – das war das Feuer, das direkt unter dem Zimmer im Ofen loderte und das Onkel Matthias niemals ausgehen ließ.

Zum Duft des Schwarzbrots gesellte sich nun ein weiterer Geruch. Anna kniff die Augen fest zusammen, sie schnupperte. Dieser Duft war nicht ganz so schwer, und er war nicht ganz so sauer. Er war ein wenig sanfter, doch zugleich durchdringend und schlängelte sich zu ihr hinauf ins Zimmer, strömte durch jede Ritze. Graubrot. So roch Graubrot. Anna lächelte. Und über allem drüber schwebte, ganz leicht und doch unverkennbar, der Duft von frisch gebackenen Brötchen. Kross war dieser Duft und so luftig, dass er gleich weiterschwebte, hinaus in den Hof und durch die enge Gasse.

Anna schnupperte und lächelte weiter still in sich hinein. Sie zog das Daunenbett, dessen Bezug über und über bedruckt war mit gelben Rosen, bis an ihr Kinn. Sie streckte und räkelte sich. Wie ungewohnt es immer noch war, das Bett ganz für sich allein zu haben! So lange sie denken konnte, hatte sie dieses Bett mit Tante Marie geteilt. Und weil Tante Marie das war, was Onkel Matthias mit einem Leuchten in den Augen »wohlgeformt« nannte, war für Anna nur ein klitzekleines bisschen Platz geblieben. In den ersten Wochen ohne Tante Marie hatte sie weiterhin dicht an der Bettkante geschlafen, auf der linken Seite. Weil sie es nicht anders gekannt hatte.

Wenn Anna ganz ehrlich war – aber niemals hätte sie das irgendjemandem verraten, nicht einmal Ruth –, dann vermisste sie Tante Marie nachts. Manchmal. An Tante Marie war alles weich und duftig. Mit ihr im Bett zu schlafen, war, als hätte man ein zusätzliches Daunenkissen gehabt, ein extragroßes, an das man sich ankuscheln konnte, das einem abends ein Lied sang und morgens einen Kuss auf die Stirn drückte.

Nun aber war Anna bald ein großes Mädchen und konnte allein schlafen.

Tante Marie hatte Onkel Matthias geheiratet und schlief mit ihm unten, in dem Zimmer direkt neben der Backstube. Onkel Matthias roch nach Schwarzbrot und nach Sauerteig und manchmal sogar nach Schokolade. Sein Haar leuchtete wie der Kupferkessel, in dem er mit einem Rührbesen, der so lang wie sein Arm war, Eiweiß für Baiser anschlug. Und er hatte ein Lachen, das auf seine rechte Wange ein Grübchen zauberte. Weil er viel lachte, ging das Grübchen meist gar nicht mehr weg. Anna liebte Onkel Matthias sehr. Sie fand allerdings, dass er viel zu viel küsste.

Denn seit sie verheiratet waren, und eigentlich auch schon davor, küssten Onkel Matthias und Tante Marie sich unentwegt. Sie küssten sich, wenn sie früh in der Nacht aus dem Zimmer neben der Backstube kamen. Sie küssten sich beim Frühstück und beim Mittagessen. Sie küssten sich, während Matthias seine großen Hände tief im Bottich voller Teig versenkte, sie küssten sich sogar, wenn Marie im Laden hinter der Theke stand und gerade keiner guckte. Sie küssten sich beim Abendessen, und sie hörten nicht damit auf, bis sie in ihrem Zimmer verschwanden, wo das große Bett mit dem hohen Kopfteil auf sie wartete.

»Die küssen sich wahrscheinlich auch die ganze Nacht«, hatte Ruth Anna erklärt, »sei bloß froh, dass du dein eigenes Zimmer hast und nicht wie andere Kinder bei deinen Eltern schlafen musst!«

»Onkel Matthias und Tante Marie sind doch gar nicht meine Eltern!«, hatte Anna geantwortet.

»Stimmt.« Ruth hatte ein wenig nachgedacht, um dann hinzuzufügen: »Aber da du niemand anderen hast, sind sie es irgendwie doch, zumindest ein bisschen.«

Ruth war Annas beste Freundin. Sie war etwas älter, schon fast zwölf, und kannte die lustigsten Spiele und die besten Verstecke. Sie war ungeheuer lieb. Und sehr klug. Anna hatte lange über Ruths Worte nachgedacht. Wie ging das, ein bisschen Eltern sein? Wie hatte Ruth das gemeint? So gerne hätte sie sie das gefragt. Aber das konnte sie nicht. Denn Ruth war verschwunden.

Anna lauschte. Von unten waren Stimmen zu hören. Onkel Matthias, wie er lachte, und Tante Marie, wie sie in sein Lachen einfiel.

Über ihr war es mucksmäuschenstill.

Über ihr lebten die Kohns. Mutter Kohn, Vater Kohn, Ruth und ihr kleiner Bruder Gerald. Gerald war ein bisschen komisch im Kopf. »Mama hatte eine schwere Geburt«, hatte Ruth ihr erklärt, »da hat er zu wenig Sauerstoff bekommen.« Gerald war ein Junge von acht Jahren, doch er war so klein, er hätte auch erst vier oder fünf Jahre alt sein können. Er hatte ein liebes Gesicht, und er lächelte fast immer, aber er sprach nicht.

Gerald war ein stilles Kind. Von ihm hatte Anna in ihrem schmalen Zimmer über der Backstube nie irgendetwas gehört. Doch sie hatte Ruth gehört, ihre kleinen schnellen Schritte, wie sie über den Flur gelaufen war, in die Küche, in den Salon, ins Kinderzimmer, ins Bad. Die Wohnung der Kohns war hochherrschaftlich, sie hatten sogar einen extra Ofen nur für warmes Wasser, sie nannten ihn den Badeofen.

»Dass du uns hören kannst!«, hatte Ruth gestaunt. »Dabei hat Papa doch extra Betonböden einziehen lassen, wegen der Wanzen!«

Anna hatte in ihrem Zimmer auch Herrn Kohn gehört. Dessen tiefe Stimme hatte fast wie das Tuten der Dampfer geklungen, die nur wenige Hundert Meter entfernt den Rhein hinauf- und hinabfuhren. Und sie hatte Frau Kohn gehört. Frau Kohn war unüberhörbar gewesen. Sie hatte an einem Stück geredet. Und wenn sie nicht geredet hatte, dann hatte sie von früh bis spät gesungen. Und wenn ihr weder nach Reden noch nach Singen zumute gewesen war, dann hatte sie Schallplatten aufgelegt. Hans Albers, Zarah Leander, Heinz Rühmann – sie alle hatten stundenlang gesungen in der Wohnung im zweiten Stock.

Anna wusste nicht, wann es angefangen hatte, doch die Kohns waren leiser und leiser geworden. Frau Kohn hatte nicht mehr gesungen, sie hatte keine Platten mehr aufgelegt, sie hatte nur noch wenig gesprochen und ganz so, als fürchtete sie, unterbrochen zu werden. Die Stimme von Vater Kohn war brüchig geworden. Und selbst Ruth war nicht mehr so viel hin und her gerannt, sie hatte sich auf Zehenspitzen bewegt, und wenn Anna sie gesehen hatte, hatte ihre Freundin von Woche zu Woche blasser gewirkt. Allein der kleine Gerald hatte seine hölzerne Eisenbahn unbeirrt und wie eh und je durch die Zimmer geschoben.

Nun war es dort oben vollkommen still. Egal, wie sehr Anna die Ohren spitzte, sie hörte nichts, keinen einzigen Laut. Und so ging das schon seit drei Tagen und drei Nächten.

»Die Kohns sind nur kurz weg«, hatte Tante Marie erklärt.

Anna war das komisch vorgekommen.

»Wohin denn?«, hatte sie gefragt, aber keine Antwort erhalten.

Eins ist doch klar, überlegte Anna nun, die Decke mit den gelben Rosen bis ans Kinn gezogen und die Füße an die warme Kaminwand geschmiegt, wenn die Kohns in Urlaub gefahren wären, dann hätte Ruth ihr das doch gesagt! Stundenlang wären sie mit dem Finger über den Globus gefahren, der bei den Kohns auf dem Vertiko stand und bei dem man innen ein Lämpchen anmachen konnte, sodass er leuchtete. Vor drei Sommern waren die Kohns in die Schweiz gefahren, und Anna konnte seither nahezu blind auf das winzig kleine Land tippen, so oft hatten die beiden Mädchen es auf dem Leuchtglobus gesucht. Die Schweiz war seitdem durchsichtig, man konnte das kleine Lämpchen brennen sehen. Und überhaupt, wohin sollten die Kohns denn in Urlaub fahren, jetzt, wo doch gar keine Ferien waren? Und wo Krieg war?

Anna schüttelte den Kopf. Und lauschte. Der Ofen unter ihr bullerte. Onkel Matthias lachte schon wieder, Tante Marie rief etwas, es klang, als hätte sie sich erschrocken. Aus der Wohnung oben drang kein einziges Geräusch.

Durch die Pappe, die vor ihrem Fenster steckte, schien es erst hellgrau herein. Früh genug, dachte Anna. Es war noch Zeit.

Im Nu war sie aus dem Bett. Sie streifte das leinene Nachthemd ab, das einmal Tante Marie getragen hatte und das für sie an den Ärmeln und unten umgenäht worden war. Es war ihr so weit, dass Anna fünf oder sechs Mal hineingepasst hätte, mindestens. Sie zog ihre Socken an und ihren blau gestreiften Rock. Dann die helle Bluse. Wie sie diese Bluse hasste! Sie hatte vorn einen hohen Kragen, sodass Anna meinte kaum Luft darin zu bekommen. Und hinten hatte sie sechzehn winzig kleine Knöpfe und siebzehn Ösen, die alle einzeln verschlossen werden mussten.

Anna keuchte, während sie sich abmühte. Als sie glaubte, endlich alle Ösen und Knöpfe geschlossen zu haben, sah sie vorn an sich hinunter. Die Bluse saß ganz schief. Anna stöhnte. Wer dachte sich nur solche Blusen aus!

Vor dem Fenster wich das Grau langsam einem zarten Blau. Anna spürte, dass sie keine Zeit mehr zu verlieren hatte. Wo waren die Schuhe? Sie sah sich um. Da – Tante Marie hatte sie am Abend ordentlich vors Bett gestellt. Die Absätze waren schon ganz abgelaufen, und die Nägel, die sie hielten, machten ein klackerndes Geräusch auf dem Dielenboden, wie Anna nun einfiel. Das wäre nicht gut. Also besser keine Schuhe. Auf Zehenspitzen schlich sie in den Flur.

Links und rechts huschte sie an vier Türen vorbei. Keines der Zimmer dahinter war noch bewohnt, die Kostgänger waren alle an der Front. Am Ende des Flurs nahm sie die zweite Stufe der gewundenen Treppe, nicht die erste, denn Anna wusste genau, welche Stufe knarzte und welche nicht. Beinahe geräuschlos huschte sie hinauf.

Durch das bunte Glas in der Mitte der Wohnungstür fiel kein Licht, kein Schemen war dahinter. Wie oft war Anna hier hinaufgestürmt, um Ruth zu besuchen. Sie hatte allenfalls kurz geklopft und nie gewartet, bis ihr geöffnet worden war. Sie war immer gleich hinein, es war eh niemals abgeschlossen gewesen. So lange sie denken konnte, war das Zuhause der Kohns auch Annas Zuhause gewesen.

Heute ging ihr Atem ein bisschen schneller, als sie die Türklinke herunterdrückte. Es war offen, wie immer.

Und die Wohnung sah aus wie immer. Annas Blick streifte das kleine Tischchen aus rotem Holz neben der Eingangstür, das gehäkelte Deckchen darauf und das schwarzlederne Telefonbuch. Dabei war das Telefon, das an der

Wand darüber gehangen hatte, schon so lange weg. Wie oft hatte Anna staunend davorgestanden, wenn die beiden Glocken im Innern erklungen waren und der blecherne Apparat ein Geräusch von sich gegeben hatte, als klingele ein Wecker, nur viel melodiöser. Eines Tages war das Telefon verschwunden gewesen. »Frag nicht«, hatte Ruth gesagt.

Nie wieder hatte es bei den Kohns melodiös geklingelt.

Und nun hat sich die ganze Wohnung in Schweigen gehüllt, ging es Anna durch den Kopf. Sie schlich in die Küche.

An den Haken über dem eisernen Herd glänzten die Töpfe und Pfannen, als hätte man sie extra für dieses große Schweigen poliert. Ein Schulheft lag auf dem geschwungenen Esstisch, das Anna sofort erkannte – es war ihres. Seit Ruth nicht mehr zur Schule gehen durfte, brachte Anna ihr ihre vollgeschriebenen Hefte vorbei. Ruth lernte sie auswendig, Wort für Wort. Alles andere brachte ihr Vater ihr bei.

Neben dem Heft stand eine benutzte Kaffeetasse. Frau Kohn trank ständig und überall Kaffee, auch wenn sie ihn »Muckefuck« nannte und darauf schimpfte.

Nichts schien sich hier verändert zu haben. Nur die ohrenbetäubende Stille, die war neu.

Anna schlich zurück in die Diele und dann ins Kinderzimmer. Es war ihr alles so vertraut: Ruths Bett hinter dem braunen Vorhang, den ihr Vater zu ihrem letzten Geburtstag angebracht hatte, und gegenüber das Bett von Gerald. Es war das Bett eines Kleinkindes mit einem Gitter davor, damit er nicht herausfiel. Der niedrige Tisch am Fenster war übersät mit alten Zeitungen, deren Ränder von Gerald bunt bemalt worden waren.

Neben dem Tisch saß Elsbeth in ihrem kleinen geflochtenen Stuhl und schaute Anna entgegen.

Das war der Moment, in dem Anna mit Sicherheit wusste, dass hier etwas ganz und gar nicht stimmte. Niemals wäre Ruth verreist, ohne Elsbeth mitzunehmen! Elsbeth mit dem seidigen blonden Haar und den Augen, die auf- und zuklappten. Eigentlich war Ruth schon ein bisschen zu alt, um noch mit einer Puppe zu spielen. »Im Grunde ist Elsbeth keine richtige Puppe«, hatte sie Anna erklärt, »sie ist meine zweitbeste Freundin, gleich nach dir.«

Nun aber war Ruth verschwunden, sie hatte Anna nichts gesagt, und sie hatte Elsbeth zurückgelassen.

Anna wusste nicht, wieso sie noch in den Salon ging. Etwas zog sie dorthin.

Im Salon standen die wuchtigen Sessel mit den hölzernen Armlehnen im exakten rechten Winkel zueinander, eins der Spitzendeckchen auf den Kopfteilen war ein bisschen verrutscht. In einer der Sesselritzen steckten Ruths »Geschichten aus der Murkelei«. Sie hatte sie ihrem kleinen Bruder vorgelesen, so oft, dass das Buch schon ganz zerfleddert war. Im wuchtigen gläsernen Aschenbecher lag ein kleiner Ascherest. Früher hatte Tante Marie ihn noch so oft auswischen können, er war gleich wieder übergequollen, so viel hatte Ruths Vater geraucht. Seit einiger Zeit rauchte er nur noch ganz selten.

»Schmeckt es ihm nicht mehr?«, hatte Anna gefragt, und Ruth hatte geantwortet: »Frag nicht.«

Als Nächstes erblickte Anna die hölzerne Eisenbahn des kleinen Gerald, die in Reih und Glied unter dem Vertiko stand, und schließlich, auf dem Vertiko, neben dem neunarmigen Kerzenhalter, den leuchtenden Globus.

Ungläubig kniff sie die Augen zusammen. In dieser verlassenen Wohnung hatte doch tatsächlich jemand vergessen, das Licht im Globus auszuknipsen, und das trotz der Verdunkelung! Wo doch sogar Fahrradlampen abgeschirmt werden mussten!

Anna bekam einen Schreck. Sie trat näher und griff nach dem Schalter. Aber vorher gab sie dem Globus noch einen kleinen Schubs. Und da entdeckte sie es. Eine zarte, helle Linie, durch die das Lämpchen schien.

Anna betrachtete sie genauer.

Die Linie führte von Europa einmal quer über den Atlantik bis nach New York.

Kapitel 2

»Nicht doch«, lachte Marie unten in der Backstube, »ich muss gleich aufschließen!«

Aber sie konnte einfach nicht aufhören, Matthias' Küsse zu erwidern. Seine Lippen schmeckten süßer als jeder Zuckerguss, waren weicher als jedes Biskuit. Und wie immer, wenn sie ihn in ihren Armen hielt, schlug ihr das Herz fast zum Hals heraus und drehte sich in ihrem Bauch einmal alles um sich selbst. Fast ein Jahr war es nun schon her, dass er sie geheiratet hatte, und doch erschien ihr immer noch jeder Tag mit ihm wie ein Geschenk des Himmels.

Sie hatten sich für einen kurzen Moment auf die Ofenbank gesetzt, unter der das Feuerholz lagerte, und Matthias hatte sie auf seinen Schoß gezogen. Nun spürte sie seine Hände auf ihrem Kleid, ihrem Hals, auf ihren nackten Armen. Gleich, schoss es ihr durch den Kopf, werde ich überall weiße Abdrücke vom Mehl haben. Doch im nächsten Augenblick schon verschwendete sie daran keinen Gedanken mehr, denn Matthias hatte begonnen, den kunstvoll aufgesteckten Knoten an ihrem Hinterkopf zu lösen und ihren Hals zu küssen.

»Liebster, was tust du?«, stammelte sie.

Sie fühlte seine Lippen, fühlte, wie er jede einzelne Strähne ihres blonden Haars durch seine Finger gleiten ließ. Er küsste sie immer weiter, ihren Mund, ihren Nacken.

»Die Kunden«, versuchte es Marie noch einmal, »es ist gleich sechs.«

»Ja«, flüsterte Matthias, »gleich.«

Und Marie, die sich so viele Jahre nach diesem Mann und seinen Küssen gesehnt hatte, entschied, dass noch genügend Zeit war.

Lächelnd nahm sie ihren Liebsten bei der Hand und führte ihn in das Zimmer neben der Backstube.

»Komm, aber nur für einen Moment.«

Eine halbe Stunde später schloss Marie den Laden auf. Es war erst kurz vor sechs und fast noch dunkel. Ihre Haare hatte sie wieder aufgesteckt, sie waren ein bisschen weiß vom Mehl, und Marie hoffte, dass das niemandem auffallen würde. Sie spürte, wie ihre Wangen glühten, und wenn sie nur daran dachte, was sie und Matthias gerade im Zimmer neben der Backstube getan hatten, bebte sie immer noch. Hastig hatte sie sich eine frisch gebügelte Schürze über das Kleid gezogen, jetzt strich sie ein wenig zerstreut eine nicht vorhandene Falte glatt. Schnellen Schrittes eilte sie durch den kleinen Verkaufsraum. An ihrer linken Hand glänzte der schmale Ehering, in der rechten hielt sie den Schlüssel für die schwere Holztür mit den Fenstern aus feinstem Bleiglas.

In diesem Moment fühlte sie sich so glücklich wie nie zuvor. Hätte jemand Musik gespielt, sie hätte unaufhörlich getanzt.

Niemals würde sie den Tag vergessen, an dem sie zum ersten Mal vor dieser Tür gestanden hatte, hungrig, krank und zu Tode erschöpft.

Zwei Tage und zwei Nächte war sie gelaufen. Nachts verbarg sie sich in Scheunen und Heuschobern, in den Armen das winzige Bündel. Das Kind gab keinen Ton von sich, zwei Tage lang nicht. Sie gab ihm von der Milch, die sie gestohlen hatte und die sie unter ihrer Achsel wärmte. Während das Kind trank, hielt es die Augen geschlossen und ruderte nur ein wenig mit den Ärmchen. Nachdem die Milch verbraucht war, wurde es ganz still.

Als Marie endlich den Rhein erreichte, als sie im Morgengrauen das glitzernde Band des mächtigen Stroms erblickte, da glaubte sie schon, das Kind sei tot. Mit letzter Kraft schleppte sie sich über die Brücke mit den himmelhohen eisernen Rundbögen. Ihre Füße waren wund und blutig, ihr Körper ein einziger Schmerz. Ihr war so übel vor Hunger, dass sie mehr wankte als ging. Sie wurde angerempelt, Menschen auf Fahrrädern schrien, sie solle Platz machen, Lastwagen, Autos und Motorräder hupten. Direkt daneben fuhren die Eisenbahnen und machten einen gewaltigen Lärm.

Marie kannte damals die Stille des Bergischen Landes. Sie kannte harte Arbeit und Einsamkeit. Was sie nicht kannte, war das lärmende Chaos einer Stadt wie Köln.

Am Ende der Brücke erhob sich der Dom, schwarz und bedrohlich ragte er vor ihr auf. Einen Moment lang war es Marie, als schaute er voller Verachtung auf sie herab, auf sie und das Bündel in ihren Armen. Sie senkte den Blick, spürte die Scham und zugleich den Trotz, der sie bis hierher geführt hatte. »Der«, raunte sie dem Kind zu, von dem sie nicht wusste, ob es noch lebte, »hat uns gar nichts mehr zu sagen.«

Das Viertel am Fuße der Brücke war voller Menschen. Frauen, Männer, Alte, Kinder, die meisten noch ärmlicher gekleidet als Marie.

Die Gassen waren eng und übersät mit Unrat. Als Marie über eine offene Kloake steigen musste, hielt sie sich entsetzt die Nase zu. Hier sollte sie Arbeit finden und ein Obdach? Unmöglich!

Voller Verwunderung las sie die Straßennamen, die an den windschiefen, halb verfallenen Häusern standen. »Salzgasse«. »Seidmachergässchen«. »Fischmarkt«. Es musste also einmal Handel gegeben haben in dieser Gegend, Wohlstand womöglich. Und tatsächlich: Je weiter sie in das Viertel gelangte, desto häufiger erblickte sie Häuser, an denen gearbeitet wurde. Als mühte dieses Viertel sich, die Armut und die Hoffnungslosigkeit, die den Menschen in die Gesichter geschrieben standen, von sich abzustreifen.

Und dann entdeckte Marie den breiten Boulevard, der direkt am Rhein entlangführte. Eine Straßenbahn bimmelte, am Ufer schaukelten Frachtschiffe und Ausflugsdampfer. Ein sanfter Wind kam vom Wasser, und für einen Augenblick verschwanden all die unangenehmen Gerüche des Viertels.

Marie atmete tief ein. Und rieb sich im nächsten Moment verwundert die Augen: Mitten zwischen den abgerissenen Gestalten, die Säcke mit Kohle schleppten, dürre Pferde vor Karren gespannt hatten oder einfach nur herumlungerten, spazierte eine Dame, die gar nicht hierher zu gehören schien.

Die Dame trug ein eng geschnürtes weißes Kleid mit roten Streublümchen, einen dazu passenden Hut mit roter Schleife und Absatzschuhe mit glänzenden Spangen. Sie schob einen niedrigen rosafarbenen Kinderwagen mit ganz kleinen Rädern, in dem ein Mädchen mit dunklem, zu dünnen Zöpfen geflochtenem Haar saß.

Marie konnte nachher niemals sagen, warum sie der Dame damals gefolgt war. Es war ein Impuls, der ihr Leben verändern sollte.

Sie folgte ihr durch die engen, holprigen Gassen bis zu einer schweren Holztür mit kunstvoll geschliffenem Glas. Die feine Dame mit dem Kinderwagen ging hinein, kam aber nicht wieder heraus.

Andere Menschen traten hinein und schließlich wieder heraus – Kunden, denn über der schweren Holztür entdeckte Marie das Schild mit der Aufschrift »Bäckerei«. In einem großen Fenster neben der Tür präsentierte eine niedrige Auslage Kuchen und Küchlein in allen Formen und Größen: runde Kuchen und eckige Kuchen, wagenradgroße Blechkuchen und winzige Sahnetörtchen, Kuchen, aus denen seitlich die Schokolade quoll, kunstvolles Gebäck, verziert mit Hagelzucker und gelber Marmelade.

Marie, die seit Tagen nichts gegessen hatte, knurrte der Magen beim Anblick dieser Leckereien. Die Tür öffnete sich erneut, ein Junge im Matrosenanzug trug ein in weißes Papier eingeschlagenes Paket hinaus. Mit dem Jungen drang ein Duft in die Gasse, so köstlich, dass Marie ganz schummerig wurde. Sie lehnte sich gegen die Hauswand, die neu verputzt worden und hellgrün gestrichen war. Das Bündel, das doch eigentlich so leicht war, wurde ihr mit einem Mal zu schwer, und sie spürte, wie ihre Knie nachgaben. Schon sank sie zu Boden, das Kind fest an ihr Herz gedrückt.

Das Nächste, woran Marie sich erinnerte, waren die starken Arme eines Mannes, der sie eine enge gewundene Treppe hinauftrug.

»Frau Kohn«, rief der Mann, »Frau Kohn! Bitte, helfen Sie mir!«

Wie ein Engel erschien die feine Dame in einer Wohnungstür. Den Hut hatte sie bereits abgelegt, Marie erkannte das weiße Kleid mit den Streublumen.

»Sie ist auf der Straße zusammengesunken!«, schrie der Mann. »Sie hat ein ganz kleines Kind bei sich!«

Die feine Dame zögerte keine Sekunde. Eilig winkte sie den Mann, der Marie und das Kind in seinen Armen hielt, in die Wohnung. Marie wurde auf ein großes sauberes Bett gelegt, die Dame fühlte ihre Stirn und ihren Puls.

»Holen Sie ihr Wasser, schnell«, rief sie, dann beugte sie sich über das Bündel.

»Es lebt. Es ist ganz ausgetrocknet. Holen Sie warme Milch! Hören Sie, holen Sie warme Milch!«

Der Mann brachte Wasser und warme Milch.

»Frau Kohn, ich muss wieder hinunter …«

»Natürlich, gehen Sie.«

Der Mann ging, die Frau blieb.

Eine Woche lang wurden Marie und das Kind in dem großen weichen Bett umsorgt. Nie zuvor hatte Marie etwas so Wundervolles erlebt. Sie bekamen zu essen und zu trinken, von allem das Beste. Das kleine Mädchen, das im Kinderwagen gesessen hatte, fast noch ein Säugling, hockte am Fußende des Bettes und betrachtete die Neuankömmlinge mit großen runden Augen. Ab und zu schaute ein Mann herein, auch er fein gekleidet, rauchend und immer etwas zerstreut.

»Beachten Sie ihn nicht«, lachte die Frau, »er ist Architekt, also fast ein Künstler, mit den lebenspraktischen Dingen kennt er sich nicht aus.«

Marie sprach wenig. Sie sagte »danke« und »bitte« und fürchtete in einem fort, dass dieser wundervolle Traum bald enden könnte.

Das Kind, das sie in ihren Armen gehalten hatte, wurde rosiger und rosiger. Am siebten Tag tat es seinen ersten Schrei, laut und vernehmlich, als hätte es immer schon geschrien und nicht seit seiner Geburt geschwiegen.

Die feine Dame nahm es auf den Arm. Sie sprach die Frage nicht aus, doch sie lag in ihrem Blick.

»Von meiner Schwester«, antwortete Marie mit fester Stimme. »Sie ist unter der Geburt gestorben.«

»Und der Vater?«

Marie schlug die Augen nieder. Ihre Stimme zitterte nun doch.

»Über alle Berge.«

Die feine Dame entgegnete nichts. Sie legte den Säugling zurück in das große Bett und ging aus dem Zimmer.

Marie zitterte am ganzen Körper, während das Kind schrie und gar nicht mehr damit aufhören wollte.

Nach kurzer Zeit kam die Dame zurück, in der Hand eine Saugflasche mit warmer Milch und aufgelösten Haferflocken.

»So ein hübsches Mädchen«, sagte sie, während sie den Säugling fütterte. »Wenn Sie wollen, können Sie erst einmal bleiben. Wir haben unter dem Dach ein Dienstmädchenzimmer, das nicht benutzt wird. Und ich könnte Hilfe gebrauchen.«

Eine Ewigkeit war das nun schon her! Marie atmete einmal tief durch, steckte den Schlüssel in das Schloss der Ladentür und zog das Rollo hoch. Es war schwer und verkantete sich leicht. Die Schnur, an der es hing, war im Laufe der Zeit ganz dünn geworden. Die Erinnerung an den Moment, in dem Frau Kohn ihr angeboten hatte, zu bleiben, wärmte Maries Herz. Was für eine wunderbare, fürsorgliche Arbeitgeberin Frau Kohn gewesen war!

Über zehn Jahre hatte sie für die Kohns gearbeitet. Auch dann noch, als die Nazis ihnen verboten hatten, ein »arisches« Dienstmädchen zu beschäftigen. Matthias, den sie damals noch »Herr Bäckermeister« genannt hatte und der die Räume unten im Haus gepachtet hatte, hatte Marie als seine Angestellte ausgegeben.

Zum allerersten Mal in ihrem ganzen Leben hatte Marie erfahren, wie es war, wenn andere Menschen für sie sorgten. Immer war sie auf sich allein gestellt gewesen, selbst in größter Gefahr hatte es niemanden gegeben, auf den sie sich verlassen konnte. Die Begegnung mit Frau Kohn hatte alles verändert.

Der Gedanke an das Schicksal der Kohns versetzte Maries Herz einen Stich. Wo sie wohl sein mochten? Und wie es ihnen dort erging? Doch es gab niemanden, den sie fragen konnte. Ihr blieb nur die Hoffnung, dass bald eine Nachricht eintreffen möge.

Die Sorge um die Kohns ließ eine weitere Angst in Marie aufsteigen, eine, die sie weit weg in die hintersten Winkel ihres Herzens verbannt hatte. Denn wann immer sie diese Angst zuließ, schnürte sie ihr die Luft ab, und sie fürchtete, an ihr zu ersticken.

Wenn bloß niemand Matthias auf die Schliche kam! Wenn bloß niemand herausfand, was er getan hatte für die Kohns! Beim Gedanken, Matthias könnte ihr und Anna genommen werden, spürte sie einen Schmerz, so gewaltig, dass ihr beinahe schwarz vor Augen wurde.

Beruhige dich, redete sie sich selbst gut zu, beruhige dich. Er wird dir nicht genommen werden, auf gar keinen Fall.

Marie atmete noch einmal tief durch und spürte, wie die Beklemmung von ihr wich. Sie würde der Angst nicht nachgeben, niemals.

Endlich, das Rollo war oben. Im gleichen Augenblick ging draußen vor der Tür die Sonne auf. Ihre Strahlen drangen in die Bäckerei, breiteten sich aus bis in den hintersten Winkel des kleinen Ladens. Die hölzernen Regale, ganz rund geschliffen von den unzähligen Broten, die sie im Laufe der Jahrzehnte feilgeboten hatten, leuchteten wie pures Gold. Im Glasaufsatz, den Matthias auf die uralte Theke hatte setzen lassen – nicht allzu hoch, damit Marie noch gut darübergucken konnte –, schimmerte das Licht in allen Farben des Regenbogens. Auf dem Mosaikfußboden malte es leuchtende Kleckse, auf der Bank vor der Theke brachte es das Karomuster des Kissens zum Tanzen. Und der ganze Raum war erfüllt vom Duft des frisch gebackenen Brotes, das Matthias gerade hereintrug.

Die Schönheit dieses Moments zauberte augenblicklich ein Lächeln auf Maries Gesicht. Matthias warf ihr einen Blick zu, er war schon wieder halb in der Backstube, doch in diesem kurzen Blick lagen so viel Liebe und Einverständnis, dass Marie all ihre Sorgen entschlossen aus ihrem Herzen verbannte. Mein Liebster! Wie wunderbar das Leben doch sein konnte!

Heute, an diesem frühen Morgen im Juli 1941, war sie es, die die Tür der kleinen Bäckerei im Buttermarkt weit öffnete und die wartenden Menschen hereinbat.

Die Schlange aus Frauen, Kindern und Alten zog sich so weit die Gasse hinab, dass Marie ihr Ende nur erahnen konnte. Viele Bäckereien waren bereits geschlossen, weil die Bäcker an der Front kämpften. Matthias zählte zu den wenigen, die »u.k.« gestellt waren, was »unabkömmlich« bedeutete. Welch ein Glück, dass das Schicksal ihren Liebsten verschont hatte!

Marie war jeden Tag aufs Neue berührt, wenn sie erfuhr, welch weite Wege ihre Kunden auf sich nahmen, um gutes, nahrhaftes Brot zu bekommen. Matthias versorgte so viele Menschen wie nie zuvor. Von überallher strömten sie in die kleine Bäckerei, sogar von der anderen Rheinseite, aus Deutz und aus Mülheim.

Marie begrüßte sie alle mit einem strahlenden Lächeln.

»Willkommen! Treten Sie ein!«

Ganz vorn stand heute Agnes Schmitz. Gestern war sie nicht da gewesen und vorgestern auch nicht, Marie hatte sich schon gesorgt. Die Frau stützte sich schwer auf ihren Ältesten, einen hoch aufgeschossenen Jungen von zwölf oder dreizehn Jahren.

»Warten Sie, ich helfe Ihnen.«

Marie rannte um die niedrige Theke herum, löste die Hand der Frau von der Schulter des Jungen und fasste sie sanft am Arm. Oje, sie konnte durch den dünnen Mantelstoff die Knochen fühlen. Fünf Kinder hatte Agnes Schmitz zu versorgen. Den Mann hatten sie gleich '39 eingezogen, Marie war ihm nie begegnet. Ob Agnes Schmitz immer schon so verhärmt gewesen war, oder ob auch sie Liebe und Fröhlichkeit gekannt hatte?

»Möchten Sie sich kurz setzen? Kommen Sie, meine Liebe, ruhen Sie sich ein bisschen aus.«

Matthias hatte geschmunzelt, als Marie die niedrige Bank vor die Theke gestellt hatte. Als wenn es nicht schon eng genug gewesen wäre in ihrer kleinen Bäckerei! Doch Marie hatte gewusst, dass er ihr keinen Wunsch abschlagen konnte.

»Liebster, die Frauen stehen Stunde um Stunde draußen an! Viele haben kleine Kinder dabei!«

Und Matthias, der ihr einst gestanden hatte, er werde niemals im Leben vergessen, wie Marie vor der Auslage seines Schaufensters zusammengebrochen war und wie sein Herz beinahe ausgesetzt hatte, als er ihr zum ersten Mal in die Augen sah, damals, auf der engen Treppe, hatte lächelnd ein Kissen für die kleine Bank geholt.

Mit einem Seufzer ließ Agnes Schmitz sich nieder.

»Haben Sie Ihre Marken dabei? Was kann ich Ihnen bringen?«

Marie streichelte den knochigen Arm, und zu ihrer Freude erhellte sich das Gesicht der Frau für einen Moment. Ein Lächeln bezwang die Härte, wie Marie sie in so vielen Gesichtern der Frauen wahrnahm, die zu ihr in die kleine Bäckerei kamen. Eine Härte, die, da war sie sich sicher, der Krieg gebracht hatte. Seit zwei Jahren ging das nun schon, und ihr schien es, als glaubte kaum noch jemand an einen schnellen Sieg. In den Gesichtern der Frauen las Marie die Erschöpfung und die Einsamkeit, aber auch den Verdruss.

»Heil Hitler!«

Ein Zucken ging durch die Wartenden, und eine korpulente Frau kämpfte sich nach vorn, die Haare hoch aufgetürmt, um die Schultern einen Fuchs, und das mitten im Sommer. Gebieterisch streckte sie ihre Hand mit den Brotmarken über die Ladentheke.

»Geht das hier mal voran?«

Agnes Schmitz mühte sich sofort von der Bank hoch.

»Ich bin zuerst dran!«, kreischte sie. »Ich warte seit vier Uhr in der Früh!«

Ihr Ältester schaute beschämt zu Boden.

»Meine liebe Frau Schmitz, beruhigen Sie sich, bitte«, rief Marie und strich dem Jungen über das Haar, das sich ganz hart anfühlte. So viele Häuser im Martinsviertel waren renoviert worden in den vergangenen Jahren, Herr Kohn hatte als Architekt wahre Wunder vollbracht und war deshalb lange von den Nazis verschont worden, doch längst nicht jedes Haus hatte fließend Wasser oder gar ein eigenes Bad.

Marie eilte zurück hinter die Theke und reichte Agnes Schmitz' Ältestem das Brot. Dann streckte sie den Rücken durch, um sich ein bisschen größer zu machen, als sie eigentlich war. Denn sie hatte mit einem Blick das Parteiabzeichen entdeckt, das die korpulente Frau am Revers trug. Jetzt bloß keinen Ärger provozieren.

»Heil Hitler!«, rief Marie etwas zu laut. »Was darf ich Ihnen geben?«

Aus den Augenwinkeln sah sie, wie Agnes Schmitz mit kleinen schnellen Schritten aus der Bäckerei eilte. Ihr Ältester folgte ihr. Er umklammerte das Brot, als rechnete er fest damit, es verteidigen zu müssen. Ganz klein waren seine Augen, zu schmalen Schlitzen zusammengezogen. Doch jetzt, er war schon fast an der Tür, wandte er sich noch einmal um, er riss die Augen auf, fixierte etwas hinter ihr. Marie schaute sich um. War das Anna, die da gerade blitzschnell in der Backstube verschwunden war? War sie etwa schon auf? Um diese Zeit? Nein, beschloss Marie, das konnte nicht sein. Anna schlief ganz bestimmt noch.

»Nun aber dalli, Frau Bäckerin, ich habe nicht den ganzen Tag Zeit!«

Die korpulente Frau fuchtelte mit den Brotmarken und pochte zugleich mit der rechten Hand auf die Theke, der goldfarbene Ehering machte ein hässliches Geräusch auf dem blank polierten Glas.

»Natürlich, bitte verzeihen Sie.«

Marie merkte, wie ihr die Röte ins Gesicht stieg, als sie das Brot über die Theke reichte. Wortlos nahm die Kundin es an und rauschte davon.

»Auf Wiedersehen!«, rief Marie ihr hinter her.

Diese entsetzlichen Nazis, dachte sie. Wenn das doch bloß bald vorbei wäre.

Kapitel 3

»Himmlisch!« Anna juchzte vor Vergnügen.

Sie saß auf der Ofenbank und hatte den Mund voller warmer, flüssiger Schokolade.

»Guten Morgen, meine Große!«, hatte Onkel Matthias gerufen, kaum, dass sie die Backstube betreten hatte. »Willst du mal ins Geheimfach gucken?«

Anna hatte begeistert genickt und war sofort auf die Ofenbank geklettert, denn sonst wäre sie an das Geheimfach gar nicht herangekommen.

Der Ofen war rundum mit dicken, weißen, glänzenden Fliesen verkleidet. Zwei dieser Fliesen ließen sich herausnehmen. Sie waren ganz oben in der Ofenwand, sodass man sie nicht allzu leicht entdeckte. Man musste sehr vorsichtig beim Herausnehmen sein, damit sie einem nicht aus der Hand rutschten und womöglich kaputtgingen. Hinter den Fliesen war ein Stein, der eine besondere Musterung hatte. Die Backofenbauer, so hatte Onkel Matthias es Anna und Marie erklärt, hatten dort ihr Siegel hineingehauen. Es sah ein bisschen so aus wie das Gesicht eines Mannes mit tiefen Falten zwischen Nase und Mund. Auch der Stein ließ sich herausnehmen, er hatte dafür extra links und rechts zwei kaum sichtbare kleine Dellen.

Anna war eine Meisterin darin, das Geheimfach zu öffnen. Denn in dem nicht allzu großen Hohlraum in der gemauerten Umhüllung des Ofens stand ein Töpfchen aus Emaille. Man musste ein Tuch nehmen, um es anzufassen, der Griff konnte ganz schön heiß werden. Und in dem Töpfchen befand sich warme, geschmolzene Schokolade. Eigentlich war sie zum Verzieren von Gebäck bestimmt, aber weil es kaum noch Gebäck gab, durfte Anna ab und zu ihren Finger hineintauchen. Welche Wonne!

Während Anna ein ums andere Mal genüsslich ihren Zeigefinger abschleckte, übte Onkel Matthias mit ihr Kopfrechnen.

»Zwei Öfen voller Schwarzbrot, drei voller Graubrot, wie viele Brote werden wir heute backen?«

»Zweihundert«, antwortete Anna glucksend und zugleich ein bisschen schmollend. »Das ist viel zu einfach!«

Sie liebte diese Rechenspiele mit Onkel Matthias. Und dann noch Schokolade! Fast augenblicklich musste sie nicht mehr daran denken, wie der gemeine Willibald sie eben im Laden doof angeglotzt hatte.

»Jetzt ist es aber genug.« Onkel Matthias stellte den kleinen Topf wieder hoch ins Geheimfach und reichte ihr ein Brötchen. Es war ganz warm und kross, und als Anna ein Stückchen davon abbrach, dampfte es innen sogar noch.

»Darf ich das denn?«, fragte sie kauend und mit offenem Mund, denn natürlich hatte sie sich das Stückchen sofort in den Mund gesteckt.

Seit es Mehl nur noch auf Bezugsschein gab, waren auch Brötchen aus Weißmehl der pure Luxus. Kaum jemand konnte sie sich noch leisten, das wusste auch Anna nur zu gut.

»Aber klar darfst du das!« Onkel Matthias zog eine Augenbraue hoch. »Das wäre ja noch schöner, wenn meine eigene Familie keine Brötchen mehr essen dürfte!«

Anna lehnte sich zurück an die weiß gekachelte Ofenwand und schloss die Augen. Meine eigene Familie. Drei Worte nur. Drei Worte, die machten, dass ihr ganz warm wurde, nicht nur wegen der Schokolade und des Brötchens und wegen des bullernden Ofens. Meine eigene Familie. Am liebsten wäre sie aufgesprungen und hätte Onkel Matthias fest umarmt. Aber natürlich tat sie das nicht. Sie war ja schon ein großes Mädchen. Und Onkel Matthias war mitten in der Arbeit.

Er stand vor der offenen Ofentür, der Schweiß lief ihm in Strömen übers Gesicht. Was kein Wunder war, er hatte gerade nachgefeuert. Hinter den eisernen Klappen links und rechts der Ofentür glühten die Briketts. Mit dem Schieber holte er vierzig Graubrote aus dem Ofen, eins so ebenmäßig geformt wie das andere. Onkel Matthias schwitzte und schuftete, aber er hatte immer noch genügend Puste, um ihr, der kleinen Anna, Aufgaben zu stellen.

»Vierzig Brötchen hat der Ortsgruppenleiter bestellt.« Er zeigte auf zwei große Körbe, bis oben hin gefüllt und verführerisch duftend. »Jedes Brötchen ist heute fünf Gramm leichter. Das merken die nicht. Die Frage jedoch ist, wie viele Brötchen ergibt das für besondere Menschen?«

Anna rechnete blitzschnell.

»Sechseinhalb!«

»Oder auch fünf und ein sehr dickes Brötchen«, schmunzelte Onkel Matthias, und sein Grübchen tanzte. Die noch dampfenden Graubrote würde er gleich zu Tante Marie in den Laden tragen, damit sie Nachschub hatte, doch zuerst musste der Ofen neu befüllt werden. Er öffnete die Tür zum Gärraum neben dem Ofen, der gerade einmal so groß war, dass das Reck darin Platz hatte, ein mannshoher Ständer, belegt mit großen Brettern. Auf jedem Brett standen kleine Körbe aus Peddigrohr, und in jedem dieser Körbe ruhte der feuchte Laib eines Graubrotes. Dank ihres Onkels wusste Anna einiges über das Backhandwerk. So auch, dass Brotteig mindestens zwei Stunden in der Wärme des Gärraums ruhen musste, bis er sich prall in die Höhe wölbte.

Anna sah zu, wie Onkel Matthias sich daranmachte, die Graubrotlaibe aus den Körben zu kippen. Rasend schnell ging das, und genauso schnell waren sie im Innern des Ofens verschwunden. Er beförderte mit dem Schieber immer zwei zugleich tief in den Backraum hinein.

Anna schmiegte sich noch ein bisschen fester an die warme Ofenwand. »Brötchen für besondere Menschen« – das gehörte zur Geheimsprache, die Onkel Matthias ihr beigebracht hatte. Es gab auch »Graubrot für besondere Menschen« und »Schwarzbrot für besondere Menschen« und sogar, ganz selten, »Kuchen für besondere Menschen«. Onkel Matthias hatte ihr nie erklären müssen, wer diese besonderen Menschen waren, Anna hatte es auch so verstanden. Es waren Annas Freundin Ruth, Ruths kleiner Bruder Gerald und ihre Eltern. Seit sie nur noch in bestimmten Geschäften einkaufen durften, bekamen sie das Brot von Onkel Matthias unter der Hand.

Nur dass sie jetzt verschwunden waren. Und dass Anna gerade eines der Brötchen aß, die doch eigentlich für Ruth und ihre Familie bestimmt waren. Oder etwa nicht?

Anna biss sich auf die Lippen. Konnte sie Onkel Matthias fragen, was mit Ruth geschehen war?

»Zwanzig Pfund Roggenmehl und fünf Liter Wasser, wie viele Brote ergibt das?«

Anna brauchte nicht einmal zu rechnen, sie kannte die Antwort im Schlaf.

»Zwanzig Anderthalbpfünder.«

»Zu einfach, nicht wahr?«

Onkel Matthias hatte sich zu ihr auf die Ofenbank gesetzt. Er holte ein großes buntes Taschentuch aus seiner karierten Bäckerhose und wischte sich den Schweiß vom Gesicht.

»Du hast doch was.«

Das war so typisch für Onkel Matthias!, dachte Anna. Immer sah er ihr gleich an der Nasenspitze an, was mit ihr war.

»Ruth ist weg!«, platzte es aus Anna heraus. »Und Gerald! Und die Eltern! Und oben in der Wohnung leuchtet der Globus! Und Tante Marie sagt, sie sind verreist. Aber das kann doch gar nicht sein! Dann hätte Ruth mir doch was gesagt! Und sie hat Elsbeth nicht mitgenommen! Niemals würde sie Elsbeth freiwillig zurücklassen! Onkel Matthias, was ist denn bloß passiert?«

Onkel Matthias wischte sich immer noch den Schweiß aus dem Gesicht, doch seine Bewegung war mit einem Mal schwer geworden.

Das Grübchen, das eigentlich ständig neben seinem Mund tanzte, war verschwunden.

»Anna, mein Kind«, sagte er langsam. »Es gibt Geheimnisse, die sind zu groß für ein Mädchen. Sie sind sogar zu groß für einen wie mich, und ich bin ein erwachsener Mann.«

»Aber wo sind sie denn?«

Onkel Matthias schwieg. Vorsichtig berührte er seinen Mund, als wollte er prüfen, ob die Worte, die er sagte, die richtigen wären.

»Sie sind unterwegs zu einem besseren Ort. Wo der kleine Gerald eine besondere Förderung bekommt.«

»Eine besondere Förderung?«

»Ganz genau.«

»Und«, Anna stockte einen Moment, »darf Ruth dort wieder zur Schule gehen? Und ihr Vater arbeiten? Und bekommen sie dort auch weiße Brötchen?«

»Bestimmt. Ganz bestimmt, mein Kind, all das.«

Onkel Matthias lachte, doch das Grübchen lachte nicht mit. Anna sah es genau. Da half es auch nicht, dass Onkel Matthias sie »mein Kind« genannt hatte. Zum allerersten Mal zweifelte Anna an dem, was Onkel Matthias ihr sagte. Dabei wollte sie ihm so gerne glauben! Dass Ruth wieder zur Schule ging, wo auch immer das sein mochte. Dass sie wieder weiße Brötchen aß. Dass ihr Vater wieder arbeitete und ihre Mutter wieder sang. Nur das mit der besonderen Förderung für den kleinen Gerald, das konnte sie sich beim besten Willen nicht vorstellen.

Tante Marie kam aus dem Laden geeilt und riss Anna aus ihren Gedanken. Draußen war es jetzt ganz hell geworden.

»Hier steckst du, Anna. Zeit, zur Schule zu gehen!«

Mit fliegenden Fingern flocht Tante Marie Anna einen hohen Zopf. Annas Haar war nicht so hell wie das ihrer Tante, sondern braun, und es lag auch nicht wie ihres in Wellen, sondern hatte lauter Wirbel und neigte dazu, wirr vom Kopf abzustehen. Doch ihrer Tante gelang es wie immer im Nullkommanichts, Annas Haare zu bändigen. Es ziepte auch nur ganz wenig.

»Warte noch. Was machst du nur immer mit dieser Bluse?« Lachend knöpfte Tante Marie die Bluse wieder auf. »Immerhin, drei Knöpfe hast du richtig zugemacht!«

Anna spürte, wie ihre Ohren heiß wurden. Dass Tante Marie sich aber auch immer deswegen über sie lustig machte!

»Mach dir nichts draus, es gibt Wichtigeres.« Tante Marie küsste ihren Scheitel, während sie die Bluse blitzschnell wieder zuknöpfte. »So, mein Schatz, so geht es. In der Küche steht warme Milch für dich. Und ein Apfel. Iss alles fein auf, ja?«

Noch ein Kuss, und schon war sie wieder im Laden verschwunden.

Die Sache mit der besonderen Förderung ließ Anna den ganzen Tag nicht mehr los. Und so kam es, dass sie Fräulein Stüssgen danach fragte, während der Stillarbeit. Die anderen Kinder brüteten noch über ihren Heften. Anna war längst fertig. Denn heute hatte es nur Rechenaufgaben gegeben, und die löste sie im Handumdrehen. Schreiben fiel ihr schwerer, da purzelten die Buchstaben und die Satzzeichen immer noch durcheinander und schmuggelten sich an die falschen Stellen. Aber rechnen konnte sie, dafür hatte Onkel Matthias gesorgt.

Seit Ruth nicht mehr zur Schule ging, war der Platz neben Anna leer. Anna hatte ein Riesengeschrei veranstaltet, als die lange Lina Anstalten gemacht hatte, sich dort hinzusetzen. Fräulein Stüssgen hatte ihr deswegen gut zugeredet, sie hatte sogar geschimpft, doch es hatte alles nichts geholfen. Schließlich hatte die Klassenlehrerin klein beigegeben, und Anna durfte allein in der Bank sitzen bleiben. Sie hielt den Nebenplatz frei für Ruth.

Nun hatte Fräulein Stüssgen sich auf Ruths Platz gesetzt.

»Sehr schön! Fehlerfrei!«

Sie zückte ihren Füllfederhalter und schrieb in ihrer feinen Schrift ein »sehr gut« in Annas Heft.

Anna platzte fast vor Stolz. Sie mochte Fräulein Stüssgen sehr! Alle Kinder mochten sie. Dabei konnte Fräulein Stüssgen auch sehr streng sein. Von ihr gelobt zu werden, war das Größte.

Vielleicht war es der Stolz, der Anna übermütig werden ließ. Der sie vergessen ließ, dass Onkel Matthias von einem Geheimnis gesprochen hatte, so groß, dass nicht einmal er es tragen könne.

Vielleicht war das Geheimnis aber auch tatsächlich zu groß für Anna, die erst elf war und ihre Freundin vermisste.

»Fräulein Stüssgen«, fragte Anna, »können Sie mir sagen, was eine besondere Förderung ist?«

»Eine besondere Förderung?«

»Mein Onkel sagt, Gerald bekommt eine. Was ist das?«

»Wer ist Gerald?«

»Der kleine Bruder von Ruth. Sie wissen schon, der, der nicht ganz richtig im Kopf ist.«

Fräulein Stüssgen war zuerst nur ein wenig von Anna abgerückt. Jetzt aber wurde sie ganz weiß im Gesicht.

»Und er bekommt eine besondere Förderung?«

»Ja, sagt mein Onkel. Sie sind nämlich alle weg. Von jetzt auf gleich.«

Fräulein Stüssgen beugte sich so dicht zu Anna hinab, Anna spürte fast ihre Lippen an ihrem Ohr.

»Was sagst du da! Halt den Mund! Halt den Mund, du dummes Kind!«

Anna wusste nicht, wie ihr geschah. Was war denn bloß mit dem Fräulein los? Hatte sie ihr nicht gerade erst ein »sehr gut« ins Heft geschrieben? Und nun beschimpfte sie sie? Was hatte sie denn nur getan?

Die Lehrerin war aufgesprungen und zur Tafel geeilt.

»Noch fünf Minuten«, verkündete sie mit hochroten Wangen und sich überschlagender Stimme, »hört ihr? Noch fünf Minuten!«

Anna saß da wie vom Donner gerührt. In der Bank hinter ihr kicherte die lange Lina.

»Besondere Förderung!«, kicherte Lina. »Dass ich nicht lache! Weggeschafft haben sie das Judenpack, was denn sonst!«

Nach der Schule lief die lange Lina wie immer als Erstes zum eisernen Tor, das den Schulhof der Mädchen von dem der Jungen trennte. Auf der anderen Seite wartete ihr Bruder auf sie, ein pickliger Junge, der sogar in der Schule das schwarze Halstuch der HJ mit dem Lederknoten um den Hals trug. Linas Bruder war so lang, dass er ein ganzes Stück weit über die Schulhofmauer ragte. Lina blieb stets noch eine ganze Weile mit ihm am Tor stehen, sodass die anderen Lehrerinnen und die Kinder sie zusammen sahen.

»Wie kann man auf so einen so stolz sein?«, hatte Ruth mit abschätzigem Blick auf Linas Bruder gesagt, damals, als Ruth und Anna noch gemeinsam nach Hause gegangen waren.

Anna hatte heute keinen Blick für Linas Bruder. Alles, was sie im Sinn hatte, war, möglichst schnell an der Jungenschule vorbeizukommen. Es musste ihr doch ein einziges Mal gelingen, Willibald aus dem Weg zu gehen!

Es gelang ihr fast nie. Willibald passte sie so gut wie jeden Tag ab. Ein Steinchen, das plötzlich geflogen kam. Ein Fuß, der unvermittelt aus einem Hauseingang hervorschoss. Ein Stöckchen, über das sie stolperte.

Diesmal erwischte er sie schon mitten auf dem Wallraffplatz vor dem Hotel Monopol, wo die Menschen unter rot-weiß gestreiften Sonnenschirmen saßen, Kaffee tranken und dabei zusahen, wie die Spatzen die Kuchenkrümel vom Boden aufpickten. Wie aus dem Nichts trat er vor Anna hin, die Daumen in den Taschen seiner viel zu kurzen, mehrfach geflickten Hose, den Kopf mit dem raspelkurz geschorenen mausbraunen Haar kühn in den Nacken gelegt.

»Töff, töff, töff«, sang Willibald, »da kütt ene Jüd jefahre, töff, töff, töff, mit singe Kinderwage, töff, töff, töff, wo will dä Jüd denn hin, er will nach Palästina, wo alle Jüde sinn.«

Anna lief es kalt den Rücken hinunter. Mit solchen Spottversen hatte Willibald sie und Ruth monatelang auf dem Heimweg verfolgt. Er hatte sie in die Seiten gekniffen, an den Haaren gezogen, sie geschubst. Vor allem Ruth war niemals vor ihm sicher gewesen.

Anna umfasste die Lederriemen ihres Tornisters fester und ging schnellen Schrittes an ihm vorbei. Nicht, dass Willibald ihr den Tornister schon wieder von den Schultern reißen und den gesamten Inhalt auf den Bürgersteig kippen würde! Letzte Woche war dabei ihre Schiefertafel zerbrochen, Tante Marie hatte ihr gerade erst eine neue gekauft.

Willibald blieb dicht hinter ihr.

»Töff, töff, töff«, raunte er ihr zu, »ist das wahr, die Kohns sind weg?«

Anna gab keine Antwort. Wenn er sie nur in Ruhe lassen würde! Sie begann zu rennen. Sie rannte den breiten Boulevard hinunter zum Rhein, am Heinzelmännchenbrunnen vorbei und über den Alter Markt, wo seit den letzten Luftangriffen einige Häuser, die größtenteils noch aus dem Mittelalter stammten, keine Fensterscheiben mehr hatten und große Löcher in den Dächern.

Willibald, der Anna um mehr als einen Kopf überragte, hatte nicht die geringste Mühe, mit ihr Schritt zu halten. Kurz vor ihrem Zuhause stoppte er sie. Sie waren schon in der winzig kleinen Hafengasse, nur ein paar ausgetretene Stufen noch hinab und einmal links um die Ecke, und Anna hätte es geschafft, doch die Gasse war an dieser Stelle so eng, dass Willibald nichts weiter tun musste, als Anna mit seinen langen Beinen zu überholen und die Arme weit von sich zu strecken, und schon war kein Durchkommen mehr. Mit einem triumphierenden Grinsen auf dem sommersprossigen Gesicht stützte Willibald sich locker mit jeder Hand an einer Häuserwand ab.

»Dann stimmt es also«, sagte er und packte Anna am Oberarm.

Seine Finger waren wie Schraubstöcke und bohrten sich fest in ihre Haut.

»Und du hast es dem Fräulein Stüssgen erzählt? Und die lange Lina hat es mitgekriegt?«

Anna versuchte sich loszureißen, aber sie hatte keine Chance. Willibald war älter und größer als sie, und vor allem war er viel stärker. Er beugte sich zu ihr hinunter, bis sein Gesicht ganz nah an ihrem war.

»Das wird die Kohns teuer zu stehen kommen!«

Was meinte er denn damit? Anna war mit einem Mal so elend, dass ihre Knie zu zittern begannen. Es war wegen des bösen Blitzens in Willibalds braunen Augen. Und wegen des Geruchs, der aus seinem Mund kam. Willibalds Atem roch, als hätte er einen fauligen Tümpel voller toter Frösche ausgetrunken. Und es war wegen dem, was er sagte. Hatte sie etwas falsch gemacht? Was würde die Kohns teuer zu stehen kommen? Anna kniff die Augen zusammen und überlegte fieberhaft, wie sie den gemeinen Kerl austricksen könnte.

»Pass op, do!«

Mit einem Mal war da eine vertraute Stimme, waren da

Hände, die nach ihr griffen. Große, vertraute Hände, die nach Sauerteig rochen. Anna öffnete die Augen. Onkel Matthias! Er machte eine drohende Geste zu Willibald, doch der war blitzschnell um die Ecke verschwunden.

»Mein Mädchen!« Onkel Matthias hatte Anna hochgehoben, er hielt sie auf dem Arm, sie war viel zu groß dafür und eigentlich auch zu schwer, sie war auch schon viel zu alt, um zu weinen, doch nun weinte sie und drückte ihr tränennasses Gesicht in Onkel Matthias' blütenweiße Bäckerjacke. Dieser fürchterliche Willibald!

»Mein Mädchen«, flüsterte Onkel Matthias in Annas Haar. Der Zopf, den Tante Marie ihr am Morgen geflochten hatte, hatte sich längst aufgelöst. »Ich passe auf dich auf. Hörst du, meine liebe kleine Anna? Ich passe immer auf dich auf!«

Am Nachmittag kam eine Horde Männer in langen braunen Gummimänteln und trat oben im zweiten Stock die Wohnungstür mit dem bunten Glas ein, dabei war sie doch gar nicht verschlossen gewesen. Sie rissen die Fenster auf und warfen den Hausrat der Kohns hinaus auf die Straße. Die glänzenden Kessel. Geschirr und Gläser. Den schweren Aschenbecher mit dem grauen Ascherest. Mit einem gewaltigen Krach landete alles auf dem Kopfsteinpflaster der schmalen Gasse. Sie zerrten die Spitzendeckchen von den Sesseln und den Vorhang vor Ruths Bett weg. Sie warfen die Eisenbahn des kleinen Gerald aus dem Fenster und die »Geschichten aus der Murkelei«. Anna stand im Laden, sie bekam fast keine Luft, so fest drückte Tante Marie sie an sich.

Die Männer waren an ihnen vorbeigestürmt, ohne ein Wort, die Kunden waren geflüchtet. Durch das Schaufenster sahen sie das Hab und Gut der Kohns zu Bruch gehen.

Onkel Matthias war den Männern hinterhergerannt. Anna bekam mit, wie er etwas rief. Im nächsten Moment hörten sie ihn die gewundene Treppe hinabstürzen. Als er zu ihnen in den Laden kam, blutete er an der Stirn.

»Marie! Anna! Schnell!«

Anna war stocksteif vor Schreck. Sie konnte sich kein bisschen bewegen. Sosehr Tante Marie auch an ihr zerrte, sie rührte sich nicht einen Millimeter von der Stelle. Da packte Onkel Matthias sie unter den Arm, er schleppte sie nach nebenan in die Backstube, und im nächsten Moment hatte er sie zusammen mit Tante Marie in den Gärraum gesteckt.

»Bleibt hier drin! Keinen Mucks!«

Zack, und die Tür war zu. Es war sehr warm hier drin. Und stockdunkel.

»Tante Marie?«

»Pscht!«

Anna spürte eine Hand auf ihrem Mund, klein und weich. Die Hand zitterte wie verrückt.

»Ich ...«, japste Anna.

»Pscht! Keinen Ton!«

Tante Marie hielt Anna eng umschlungen. Sie zitterte von Kopf bis Fuß. Und Anna zitterte mir ihr.

Gedämpft hörte sie das Trampeln von Stiefeln, dann Rufe, Türenschlagen. Es schien weit weg zu sein. Doch Anna wusste, es war ganz in der Nähe. Die Männer in den Gummimänteln waren in ihrem Haus. Und Onkel Matthias war mit ihnen allein. Nie in ihrem Leben hatte Anna eine solche Angst gehabt. Und dann spürte sie etwas Feuchtes auf ihrem Kopf, etwas, das auf sie hinabtropfte. Es waren Tränen. Tante Marie weinte.

Tante Marie hatte noch nie geweint. Anna kannte sie nur fröhlich und vergnügt. Sie lachte den ganzen Tag, sie wirbelte durchs Haus. Wo sie war, war Leichtigkeit und Leben. Nun weinte sie.

Die Angst legte sich um Annas Herz wie ein eiserner Ring, der es presste, bis es fast aufhörte zu schlagen.

Da, endlich, öffnete sich die Tür des Gärraums. Mit einer stummen Bewegung zog Onkel Matthias die beiden an sich. Anna vergrub ihr Gesicht an seiner breiten Brust. Tante Marie hielt sie immer noch fest an ihr Herz gedrückt.

»Nun ist es gut, meine Liebsten«, flüsterte sie, »nun ist alles wieder gut.«

Später räumten sie die Straße auf. Die Sessel mit den schweren Holzlehnen waren zertrümmert, sie wanderten zum Anmachholz unter die Ofenbank. Tante Marie nahm die hölzerne Eisenbahn an sich.

»Die bewahren wir für Gerald auf.«

Anna nickte schweigend. Das meiste hatten sich schon Nachbarn geholt, die Töpfe und Pfannen, die »Geschichten aus der Murkelei«. Zurück blieben Scherben und Schutt, den sie mit einem großen Besen zusammenfegten. Anna suchte nach dem Globus, nach Elsbeth, aber beides war verschwunden.

In der Nacht durfte Anna zwischen Tante Marie und Onkel Matthias in dem großen Bett schlafen, unten, im Zimmer neben der Backstube. Tante Marie sang ihr ein Lied, »Guten Abend, gute Nacht« sang sie, und Onkel Matthias hielt sie im Arm. Um den Kopf hatte er einen Verband, aber er lächelte schon wieder, mit Grübchen. Anna überlegte kurz, ob es wirklich so sehr von Vorteil war, ein eigenes Zimmer zu haben, doch dann war sie auch schon eingeschlafen.

Am nächsten Tag hatte die lange Lina eine neue Puppe. Stolz zeigte sie sie in der Schule herum. Die Puppe hatte seidiges blondes Haar und Augen, die auf- und zuklappten.

Anna konnte es nicht fassen. Wie kam die lange Lina an Elsbeth?

Am Nachmittag, nach der Schule, fragte sie Onkel Matthias danach. Sie saßen nebeneinander auf der Ofenbank. Hinter den Feuertüren glommen nur noch zwei einzelne, dick in Zeitungspapier gewickelte Kohlen vor sich hin. Onkel Matthias war schon fertig an diesem Tag.

Lange wischte er sich über das Gesicht. Durch den Verband auf seiner Stirn kam ein bisschen Blut, dabei hatte Tante Marie ihn vorhin erst gewechselt.

»Und Lina hat Ruths Puppe, sagst du?«

»Ja!«

»Bist du dir ganz sicher?«

»Aber natürlich! Ich erkenne doch Elsbeth!«

»Mmh.«

Onkel Matthias wischte sich immer noch übers Gesicht. Anna bekam langsam ein komisches Gefühl. Warum sagte er denn nichts? Und dann begriff sie es mit einem Mal, genau in dem Moment, als Onkel Matthias sie anschaute, so traurig, wie er sie nie zuvor angeschaut hatte.

»Anna«, fragte Onkel Matthias, »hast du irgendjemandem von unserem Gespräch gestern erzählt?«

»Ja«, antwortete sie tonlos.

Sie wäre niemals auf die Idee gekommen, jemanden zu belügen. Und erst recht nicht Onkel Matthias!

»Ich habe Fräulein Stüssgen gefragt, wegen der besonderen Förderung für Gerald. Ich hatte das nicht verstanden.«

»Mmh.« Onkel Matthias sah jetzt noch trauriger aus.

»Und die lange Lina? Hat die was davon mitbekommen?«

»Sie sitzt hinter mir.« Annas Stimme war nur noch ein Flüstern. »Sie hat gesagt, man habe die Kohns weggeschafft.«

»Ach, Anna.«

Onkel Matthias hatte ihr Kinn in die Hand genommen, schaute ihr tief in die Augen.

»Versprich mir eins«, sagte er, »wenn wir zwei von einem Geheimnis sprechen, dann muss es ein Geheimnis bleiben, ja?«

Anna nickte. Ihre Augen füllten sich mit Tränen.

»Das ist ganz wichtig! Ein Geheimnis ist ein Geheimnis! Und das muss es unter allen Umständen bleiben!«

Anna nickte noch einmal. Niemals wieder in meinem ganzen Leben werde ich ein Geheimnis verraten, das Onkel Matthias mir anvertraut hat!, schwor sie sich.

Als Onkel Matthias sie in den Arm nahm, spürte sie, wie die Tränen über ihre Wangen kullerten.

Niemals wieder!

Kapitel 4

Marie saß mit Anna in der Küche, die so klein war, dass man sich gerade einmal um sich selbst drehen konnte. Und dennoch liebte Marie diese Küche, denn sie war so modern! Die Anrichte aus Vollholz, eierschalenfarben gestrichen, der eckige Tisch mit der Platte aus grau gesprenkeltem Resopal, die zierlichen Stühle mit den geschwungenen Lehnen, ebenfalls eierschalenfarben. Am stolzesten jedoch war sie auf ihren Herd, ein echter Juno, den Matthias ihr zur Hochzeit geschenkt hatte. Dieser Herd war das Allerneueste vom Neuesten, denn er wurde doch tatsächlich mit Strom betrieben. Nie zuvor hatte Marie ein solches Wunderwerk der Technik erblickt. Die Kohns hatten bereits einen Gasherd gehabt, doch der neigte dazu, auszugehen, während doch eigentlich gerade der Braten garte. Wie oft hatte Marie auf die Schnelle eine neue Gaskartusche holen und anschließen müssen, und wie oft war ihr deswegen das Essen missraten. Dieser Herd hier jedoch war so viel einfacher zu bedienen, so viel zuverlässiger, dass Marie am Anfang jedes Mal im Stillen gejubelt hatte, wenn sie einen Knopf drehte und der Herd prompt heiß wurde.

Mittlerweile hatte sie ihn schon eine ganze Weile nicht mehr angemacht. Sie bereitete das Essen frühmorgens vor, noch halb schlafend schnitt sie Gemüse klein und schälte Kartoffeln, legte alles zusammen mit einem Stück Fleisch, wenn sie eins hatte, in eine Kasserolle, und Matthias schob die Kasserolle mittags in den Ofen, wenn er nicht mehr ganz so heiß war. Marie hatte einfach keine Zeit mehr, am Herd zu stehen.

Gemeinsam mit Anna saß sie nun im Schein der grünen Emaille-Lampe, die direkt über dem Tisch hing, und zählte die Einnahmen des Tages. Draußen prasselte der Regen gegen das mit Pappe verdunkelte Fenster, dieser August war viel zu kalt und viel zu nass. Marie bemerkte, dass sie fror, aber das konnte auch daran liegen, dass sie so entsetzlich müde war.

Sie warf einen besorgten Blick auf Anna. Die Kleine war damit beschäftigt, die Brotmarken zu sortieren, wobei sie sich auf die Unterlippe biss, was typisch war für Anna, wenn sie gerade scharf nachdachte. Marie war wie jeden Abend so erschöpft, ihr fehlte die Geduld, all die winzigen Zettelchen mit Kleber auf großen Bögen Zeitungspapier zu befestigen. Anna hingegen, die mit Knöpfen so große Probleme hatte, klebte die Marken fast schneller, als Maries müde Augen gucken konnten. Und ohne Marken gab es kein neues Mehl.

Doch was war nur los mit ihrer Kleinen? Marie kam es so vor, als säße Anna heute schon eine gefühlte Ewigkeit über den Bögen. Sie wirkte seit Tagen bedrückt. Marie hatte es zunächst auf das lange Schuljahr geschoben, diese schreckliche Regierung hatte doch tatsächlich den Schuljahresbeginn vom Frühjahr auf den Herbst verlegt, sodass die Kinder in diesem Jahr fürchterlich lange auf die großen Ferien warten mussten. Doch nun waren endlich Ferien, und Anna wirkte immer noch so traurig, wie es gar nicht zu ihr passte. Konnte es sein, dass die Hausdurchsuchung bei den Kohns ihr immer noch nachhing?

Marie nahm sich vor, mit Anna zu sprechen, bald, wenn sie nicht so müde wäre wie an diesem Abend.

Jetzt musste sie es erst einmal schaffen, die Tageseinnahmen zu zählen, bevor sie im Sitzen einschlief. Marie hatte die schwere eiserne Lade aus der Kasse genommen und in die Küche getragen. Normalerweise zählte sie das Geld im Stehen im Laden, doch heute waren ihre Beine so schwer, sie musste sich einfach hinsetzen. Wie sehr sie sich danach sehnte, endlich zu Matthias ins Bett zu kriechen!

Matthias schlief schon. Er hatte den ganzen Nachmittag hindurch gebacken, und gleich, noch vor Mitternacht, würde er wieder aufstehen und den Ofen hochfahren. Den Bäcker in Nippes hatte man eingezogen und auch den aus der Ludwigstraße, es strömten mehr Menschen denn je zuvor in ihre kleine Bäckerei.

»Liebste«, hatte Matthias ihr erklärt, »wir dürfen niemanden hungrig nach Hause schicken, wie müssen einfach härter arbeiten!«

Also hatten sie ihr Arbeitspensum verdoppelt. Matthias schob die Brote im Akkord in den Ofen, setzte neuen Teig an, ließ die Knetmaschine laufen, formte Laibe, brachte sie in den Gärraum, holte sie wieder heraus und beförderte die nächste Ladung in den glühend heißen Ofen. Marie stand jede Nacht um drei Uhr in der Früh auf und ging ihm zur Hand. Sie tat, was sie konnte, doch im Stillen fragte sie sich voller Furcht, wie lange sie beide dieses Pensum noch würden durchhalten können. Matthias, der nie besonders viel auf den Rippen gehabt hatte, hatte in der letzten Zeit abgenommen, und seine wunderschönen roten Haare zeigten erste graue Strähnen. Ihr Liebster, ihr wundervoller Liebster, wenn es nur nicht alles zu viel für ihn werden würde ...

»Tante Marie? Tante Marie? Ist alles in Ordnung? Schläfst du?«

Marie schreckte hoch. Tatsächlich, jetzt waren ihr doch die Augen zugefallen, ihr Kinn war auf ihre Brust gesunken, und die Münzen, die sie gerade erst zu ordentlichen Rollen getürmt hatte, waren kreuz und quer über den Tisch verstreut.

»Du bist mit dem Arm dagegengekommen.«

Anna war schon dabei, die Münzen wieder einzusammeln.

»Ich helfe dir, guck, so geht es schneller.«

»Mein Schatz, ich danke dir.«

Marie fuhr Anna durchs Haar, durch dieses so extrem widerspenstige Haar, das sich jeder Frisur widersetzte und das so gar nicht passen wollte zu diesem lieben, stillen Kind.

Vielleicht, dachte Marie, wird sie einmal widerspenstiger, wenn sie älter ist.

»Wenn du willst«, sagte Anna nun mit ernstem Gesicht, und in ihrem Blick lag so viel Sorge, dass es Marie fast zerriss, »mache ich allein weiter, und du gehst schon mal schlafen.«

»Auf gar keinen Fall!«

»Aber ich kann das!«

»Ich weiß, mein Schatz, du bist eine wahre Rechenkünstlerin, aber lass mich das Geld zählen, du klebst weiter die Marken auf, dann sind wir beide gleich fertig, einverstanden?«

»Einverstanden.« Anna nickte bedächtig, und Marie spürte, wie eine Welle der Zärtlichkeit ihr Herz flutete.

Was, überlegte sie bei sich, ist das für eine Welt, in der kleine Mädchen abends Brotmarken aufkleben, statt Geschichten vorgelesen zu bekommen? Dabei tat sie bereits alles, um die Realität des Krieges so gut wie möglich vor Anna zu verbergen. Doch so manches Mal mussten sie sie nachts aus dem Bett reißen und mit ihr zum großen Bunker unter dem Dischhaus rennen, weil es wieder einmal Fliegeralarm gab. Noch schien es so, als nützten die Briten Köln vor allem als Einflugschneise ins Ruhrgebiet, in den allermeisten Nächten rauschten die Bombenflieger über Köln hinweg. Aber wie lange würde das noch so bleiben?

Marie versuchte auch, sich selbst vor den Schrecken des Krieges so gut wie möglich zu schützen. Wenn manchmal doch Häuser in der Nähe getroffen wurden und Jung und Alt dann losrannte, um die Schäden zu besichtigen, wie zuletzt in der Domstraße, blieb sie fern. Und wenn die Kunden ihr im Laden von den Toten und Verletzten berichteten, die den ersten Bomben bereits zum Opfer gefallen waren, als handele es sich um Figuren in einem Spiel, versuchte sie, so gut es ging, wegzuhören. Sie verstand nicht, wie man sich am Leid anderer ergötzen konnte.

Doch nicht immer gelang es ihr, wegzuhören.

Früher an diesem Tag hatten Maries Kunden eine Nachricht überbracht, so unerhört, dass Marie sie gar nicht fassen konnte.

»Phosphorbomben?«, hatte sie ungläubig gefragt. »Was soll das sein?«

»Schreckliche Dinger«, hatte die alte Dame geantwortet, die gerade an der Reihe gewesen war. »Die Menschen verbrennen, und niemand kann sie retten. Sie schrumpfen in der Hitze, bis sie nur noch so groß sind wie kleine Kinder. Einen halben Meter vielleicht.«

Die alte Dame hatte eine vage Geste mit der Hand gemacht.

Marie schauderte immer noch beim Gedanken an diese Geste. Sie wollte diese Geschichten nicht hören. Sie wollte die Bilder vor ihrem inneren Auge nicht sehen. Sie wollte die Angst nicht fühlen.

»Wenn diese schlimme Zeit doch nur bald vorbei wäre«, flüsterte sie unhörbar vor sich hin und zählte weiter das Kleingeld, mittlerweile fühlten ihre Finger sich schon ganz taub an.

»Tante!« Anna zupfte Marie an der Schürze. »Da ist einer, der sieht aus wie der Bäcker von Max und Moritz!«

Marie schrak hoch. Und tatsächlich, der Mann, der einfach durch die Hoftür und die Backstube hereingekommen war und nun ein dröhnendes Lachen von sich gab, sah haargenau so aus wie der Bäcker aus Annas Kinderbuch: sehr dick, mit einer roten Knollennase, wenigen Haaren auf dem Kopf und Unterarmen, die an knorrige Baumstämme erinnerten. Seine karierte Hose war voller Flecken, ebenso seine weiße Jacke. Unter seinen Fingernägeln stand der schwarze Dreck.

Für einen Augenblick stockte Marie der Atem. Sie wusste genau, wer da vor ihr stand: Günter Bell, genannt »der Büll«, Großbäcker aus Köln-Sülz, Vorsitzender der Bäcker-Innung und Nationalsozialist der ersten Stunde. Dass er hier aufkreuzte, bedeutete nichts Gutes.

»Na, läuft's gut, das Geschäft?«, fragte der Büll feixend, während er sich, ohne mit der Wimper zu zucken, zu ihnen an den Küchentisch setzte.

Der filigrane Holzstuhl ächzte unter seinem Gewicht.

Was fiel dem ein! Marie sprang auf, riss Anna mit sich und verbarg sie hinter ihrem Rücken.

»Was wollen Sie hier?« Marie gab sich alle Mühe, nicht ängstlich zu klingen, und doch, sie bemerkte, wie ihre Stimme zitterte, und ärgerte sich.

»Dich beschützen, Marie, dich beschützen.«

Der Büll streckte die kurzen Beine von sich, als wollte er es sich gemütlich machen. Der Stuhl ächzte noch ein bisschen lauter.

»Sie wollen, bitte, was?«

Marie zitterte von Kopf bis Fuß. Anna, die sie weiter hinter ihrem Rücken festhielt, fühlte sich mit einem Mal ganz steif an.

»Du weißt, dass ich es gut mit dir meine.«

Der Büll suchte ihren Blick, und Marie wurde übel. Jahrelang war er ihr nachgestiegen, dieser dicke, so viel ältere Mann, damals, als sie noch als Hausmädchen bei den Kohns gearbeitet hatte. Sie verfluchte den Tag, an dem sie ihm begegnet war. Die kleine Ruth hatte Geburtstag gefeiert, und mit einem Mal, die Kinder spielten gerade Topfschlagen, stand der Büll in der Tür. »Meine Tochter hat bei Juden nichts zu suchen!«, hatte er gebrüllt und sich ein dünnes Mädchen gegriffen. Hieß sie nicht Lina und ging später mit Anna und Ruth zur Schule? Die Kohns waren am Boden zerstört gewesen, und am nächsten Tag hatten sie Marie mit einem Schreiben und Pralinen zum Büll geschickt. Die Kohns hatten tatsächlich lange gedacht, mit Freundlichkeit ließe sich alles regeln. Marie hatte ihnen nie erzählt, wie die Frau vom Büll die Pralinen auf den Boden geschmissen hatte und darauf herumgetrampelt war. Und sie hatte ihnen nie gesagt, dass der Büll sie seither bedrängte – bis zu dem Tag, an dem Matthias sie heiratete.

Von da an hatte sie sich sicher gefühlt, endlich.

Doch nun saß der Büll in ihrem Zuhause am Küchentisch und zeigte grinsend seine schlechten Zähne.

»Marie, Marie. Wie dumm von dir, diesen Herrn zu heiraten. Der angeblich nicht mitbekommt, wenn eine ganze jüdische Sippschaft über Nacht verschwindet. Der das nicht meldet, wie es jeder anständige Volksgenosse gemacht hätte. Und der zuvor still und heimlich das Haus dieses Judengesocks erworben hat.«

Der Büll grinste. Marie knickten fast die Knie weg. Der Hauskauf. Der geheime Hauskauf. Woher wusste er das? Matthias hatte all sein Geld zusammengekratzt, um es den Kohns zu geben. Er hatte ihnen einen fairen Preis für das Haus gezahlt. Doch das durfte niemand wissen! Das durfte niemand erfahren in einer Zeit, in der die Nazis jüdisches Eigentum zu Spottpreisen an sich rissen und dabei von »Arisierung« sprachen. Deshalb hatte Matthias die Kaufurkunde versteckt, in ihrem Schlafzimmer unter einer losen Holzdiele.

»Es werden andere Zeiten kommen«, hatte er gesagt, »dann können wir beweisen, dass das Haus wirklich uns gehört.«

Der Büll wartete Maries Reaktion gar nicht erst ab und holte ein fleckiges Papier aus der Brusttasche seiner Bäckerjacke, wedelte damit ein paarmal durch die Luft, wischte mit einer Bewegung das Kleingeld, die Zeitungsbögen und die Brotmarken vom Tisch und strich das Papier mit einem satten Grinsen auf dem Küchentisch glatt.

Marie traute ihren Augen nicht. Das war die Kaufurkunde! Aber wie konnte der Büll sie haben ... Dann wusste sie es, mit einem Schlag. Die Hausdurchsuchung bei den Kohns. Der Büll hatte die Urkunde von der Gestapo.

»Stimmt genau«, sagte der Büll, als hätte er ihre Gedanken gelesen, »ich habe das mal lieber an mich genommen. Nicht, dass du da mit hineingerätst, meine kleine Marie.«

Marie fühlte sich einer Ohnmacht nahe. Der dicke Kerl wollte Matthias schaden, er wollte ihn ins Gefängnis werfen lassen.

»Tja.« Der Büll streckte sich noch einmal, ein entsetzlicher Geruch ging von ihm aus, nach Schweiß und nach etwas anderem, worüber Marie lieber nicht nachdenken mochte. »So einer wie dein Mann kann natürlich nicht unabkömmlich bleiben. Da mag er noch so weiße Brötchen für den Ortsgruppenleiter backen. Damit kommt er nicht durch, nicht damit.«

Marie konnte sich nicht mehr auf den Beinen halten. Ihre Knie zitterten so sehr, sie sank zurück auf den Stuhl. Anna nutzte die Gelegenheit, um sich loszureißen und davonzustürmen.

Der Holzstuhl ächzte erneut, als der Büll aufstand. Marie, die den Blick abgewandt hatte, spürte eine grobe Hand auf der Schulter.

»Und wenn du dann ganz allein bist, süße kleine Marie«, sagte der Büll säuselnd, »und du Sehnsucht nach Gesellschaft hast, dann weißt du ja, wo du mich findest.«

Sagte es und watschelte auf seinen dicken Beinen hinaus.

Marie konnte lange nicht einschlafen in dieser Nacht. Matthias dagegen schlief tief und fest. Sie schmiegte sich an seinen Rücken, legte vorsichtig einen Arm um ihn und spürte mit jedem Heben und Senken seiner Brust, wie sehr sie diesen Mann liebte.

Als die Tränen wiederzukommen drohten, dachte Marie an Anna, ihre geliebte Kleine.

Nachdem der Büll gegangen war, hatte Anna die Brotmarken vom Küchenboden aufgelesen und auf die Bögen geklebt, mit gesenktem Blick und ohne eine einzige Frage zu stellen. Sie ist so klug, diese Kleine, hatte Marie stolz gedacht, sie versteht viel schneller als andere Kinder ihres Alters, wann es besser ist, zu schweigen.

Als sie Anna schließlich ins Bett gebracht, ihr wie jeden

Abend vorgesungen und sie auf die Stirn geküsst hatte, hatte Marie einen Entschluss gefasst: Sie würde das Glück ihrer Familie verteidigen. Mit allen Mitteln. Egal, was oder wer es ihr streitig machen wollte.

Der Briefträger kam schon am übernächsten Morgen. Sein Gesicht hatte die Farbe von grauem Stein, als er ihr den Brief mit dem Einberufungsbefehl reichte.

»Es tut mir so leid, Marie.«

Kapitel 5

Marie hielt Matthias in ihren Armen und liebte ihn, liebkoste seinen Körper, seinen Mund, seine empfindsamsten Stellen. Matthias stöhnte leise und voller Wehmut. Sie liebten einander, wie sie sich seit neun Tagen jede Nacht liebten, seit der Brief gekommen war. Vom Tag ihrer Hochzeit an hatte Marie Matthias stets ermahnt, sich vorzusehen. In Kriegszeiten ein Kind in die Welt zu setzen, das war ihr falsch erschienen. Sie hatte eine ganze Eckbank voller Kinder gewollt, aber erst, wenn der Krieg vorbei war. Wenn ihre Familie in Sicherheit und Frieden würde leben können.

Nun ließ sie jede Vorsicht fahren.

Matthias würde heute in den Krieg ziehen. Jede Überlegung, wie sie ihr Leben gestalten wollten, war hinfällig. Nichts zählte mehr, nur ihre Liebe.

Marie zog Matthias auf sich, schlang ihre Beine um ihn und drückte sich noch fester an ihn.

»Komm, Liebster«, flüsterte sie, »liebe mich ganz.«

Matthias tat es. In seinem Stöhnen mischten sich Lust und Kummer.

»Liebster«, flüsterte Marie unter Tränen, »mein Liebster.« Sie küsste seinen Mund, seinen Hals, den Ansatz seiner Schlüsselbeine. »Liebster, mein Liebster«, stammelte sie, »wir werden einander nie verlieren.«

»Nein«, antwortete Matthias, und seine Stimme hatte mit einem Mal einen rauen Ton bekommen, »das werden wir nicht, niemals.«

»Weißt du noch«, sagte er später, als Marie in seinen Armen lag, die tränennasse Wange an seiner Brust, »damals, als du mich gefunden hast?«

Marie wagte es kaum, zu nicken. Dieser Moment hatte sich unauslöschlich in ihre Seele eingegraben. So lange schon wünschte sie sich, sie könnte ihn vergessen. Doch er stand vor ihrem geistigen Auge, als wäre es erst gestern geschehen.

»Ich hatte mich aufgegeben«, flüsterte Matthias.

Marie hielt die Luft an. Nie zuvor hatten sie darüber gesprochen.

»Ich war verzweifelt. Meine Emma im Kindbett gestorben. Der kleine Rudolf hatte nicht einen einzigen Atemzug getan. Alles, was ich liebte, war verloren. So viele Jahre waren vergangen. Ich hatte die Bäckerei am Laufen gehalten, gearbeitet, gehofft, dass der Schmerz vergeht. Doch an ihrem zehnten Todestag dachte ich, ich kann nicht weiter.«

Matthias wandte sich ihr zu, umschlang sie fester, drückte ihren Körper eng an seinen.

»Du hast mich gefunden, mit dem Strick um den Hals. Es tut mir so leid, Liebste, so leid, dass du das sehen musstest.«

Sein Körper zuckte, und Marie hielt ihn und wiegte ihn, wie sie einst Anna gewiegt hatte.

»Du bist zu mir auf den Stuhl geklettert«, sagte Matthias leise, »hast mir den Strick abgenommen. Du hast mich getröstet, die ganze Nacht. Alles, was ich nie zuvor jemandem sagen konnte – dir konnte ich es sagen. Und von da an hast du jeden Abend, wenn ich schon schlief, ein Geschenk für mich in die Backstube gelegt. Ein Vögelchen aus Papier, ein Schüsselchen Grießpudding mit Kirschen, eine Zeichnung von Anna. Jeden Morgen war ein Geschenk da.«

»Und du«, flüsterte Marie, »hast mir Zuckerplätzchen gebracht und Nussecken und weiße Brötchen. Jeden Morgen, wenn ich aus dem Dienstmädchenzimmer kam, stand etwas davor.«

»Meine Liebste. Du bist meine Lebensretterin und mein Augenstern. Die Wundervollste und Herrlichste. Ich liebe dich …«

Matthias' Stimme versagte. Er küsste Marie, dass ihr die Luft wegblieb. Und dann zog er sie auf sich, und sie liebten sich noch einmal.

Als der Wecker klingelte und sie sich hastig anzogen, beobachtete Marie Matthias verstohlen. Er lächelte sie an, doch das Grübchen lächelte nicht mit. Sie hatte es nicht mehr gesehen, seit sie ihm den Brief mit dem Einberufungsbefehl gegeben hatte.

Jetzt kam er zu ihr und nahm sie in den Arm.

»Feldbäcker, Liebste«, versuchte er sie zu trösten, »sie wollen mich als Feldbäcker. Das ist weit weg von der Front.«

Marie bemühte sich um ein Lächeln, doch es gelang ihr nicht. Die Zeit der Liebe, des Glücks und der Hoffnung, das spürte sie tief in ihrem Innern, war vorbei.

Drei Stunden später schloss sie den Laden auf, als wäre dies ein ganz normaler Tag. Vor der Tür stand wie immer eine lange Schlange, die Menschen drängten herein, legten Geld und Brotmarken auf die niedrige Theke und sprachen vom Krieg. Sie erzählten von Luftalarmen und Fehlalarmen, von deutschen Fliegern, die im Norden Kölns vom Butzweiler Hof aus starteten und von Ostheim auf der anderen Rheinseite, von polnischen Fremdarbeitern, die in Deutz auf dem Messegelände einquartiert waren, und von jüdischen Familien, die aufgefordert worden waren, ihre Wohnungen zu verlassen und sich in einem ehemaligen Militärgefängnis in Müngersdorf einzufinden.

Marie, die wie stets eine frisch gebügelte Schürze trug und ihr lockiges Haar zu einem kunstvollen Knoten aufgesteckt hatte, lächelte tapfer, reichte Brot über die Theke, sagte »vielen Dank« und »auf Wiedersehen«, doch innerlich hätte sie immerzu schreien mögen. Die Welt stand in Flammen, und ihr Liebster, ihr Matthias, wurde mitten hineingeschickt. Sie spürte die mörderische Gefahr, die ihm drohte, mit jeder Faser ihres Körpers. Es war, als würde in ihr etwas sterben.

Über die Schulter sah sie irgendwann Anna in die Backstube huschen. Ihre liebe Kleine hatte die letzten Tage bei Matthias auf der Ofenbank gesessen und gezeichnet. Sie hatte einen Bleistift und die Rückseiten von leeren Mehlsäcken benutzt, denn das Objekt, das sie malte, war sehr groß. Matthias hatte Anna den Ofen erklärt. Und Anna hatte Grundschnitte und Querschnitte gezeichnet, das Backgewölbe, die Ofentür, die Feuerungstüren. Einmal war Marie dazugekommen, als Matthias Anna gerade hochgehoben hatte zu den Zügen über der Ofenklappe. Er ließ sie aus dem kleinen eisernen Kännchen Wasser hineingeben, und als es zischte, hatte die Kleine vor lauter Begeisterung gejubelt.

»Das gibt eine feine Kruste!«

»Ganz genau«, hatte Matthias geschmunzelt, doch sein Grübchen war verschwunden geblieben.

Eine dünne, kleine Frau stand nun vor der Theke und riss Marie aus ihren Gedanken. Mit einer fahrigen Geste beförderte die Frau Brotmarken für nicht weniger als acht Schwerarbeiter aus der seitlichen Tasche ihres schon etwas fadenscheinigen Rocks zutage. Die Nägel ihrer rechten Hand, mit der sie Marie die Marken zitternd reichte, waren bis auf das Nagelbett abgekaut. Wenn die Marken mal alle echt sind, schoss es Marie durch den Kopf. Mit gefälschten Lebensmittelmarken aufzufallen, konnte schlimme Folgen nach sich ziehen. Aber die Frau fortschicken? Niemals!

»Einen Moment«, sagte sie zu der Frau, »ich muss neues Brot aus der Backstube holen.«

Und dort saßen sie, Anna und Matthias, dicht beieinander auf der Ofenbank, als hätten sie etwas Geheimes miteinander zu besprechen.

Matthias redete sehr leise und so ernst mit dem Kind, als sei es schon erwachsen. Anna machte ganz große Augen.

Marie sah, wie Matthias seinen Zeigefinger auf seine Lippen legte und wie Anna mit Bedacht nickte.

Matthias und Anna, die beiden gehörten für Marie schon so lange so selbstverständlich zueinander, dass der Anblick der beiden sie fast zerriss. Schnell griff sie sich drei Graubrote und eilte aus der Backstube zurück in den Laden. Matthias und Anna waren so vertieft, sie schienen sie gar nicht bemerkt zu haben.

Die dünne Frau war verschwunden.

Gegen acht, als der erste große Ansturm vorüber war, begann Marie, nach einem Schild zu suchen, das sie schon lange nicht mehr benutzt hatte – »Heute geschlossen« stand in großen schwarzen Buchstaben darauf geschrieben.

Weit hinten in einer Schublade voller alter Zettel fand Marie es schließlich. Als sie es an der Ladentür befestigte, waren Matthias und Anna zu ihr nach vorn gekommen und blickten sie stumm an.

Nun ist es also so weit, dachte Marie und spürte, wie ihr die Kehle eng wurde.

Zum Bahnhof gingen sie zu Fuß. Matthias trug einen Rucksack auf dem Rücken, an der rechten Hand hielt er Anna, an der linken Marie. Es waren nur wenige Minuten, und es war nur eine kleine Steigung den Domberg hinauf, doch Marie war, als müsste sie eine steile Klippe erklimmen, und als kostete dieser Weg sie das Leben. Immer wieder musste sie stehen bleiben und nach Luft schnappen, doch da war keine Luft, da war nur Verzweiflung.

»Liebste, meine Liebste, wir müssen weiter.«

Marie nickte und holte Luft und beeilte sich. Doch das Gefühl, ersticken zu müssen, blieb.

Im Seidmachergäßchen an der Ecke Unter Käster hatte der Kürschnermeister Riebel ein fast lebensgroßes Hitlerporträt im Fenster stehen, umrahmt von weißen Hortensien. Einen Moment lang war Marie danach, die Tür mit der goldenen Klinke aufzureißen, in das Geschäft zu stürmen und das Hitlerbild dem Kürschnermeister über den Kopf zu schlagen. Doch es war nur ein kurzer Impuls, Marie hatte noch nie etwas zerstört oder gar jemanden geschlagen.

An den Zwillingstürmen des Doms wehten Hakenkreuzfahnen. Auf dem Vorplatz schleppten Arbeiter in zerschlissener Kleidung mit dem Aufnäher »OST« Sandsäcke zum Hauptportal.

Den Dom schützen sie, dachte Marie, sie holen sogar Fremdarbeiter dafür hierher, und unsere Liebsten schicken sie in den Tod. Was ist das für eine Welt?

Matthias, der ihre Gedanken wie so oft zu lesen schien, drückte ihre Hand noch fester.

Der Hauptbahnhof war voller Soldaten und voller junger Frauen in der erdbraunen Uniform des Reichsarbeitsdienstes. Väter hielten ihre Kinder im Arm, Frauen ihre Männer. Pfiffe gellten, Züge donnerten in die hohe Halle und wieder hinaus. Es herrschte ein unglaubliches Durcheinander, und sie brauchten lange, bis sie das richtige Gleis gefunden hatten. Sie brauchten so lange dafür, dass der Zug schon abfahrbereit war, die ersten Türen schlugen gerade zu.

»Marie! Anna!« Auch Matthias schien kaum noch Luft

zu bekommen, seine Stimme war ein atemloses Krächzen an Maries Hüfte. Er war in die Knie gegangen, er vergrub sein Gesicht in ihrem Bauch, küsste sie, küsste sie durch das Kleid hindurch. Dorthin, wo Marie glaubte etwas zu spüren, was sie doch noch gar nicht so früh spüren konnte, von dem sie nicht wusste, ob sie es spüren wollte, jetzt, wo Matthias an die Ostfront musste. Sie hatte ihm nichts davon gesagt, und doch küsste er in diesem Moment ihren Unterleib, mitten auf dem Bahnsteig. Zugleich hielt er Anna fest umschlungen.

»Ich liebe euch«, flüsterte er, Marie ahnte es mehr, als dass sie es hörte, er flüsterte es Anna ins Ohr und in Maries Bauch. Sein Haar, rot wie Kupfer, leuchtete in ihrer Hand. »Ich liebe euch über alles. Ich komme zurück. Seid ganz gewiss, ich komme zurück. Passt auf euch auf. Gebt den Menschen Brot. Haltet die Bäckerei am Laufen, damit niemand Hunger leiden muss. Bewahrt mir die Bäckerei! Seid tapfer und habt keine Angst, hört ihr, habt keine Angst!«

Da gellte ein weiterer Pfiff, ein Uniformierter hatte Matthias am Kragen gepackt und zerrte ihn mit eisernem Griff zur letzten noch offenen Zugtür. Matthias stolperte hinein, die Tür schloss sich, der Zug fuhr ab.

Marie blieb am Bahnsteig zurück, mit Anna an ihrer Seite, die kreideweiß war im Gesicht und über deren Wangen große, stille Tränen kullerten.

Marie streichelte mit der rechten Hand das Mädchen und wusste, dass es für Anna keinen Trost gab, jetzt nicht und vielleicht niemals mehr.

Die linke Hand presste sie auf ihren Unterleib, dorthin,

wo sie immer noch Matthias' warmen Atem zu spüren glaubte.

Kapitel 6

Anna schlief nicht mehr allein in dem schmalen Raum im ersten Stock. Tante Marie hatte sie zu sich heruntergeholt in das Zimmer neben der Backstube. Sie hatte die Daunendecke, die über und über bedruckt war mit gelben Rosen, in das Bett mit dem hohen Kopfteil gelegt, auf die Seite von Onkel Matthias.

»Wir müssen aufeinander aufpassen«, hatte Tante Marie gesagt, »jetzt, wo wir ohne ihn sind.«

So viele Nächte hatte Anna mit Tante Marie in einem Bett geschlafen, beinahe ihr ganzes Leben lang. So vertraut war ihr die Tante, ihre Stimme, wenn sie ihr abends ein Lied sang, ihr Duft, ihre Weichheit. Es hätte alles wie früher sein können, doch es war vollkommen anders.

Tante Marie, die stets geschlafen hatte wie ein Vögelchen im Nest, schlief nicht mehr. Sie wälzte sich von rechts nach links, sie stöhnte und weinte, wenn auch ganz leise.

Anna machte kein Auge zu.

Und selbst wenn ihre Tante vollkommen still gewesen wäre und keinen Mucks von sich gegeben hätte, hätte Anna nicht schlafen können, dessen war sie sich ganz gewiss.

Denn auch sie vermisste Onkel Matthias, sie vermisste ihn so sehr, dass es sie fast zerriss.

Und dann war da noch diese Sache, an die sie kaum zu denken wagte. Das Geheimnis. Das Geheimnis, das Onkel Matthias Anna anvertraut hatte an dem Morgen, an dem er fortmusste. Dieses Geheimnis war so ungeheuerlich, dass es Anna nicht mehr schlafen ließ. Tagsüber versuchte sie an etwas anderes zu denken. Doch in der Nacht wuchs das Geheimnis, es wurde größer und größer und fuhr in ihrem Kopf Karussell.

Gerne hätte sie Onkel Matthias so viele Fragen gestellt! Doch er war fort. Und Tante Marie konnte sie nicht fragen.

»Kein Wort darüber, bis ich zurück bin!«, hatte Onkel Matthias gesagt und warnend seinen Finger gehoben. »Hörst du?«

Anna hatte genickt und versprochen zu schweigen, egal was kommen mochte.

Doch das Geheimnis hielt sie wach, es schlug Purzelbäume in ihrem Kopf, jeden einzelnen Moment, den ganzen Tag, die ganze Nacht. Oft fiel sie erst am frühen Morgen, wenn Tante Marie schon aufgestanden war, in einen unruhigen Schlaf.

Lange schon zogen sie sich nachts nicht mehr aus. Sie schliefen vollkommen bekleidet, die Schuhe standen direkt vor dem Bett bereit, daneben Tante Maries Tasche und Annas Ranzen. Darin hatten sie ihre Papiere, Trockenobst und Wasserflaschen.

Die britischen Flugzeuge flogen nicht mehr über die

Stadt hinweg Richtung Ruhrgebiet, immer öfter warfen sie ihre Bomben auf Köln.

Wenn der Voralarm ertönte, drei kurze Töne dicht hintereinander, blieben allerhöchstens zwanzig Minuten, um den Bunker im Dischhaus zu erreichen. Denn sobald die Sirene lange an einem Stück heulte, bedeutete das »akute Luftgefahr«, dann waren die feindlichen Flieger schon über der Stadt, und die eisernen Türen des Bunkers wurden geschlossen, niemand kam mehr herein.

Anna hasste die Nächte im Bunker. Es war dunkel und eng und stickig. Die Menschen weinten und beteten. Sie hörten das Knattern der Flugzeuge, sie spürten das Aufschlagen der Bomben, die Hitze des Feuers. In manchen Nächten hetzten Anna und Marie zwei, drei Mal durch die Nacht, so oft ertönte der Alarm. Sie rannten durch übervolle Gassen, wo Mütter ihre Kinder hinter sich herzerrten, wo Alte strauchelten und fielen, wo Babys weinten und Luftschutzwarte Befehle brüllten. Tante Marie hielt Annas Hand mit eisernem Griff, sie ließ sie nicht los, die ganze Nacht nicht. Sie lockerte ihren Griff erst, wenn sie wieder daheim waren. Wenn sie die letzten Meter durch die Gasse zurückgelaufen waren, immer schneller werdend, mit wild hämmernden Herzen. Erst kurz vor ihrem Zuhause wurden sie langsamer, immer langsamer, als wagten sie nicht weiterzugehen. Sie hielten beinahe die Luft an. Was würde sie erwarten? Hatte der Bombenhagel auch diesmal die Bäckerei verschont?

Tante Marie ließ Annas Hand immer erst dann los, wenn das Haus im Buttermarkt vor ihnen aufragte. Einst von den

Kohns hellgrün gestrichen und mit Betonböden versehen, hatte es bis jetzt jedem Bombenangriff getrotzt.

Fünf Wochen schon war Onkel Matthias nun weg, und Anna war es, als vermisste sie ihn jeden Tag mehr. In der Backstube stand der Neue. Anna hatte sich angewöhnt, ihn vom Hof aus zu beobachten, gut verborgen von dem Häuschen, das einmal ein stilles Örtchen gewesen war, bevor Ruths Vater Wasserklosetts auf der ersten und zweiten Etage hatte einbauen lassen. Im Hof, der so eng war, dass niemals auch nur das geringste Lüftchen hindurchwehte, war es in diesen regnerischen Augusttagen feucht und stickig. Aber Anna fühlte sich hier sicher vor Willibald. So frech Willibald auch war, er hatte es noch nie gewagt, durch die niedrige Tür, die den Hof von der Gasse trennte, hereinzukommen. Vor allem jedoch konnte der Neue sie hier nicht sehen, während sie ihn wiederum wunderbar im Auge behalten konnte. Und das war tausendmal interessanter als die öden Heimnachmittage bei den Jungmädeln, wo sie gleich wieder hinmusste.

Der Neue war vom bösen Bäcker gebracht worden, der womöglich noch viel Schlimmeres machte, als unartige Kinder in Teig zu wälzen und im heißen Ofen zu backen. Dieser Bäcker war kein Bäcker aus einem Kinderbuch, er war richtig böse, das hatte Anna längst erkannt. Sie sah es in seinen Augen. Und sie sah es daran, wie Tante Marie ihn anschaute.

Der Neue hatte auch Angst vorm bösen Bäcker, das war deutlich zu erkennen gewesen. Da hatte Anna ihn fast gleich gemocht.

Jetzt war er vor die Tür getreten, Anna drückte sich schnell in den Spalt zwischen Klohäuschen und Hofwand. Sie konnte ihn leise vor sich hin reden hören, aber sie verstand kein Wort. Es kam ihr so vor, als fluchte er.

Kein Wunder, dachte sie bei sich, dem misslingt ja auch wirklich alles.

Seit der Neue da war, waren die Brote viel zu klein, außen verbrannt und innen noch feucht. Tante Marie war schon völlig verzweifelt deswegen. Die Kunden jammerten und zeterten, dass sie für so minderwertige Ware ihre Brotmarken hergeben mussten. Anna zerbrach sich den Kopf, was der Neue wohl falsch machte. Und je länger sie ihn beobachtete, desto klarer wurde es ihr.

Gerade zum Beispiel war er wieder hineingegangen und warf neue Briketts auf die Feuerungsroste.

Anna fasste sich an den Kopf. Ja, hatte der denn gar keine Ahnung? Die Brote waren schon eine ganze Weile im Ofen, sie würden schneller verbrennen, als er gucken konnte! Am Anfang brauchten sie große Hitze. Deshalb musste der Ofen zwischen den Backgängen befeuert werden, nicht währenddessen. Gebacken wurde mit absteigender Hitze, das machte das Brot außen kross und innen weich. Das wusste schließlich jedes Kind!

Ein halbes Kind schien der Neue tatsächlich noch zu sein. Er war kaum größer als Anna und ganz schmal. Sein Kopf war kahl geschoren, aber er hatte diesen zarten Flaum auf der Oberlippe. Anna überlegte noch, ob sie das eklig fand oder interessant. Vor allem jedoch hatte der Neue ganz dichte dunkle Augenbrauen und so blaue Augen, wie Anna nie zuvor welche erblickt hatte. Wie konnte man so blaue Augen haben!

Tante Marie hatte ihm eine Bäckerhose von Onkel Matthias und ein weißes Hemd gegeben, beides war ihm viel zu groß. Auf seiner grauen Jacke, die er trug, wenn er frühmorgens zur Arbeit kam, prangte ein weißes Viereck mit der Aufschrift »OST«.

Fremdarbeiter, so hatte Anna es in der Schule gehört, waren Abschaum, minderwertig, arbeitsscheues Gesindel. Sie hatte das nie geglaubt, auch weil Onkel Matthias ihr immer gesagt hatte, sie sollte in der Schule rechnen lernen und lesen und schreiben und bei allen anderen Themen eifrig nicken, sich aber innerlich die Ohren zuhalten.

»Joseph kommt aus Polen«, hatte Tante Marie Anna erklärt. »Er hilft uns. Aber wir dürfen nicht mit ihm sprechen, nur das Allernötigste. Hörst du, Anna? Nur das Allernötigste!«

Seitdem fragte Anna sich, was das Allernötigste war. Sie wollte nämlich sehr gerne mit Joseph sprechen.

Die Antwort ergab sich im nächsten Augenblick. Tante Marie kam in den Hof gestolpert. Sie war ganz weiß im Gesicht, sie wankte. Sie riss die Tür zum Klohäuschen auf, darin befand sich immer noch der alte Sitz. Nur die Klappe war nicht mehr darauf, die hatte Onkel Matthias verfeuert. Er hatte sich nämlich einmal in der Nacht mit dem nackten Po auf die langen, spitzen Nägel gesetzt, die immer aus der Klappe herausgeragt hatten, weil er nicht damit gerechnet hatte, dass jemand sie heruntergeklappt hatte. Seitdem gab es keine Klappe mehr, was ein Glück war für Tante Marie, denn kaum hatte sie das Häuschen erreicht, da erbrach sie sich auch schon in den Abort.

Anna kauerte direkt daneben hinter der Bretterwand und hielt sich mit den Daumen die Ohren und mit den kleinen Fingern die Nase zu. Ojemine, Tante Marie war schlecht geworden! Sie hatte es nicht mal mehr ins richtige Klo im ersten Stock geschafft! Das konnte nur an dem Brot liegen, das der Neue backte. Und das war nun wirklich auch kein Wunder.

Jetzt, beschloss Anna, kaum dass Tante Marie zurück in den Laden gestolpert war, das Gesicht immer noch so weiß wie Weizenmehl, war der Zeitpunkt gekommen, das Allernötigste zu besprechen. So konnte es ja wohl nicht weitergehen!

Als sie die Backstube durch die Hintertür betrat, wurde der Neue fast noch weißer im Gesicht als Tante Marie.

»Guten Tag«, sagte Anna, »ich möchte gerne das Allernötigste besprechen.«

Sie hielt ihm die Hand hin, denn Tante Marie hatte schließlich nichts davon gesagt, dass Anfassen nicht erlaubt war.

Der Neue schreckte zurück, sein Gesicht verfinsterte sich so sehr, dass die dichten schwarzen Augenbrauen einander berührten und die schönen blauen Augen fast gar nicht mehr zu sehen waren.

Anna stand einen Moment lang unschlüssig da, die Hand ausgestreckt, doch er machte keinerlei Anstalten, sie zu ergreifen.

Was hatte er denn? Warum schaute er so finster? Sie war doch nur ein Mädchen.

»Anna!«

Tante Marie war aus dem Laden gekommen. Sie war immer noch sehr blass, nun streckte sie die Hand nach ihr aus.

»Komm mit mir.«

»Aber wieso?«

»Komm, bitte, ich erkläre es dir.«

Tante Marie hatte Annas Arm gepackt und zerrte sie mit einer Bestimmtheit, die Anna ganz und gar fremd war, aus der Backstube.

»Was habe ich denn getan? Ich wollte nur das Allernötigste mit ihm besprechen.«

»Aber ja, mein Schatz, natürlich.«

Tante Marie hatte sie in die Küche gezogen, mit dem Zipfel ihrer Schürze wischte sie Annas Gesicht sauber, denn dummerweise hatte sie nun auch noch angefangen zu weinen.

»Anna, mein Schatz, entschuldige, du kannst nichts dafür.«

»Aber was ist denn bloß?«

Tante Marie überlegte einen Moment.

»Er hat Angst vor deiner Uniform«, flüsterte sie dann, als könnte der Neue sie hören.

»Er hat *was?*«

»Deine Uniform, Anna. Menschen wie Joseph fürchten sich davor, selbst dann, wenn kleine Mädchen sie tragen. Wir wissen nicht, was er erlebt hat.«

Anna schaute an sich herunter. Sie hatte tatsächlich

schon ihre Jungmädel-Uniform an. Diesen verflixten blauen Rock, den man an die weiße Bluse knöpfen musste. Weil Anna mit Knöpfen aller Art auf Kriegsfuß stand, hatte Tante Marie ihr die Uniform schon am frühen Morgen angezogen, bevor sie den Laden aufgeschlossen hatte. Mitsamt Halstuch und Lederknoten und weißen Söckchen und Parteiabzeichen auf dem Blusenärmel.

»Und er hat Angst davor?«

»Vermutlich. Wir wissen nicht, wie er hierhergekommen ist. Und wie es ihm geht, dort, wo er jetzt untergebracht ist. Und die, die ihn bewachen, tragen alle Uniform. Es tut mir so leid.«

Tante Marie wischte ihr immer noch das Gesicht sauber, dabei weinte sie schon gar nicht mehr.

Jetzt war Anna danach, zu fluchen. Sie hasste die Jungmädelnachmittage. Sie mochte die Spiele und die Wettkämpfe, das gemeinsame Singen und die Ausflüge an den Rhein, die sie mit den Jungmädeln unternahm. Aber sie hasste die Stunden am Nachmittag, wenn die Jungmädelführerin, ein dickliches Mädchen mit feuchter Aussprache, stundenlang mit monotonem Singsang Geschichten vom Führer vortrug. »Weltanschauliche Schulung« nannten sie das, und Anna hatte wochenlang gebettelt, da nicht mehr hingehen zu müssen.

»Das geht nicht anders, mein Schatz«, hatte Tante Marie gesagt und Onkel Matthias hatte sich zwinkernd die Ohren zugehalten.

Und nun hatte der Neue Angst vor ihr bekommen, einem Mädchen von nicht einmal zwölf Jahren.

Am nächsten Tag versuchte Anna es noch einmal. Sie war extra früh aufgestanden, um sich vorzubereiten. Als sie die Backstube betrat, trug sie ihr Lieblingskleid, das grüne, das keinen einzigen Knopf hatte und das man einfach über den Kopf zog. Unter dem Arm hielt sie ein großes, eingerolltes Stück Papier.

Die Backstube war bereits aufgeräumt, der Tisch und alle Bleche waren geputzt, der Boden gefegt. Der Neue hatte sein Tagwerk schon getan. Jetzt saß er auf der Ofenbank, den Kopf in den Nacken gelegt, den Mund leicht geöffnet. Er schlief.

Nicht ganz zweihundert Brote hatte Joseph heute gebacken, alle zu klein und verbrannt. Anna konnte die Kunden im Laden bis hierher schimpfen hören. Oje!

Sie trat ein bisschen näher an ihn heran, betrachtete ihn genau. Die Haare auf seinem Kopf waren wenige Millimeter nachgewachsen, ganz dunkel waren sie, beinahe rabenschwarz. Sein Gesicht sah aus wie geschnitzt: hohe Wangenknochen, darunter tiefe Höhlen, als hätte er lange Zeit viel zu wenig zu essen bekommen. Dichte Wimpern, die wie kleine dunkle Federn ganz leicht flatterten. Sein Mund stand etwas offen, seine Lippen hatten die Farbe von reifen Kirschen und waren geschwungen wie die Flügel der Möwen draußen am Rhein. Anna näherte sich ihm noch ein bisschen mehr. Alles an ihm schien anders, unbekannt, und mit einem Mal wünschte sie sich, sie könnte ihn ewig anschauen, auch wenn sie sich im gleichen Moment verwirrt fragte, wie sie auf so einen törichten Wunsch gekommen war.

Da schlug er plötzlich die Augen auf. So blaue Augen! Anna prallte zurück, ihr Herz raste, ihr Kopf wurde ganz heiß und dann wieder ganz kalt.

Der Neue hatte sich nicht minder erschrocken, mit einem Satz war er von der Ofenbank aufgesprungen und fasste sich an die Brust, als schlüge auch sein Herz wie verrückt.

Am liebsten wäre Anna gleich wieder davongerannt. Aber dann, sagte sie sich, würde das nie etwas werden mit dem Neuen und den Broten. Sie atmete einmal tief durch. Schnellen Schrittes lief sie zum Backofentisch, schob die große Waage beiseite und breitete das Papier aus. Ihr Herz hämmerte immer noch wie verrückt.

»Guck mal«, sie sah sich nach ihm um, »bitte, guck doch mal, äh, Joseph?«

Mit einer Geste winkte sie ihn zu sich heran. Er hielt Abstand, aber immerhin, er kam ein wenig näher und schaute über ihre Schulter auf ihr Werk.

Das Papier war die Rückseite eines Mehlsacks, von oben bis unten fein säuberlich bemalt mit Zeitangaben, Briketts und Brotmengen. Es war eine Ofen-Befeuerungs-Anleitung in Bildern, ohne ein einziges geschriebenes Wort, akkurat bis ins kleinste Detail.

Dem Neuen entfuhr ein Laut des Erstaunens.

»Großartig«, flüsterte er, »wirklich großartig.«

Anna fuhr herum.

»Was«, rief sie, »du sprichst Deutsch?«

»Aber ja doch«, antwortete der Neue, der wirklich ganz unglaublich blaue Augen hatte, »warum denn nicht?«

Joseph war erst sechzehn Jahre alt. Er hatte als Lehrling in einer deutschen Bäckerei in Schlesien gearbeitet, seine Mutter hatte Deutsch unterrichtet, aber das hatte ihm nicht geholfen, als die Wehrmacht gekommen war und ihn verschleppt hatte. Er wusste genau, wie man Graubrote backte und Weizenmischbrote und sogar Schwarzbrote, aber den Ofen hatte stets der Stift bedient.

»Außerdem«, sagte er, während er sich mit Anna über den bemalten Mehlsack beugte, »hatten wir nicht so einen alten Ofen. So einen habe ich noch nie gesehen!«

Anna war ein wenig beleidigt, auch wenn sie zugleich ungeheuer erleichtert war, dass der Neue mit ihr sprach.

»Unser Ofen«, erklärte sie, »ist ein Königswinterer Ofen. Er ist aus allerfeinstem Vulkangestein, das hat mein Onkel Matthias mir erklärt. Und er ist beinahe hundert Jahre alt!«

»Das«, schmunzelte Joseph, »erklärt so einiges.«

Anna traute ihren Ohren nicht. Konnte das sein? Konnte das tatsächlich sein? Machte Joseph sich über ihren Ofen lustig? Sie schaute ihn an, und ja, um seinen Mund spielte ein Lächeln, und in seinen Augen war ein Blitzen. Das war der Moment, in dem Anna kein bisschen mehr beleidigt war und in sein vorsichtiges Lachen einfiel.

Bald war immerhin die Hälfte der Brote nicht mehr verbrannt. Und als der Herbst kam, als die Bombenangriffe zunahmen, immer mehr Häuser im Martinsviertel in Flammen aufgingen, ganze Straßenzüge sich in Trümmerwüsten verwandelten, als der Siegeszug der vermeintlich so erfolgreichen Wehrmacht vor Moskau stoppte und selbst der Kürschnermeister Riebel sein Hitlerbild aus der Auslage räumte, gab es in der kleinen Bäckerei im Buttermarkt Tag für Tag goldbraun glänzende Brote. Brote, die außen eine perfekte Krume hatten und innen weich und fluffig waren.

Das Geheimnis dieses großen Wandels kannten nur Anna und Joseph. Es war bald nicht mehr das einzige Geheimnis, das sie teilten. Denn fortan saß Anna wieder auf der Ofenbank, sie erfuhr wundersame Geschichten aus Schlesien und lernte polnische Lieder, die sie nur ganz leise singen durften, damit die Kunden im Laden sie nicht hörten. Joseph wiederum wusste schnell Bescheid über Willibald und die lange Lina und Fräulein Stüssgen, und er nickte stumm mit großen Augen, als Anna ihm von Ruth erzählte und vom Verschwinden der Kohns.

Als Weihnachten vor der Tür stand, stieg Anna auf die Ofenbank und holte zu Josephs Erstaunen den kleinen Topf aus dem Geheimfach hervor. Es war immer noch ein wenig Schokolade darin, obendrauf war sie ein bisschen weiß geworden, doch als Anna und Joseph ihre Finger hineintauchten und diesen letzten Rest gemeinsam aufschleckten, kam es Anna so vor, als hätte sie nie zuvor etwas Köstlicheres gegessen.

Kapitel 7

Marie stand am Ufer des Rheins wie beinahe jeden Abend um diese Zeit. Ein strenger Wind wehte, auf dem schwarzen Wasser trieben Eisschollen, und die Seile, mit denen die Boote an den eisernen Pollern vertäut waren, klirrten leise. Ende Dezember war eine gewaltige Kältewelle über Köln gekommen, jetzt war fast Februar, und der Frost wollte nicht weichen. Marie zog den sandfarbenen Umhang aus feinstem Kamelhaar ein wenig enger um sich, ein Geschenk, das sie erst nicht hatte annehmen wollen.

»Kommen Sie«, hatte Frau Kohn gesagt, »ich werde ihn nicht mitnehmen können. Und wer weiß, wann Sie ihn brauchen.«

Die liebe, gütige Frau Kohn. Als hätte sie geahnt, dass Marie in diesem Winter allabendlich in der bitteren Kälte der Nacht am Rhein stehen würde und dass der Umhang schon bald eines der wenigen Kleidungsstücke sein würde, die ihr noch passten.

Ihr Bauch wölbte sich bereits merklich, schon seit dem Weihnachtsfest ließ es sich kaum noch verbergen.

Behutsam legte Marie eine Hand dorthin, wo sie das

Köpfchen des Kindes vermutete. Fast augenblicklich war sie von einer tiefen Ruhe erfüllt, ganz so, als könnten ihr die tiefschwarze Nacht, der eisige Wind und der unerbittlich fortschreitende Krieg nichts anhaben. Sie trug Matthias' Kind, und das gab ihrer Hoffnung Nahrung, Tag für Tag.

Marie sah hinauf in den Himmel. Sie hätte den Polarstern auch von der engen Gasse aus sehen können und sogar vom Hinterhof, doch hier am Fluss, wo der Duft des Wassers ihr entgegenwehte wie einst an dem Tag, an dem sie hierherkam, leuchtete er doppelt schön.

Sie stand ganz still und schaute in den Himmel, und sie hoffte mit aller Kraft, dass Matthias, wo immer er in diesem Augenblick auch sein mochte, genau dasselbe tat. Abends um neun würden sie den Polarstern betrachten und wären einander nahe. So hatten sie es sich versprochen, und so hielt sie es.

»Dein Vater«, sagte sie zu dem Kind in ihrem Bauch, »ist in Russland. Er hat dich lieb, und er kommt bald zurück.«

Sie sagte es ein ums andere Mal, sie spürte den Trotz in sich aufsteigen, den sie schon einmal gefühlt hatte, damals, als sie mit der kleinen Anna nach Köln gekommen war, als sie ihrer beider Leben in die Hand genommen und ihr Glück gefunden hatte.

»Er kommt zurück«, flüsterte sie, »wenn du geboren wirst, ist er wieder da.« Mit einer entschiedenen Bewegung wischte sie die Tränen weg, die ihr nun doch übers Gesicht liefen. Matthias musste einfach bald wiederkommen. Wie sollte es sonst mit ihnen weitergehen? Eine Frau und ein Mädchen, ganz allein in Kriegszeiten, und demnächst noch mit einem Säugling – wie sollten sie das schaffen? Kurz schweiften ihre Gedanken zu Joseph, dem fleißigen, freundlichen Polen, der Tag für Tag in ihrer Backstube schuftete. Würde er sie beschützen können, so lange, bis Matthias wieder zu Hause war? Nein, Joseph war ja selbst fast noch ein Kind.

Am Anfang hatte Matthias jede Woche einen Brief geschickt. Marie hatte sie so oft gelesen, dass sie sie alle auswendig kannte. Doch mit einem Mal, Ende November, war die Post ausgeblieben, und Anfang Januar war ein Telegramm aus dünnem Papier gekommen, der Feldbäcker Odenthal werde vermisst.

Keinen Augenblick hatte Marie geglaubt, dass er tot sein könnte. Matthias lebte, das fühlte sie tief in ihrem Innern. Doch die Angst und seine fehlende Nähe brachten sie fast um den Verstand.

Allmählich fraß sich die feuchte Kälte des Rheins durch ihren Umhang. Nur noch ein letzter Blick in den Nachthimmel, der Marie tröstete, dann machte sie sich auf den Heimweg. Ins Warme, zu Anna, ihrem kleinen Schatz.

Erst als sie den engen Hof betrat, bemerkte Marie, dass etwas nicht stimmte. Im ersten Stock brannte Licht, dort, wo Anna ihr Zimmer gehabt hatte. Das Fenster war nach wie vor mit einer Pappscheibe verdunkelt, doch darum herum zeichnete sich zart ein heller Lichtschein ab.

Marie stockte das Herz. Wer mochte dort in ihrem Haus sein? Die Wohnung der Kohns stand leer, obwohl nach Anweisung des Gauleiters Grohé in alle Häuser, aus denen die jüdischen Bewohner vertrieben worden waren, Fliegergeschädigte einquartiert werden sollten. Doch niemand wollte in das Martinsviertel ziehen, so dicht an die Rheinbrücken und an den Hauptbahnhof, wo man die britischen Bombenflieger mehr als anderswo fürchten musste. Die Menschen verließen Köln in Scharen, wer konnte, flüchtete aufs Land.

Marie war, als presste eine eiserne Hand ihr Herz zusammen. Anna war allein zu Hause und sollte längst im Bett sein. Sie hatte strenge Order, niemanden hineinzulassen. Aber wer war dann oben im ersten Stock? Marie überlegte nicht lange, es war keine Zeit zu verlieren, sie raffte den Umhang fester und rannte ins Haus. Voller Angst schaute sie in der Backstube nach, in der Küche, im Schlafzimmer – Anna war nirgendwo zu finden. Um Himmels willen, wenn nur niemand Fremdes eingedrungen war! Marie stürmte die Treppe hinauf, so schnell sie konnte. Mit drei großen Schritten flog sie im ersten Stock mehr über den Flur, als dass sie rannte, und mit einer einzigen entschiedenen Bewegung riss sie die Zimmertür auf.

Das Bild, das sich ihr bot, war entsetzlich.

Auf Annas Bett lag ein Mensch, ein Mann. Sie erkannte ihn nicht sogleich, denn der Mann hatte kein Gesicht mehr. Seine Augen waren zugeschwollen, seine Nase ein blutiger Klumpen, sein Mund eingerissen, Blut lief heraus. Am Fußende des Bettes stand Anna neben der kleinen Kommode und tunkte mit ernstem Gesicht ein Tuch in ein Schüsselchen mit Wasser, sie war offenbar dabei, die Wunden des Mannes zu säubern.

»Schatz, was tust du? Wer ist das?«

Marie stürzte zu Anna, und da erst erkannte sie den Mann. Sie erkannte ihn an seiner schmalen Gestalt, an seiner grauen Jacke mit der Aufschrift »OST« und an seinem tiefschwarzen, blutverkrusteten Haar.

Joseph. Auf Annas Bett lag Joseph, übelst zusammengeschlagen.

»Oh, mein Gott, was ist passiert? Anna, Joseph, nun sagt schon, was ist passiert?«

Marie ließ sich auf die Knie fallen, tastete nach Josephs Hand, die sich eiskalt anfühlte. Joseph versuchte etwas zu sagen, doch aus seinem Mund kam nur Blut und ein leises Röcheln.

»Sie haben ihn zusammengeschlagen«, raunte Anna kaum hörbar, »im Gefangenenlager.«

Marie glaubte ihren Ohren nicht zu trauen. Das durfte doch wohl nicht wahr sein! Diese verdammten Nazi-Schergen! Und was für ein Schock musste sein Anblick für Anna sein!

Joseph röchelte erneut. Marie entschied, erst einmal ihn zu versorgen. Sie strich Anna über den Kopf, ihre Kleine war beängstigend blass, und das Haar stand ihr zu allen Seiten vom Kopf ab.

»Erzähl mir gleich, was passiert ist, mein Schatz.« Marie kämpfte mit den Tränen, doch sie rang sie nieder. »Du machst das wunderbar, und jetzt helfe ich dir. Holst du mir das Fläschchen mit dem Rivanol und noch mehr heißes Wasser?«

Später, als sie Josephs Wunden gereinigt und so gut es ging

verbunden hatte, brachte Marie Anna ins Bett, legte sich zu ihr und nahm sie fest in den Arm. Anna fühlte sich ganz steif an und schrecklich kalt, Marie erschauderte. Ihre liebe Kleine, wie musste sie sich erschrocken haben!

»Erzähl es mir, meine Kleine«, flüsterte sie Anna ins Ohr, während sie sie sanft hin und her wiegte, »erzähl mir alles, was du weißt.«

Und Anna erzählte, stockend und unter Tränen. Joseph war schon lange in den Deutzer Messehallen, wo er mit Hunderten weiteren Fremdarbeitern unter fürchterlichen Bedingungen hausen musste, übelst von den Wachleuten misshandelt worden. Anna wusste davon, doch er hatte sie schwören lassen, niemandem etwas zu sagen. Gefangene, die sich beschwerten, verschwanden in Lagern im Osten. Auf manche hatte man auch die Hunde gehetzt.

Marie war so schockiert, sie konnte die Tränen nicht länger zurückhalten. Anna schluchzte umso lauter, und so wiegten sie einander weinend in den Schlaf.

Am nächsten Morgen fühlte Marie eine Wut in sich, die sie beinahe platzen ließ. Sie war so wütend auf sich selbst! Wie hatte sie nicht mitbekommen können, dass Anna ihr Wissen über Josephs Leid vor ihr verbarg! Sie hätte besser achtgeben müssen auf Anna, trotz der vielen Arbeit und ihrer Schwangerschaft. Das durfte nie wieder passieren!

Und sie war ungeheuer wütend auf die Männer, die Joseph das angetan hatten. Sie wusste, dass sie an die Verantwortlichen nicht herankommen würde. Aber sie wusste auch, dass sie Joseph helfen musste, koste es, was es wolle.

Schweren Herzens hängte sie das Schild an die Tür, das sie nie wieder an die Tür ihrer Bäckerei hatte hängen wollen, »Heute geschlossen«. Die Menschen, die bereits in der engen Gasse Schlange standen, gerieten in Aufruhr, sie schimpften und beschwerten sich. Marie fühlte sich erbärmlich, weil sie ihnen kein Brot geben konnte. Aber wie hätte Joseph in seinem Zustand backen sollen?

Als Nächstes machte sie Frühstück für Anna und schickte die Kleine zur Schule. Annas Gesicht war noch immer verquollen vom Weinen, und Marie spürte die Wut erneut in sich auflodern. Sie sah nach Joseph, der fast noch schlimmer aussah als in der Nacht zuvor, sein Gesicht war grün und blau geschwollen. Immerhin schienen sie ihm nichts gebrochen zu haben. Dass man einem jungen Mann so etwas antun konnte!

Unten im Schlafzimmer wickelte Marie sich in ihren warmen Umhang. Und dann lief sie los. Sie lief die enge Gasse entlang, in der Nacht hatte es erneut gefroren, sie musste höllisch aufpassen, um nicht auf dem vereisten Kopfsteinpflaster zu stürzen. Sie lief vorbei an ihren wütenden Kunden zum Alter Markt. Sie lief schneller und schneller, sie wusste, ihr Vorhaben war so irrsinnig, wenn sie nur einen Moment zögerte, würde sie den Mut verlieren und umkehren. Doch sie musste es tun, für Joseph und für Anna!

Das Bäckerzunfthaus war ein siebenstöckiges Gebäude gleich am Alter Markt mit zwei steilen Giebeln. Hinter der hohen, doppelflügeligen Tür saß im Eingang ein uralter Pförtner in einer hölzernen Loge, der sie fragte, wohin sie wolle, aber Marie lief einfach an ihm vorbei. Bis er aus seinem Verschlag herausgekommen war, um sie aufzuhalten, war sie bereits die Treppe hinauf in den zweiten Stock gestürmt, mit fliegenden Schritten und wild klopfendem Herzen. Sie wusste genau, wohin sie wollte. Und da es ein Dienstag war, war sie sich ziemlich sicher, dass sie den Mann, den sie sprechen musste, auch antreffen würde.

Dienstags hatte der Bäckerobermeister Günter Bell – genannt »der Büll« – Sprechstunde. Marie wusste, dass der Büll diese Gelegenheit nutzte, um sich mit seinen Parteifreunden ordentlich einen hinter die Binde zu kippen. Sie würde ihn also nicht allein antreffen, was umso besser war.

Vor der Bürotür zögerte sie kurz. Einen Moment lang überkam sie die Angst, aber nur kurz, dann sah sie vor ihrem inneren Auge Josephs eingeschlagenes Gesicht und Annas Tränen. Marie holte tief Luft, streckte ihren Rücken durch und riss die Tür auf.

Das Büro des Bäckerobermeisters war ein nicht allzu großer, aber hoher Raum mit feinstem, glänzend poliertem Parkett. Vier schmale, hohe Fenster, die in lauter kleine Butzenscheiben unterteilt waren, ließen fahles Februarlicht hinein. Trotzdem war der Raum hell erleuchtet, dafür sorgte ein achtarmiger Kronleuchter an der Decke.

Der Büll lag zurückgelehnt in seinem Lehnstuhl, die Füße auf dem wuchtigen Schreibtisch. Er hielt ein kleines Glas mit einer durchsichtigen Flüssigkeit in der Hand, und seine Nase hatte bereits eine tiefrote Färbung angenommen. Die Nasen der beiden Herren, die vor dem Schreibtisch in Uniform und gewichsten Stiefeln herumlümmelten und nun erschrocken hochfuhren, sahen nicht viel anders aus. Dem

Büll fiel bei Maries Anblick vor lauter Überraschung das Glas aus der Hand.

»Marie!«, rief er. »Kannst du nicht anklopfen?«

»Guten Tag, Herr Bäckerobermeister Bell«, sagte Marie. Sie hörte das Beben in ihrer Stimme und zwang sich, langsamer und lauter zu sprechen. Sie durften ihre Angst nicht spüren, auf gar keinen Fall.

»Meine Herren, ich darf mich vorstellen. Ich bin die Ehefrau des Bäckermeisters Matthias Odenthal, der in Russland vermisst wird. Ich versorge mit meiner kleinen Bäckerei im Buttermarkt täglich sechshundert Kunden aus dem Martinsviertel, aus der weiteren Innenstadt, aus Nippes und sogar von der anderen Rheinseite. Meine einzige Hilfskraft ist ein polnischer Fremdarbeiter, und wie Sie sehen, erwarte ich ein Kind.«

Marie schob ihren Umhang ein wenig beiseite und präsentierte ihren Bauch. Sie musste fast brechen, als sie den stieren Blick des Büll bemerkte. Doch hier, versuchte sie sich selbst zu beruhigen, war jedes Mittel recht.

»Meine Herren, ich ersuche darum, den polnischen Fremdarbeiter in meinem Haus unterzubringen. Er arbeitet in zwei Schichten, der Weg zum Lager in Deutz kostet zu viel Arbeitszeit, anders ist die Versorgung der Bevölkerung nicht zu gewährleisten.«

Einen Augenblick lang blieb es still. Marie bebte von Kopf bis Fuß. Wenn die Männer das bloß nicht bemerkten! Doch sie schienen viel zu betrunken zu sein.

»Wat well dat Mädche dann?«, lallte einer der beiden, die vor dem Schreibtisch saßen.

»Et well, dat der Fremdarbeider bei im wunnt«, antwortete der andere und machte eine anzügliche Geste, während er unverhohlen auf Maries Bauch glotzte. »Weed wal e fidel Bengelche sin!«

Die beiden brachen in dröhnendes Gelächter aus. Marie kämpfte gegen die Übelkeit, womöglich würde sie sich gleich hier, auf dem mit feinen Intarsien versehenen Parkett, erbrechen müssen. Das Kind in ihr wurde unruhig, zu gerne hätte sie ihre Hand auf ihren Bauch gelegt, doch sie wagte es nicht.

»Ich verbitte mir das«, entgegnete sie mit fester Stimme. »Ich bin eine ehrbare Handwerksfrau. Herr Bäckerobermeister Bell wird das bestätigen.«

Zum allerersten Mal in ihrem Leben suchte sie den Blick vom Büll. Seit Jahren war sie ihm ausgewichen, hatte diesen Mann gemieden, wo es nur ging. Was sie nun in seinen Augen sah, ließ sie schaudern. Marie wusste genau: Den Büll bat man nicht einfach so um einen Gefallen. Früher oder später würde er eine Gegenleistung fordern. Allein bei dem Gedanken wurde Marie noch übler. Doch sie hatte keine andere Wahl.

»Marie«, sagte der Büll und räusperte sich. Ächzend nahm er die Füße vom Schreibtisch, beugte sich vor und kramte aus einer Schublade ein Blatt Papier hervor. Er griff nach einem Füllfederhalter und schrieb etwas darauf. »Komm mal her.«

Marie ging um den Schreibtisch herum zum Büll. Unter ihren Füßen knirschten die Scherben des zerbrochenen Glases. Sie zitterte von Kopf bis Fuß, sie zitterte so sehr, dass ihre Zähne klapperten. Sie hatte kaum noch Gewalt über ihren Körper, mit Mühe schaffte sie den letzten Schritt.

»Ach, liebe Marie«, säuselte der Büll. Er reichte ihr das Papier und strich ihr dabei wie versehentlich über den Arm. Die Berührung seiner dicken, schmutzigen Hand brannte durch den Umhang hindurch wie Feuer.

Marie nahm das Papier, drehte sich auf dem Absatz um und rannte hinaus. Nur in der Tür hielt sie kurz inne.

»Danke«, krächzte sie, ihre Stimme versagte beinahe, »vielen Dank.«

Dann rannte sie die Treppen hinunter, vorbei am Pförtner in seiner Loge, sie rannte über den Alter Markt, vorbei an Ständen, an denen Blumen, lebende Hühner und Korbwaren feilgeboten wurden, sie rannte die enge Lintgasse entlang, die Salzgasse, auf den vereisten Stufen der Hafengasse wäre sie beinahe gestürzt. Marie fing sich im letzten Moment und wunderte sich kurz, sie hatte nicht gewusst, dass sie in ihrem Zustand noch so schnell laufen konnte. Erst als sie in den Buttermarkt einbog, stoppte sie. Vor ihrer Bäckerei hatte sich eine Menschentraube gebildet.

»Machen Sie nun auf?«, rief jemand. »Gibt es gleich Brot?«

Marie entgegnete nichts. Nach Atem ringend betrachtete sie das Papier in ihrer Hand. Das Kind in ihr hüpfte herum, als übte es Purzelbäume. Sie zitterte immer noch so sehr, sie konnte kaum lesen, was der Büll mit seiner krakeligen Handschrift geschrieben hatte. Sie überflog den Text, zwei, drei Mal, bis sie ihn endlich verstanden hatte, bis sie sich ganz sicher war.

»Der Fremdarbeiter Joseph Novak«, stand dort, »wird zur Sicherstellung der Versorgung der Bevölkerung in die Bäckerei Odenthal einquartiert.«

Marie schluchzte laut auf, ihre Beine versagten, wie sie schon einmal an dieser Stelle versagt hatten, vor dem Schaufenster ihrer kleinen Bäckerei. Vollkommen erschöpft sank sie zu Boden.

Joseph würde nie mehr geschlagen werden. Und auch wenn Erleichterung das vorherrschende Gefühl in ihrer Brust war, so spürte sie noch etwas anderes. Ein leises Schaudern, das ihr über den Rücken kroch. Denn, so ahnte Marie, diesen Gefallen würde der Büll sich irgendwann teuer bezahlen lassen.

Schon am gleichen Nachmittag stand Joseph wieder in der Backstube. Er hatte Schmerzen, das konnte Marie ihm deutlich ansehen, aber er bestand darauf, sofort den Ofen anzufeuern und neuen Teig anzusetzen. Er hatte kein Wort hervorgebracht, als sie ihm den Zettel zeigte. Er hatte ihr nur die Hand gereicht. Und in seinem Blick war so viel Dankbarkeit gewesen, dass Marie tief in ihrem Innern gewusst hatte: Auf Joseph würde sie sich immer verlassen können.

Kapitel 8

Anna schlief bereits tief und fest, als der Voralarm ertönte.

»Oh nein«, stöhnte sie und zog sich die Bettdecke über den Kopf. Fünf lange wundervolle Wochen hatte es keinen Alarm gegeben, sie hatte genau mitgezählt. Sie hatte jeden Tag nach der Schule mit Joseph im Hinterhof gesessen, denn der Winter hatte endlich dem Frühling Platz gemacht. Heute war der 31. Mai, der Sommer kündigte sich bereits an, und statt auf der Ofenbank saßen sie nun auf einer wackligen Bank neben dem alten Klohäuschen und tranken Limonade. »Fanta« hieß sie und war, wie Anna fand, genau das richtige Getränk für einen sonnigen Nachmittag.

»Findest du nicht auch, mein Freund?«, hatte sie Joseph gefragt und ihm zugeprostet.

»Du wirst eine kleine Dame, so wie du sprichst«, hatte Joseph gelacht und ihr noch eine Flasche aus seinem geheimen Vorrat geholt, bevor er sich wieder an die Arbeit gemacht hatte.

Joseph hatte ganz und gar wundervolle geheime Vorräte. Er konnte Fanta und Bonbons herbeizaubern, Schuhe für Anna, die nun so schnell wuchs, dass sie ständig neue brauchte, und weite Kleider für Tante Marie, die immer runder wurde. Jeden Sonntag aßen sie einen Braten, und manchmal gab es sogar unter der Woche Speck oder Hühnchen. Tante Marie machte jedes Mal ein komisches Gesicht, wenn Joseph in die Küche kam und aus einer schwarzledernen Aktentasche lauter Köstlichkeiten hervorholte, die es eigentlich schon lange nicht mehr gab, und erst recht nicht für einen Fremdarbeiter.

Doch Joseph tat so, als bemerke er Tante Maries Blicke nicht.

»Eine werdende Mutter«, erklärte er stets, »muss gut essen, vor allem Fleisch.«

Tante Marie war mittlerweile so dick, dass Anna fürchtete, sie könnte platzen. Manchmal, wenn sie sich umzog oder wusch, beobachtete Anna sie heimlich. Ihre Brüste, die immer schon ziemlich rund gewesen waren, waren mittlerweile kugelrund. Anna blickte dann still an sich hinunter und überlegte, ob sie jemals im Leben auch Brüste bekommen würde, bislang sah es nicht danach aus. Tante Maries Bauch konnte Anna nur ganz kurz angucken. Er war so sehr geschwollen, dass die Haut aussah, als würde sie bald reißen. Anna schaute dann immer schnell wieder weg. Wenn das mal gut ginge!

Tante Marie konnte sich auch kaum noch bewegen. Tagsüber kam nun eine ältere Frau, eine Ukrainerin, und half im Laden. Die Frau sprach kein Wort, und wenn sie ging, hatte sie immer ein Brot in der Schürze verborgen. Anna sah, dass Tante Marie es wohl bemerkte, aber so tat, als sähe sie es nicht.

Nachts wälzte Tante Marie sich ruhelos im Bett von einer Seite auf die andere. Sie stöhnte und weinte. Anna wusste, sie weinte wegen Onkel Matthias, noch immer gab es kein Lebenszeichen von ihm, und am liebsten hätte Anna mitgeweint. Doch sie verbot es sich, denn eine von ihnen, hatte sie beschlossen, musste stark bleiben.

Jetzt aber, als der Voralarm ertönte, weinte Tante Marie nicht. Sie wimmerte.

»Anna«, wimmerte sie, »du musst allein in den Bunker, ich schaffe es nicht.«

»Aber warum denn nicht?«

»Es geht mir nicht gut, das Kind, es tritt mich. Sei ein liebes Mädchen, mein Schatz, geh allein, ich bitte dich.«

»Auf keinen Fall!«

Die Stimme kam vom Fußende des Bettes, Joseph war hereingekommen. Er war kaum zu sehen, so dunkel war es, doch Anna hörte, wie er neben das Bett trat und Tante Marie aufhalf. Sie wunderte sich kein bisschen, Joseph war irgendwie immer in der Nähe, wenn er gebraucht wurde.

»Schauen Sie, Frau Odenthal, ich helfe Ihnen, es wird schon gehen.«

Joseph hatte sie schon oft zum Bunker begleitet, normalerweise trug er Tante Maries Tasche und Annas Ranzen. Heute jedoch konnte Tante Marie sich kaum auf den Beinen halten, sie zitterte und stöhnte. Anna und Joseph versuchten, sie links und rechts zu stützen, aber sie brach immer wieder zusammen. Es schien Anna, als hätte sie gar keine Kraft mehr. Also trug Anna Ranzen und Tasche, und Joseph trug Tante Marie.

Als sie in die schmale Gasse traten, sahen sie das Flakfeuer. Es erleuchtete den ganzen Westen, von Müngersdorf bis nach Longerich. Viele Flakfeuer, schoss es Anna durch den Kopf, bedeuten viele feindliche Bomber. Die Menschen um sie herum dachten wohl das Gleiche, denn das ganze Martinsviertel schien auf den Beinen, es war ein schlimmes Drängen und Schubsen. Im Schein der Feuer sah Anna, wie Joseph, der doch einst so klein und dünn gewesen war und der in den vergangenen Monaten deutlich an Größe und Gewicht zugelegt hatte, Tante Marie in seinen Armen trug, als sei sie leicht wie eine Feder. Ihr Gesicht war aschfahl, ihre Stirn glänzte schweißnass.

»Komm, Anna«, schrie Joseph über den Lärm der Sirenen und der sich nähernden Bombenflieger hinweg, »komm, schneller!«

Anna rannte bereits so schnell sie konnte. Doch die Tasche und der Ranzen waren schwer, und in der Eile hatte sie ihre Schuhe falsch herum angezogen. Sie stolperte über ihre eigenen Füße, fiel und schlug sich das Knie auf. Joseph war schon ein ganzes Stück vorausgeeilt.

»Anna!«, schrie er, »Anna! Beeil dich!«

Sie rappelte sich auf, ihr Knie blutete, sie verbiss sich den Schmerz und rannte den beiden hinterher.

Die Flak hatte wie wild angefangen zu schießen, und im nächsten Augenblick tauchten am Himmel bereits die ersten Weihnachtsbäume auf. So nannten die Menschen die Leuchtkörper, die vor jedem Angriff an Fallschirmen zu Boden schwebten. Die Feinde schossen sie ab, um ihre Ziele besser zu sehen. Und tatsächlich, auch Anna fand, dass sie von hier unten an riesige Weihnachtsbäume erinnerten mit ihren weißen, roten und grünen Lichtern. Sie rannte noch schneller. Wie sie sich vor diesen Weihnachtsbäumen fürchtete!

Vor dem Dischhaus hatte sich eine Schlange gebildet.

»Ausgerechnet heute«, hörte Anna eine Dame stöhnen, die ein Jäckchen mit Schößchen und Volants an den halblangen Ärmeln und einen engen, wadenlangen Rock trug. »Wir waren in ›Clavigo‹ im Schauspielhaus, und nun ist der ganze Abend verdorben!«

»Da kann ich Ihnen nur zustimmen«, entgegnete die Frau, die neben ihr stand, der weiße Spitzenkragen auf ihrem tiefblauen Samtkleid leuchtete im Schein der herabfallenden Weihnachtsbäume. »Wir sahen ›Wiener Blut‹ in der Oper und wollten uns gerade zur Nacht fertig machen!«

»Weg da!«, brüllte Joseph und bahnte sich einen Weg durch die Wartenden, »ich habe hier eine Schwangere, sie muss zuerst hinein!«

Die Menge teilte sich langsam und unter Protest, doch Joseph duldete keinen Widerstand. Er schleppte Marie am Haupteingang des prunkvollen Dischhauses vorbei zum Nebeneingang und dort die Treppe hinab bis zur Bunkertür, wo sie ausgerechnet auf Willibald und seine Mutter trafen.

»Ein Fremdarbeiter!«, rief Willibald, der einen viel zu großen, fadenscheinigen Schlafanzug trug und seine vier kleinen Geschwister mit Kordeln an seinem Handgelenk festgebunden hatte. »Die dürfen hier aber nicht rein!«

»Ich gehe schon«, murmelte Joseph, »ich gehe schon.«

Sanft ließ er Tante Marie aus seinen Armen gleiten und

war im nächsten Moment die Treppe hinaufgehuscht und in der Menschenmenge verschwunden.

Anna hätte Willibald am liebsten fest vors Schienbein getreten. Agnes Schmitz, Willibalds Mutter, warf ihrem Ältesten einen vernichtenden Blick zu, dann packte sie Marie, die sich immer noch kaum auf den Beinen halten konnte, mit energischem Griff unterm Arm.

»Komm, Anna, hilf mir.«

Gemeinsam schleppten sie Tante Marie, die weiterhin stöhnte und wimmerte, in den Bunker hinunter. Er erfüllte fast das ganze Kellergeschoss des riesigen Eckhauses. Obwohl der Bunker so groß war, dass viele Dutzend Menschen hineinpassten, roch es muffig, nur einzelne Glühbirnen verbreiteten spärliches Licht. Die eisernen Sitzbänke an den Wänden waren bereits bis auf den letzten Platz besetzt, niemand rückte für sie auf die Seite. Nur ganz hinten gab es noch eine freie Ecke, hinter einem Vorsprung half Agnes Schmitz Tante Marie, sich auf den kalten Boden aus Blaustein zu legen.

»So ist es gut«, raunte sie ihr zu, sodass Anna sie kaum verstehen konnte, »hier sind wir ein bisschen für uns.« Sie wandte sich zu Anna um: »Wo sind eure Sachen?«

Anna brachte Tasche und Ranzen, mit fliegenden Fingern inspizierte Agnes Schmitz den Inhalt.

»Gut, gut«, murmelte sie, »sie hat an alles gedacht.« Und dann, etwas lauter, zu Anna: »Kind, geh, geh nach vorn, zu den anderen Kindern, hier kannst du nicht bleiben.«

»Ich –«, setzte Anna an, doch Tante Marie, die sich mit Mühe ein klein wenig aufgerichtet hatte, sah sie an, so streng, wie sie sie noch nie angeguckt hatte. Schweiß rann ihr über die Stirn.

»Geh, Anna«, sagte sie, »geh zu Willibald und halte dich immer an Frau Schmitz.«

Dann sank sie mit einem Schmerzensschrei zu Boden.

Bevor Anna etwas erwidern konnte, brach die Hölle los.

In der Luft war ein Brummen, so gewaltig, dass sie es überall im Körper spürte. Der ganze Bunker schien zu erbeben.

»Das sind viele«, raunte Willibald ihr zu, der zu Annas großem Erstaunen mit einem Mal kein bisschen gemein mehr war. Er hatte ihre Hand genommen und zog sie in die Mitte des Raumes, seine Geschwister waren nach wie vor an ihm festgebunden. »So viele waren es noch nie.«

Und dann kam es Schlag auf Schlag. Sie hörten das Kreischen der Bomben, ihr Heulen, ihre Einschläge. Es war ganz nah, es war direkt neben ihnen, über ihnen, auf ihnen. Der Bunker wackelte, Mörtel fiel von der Decke, das Licht flackerte.

»Weg von den Wänden«, schrie jemand, und alle sprangen auf, rannten in die Mitte des Bunkers zu Anna und Willibald. Kinder, manche fast noch Säuglinge, wurden mit zitternden Händen nach vorn gereicht, bis alle Kinder dicht beieinander hockten und lagen, Anna und Willibald mittendrin. Die Erwachsenen pressten sich von außen gegen sie, hielten ihre Arme schützend über ihre Kinder, denn von der Decke prasselten nun immer größere Stücke Mörtel herunter. Aus der Ecke hörte Anna über all den Lärm hinweg Tante Maries Schreie.

»Die Schwangere«, rief eine Frau, »wir müssen sie holen!«

»Die schafft es eh nicht«, gab eine andere knapp zur Antwort.

Anna wurde ungeheuer wütend. Was sagten diese Frauen da? Sie würde Tante Marie nie im Stich lassen, niemals! Sie sprang auf, versuchte, sich von Willibald loszureißen. Aber wie so oft hatte sie gegen Willibald keine Chance. Sein Griff war so eisern, so entschlossen, er brach ihr beinahe das Handgelenk, aber er ließ sie nicht los. Anna traten die Tränen in die Augen.

»Du gemeiner Schuft«, schrie sie Willibald an, »lass mich los!«

Er entgegnete etwas, doch seine Worte gingen unter in einem metallischen Kreischen, so ungeheuer laut, dass Anna glaubte, ihr Kopf müsste gleich zerspringen. Sie versuchte, sich die Ohren zuzuhalten, aber das ging nicht. Ihre rechte Hand umklammerte Willibald, ihre linke hielt eine seiner Schwestern, ein schmächtiges Mädchen von vielleicht sieben oder acht Jahren, dem stumm die Tränen über das Gesicht liefen.

Das Kreischen wurde noch lauter, und als Anna glaubte, nun wäre es so weit und ihr Kopf zerplatzte, entlud es sich in einem Schlag, der das Dischhaus über ihnen so stark erschütterte, als sei es ein Spielzeughaus aus Pappe und nicht ein Prachtbau mit sechs Etagen. Anna war, als hebe der Bunker, in dem sie kauerten, vom Boden ab, schwebe einen Moment in der Luft, um dann mit aller Macht in sich zusammenzustürzen. Von der Decke fiel jetzt nicht nur Mörtel, ganze Steinbrocken krachten herab, Wände brachen ein. Das Licht flackerte noch einmal kurz und erlosch.

Anna lag mit dem Gesicht auf dem Boden, schmeckte Staub. Um sie herum, in der völligen Dunkelheit, war ein unbeschreibliches Durcheinander von Armen, Beinen, Köpfen. Kinder schrien und wimmerten, Erwachsene brüllten durcheinander. Sie versuchte, sich aufzurichten, doch sie wurde gestoßen, getreten, immer wieder zu Boden gedrückt. Sie atmete Staub und Dreck ein, hustete, etwas Schweres fiel auf sie, es schien ein Mann zu sein, sie bekam kaum noch Luft. Panisch drückte sie ihn von sich weg. Bei den Lauten, die er von sich gab, standen ihr alle Haare zu Berge. Sie musste hier raus! Aus dem Menschenknäuel, aus dem Bunker, aus der Gefahr. Im Stockdunklen fühlte sie neben sich eine straff gespannte Spur. Willibald, wo war Willibald? Vorsichtig tastete sie sich an der Schnur entlang, ertastete weitere Schnüre, und dann, endlich, hatte sie ein Bein in der Hand, das in einem dünnen Stoff steckte. Willibalds Schlafanzughose.

»Lebst du noch?«, flüsterte sie und hustete wieder.

»Noch 'ne doofe Frage?«, antwortete er.

Beinahe hätte Anna laut gelacht. Dieser schreckliche Willibald! Sie lehnte sich an ihn, nie im Leben hätte sie es für möglich gehalten, dass sie dies einmal tun würde, doch sie legte ihren Kopf auf seine Schulter und streichelte die kleinen Köpfe, Arme und Beine um sie herum, von denen sie vermutete, dass sie zu Willibalds Geschwistern gehörten.

Es wurde ein wenig heller, jemand hatte eine Karbidlampe angezündet. Willibald hatte einen tiefen Schnitt im

Gesicht, doch Anna und die Kleinen waren unversehrt. Von draußen war weiterhin das Brummen zu hören, doch es war nicht mehr so nah, und auch die Einschläge schienen nun weiter entfernt.

»Sie ziehen ab«, schrie jemand voller Triumph.

Nun kam noch mehr Bewegung in die Menschen. Namen wurden gerufen und Kinder hochgehoben, es wurde geschluchzt und geweint, ein riesiger Lärm entstand, doch aus der Ecke, wo Anna Tante Marie vermutete, kam kein einziger Laut.

»Was hast du vor?«, fragte Willibald, als sie sich aufrappelte.

»Meine Tante suchen.«

»Ich komme mit.«

Sie brauchten lange, um sich voranzukämpfen, Anna kam es wie eine Ewigkeit vor. Es schien ihr, als seien alle Menschen im Bunker zugleich in Aufruhr, es war ein einziges Gedränge und Geschubse. Der sonst so blanke Blausteinboden war übersät mit Staub und Geröll, Verwundete wanden sich unter Schmerzen, andere knieten neben ihnen und versuchten, sie zu beruhigen. Niemand machte ihnen Platz, und Willibald bestand darauf, seine Geschwister an den Schnüren hinter sich herzuzerren. Sie machten klaglos alles mit, kein Wunder, bei dem Bruder, dachte Anna.

Als sie sich endlich bis zu der Stelle durchgetastet hatten, zu der Willibalds Mutter Tante Marie geführt hatte, erkannten sie, dass der Vorsprung verschwunden war. Die Decke war herabgestürzt und hatte ihn begraben.

Jetzt packte Anna doch eiskalte Angst. »Oh nein! Nein!«, schrie sie und begann, die Steine wegzuräumen, sie schnitten ihr in die Hände, sie waren viel zu schwer. Wie von Sinnen wuchtete sie den Schutthaufen beiseite, neben ihr kniete Willibald und half ihr, und auch die Kleinen räumten den Schutt weg, so gut sie es konnten. Nun hatten doch alle vier zu weinen begonnen.

»Wir sind verschüttet«, hörten sie einen Mann hinter sich rufen. »Alle sieben Notausgänge sind blockiert!«

Anna und Willibald nahmen es zur Kenntnis, doch sie sagten kein Wort. Anna sah, wie Willibald sich auf die Lippen biss, aus dem Schnitt auf seiner Wange lief Blut, er musste ihm wehtun, doch er arbeitete genau wie sie unverdrossen weiter. Anna vergaß die Welt um sich herum, sie hörte das Schreien und Klagen der Menschen im Bunker nicht mehr, nach einer Weile hatte sie sogar Willibald vergessen, sie kannte nur ein Ziel, sie musste zu Tante Marie durchkommen.

Und dann, endlich, hatten sie einen Durchbruch hinter den Vorsprung geschaffen. Einen winzig schmalen Gang, kaum einen halben Meter hoch. Willibald machte sich sofort daran, hindurchzukriechen, doch Anna hielt ihn zurück.

»Ich zuerst.«

Willibald sah sie an, und zum allerersten Mal, seit sie sich kannten, gab er klein bei. Er nickte.

Anna glaubte, ihr Herz müsse zerspringen, als sie sich durch Schutt und Dreck quetschte. Was würde sie erwarten? Hätte sie doch lieber Willibald vorgelassen! Nein, auf keinen

Fall, schalt sie sich im nächsten Moment selbst. Sie musste nach Tante Marie sehen, koste es, was es wolle.

Als Erstes fasste sie in etwas Feuchtes, Zähes. Dann stieg ihr strenger Geruch in die Nase. Sie erkannte den Geruch, Josephs Aktentasche roch so, wenn er frisch Geschlachtetes brachte. Das war Blut, der kleine Raum hinter dem Vorsprung war voller Blut. Oh, mein Gott! Was hatte das zu bedeuten? Am liebsten wäre Anna rückwärts aus dem Gang wieder hinausgekrochen. Sie wollte nicht sehen, was sie hier erwartete, sie würde vor Schreck sterben, wenn Tante Marie etwas zugestoßen sein sollte. Und doch, sie musste es tun. Anna nahm all ihren Mut zusammen und kroch weiter, mit wild pochendem Herzen, den Kopf voller entsetzlicher Gedanken.

Und dann hörte sie ihren Namen.

»Anna, mein Schatz«, rief Tante Marie, »bist du das?«

Annas Herz machte einen Hüpfer, als wolle es aus ihr herausspringen und durch die Bunkerdecke schießen. Und dann sah sie sie auch schon – in dem Moment, in dem sie sich vollständig durch den schmalen Durchgang gequetscht hatte, fiel von der anderen Seite etwas Licht herein. Tante Marie lag auf dem Boden, über und über mit einer dünnen Staubschicht bedeckt, hinter ihr kniete Agnes Schmitz und stützte sie.

»Tante!« Mit einem einzigen Satz war Anna bei ihr, sie warf sich neben sie auf den Boden, umschlag sie mit Armen und Beinen so fest sie konnte und drückte sie an sich, dass ihr selbst die Luft wegblieb. Und schluchzte. Schluchzte, wie noch niemals zuvor.

»Vorsicht, meine Kleine, Vorsicht«, mahnte Tante Marie sie, und da erst entdeckte Anna das winzige Bündel. Ein Kind, so klein, wie sie es nicht für möglich gehalten hätte. Tante Marie hielt es im Arm, in ein Stück Stoff gewickelt, das erstaunlicherweise sauber geblieben war. War das eine Bluse? Anna blickte sich um, und tatsächlich: Agnes Schmitz trug obenherum nur Unterwäsche.

Da kam auch schon Willibald durch den Durchgang gekrochen, stumm gab er seiner Mutter sein Schlafanzughemd, das auch ihr zu groß war. Die Kleinen kamen eins nach dem anderen hinterher und drängten sich in dem engen Raum zusammen.

»Ist es tot?«, fragte Willibald und zeigte auf das winzige Kind.

»Aber nein!«, rief Agnes Schmitz, beinahe sah es für Anna so aus, als wolle sie ihrem Sohn eine Ohrfeige verpassen, stattdessen umarmte sie ihn. »Es ist nur ein wenig still.«

Doch als Anna in Tante Maries Augen Tränen sah, ahnte sie, dass das nicht die ganze Wahrheit war.

Kapitel 9

Anna hielt Tante Marie weiter fest umschlungen, sie wiegte sie hin und her, nur ganz wenig, es war nicht genügend Platz, doch sie wiegte sie so, wie Tante Marie sie gewiegt hatte, damals, als sie noch klein war.

Jetzt erst betrachtete Anna das Kind genauer. Seine Händchen waren so zierlich, fast durchsichtig, die Fingerspitzen unter den perfekt geformten Nägelchen schimmerten blau. Es hatte ein ganz spitzes Näschen und einen wunderschön geschwungenen, winzig kleinen Mund. Die Augen hielt es fest geschlossen. Und auf dem kahlen Köpfchen schimmerte eine einzelne Strähne kupferroten Haars.

Anna konnte nicht anders, sie musste sich einfach vorbeugen und das Kind auf den Kopf küssen, ganz warm fühlte es sich unter ihren Lippen an und so zart wie Marzipan.

»Du bist das allerhübscheste Kind auf der ganzen Welt!«, flüsterte sie.

Da begann Tante Marie so bitterlich zu weinen, dass es Anna durch Mark und Bein ging. Gleichzeitig brach hinter ihnen im Bunker ein gewaltiger Lärm los.

»Sie graben uns aus!«, kreischte eine Frau mit sich überschlagender Stimme. »Sie graben uns aus!«

»Schnell«, rief Agnes Schmitz und zerrte ihren Sohn, der neben ihr hockte, auf die Beine, »der Kleine braucht frische Luft, wir müssen als Erste hier raus!«

Im Nu hatten sie den restlichen Schutt vor dem Vorsprung weggeräumt. Anna war, als seien ihr nun, wo sie wusste, dass Tante Marie lebte, Zauberkräfte verliehen. Sie sah, dass ihre Hände bluteten, aber sie spürte keinen Schmerz.

Gemeinsam hoben sie Tante Marie über das Geröll, Agnes Schmitz fasste sie unter die Achseln, Anna und Wilibald nahmen je ein Bein. Tante Marie hatte die Augen geschlossen und stöhnte leise, das Kind hielt sie fest an ihr Herz gedrückt.

Im Bunker war ein Aufruhr im Gange. Alle drängten sich in eine Richtung, und tatsächlich, von dort waren die Geräusche einer Spitzhacke zu hören, und dann strömte frische Luft herein. Anna würgte, sie hustete und spuckte schwarzen Schleim.

»Schneller!«, rief Agnes Schmitz, unter ihren Achselhöhlen zeichneten sich auf dem Schlafanzughemd dunkle Schweißflecken ab, ihr Gesicht war rot vor Anstrengung. »Kinder, wir müssen schneller machen!«

Zu dritt versuchten sie, Tante Marie in Richtung Tür zu tragen, doch es war kein Durchkommen. Die Menschen drängten alle auf einmal hinaus, sie wurden geschubst und zurückgestoßen, Anna fiel und schlug sich noch einmal das Knie auf, auf das sie in der Nacht bereits gefallen war.

»Hilfe«, weinte sie vor sich hin, alle Kraft schien aus ihr zu weichen, »warum hilft uns denn niemand?«

Da ging plötzlich ein Raunen durch die Menge. Die Menschen wichen vom Eingang zurück, manche taumelten. Jemand kam zu ihnen herein und stieß alle, die nicht schnell genug Platz machten, aus dem Weg.

»Frau Odenthal!«, schrie dieser Jemand, »Anna!«

Und dann war er da. Ein Mann mit einer Spitzhacke in der Hand. So voller grauem Staub und Schmutz, dass Anna ihn beinahe nicht erkannt hätte. Wäre da nicht sein Haar gewesen, das selbst hier im Bunker wie ein See bei Nacht schimmerte. Und wären da nicht diese unglaublich blauen Augen gewesen in einem Gesicht, das starr vor Dreck und Verzweiflung war.

»Joseph!«, rief Anna und stürzte sich in seine Arme.

Er drückte sie an sich, und sie spürte sein Herz schlagen, fast noch schneller als ihr eigenes.

Joseph fackelte nicht lange. Er hob Tante Marie und das Kind hoch in seine Arme und trug sie hinaus, so wie er Tante Marie noch vor ein paar Stunden hineingetragen hatte. Anna hieß er mit einer stummen Bewegung, sich an seiner Jacke festzuhalten. Die Jacke war so schmutzig, die Aufschrift »OST« war nicht mehr zu sehen. Niemand stellte sich ihnen in den Weg.

Sie mussten über umgestürzte Bunkerwände steigen, über leblose Körper, die nur notdürftig mit Mänteln und Jacken bedeckt waren.

»Sieh nicht hin«, raunte Joseph ihr zu, doch es war zu spät, Anna hatte den leblosen Körper einer Frau entdeckt, sie trug ein Samtkleid mit Spitzenkragen, das über und über bedeckt war mit verkrustetem Blut. Annas Knie begannen so stark zu zittern, hätte sie sich nicht an Joseph festgehalten, sie wäre gefallen. »Wiener Blut«, schoss es ihr durch den Kopf.

Als sie endlich draußen waren, empfing sie eine rot leuchtende Nacht. Schnell rechnete Anna im Stillen nach. Wie spät war es wohl? Musste nicht längst Tag sein? Die Luft war so sehr erfüllt von Rauch und Feuer, dass kein Sonnenlicht hindurchzukommen schien. Wohin Anna auch sah, sie sah nichts als brennende Häuser, von manchen waren bereits nur noch Ruinen geblieben, die Gerippen gleich auf sie herabstarrten. Der Qualm war so dicht, Anna musste schon wieder husten. Agnes Schmitz lief neben ihnen her und hielt dem Kind in Tante Maries Armen schützend ein Taschentuch vors Gesicht.

»Danke«, flüsterte Tante Marie, »ich danke Ihnen so sehr, liebe Frau Schmitz, aber gehen Sie jetzt, gehen Sie mit Ihren Kindern!«

Agnes Schmitz nickte mit versteinertem Gesicht, und Willibald, der seine Geschwister immer noch an den Kordeln hinter sich herzog, machte im Weggehen einen stummen Diener vor Joseph.

Nie war ein Weg Anna so lang vorgekommen, denn es gab keinen Weg mehr. Es gab nur noch Schutt und Geröll, über das sie klettern mussten, das unter ihnen ins Rutschen geriet, das glühend heiß war und ihre Schuhsohlen versengte. Menschen irrten umher, viele waren verletzt, einige schienen wie von Sinnen. Eine alte Frau saß in einem Rinnstein und schaukelte einen Jungen in ihren Armen, der Junge bewegte sich wie eine Schlenkerpuppe, er war tot, das hatte Anna gleich erkannt.

Den Kölnern sollte dieser erste schwere Luftangriff auf ihre Stadt als »Nacht der tausend Bomber« in furchtbarer Erinnerung bleiben. Doch die Zahl der feindlichen Flugzeuge sollte erst später bekannt werden, am Morgen danach empfanden die Menschen nichts als Schrecken und Verzweiflung, auch Anna.

Was, fragte sie sich, während sie hinter Joseph herstolperte, war mit dem Säugling, den Tante Marie in den Armen hielt? Warum war er so still? Warum liefen Tante Marie unentwegt stumme Tränen über das Gesicht? Sie wagte es kaum, zu ihr hochzublicken.

Als sie endlich im Buttermarkt ankamen, waren sie am Ende ihrer Kräfte.

Anna sah, wie Joseph taumelte, wie er beinahe hinfiel unter dem Gewicht von Tante Marie. Sie selbst hatte entsetzlichen Durst, ihr Mund und ihr Hals fühlten sich an, als stünden auch sie in Flammen. Doch jetzt war es fast geschafft, nur noch wenige Meter.

Die Gasse lag vergraben unter Bergen von qualmendem Schutt. Kaum ein Haus, das unbeschädigt geblieben war. Die Nachbarn waren damit beschäftigt, ihre Habseligkeiten aus den immer noch brennenden Wohnungen zu retten, sie schleppten Anrichten hinaus, Oberbetten und ein paar verschreckte Stallhasen. Zwei Männer waren dabei, einen Küchenherd davonzutragen, Anna stutzte, war das nicht ihrer?

Joseph bemerkte ihren Blick und schüttelte vielsagend den Kopf.

»Später«, sagte er leise, wie um Tante Marie nicht zu stören. »Sei gewiss, ich werde mich darum kümmern. Jetzt nicht.«

Sie waren angekommen. Das Haus, einst hellgrün gestrichen, war vollkommen schwarz. Die oberen Stockwerke fehlten, die Wohnung der Kohns war weggesprengt. Vom ersten Stock, wo Anna ihr Zimmer gehabt hatte und wo nun eigentlich Joseph schlief, standen nur noch die Außenmauern. Alle Scheiben im Laden waren zersprungen, die schöne alte Tür mit dem bunten Glas war in den Verkaufsraum geflogen, der Tresen und die Regale waren zerstört und mit Glassplittern übersät.

Anna stockte der Atem. Nein, das durfte nicht wahr sein! Voller Schrecken schaute sie zu Tante Marie, doch die hielt den Blick gesenkt auf das Bündel in ihren Armen.

Joseph trug ihre Tante über den Hof, wo die Holzwände des Klohäuschens vor sich hin schwelten, durch die Backstubentür, die aus den Angeln gerissen war. Vorsichtig setzte er sie mitsamt dem Kind auf die Ofenbank.

»Der Ofen«, sagte er leise, »ist vollkommen unversehrt. Hundert Jahre alt, gute Qualität.«

Dann wandte er sich ab und begann zu weinen. Seine Schultern bebten, und Annas Herz wollte zerreißen. Als sie ihre Arme um ihn schlingen wollte, schüttelte Joseph sie ab und rannte hinaus in den Hof. Schämte er sich seiner Tränen?, dachte Anna. Dabei gab es keinen Grund dafür. Sie würde ihn niemals auslachen. Nicht wegen eintausend Tränen. Nicht nach allem, was er für sie getan hatte in dieser Nacht.

Beinahe zu Tode erschöpft ließ Anna sich neben Tante Marie auf die Ofenbank sinken. Die Verzweiflung kam über sie wie eine Welle, die sie mit sich fortriss und drohte, sie unter sich zu begraben. Voller Angst betrachtete Anna das Kind in Tante Maries Armen. Es hatte eine wächserne Farbe angenommen, hielt die Äuglein geschlossen und war immer noch vollkommen still.

»Alles ist verloren«, flüsterte Tante Marie, »alles, alles ist verloren.«

Anna war, als bliebe ihr Herz stehen. Nie in ihrem Leben hatte sie Tante Marie so verzweifelt erlebt. Und nie in ihrem Leben war sie selbst so verzweifelt gewesen. War das das Ende?, fragte sie sich. Hatten Sie wirklich alles verloren?

Sie saß auf der Ofenbank, wie sie so oft auf der Ofenbank gesessen hatte, mit Onkel Matthias, mit Joseph. Sie spürte die dicken, lackierten Fliesen, mit denen der Ofen verkleidet war, in ihrem Rücken. Einige wenige waren gesprungen, doch die meisten waren unversehrt, wie sie verwundert feststellte, als sie sich umwandte. Unter der Bank lag das Feuerholz, draußen im Hof hatte sie erst gestern zwei Zentner Briketts gezählt. Anna musste an den Tag denken, an dem Onkel Matthias sie und Tante Marie verlassen hatte. An den Moment, in dem sie sich auf dem Bahnsteig von ihm verabschieden mussten. Durften sie jetzt aufgeben? Durften sie das wirklich tun?

»Nein!«, krächzte Anna. Mit einem Satz war sie von der Ofenbank hochgeschnellt. Ihre Stimme funktionierte nicht, es kamen nur Laute, die klangen, als sei sie eine sehr alte Frau. Aber das war ihr egal. Ihr war nach Schreien, nie zuvor in ihrem Leben hatte sie so sehr das Bedürfnis gehabt, zu schreien, und jetzt schrie sie, ganz egal, wie sich das anhörte.

»Wir geben nicht auf!«, schrie Anna. Sie schrie ihre Verzweiflung hinaus, ihre Angst, ihre Wut. »Niemals geben wir auf!«, krächzte sie. »Onkel Matthias hat gesagt, wir sollen tapfer sein und keine Angst haben! Also sind wir tapfer und haben keine Angst!«

Sie rannte um den Ofen herum und riss eine der Feuerungstüren auf.

»Vollkommen unversehrt!«, brüllte sie. »Guckt doch, vollkommen unversehrt! Wir haben unseren Ofen noch! Wir bauen die Bäckerei wieder auf, Stein auf Stein, hört ihr? Wir bauen sie wieder auf!«

Sie knallte die Tür zu, es machte einen ungeheuren Lärm, sie riss die andere Feuerungstür auf und wollte auch diese gerade wieder zuknallen, als sie es vernahm. Ein Stimmchen, so zart, als käme es von einer neugeborenen Katze. »Iiiiihhhh«, machte das Stimmchen, »iiiiihhh.« Es verstummte kurz, als hole es Luft. Und dann brüllte es los. »Aaaaiiiiihhhh«, schrie es, »aaaaiiiihhhh!«

Anna stand da wie versteinert, dann flitzte sie wie ein Eichhörnchen um den Ofen herum zurück zu Tante Marie. Sie stieß gegen Joseph, der aus dem Hof gerannt kam, und stürzte schon wieder auf ihr Knie, das erneut blutete. Doch Anna spürte es nicht, sah es nicht. Alles, was sie sah, war das Kind in Tante Maries Armen. Es hatte die Augen geöffnet, und das wundervolle Himmelblau dieser Augen schien Anna direkt ins Herz zu strahlen. Sein Gesicht hatte eine rosarote Farbe angenommen. Das Schönste aber, fand sie, war sein Mündchen. Das hatte es so weit aufgerissen, wie es eben nur ging, um zu schreien. Das Kind schrie und schrie, es holte kurz Luft und schrie weiter.

Joseph war auf die Knie gefallen, er schlug die Hände vors Gesicht und murmelte Unverständliches. Anna kam es so vor, als betete er. Tante Marie knöpfte mit zitternden Fingern ihre Bluse auf, sie zitterte so sehr, dass sie es nicht allein schaffte.

»Warte«, krächzte Anna, »ich helfe dir.«

Bevor Tante Marie das Kind an ihre Brust legte, bevor sie schluchzend seine rote Haarsträhne liebkoste und es stillte, ergriff sie Annas Hand.

»Ja, mein Schatz«, sagte sie, »ja, so machen wir es. Wir bauen die Bäckerei wieder auf.«

TEIL II

Oktober 1946 – März 1947

Kapitel 10

Marie war wie immer als Erste auf den Beinen. Die Augen noch halb geschlossen, befreite sie sich mühsam aus den beiden alten Armeedecken, die ihr in der Nacht ein wenig Wärme gespendet hatten, wenn auch nicht allzu viel. Über ein Jahr war der Krieg nun vorbei, doch wie schon zu Kriegszeiten schlief sie immer noch vollkommen bekleidet. Nicht aus Angst vor nächtlichen Bombenangriffen, sondern aus Furcht vor der bitteren, erbarmungslosen Kälte, die durch jede Ritze ins Zimmer kroch. Nur die Schuhe stellte Marie abends mit einem tiefen Seufzer vors Bett. Wobei die Latschen, die sie nun mit zusammengebissenen Zähnen über ihre wunden Füße zog, nur wenig an Schuhe erinnerten. Marie hatte sie selbst gefertigt. Die Sohlen waren aus Holz, darunter hatte sie ein Stück Gummi von einem alten Autoreifen genagelt, das sich schnell abnutzte und immer wieder ersetzt werden musste. Ebenfalls festgenagelt war das Band, das, zweimal über Kreuz gebunden, die Sohlen an den Füßen hielt – es war die alte Rollladenschnur aus dem Laden, sie hatte sie im Schutt gefunden. Obwohl Marie immer zwei Socken übereinandertrug, schnitt das alte Band ihr schmerzhaft in den Fußrücken, jeder Schritt war eine Qual. Doch Marie trug die Schuhe tagein, tagaus, denn sie hatte nichts anderes.

Einen Moment lang verharrte Marie bibbernd auf der Bettkante. In dem kleinen Zimmer gab es nur ein einziges Fenster, es war mehr notdürftig als recht mit Ersatzglas versehen, einem mit Pergamentpapier bezogenen Drahtgeflecht, durch das es eiskalt hereinzog. Man konnte auch nicht wirklich hindurchschauen, es ließ nur ein wenig fahles Licht ins Zimmer fallen. Marie sah ihren Atem, der eine federleichte, weiche Wolke in die Luft zeichnete, geradeso als wolle er einen feinen Schleier über die Armseligkeit des Zimmers legen, das einst ihre Küche gewesen war.

Sie schaute sich um. Von ihrer eierschalfarben gestrichenen Anrichte war nichts übrig geblieben, ebenso wenig von ihrem Tisch mit der schicken Resopalplatte und von ihren Stühlen mit den zierlichen Beinen. Was nicht in den Bombennächten in Flammen aufgegangen war, hatte sie längst eingetauscht gegen Essbares, ein wenig Kohle zum Heizen oder etwas zum Anziehen. Das Einzige von Wert, das sie noch besaß, war ihr Juno-Herd, den Joseph auf wundersamen Wegen zurückgeholt hatte, nachdem Plünderer ihn in der »Nacht der tausend Bomber« schon davongetragen hatten. Der Herd stand seither unter einer Plane versteckt in der Ecke, denn er war vollkommen nutzlos. Was sollte sie mit einem Elektroherd anfangen, wenn das ganze Martinsviertel doch nach wie vor ohne Strom war!

Zum Glück hatte sie das Bett mit dem hohen Kopfteil retten können, es nahm fast das gesamte Zimmer ein. Und sie hatte den Badeofen, der einst bei den Kohns das Wasser erwärmt hatte. Joseph hatte ihn aus dem Schutt geborgen, das Kupferblech des riesigen Wasserbehälters war vollkommen verbeult gewesen, aber der untere eiserne Teil, der eigentliche Ofen, funktionierte noch einigermaßen. Für das Kupferblech hatte Joseph auf dem Schwarzmarkt einen Sack Kartoffeln, ein Viertelpfund Butter und sogar eine kleine Dose Streichwurst erhalten. Allein bei dem Gedanken an die Wurst lief Marie das Wasser im Mund zusammen. Sie konnte sich kaum daran erinnern, wann sie das letzte Mal Fleisch gegessen hatte, geschweige denn daran, wann sie das letzte Mal satt gewesen war.

Wenn Marie an den bevorstehenden Tag dachte, an das ständige Ringen um etwas Essbares und um Heizmaterial, dann meinte sie zu spüren, wie alle Kraft aus ihr wich. Sie saß auf der Bettkante und vergrub das Gesicht in den Händen. Ihr Dasein war ein einziger Überlebenskampf geworden, und jeden Morgen fürchtete sie, diesen Kampf zu verlieren.

Doch da spürte Marie etwas in ihrem Rücken. Einen kleinen, leichten Körper, der sich sacht im Schlaf bewegte. Sie wandte sich um, und mit einem Mal war ihr Herz so erfüllt mit Liebe und Dankbarkeit, dass nur noch wenig Angst darin Platz hatte. Im düsteren Licht des kalten Herbstmorgens leuchteten auf dem einzigen Kopfkissen, das sie noch besaß, zwei Schöpfe: ein kleiner mit Haaren so rot wie ein Kupferkessel und ein etwas größerer mit aufgelösten braunen Zöpfen. Marie streckte die Arme aus, ihre Hände zitterten vor Kälte, als sie den Kindern über die Köpfe strich, ganz sanft, ganz leicht, damit sie noch nicht erwachten. Tränen traten ihr in die Augen, Tränen des Glücks und der Verzweiflung. Sie musste durchhalten, sie musste es einfach schaffen.

Vor allem aber musste sie das Zimmer einheizen, bevor sie Anna und den kleinen Karl weckte. Marie straffte ihren Rücken und stand auf.

So leise wie möglich schlich sie mit ihren Holzpantinen über die aufgerissenen, verschrammten Dielenbretter zum Ofen. Die Glut war längst erloschen.

Sehnsüchtig dachte Marie an die Zeit zurück, als sie so viele Kohlen vorrätig hatten, dass sogar der große Ofen in der Backstube immer leise vor sich hin gebullert hatte, selbst in der Nacht hatten auf seinen Feuerungsrosten Kohlen geglüht, damit er nicht auskühlte. Jetzt musste es ihr gelingen, mit ein wenig feuchtem Holz die Küche einigermaßen warm zu bekommen und den Kindern ein karges Frühstück zuzubereiten.

Mit geübtem Griff, aber vor Kälte zitternd, heizte Marie den Ofen ein und stellte eine kleine Pfanne auf den Rost. Das Holz qualmte, fast sofort war außer ihrem Atem noch eine weitere Wolke im Zimmer, eine gelbliche, stinkende. Voller Sorge betrachtete Marie das Ofenrohr. Es stammte wie fast alles, das sie noch besaß, aus dem Schutt, war uralt und voller Löcher, sie würde bald ein Neues besorgen müssen. Aber woher bloß?, fragte sie sich im Stillen.

Da hört sie hinter sich ein Wispern.

»Nein«, wimmerte Anna, »nein, bitte nicht!« Im Nu war Marie zurück am Bett und griff nach Annas Hand. »Es ist alles gut, mein Schatz«, flüsterte sie dem Mädchen ins Ohr. »Schlaf noch ein bisschen.«

Seit einiger Zeit redete Anna nachts im Schlaf, es schien Marie, als würde sie von dunklen Träumen geplagt. Zärtlich strich Marie dem Mädchen das widerspenstige Haar aus der Stirn, trotz der Kälte im Zimmer war es verklebt vom Schweiß. Wenn ihr bloß kein Kind krank würde!

Marie setzte sich für einen Moment auf die Bettkante und betrachtete die schlafende Anna. Wie groß ihre Kleine geworden war! Längst hatten ihre Gesichtszüge alles Kindliche verloren, Anna war hoch aufgeschossen und sehr, sehr dünn. Marie strich ihr noch einmal über den Kopf und musste unwillkürlich lächeln. Wie stolz sie auf Anna war! Was hatten sie nicht alles gemeinsam durchgestanden! Sie hatten den Bombennächten getrotzt und ausgeharrt. Sie waren auch dann noch in ihrer kleinen Bäckerei im Martinsviertel geblieben, als fast alle anderen Einwohner aus Köln geflüchtet waren. Sie hatten einander geschworen, die Bäckerei niemals aufzugeben, und sie hatten an ihrem Traum festgehalten, allen Widerständen und Gefahren zum Trotz.

Marie schauderte, wenn sie an die schlimme Zeit dachte, die nun endlich hinter ihnen lag. Sie waren vor Tieffliegern davongelaufen, die auf alles schossen, was sich auf den Straßen bewegte. Sie waren über Granaten und Bombentrichter geklettert, und als die Straßen so zerstört waren, dass selbst der Weg in den Bunker zu gefährlich wurde, waren sie bei Bombenalarm in den Ofen gekrochen. Wenn sie die Köpfe zur Seite legten und die Schultern ganz flach machten, passten sie genau durch die niedrige Ofenluke. Das Gewölbe des

Backofens, vor mehr als hundert Jahren von findigen Ofenbauern Stein auf Stein ohne ein einziges Tröpfchen Mörtel gesetzt, hatte sie sicher umschlossen und jeder Bombe getrotzt. Die schweren Gesteinsbrocken vulkanischen Ursprungs hatten so manches Mal im Bombenhagel gezittert, die schönen glänzenden Fliesen, die den Ofen ummantelten, waren eine nach der anderen abgeplatzt und zersprungen, aber das Gewölbe selbst war vollkommen ganz geblieben.

Sie hatten sich sogar in jenen Stunden angstvoll in den Ofen gedrängt, den kleinen Karl in ihrer Mitte, als die letzte Schlacht um Köln tobte.

Sie hatten die Kanonenschüsse der Panzer gehört, die sich vor dem Dom ein allerletztes Gefecht lieferten. Sie hatten das dumpfe Dröhnen der Stiefel wahrgenommen, als die verbliebenen deutschen Soldaten ans Rheinufer flüchteten. Und sie hatten die enorme Detonation gespürt, als die Wehrmacht die einzige noch intakte Brücke, die Hohenzollernbrücke, in die Luft sprengte, um den amerikanischen Truppen den Weg abzuschneiden. Der Ofen hatte ein allerletztes Mal gebebt. Marie war es so vorgekommen, als stöhnten die Steine, als seien auch sie es unendlich leid, dieser schrecklichen Zeit trotzen zu müssen.

Als sie sich endlich trauten, hinauszukriechen, war der Krieg vorbei. Auf den Straßen lagen tote Soldaten, aber auch tote Zivilisten. Eine junge Frau war von einem Panzer überrollt worden. Von Köln und insbesondere vom Martinsviertel war fast nichts geblieben als ein riesiger Trümmerhaufen. Allein der Dom stand noch, schwarz und, wie es Marie schien, mahnend reckte er seine beschädigten Zwillingstürme in den rauchgeschwängerten Himmel.

Die Fassade des einst so fröhlich hellgrün gestrichenen Hauses, das ihre Bäckerei beherbergte, stand noch. Einsam ragte sie auf zwischen Trümmerfeldern. Doch hinter den rußgeschwärzten Fensteröffnungen gähnte das Nichts, bis auf die Außenmauern und einen kleinen Teil des Erdgeschosses war das Haus komplett zerstört.

Doch sie hatten überlebt, im Bauch des Ofens.

Wie gerne hätte Marie den großen Ofen in der Backstube wieder angefeuert! Wie gerne hätte sie ihre Bäckerei wiedereröffnet und die hungrigen Menschen im Martinsviertel versorgt!

Doch daran war kein Denken. Der Ofen war intakt geblieben, doch in die Backstube regnete es hinein, und überall tummelten sich die Ratten. Wochen und Monate hatten Marie und Joseph Steine geklopft, die Wände und die Decke zum ersten Stock geflickt. Von überallher hatte Joseph Baumaterialien besorgt, Marie wollte gar nicht wissen, wie er daran gekommen war. Doch als sie es fast geschafft hatten, als Marie beinahe schon auf dem Weg zur britischen Militärregierung war, um sich eine Betriebserlaubnis zu holen, da war im letzten Frühjahr der Rhein über die Ufer getreten und hatte das ganze Martinsviertel überschwemmt. Sie hatten sich nur mit Not in den ersten Stock retten können, wo sie in den Himmel schauten. Das Hochwasser hatte die mühsam errichteten Wände im Erdgeschoss wieder zum Einsturz gebracht und die notdürftig geflickten Löcher erneut aufgerissen. Und so war ihnen nichts geblieben als die winzig kleine Küche. Es war der einzige Raum, der noch bewohnbar war.

Marie schrak aus ihren Gedanken hoch. Anna, deren Hand sie immer noch hielt, hatte etwas gerufen.

»Joseph«, rief Anna, sie warf sich im Schlaf hin und her, die Stirn schweißnass. »Joseph!«

Sorgenvoll betrachtete Marie das Mädchen. Tagsüber verlor Anna kaum ein Wort über Joseph, im Gegenteil, sie verschloss ihr Gesicht, wenn der kleine Karl nach ihm fragte, Marie mied das Thema schon lange. Doch nachts, im Schlaf, rief Anna Josephs Namen. Marie brach es beinahe das Herz, sie so verzweifelt zu sehen. Denn Joseph war verschwunden, von einem Tag auf den anderen.

Er war bei ihnen geblieben, obwohl der Krieg aus und er endlich frei war. Die Besatzer – erst waren es die Amerikaner gewesen, dann die Briten – wollten die ehemaligen Zwangsarbeiter, die jetzt »Displaced Persons« hießen, zurück in ihre Heimat schicken, doch Joseph hatte sich allen Anordnungen widersetzt. Er hatte sich ein armseliges Lager im ehemaligen Gärraum eingerichtet und Marie und die Kinder lange mit dem Notwendigsten versorgt.

Doch nun war er fort, ohne ein einziges Wort. Wenn Marie daran dachte, wie sie ohne Joseph zurechtkommen sollten, wuchs die Verzweiflung in ihr fast bis ins Unermessliche. Doch zugleich – und sie traute sich fast nicht, es zuzugeben – war sie auch ein klein wenig erleichtert. Denn Anna, das hatte Marie längst erkannt, war mit ihren sechzehn Jahren heftig in Joseph verliebt. Marie hatte die beiden in der letzten Zeit mit Argusaugen beobachtet, und zu ihrer

Erleichterung hatte sie feststellen können, dass Joseph Annas Verliebtheit in keiner Weise anstachelte – im Gegenteil, er behandelte sie weiterhin, als sei sie seine kleine Schwester. Doch manchmal, wenn er mit Anna zusammen war und sich unbeobachtet geglaubt hatte, hatte Marie ein Funkeln in seinen Augen gesehen, und das hatte sie in tiefe Sorge gestürzt. Sie wusste nur allzu gut, welches Unglück einem Mädchen widerfahren konnte, das so früh die Liebe kennenlernte. Davor wollte sie Anna beschützen, selbst wenn sie dafür Joseph verlor, der ihr ein treuer Begleiter und Retter in der Not geworden war.

Marie liebkoste ein letztes Mal Annas Stirn, strich dem selig schlummernden Karl sanft über die Wange, dann wandte sie sich wieder dem kleinen Ofen zu. Endlich, die Pfanne war heiß. Vor Kälte bebend ließ sie ein winziges Stückchen Margarine hineingleiten, es war ihr letztes. Die Margarine zischte kurz und schien sich im nächsten Augenblick nahezu aufzulösen, so wenig war es. Hoffentlich, flüsterte Marie im Stillen, hoffentlich reicht es!

Vorsichtig rüttelte sie an der Pfanne. Jetzt musste sie sich beeilen, das bisschen Holz, das schwach im Ofen loderte, würde nicht lange reichen. Schnell schnitt sie den letzten Brotkanten, den sie besaß, in vier gleich große Stücke. Wenn sie doch bloß ein bisschen mehr Brot hätte! Widerwillig griff sie nach der Pappschachtel, in der sich das »Milei« befand. Wie sie dieses Zeug verabscheute! Die köstlichsten Brote und Kuchen hatte ihr liebster Matthias gebacken. In diesem Haus hatte es immer nur Backwaren allerfeinster Qualität gegeben. Und jetzt fehlte es ihr an den einfachsten Zutaten, um ein karges Frühstück zuzubereiten. Nicht einmal ein einziges Ei hatte sie, nur dieses Ei-Ersatz-Pulver. Igittigitt! Voller Abscheu mischte Marie in einer kleinen Blechschüssel einen Esslöffel des Milei mit drei Esslöffeln Wasser. Das ergab eine gelbliche Pampe, die nur sehr entfernt an ein geschlagenes Ei erinnerte, aber was sollte sie tun, sie hatte nichts anderes. Marie tunkte die vier Stücke Brot in die gelbe Pampe und legte sie nebeneinander in die heiße Pfanne. Sie zischten und brutzelten, und tatsächlich, es roch ein klein bisschen so, wie es eigentlich riechen sollte.

»Arme Ritter! Mama, du machst uns Arme Ritter! Juchhu!«

Marie fuhr herum, und mit einem Mal hatte sie ihren Ärger vergessen. Karl war erwacht! Im nächsten Augenblick war er aus dem Bett heraus und direkt in ihre Arme gesprungen. Anna, die nun natürlich auch wach war, blinzelte und sandte ihm einen liebevollen Blick.

»Mama! Ich habe so einen großen Hunger!«

»Aber ja«, flüsterte Marie und drückte den kleinen Karl an sich, »aber ja doch.«

Vier Jahre war ihr Sohn nun alt, und jeden Tag dankte Marie dem Schicksal, das ihr diesen wunderbaren kleinen Jungen geschenkt hatte. Karl hatte nicht nur die roten Haare seines Vaters geerbt, sondern auch sein freundliches Wesen, seine Klugheit und seine Besonnenheit. Er war ein so liebes und zugleich so aufgewecktes Kind, dass er Alt und Jung im Handumdrehen verzauberte. Marie und Anna liebten ihn von ganzem Herzen, und für Marie fühlte es sich so an, als sei mit Karl ein kleiner Sonnenschein in ihr Leben gekommen.

Umso schmerzlicher vermisste sie Karls Vater. Immer noch gab es kein Lebenszeichen von Matthias, er galt weiterhin als in Russland vermisst. Bei dem Gedanken, ihr Liebster könnte seinen Sohn womöglich nie kennenlernen und Karl niemals einen Papa haben, glaubte Marie jedes Mal, in ein endloses dunkles Loch zu fallen und nicht wieder herauszukommen. Also verbot sie sich diesen Gedanken. Matthias lebte, und er würde zurückkommen. Niemals würde sie die Hoffnung aufgeben, niemals.

Die Kinder frühstückten wie immer auf der Bettkante, es gab keine andere Sitzgelegenheit. Sorgsam legte Marie ihnen die Armeedecken über die Schultern, das Feuer des Badeofens war bereits dabei, wieder zu erlöschen.

»Und du, Marie?«, fragte Anna, während sie ein wenig Zucker auf die Armen Ritter streute, »was isst du?«

Marie zuckte immer noch zusammen, wenn Anna sie bei ihrem Vornamen nannte. In den letzten Kriegsmonaten, als sie hungrig und zerlumpt in der Ruine ihres Hauses gehaust hatten, hatte das Mädchen mit einem Mal aufgehört, sie »Tante« zu nennen. So, als seien sie nicht mehr Tante und Nichte, Erwachsene und Kind, sondern zwei junge Frauen, die gemeinsam um ihr Überleben und um das des kleinen Karl kämpften. Der Krieg hatte Anna quasi über Nacht erwachsen werden lassen.

»Ich habe schon gegessen«, antwortete Marie.

Anna sandte ihr einen skeptischen Blick, als nähme sie ihr die Lüge nicht ab, doch Marie tat so, als bemerke sie es nicht. Der kleine Karl kippte sich unterdessen versonnen noch einen weiteren Löffel Zucker über das warme, goldbraune Brot. Marie tat so, als sähe sie auch das nicht. Der Zucker war eines der wenigen Nahrungsmittel, die sie hatten retten können. Einen ganzen Zentner hatten sie gefunden, als sie die Trümmer aus der zerstörten Backstube räumten. Der Zucker war ein wenig braun und schmeckte ziemlich verbrannt, aber er war durchaus noch genießbar. Allerdings neigte dieser Sack Zucker sich langsam dem Ende zu.

Hoffentlich, flehte Marie lautlos, gelingt es mir heute, etwas Essbares zu besorgen. Sonst weiß ich nicht mehr weiter.

Gleich nachdem die Kinder zur Schule aufgebrochen waren, machte sie sich fertig. Karl war eigentlich noch viel zu jung, um zur Schule zu gehen, doch viele Kinder nahmen ihre jüngeren Geschwister mit, denn in der Schule gab es mittags eine warme Mahlzeit, meist einen süßen oder salzigen Brei. Die Kinder mussten ihr eigenes Essgeschirr mitbringen, und sie mussten das Essen sofort aufessen. Marie wusste, dass manche Eltern sich trotzdem vor der Schule versteckten und darauf warteten, dass die Kinder hinaushuschten und die karge Mahlzeit mit ihnen teilten.

Für diese Eltern hatte Marie nichts als Abscheu übrig. Niemals hätte sie den Kindern etwas weggegessen, niemals. Lieber würde sie selbst verhungern.

Mit fahrigen Händen band sie sich ein Tuch um den Kopf. Ihr Haar, das einst so seidig gewesen war, fühlte sich schon lange wie ein Büschel Stroh an. Um es zu waschen, hätte sie Wasser auf dem kleinen Ofen erhitzen müssen – welch eine Verschwendung von Brennmaterial! Also trug Marie tagein, tagaus, sobald sie das Haus verließ, ein Tuch um den Kopf. Fast alle Frauen machten es so.

Immerhin, sie hatte noch den sandfarbenen Umhang, den ihr einst Frau Kohn geschenkt hatte. Fast zärtlich nahm sie ihn aus dem Bett, nachts, bevor sie die kratzigen Armeedecken über die Kinder legte, wickelte sie den kleinen Karl darin ein. Der Umhang war ganz dünn und fadenscheinig geworden, doch er war immer noch himmlisch weich und spendete ein wenig Wärme. Marie hielt ihn in Ehren, niemals hätte sie sich von ihm getrennt. Was wohl aus der Familie Kohn geworden war? Marie traute sich kaum, darüber nachzudenken. Nach dem Krieg war unvorstellbar Entsetzliches bekannt geworden. Marie kannte die Bilder der Konzentrationslager, der ausgemergelten Menschen, der Massengräber voller Leichen. Doch es gelang ihr nicht, diese Bilder mit der Erinnerung an die Familie Kohn zu verknüpfen, jener herzensguten Familie, die sie aufgenommen hatte, ihr Obdach und Arbeit gegeben hatte, als sie in Not gewesen war. Konnte es wirklich sein, dass Familie Kohn, die Mutter, der Vater, Annas Freundin Ruth, der kleine Gerald, dass sie alle von den Nazis ermordet worden waren? Nein, sagte sie sich, während sie den Umhang, der ihr viel zu weit geworden war, ein wenig enger um sich raffte, das durfte nicht wahr sein! Marie wollte fest daran glauben, dass der Familie die Flucht gelungen war. Eines Tages, da war sie sich ganz sicher, würden die Kohns ein Lebenszeichen senden.

Marie nahm die Lebensmittelmarken an sich, sie hatte

sie im ansonsten völlig nutzlosen Juno-Herd versteckt. Wobei auch die Lebensmittelmarken oft völlig nutzlos waren, denn Marie musste immer erst herausfinden, welches Geschäft überhaupt geöffnet hatte, wo es etwas zu kaufen gab. Wenn sie dann dort ankam, waren die Schlangen davor meist so lang, dass sie nicht sicher sein konnte, überhaupt noch etwas zu erhalten. Viel zu oft kam sie mit leeren Händen nach Hause.

Und selbst wenn sie etwas für ihre Marken bekam, reichte es so gut wie nie, um satt zu werden. Welch eine bittere Ironie, dachte Marie bei sich, dass nun, wo der Krieg vorbei war, die Rationen, die den Kölnern von der britischen Besatzungsmacht zugeteilt wurden, kärglicher waren als während des Krieges.

Sie schüttelte den Kopf. Jetzt musste sie machen, dass sie loskam! Hastig durchquerte sie den Hof und trat hinaus in die kleine Gasse. Nach nur wenigen Schritten wurde ihr plötzlich ganz flau im Magen, und schwarze Punkte tanzten vor ihren Augen. Zitternd lehnte sie sich an die Hauswand. »Oh nein«, flüsterte sie vor sich hin, »bitte, ich muss doch durchhalten. Ich muss etwas zu essen besorgen. Für die Kinder.«

Und vielleicht, dachte sie noch, während sie zu Boden sank an genau der Stelle, an der sie schon einmal vor vielen Jahren zusammengebrochen war, in den Armen die kleine Anna, vielleicht auch für mich selbst.

Kapitel 11

Als Anna aus der schmalen Lintgasse auf den Alter Markt trat, an der Hand den kleinen Karl, ging in ihrem Rücken die Sonne auf, es war beinahe so, als kitzelte sie liebevoll ihren Nacken. Und obwohl die Sonne an diesem Oktobermorgen des Jahres 1946 noch tief stand, sandte sie ihren goldenen Schein weit über den Platz – was daran lag, dass der Alter Markt gar kein richtiger Platz mehr war. Von den hohen, schmalen Häusern, die ihn vor dem Krieg begrenzt und beschattet hatten, war nichts geblieben als niedrige Schuttberge. Allein das Bäckerzunfthaus und das gegenüberliegende Eckhaus standen noch, wobei vor allem ihre Außenmauern dem Bombenhagel getrotzt hatten, die Dächer hatten große Löcher. Und dennoch, im goldenen Sonnenschein hatten die Ruinen und die Schuttberge beinahe etwas Freundliches, als habe ein Riese mit Bauklötzen gespielt und alles durcheinandergeworfen. Anna legte den Kopf in den Nacken und schaute durch die Fenster der oberen Stockwerke des Bäckerzunfthauses hindurch geradewegs in den Himmel. Von was für einem unglaublichen Blau er heute war! Fast so blau, dachte Anna, wie einst die Augen des kleinen Karl, als er noch ein Baby gewesen war.

Anna liebte Karl, und sie liebte die morgendlichen Gänge zu zweit zur Schule. Egal, wie müde sie war, wie hungrig, wie traurig, Karl brachte sie immer auf andere Gedanken.

Zärtlich drückte sie seine Hand. Karl hob seinen Kopf mit dem kupferroten Haar, schaute aus seinen mittlerweile tiefgrünen Augen zu ihr herauf und erklärte mit großem Ernst: »Wir dürfen unser Spiel nicht vergessen.«

»Auf keinen Fall«, lächelte Anna, »du fängst an!«

»Ich sehe was, was du nicht siehst«, krähte Karl sofort los, »und das ist rot!«

Es war ihr liebstes Spiel, sie spielten es jeden Morgen. Immer wieder staunte Anna über Karls feine Beobachtungsgabe. In all den Trümmerhaufen, Bombentrichtern und Schuttbergen, die sie Tag für Tag umrundeten, überkletterten und hinabschlitterten, entdeckte er Kleinigkeiten, die Anna völlig entgangen wären. Ein Baby, dick eingepackt, das vor einem frei geräumten Kellereingang an einem Tuch nuckelte. Feine Rauchsäulen, die überall dort aufstiegen, wo Menschen sich mehr schlecht als recht in den Ruinen eingerichtet hatten, wo provisorische Kamine brannten. Ein Kleid, das zwischen den Resten von zwei Schornsteinen auf einer Leine flatterte, feuerrot.

»Ich hab's!«, rief Anna und wies mit der freien Hand auf das Kleid. Doch Karl reagierte nicht, er war abrupt vor einer auf halber Höhe endenden Hauswand stehen geblieben, auf der mit weißer Kreide Buchstaben geschrieben waren.

»Was heißt das?«, fragte er, die Stirn gekräuselt. Mit seiner kleinen Hand zeigte er auf eine Zeile Buchstaben, die, da war Anna sich ganz sicher, gestern noch nicht da gestanden hatte. Donnerwetter, was der Kleine alles sah!

»Käthe lebt«, las sie vor, »bei Dietrich, Trimbornstraße.«

»Juchhu! Juchhu! Juchhu!«, schrie Karl sogleich los und hüpfte übermütig in die Luft. »Sie haben sie gefunden!«

»Ja, Karl«, flüsterte Anna und drückte seine Hand noch ein bisschen fester, »das haben sie wohl.«

Tag für Tag las sie Karl die Nachrichten vor, die die Menschen mit Kreide an die vom Kugelhagel durchlöcherten, halb eingestürzten Hauswände geschrieben hatten. Familien, Freunde, Nachbarn, die hier einst gewohnt und die der Krieg auseinandergerissen hatte, hinterließen einander Botschaften. Sie schrieben auf, wohin es sie verschlagen hatte, fragten nach Vermissten. »Käthe, wo bist du?«, hatte seit Monaten auf dieser Hauswand gestanden. Es war nur eine von Dutzenden Botschaften, wie Anna sie überall in der Altstadt gesehen hatte. Diese eine Suche schien nun ein glückliches Ende genommen zu haben. Die vermisste Käthe lebte, in der Trimbornstraße, bei Dietrich.

Karl machte immer noch kleine Luftsprünge. Anna betrachte ihn voller Zuneigung und spürte doch zugleich, welch widerstrebende Gefühle die Nachricht von der überlebenden unbekannten Käthe in ihr auslösten. Wie sehr sie Karl um seine kindliche Freude beneidete! Sie selbst vermisste zwei Menschen so sehr, mit jeder Faser ihres Herzens, dass sie sich vor lauter Sehnsucht kaum freuen konnte, wenn andere einander wiederfanden.

Anna schluckte schwer. Wenn doch ihre Suche auch ein glückliches Ende nehmen würde!

Sie verbat sich, an Joseph zu denken, während sie das letzte Stück Weg hinter sich brachten. Sie verbat es sich so, wie sie es sich verbat, an Onkel Matthias zu denken. Zu groß war der Schmerz. Ließe sie ihn zu, sie wusste nicht, was er mit ihr machen würde.

Auf dem Wallraffplatz vor dem Hotel Monopol pickten die Spatzen Krümel vom Kopfsteinpflaster, als habe es nie einen Krieg gegeben. Auch die Gäste saßen wie eh und je bei Kuchen und Kaffee, bloß dass sie, obwohl sie jetzt, im Oktober, drinnen Platz genommen hatten, genau gesehen draußen saßen, denn das Café hatte immer noch keine Fensterscheiben. Die angrenzende Hohe Straße war nach wie vor nicht vollständig frei geräumt. Kipploren fuhren hin und her, die Frauen, Kinder, Alte und ein paar wenige Männer mit Steinen und Dreck beluden. Die Schienen der Loren führten geradewegs zum Hansaring, wo, wie Anna gehört hatte, aus dem Schutt ein kleiner Berg entstand, den man später, wenn alles vorbei wäre, mit Bäumen und Sträuchern bepflanzen wollte. Anna konnte sich das beim besten Willen nicht vorstellen.

Von ihrer Schule war genau die Hälfte übrig geblieben. Dort, wo einst die Klassenräume für die Jungen gestanden hatten, klaffte ein gigantisches Kraterloch. Die Kinder, die nun, um kurz vor halb acht, aus allen Himmelsrichtungen herbeiströmten, balancierten auf behelfsmäßigen, nur notdürftig mit Brettern abgesicherten Wegen daran vorbei zur früheren Mädchenschule. Seit die Schule wieder geöffnet hatte, wurden Jungen und Mädchen gemeinsam unterrichtet, auch wenn die Jungen im Klassenzimmer rechts und die Mädchen links sitzen mussten. Vier, fünf Kinder drängten sich jeweils in eine Bank, die eigentlich für zwei gedacht war. Es war ein großes Stupsen und Lärmen. Anna sorgte dafür, dass Karl dicht bei ihr saß, möglichst weit weg von der langen Lina, die ihn erst gestern wieder als »Karotte« beschimpft hatte.

Sie hatten sich kaum in die Bank gequetscht, da betrat Fräulein Stüssgen das Klassenzimmer, und mit einem Mal ebbte der Lärm ab.

Anna bewunderte Fräulein Stüssgen nun fast noch mehr als früher. Die Lehrerin vermochte es, vierzig und an manchen Tagen fast fünfzig Kinder zugleich zu unterrichten. Sie sprach mit leiser, wohlklingender Stimme, und die Jungen und Mädchen hingen an ihren Lippen. Sogar Karl verfolgte alles, was sie tat, mit offenem Mund, egal, ob sie nun Bruchrechnen erklärte oder die Osmose. Eifrig schrieb er Fantasiebuchstaben auf seine kleine Schiefertafel, und Anna musste so manches Mal schmunzeln angesichts seines Eifers.

Heute erklärte Fräulein Stüssgen den jüngeren Schülern die Brutpflege bei Vögeln, während die älteren selbstständig Rechenaufgaben lösten. Anna, die längst fertig war, sah mit Entzücken, wie Karl mit vorgeschobener Unterlippe Zeichen auf seine Tafel malte, die unschwer als Flügel und Schnäbel zu erkennen waren.

Rein äußerlich hatte Fräulein Stüssgen sich sehr verändert. Das war sogar Anna aufgefallen, die sich kein bisschen für Kleider interessierte. Aber sie bekam sehr wohl mit, wie eifrig die anderen Mädchen Fräulein Stüssgens Kleidungsstil diskutierten, ihre engen Röcke, ihre tief ausgeschnittenen Oberteile. Früher war Fräulein Stüssgen so unscheinbar gekleidet gewesen, dass sich kaum noch jemand daran erinnern konnte, was sie eigentlich angehabt hatte. Jetzt aber trug sie echte Nylons! Das fand auch Anna seltsam, denn von Joseph wusste sie, welchen Wert Nylons auf dem Schwarzmarkt besaßen. Am seltsamsten aber war, dass Fräulein Stüssgen immer runder wurde. Während ihre Schüler von Woche zu Woche dünner und hohlwangiger wurden, ging die Lehrerin mehr und mehr in die Breite. Ihre engen Röcke und ihre kurzen Oberteile wölbten sich über ihrem anschwellenden Körper und machten fast den Eindruck, als seien sie kurz davor, zu platzen.

Anna war diese Veränderung völlig schleierhaft. Besaß Fräulein Stüssgen womöglich eine heimliche Quelle für Lebensmittel und Nylons?

Als es Mittag wurde, schien sie der Lösung des Rätsels mit einem Mal näher zu kommen.

Von den Kindern sehnsüchtig erwartet, fuhr um Punkt zwölf Uhr ein britischer Jeep vor. Mit durchdrehenden Reifen und aufheulendem Motor hatte er rasant das Kraterloch umfahren und hielt nun mit quietschenden Bremsen mitten auf dem Schulhof. Auf der Ladefläche hatte er zwei große Töpfe mit Suppe, und die ältesten und stärksten Jungen machten sich sofort daran, sie abzuladen. Die anderen Kinder standen bereits Schlange, erwartungsvoll hielten sie ihre mitgebrachten Teller und Schüsselchen in den Händen, einige hatten nichts als eine sauber gespülte Konservendose. Die großen Jungen begannen sofort mit der Verteilung, was Anna gut verstehen konnte, denn hätten sie nur einen Moment getrödelt, es hätte womöglich Randale gegeben.

Anna hatte dafür gesorgt, dass Karl und sie weit vorn in der Schlange standen, denn gegen Ende, das hatte sie bereits leidvoll erfahren müssen, wurden die Portionen immer kleiner. Streng achtete sie darauf, dass niemand sich vordrängelte. Sie waren beinahe an der Reihe, als Karl sie am Mantel zupfte.

»Anna«, fragte er, »füttert der Soldat Fräulein Stüssgen?«

Anna folgte seinem Blick und konnte kaum glauben, was sie sah. Nur halb verdeckt vom Jeep, hielt der Soldat die Lehrerin fest umschlungen und presste seine Lippen auf ihre! Sie küssten sich! Und wie! Anna konnte genau sehen, wie ihre Münder sich bewegten, ihre Wangen, sogar ihre Halsadern! Ja, es sah tatsächlich so aus, als würde der Soldat Fräulein Stüssgen füttern, wie Vögel ihre Küken füttern, von Mund zu Mund. Erschrocken blickte Anna sich um. Hatten die anderen Kinder das auch gesehen? Nein, stellte sie erleichtert fest, alle starrten gebannt auf die Jungen mit den Suppentöpfen. Nur Karl fixierte das Paar und begann bereits, die Mundbewegungen der beiden nachzuahmen.

»Ja«, sagte Anna und zog ihn ein Stück vorwärts, »Fräulein Stüssgen hat auch Hunger.«

Und dann waren sie endlich an der Reihe, und zu Annas großer Erleichterung vergaß Karl über seiner süßen Suppe die Lehrerin und den Soldaten.

Doch Anna ging die Szene nicht aus dem Kopf, noch auf dem Heimweg dachte sie darüber nach. Sie kannte die Geschichten von den »Besatzerliebchen«, die die älteren Kinder in der Schule erzählten. Das waren Frauen und Mädchen, die sich mit den britischen Soldaten einließen und sich dadurch Vorteile verschafften. Die Kinder und Jugendlichen in der Schule sprachen von diesen Frauen mit Abscheu und Hohn, und nie im Leben hätte Anna gedacht, dass Fräulein Stüssgen dazugehören könnte. Ausgerechnet! Musste sie die Lehrerin nun verachten? Wo sie sie doch eigentlich so sehr bewunderte!

Anna war so vollkommen in ihre Gedanken vertieft, dass sie die Szene in der Bechergasse erst gar nicht wahrnahm. Vom Hauptbahnhof kommend, war ein Pferdegespann auf der holprigen Straße verunglückt, das dürre Pferd lag unter dem Wagen, eines seiner Beine stand in einem seltsamen Winkel ab. Der Kutscher saß weinend auf dem Bordstein und hielt den Kopf des Pferdes in seinem Schoß, es hatte die Augen schon halb geschlossen. Neben ihm stand ein britischer Militärpolizist und schüttelte mit gesenktem Blick den Kopf, in der Hand hielt er einen Revolver. Um sie herum bildete sich gerade eine kleine Menschenansammlung. Frauen mit Töpfen und Wannen eilten herbei, und zwei alte Männer standen mit großen, in der Abendsonne funkelnden Messern bereit.

Anna durchfuhr ein so eisiger Schreck, dass sie fühlen konnte, wie die feinen Haare in ihrem Nacken sich aufstellten. Oh nein! Das durfte doch wohl nicht wahr sein! Noch bevor Karl, der die Szene offensichtlich schon länger beobachtete, ein Wort sagen konnte, packte Anna seine Hand fester und rannte mit ihm davon.

»Anna, das Pferd! Ich will ...!«, japste Karl, aber sie hielt seine Hand nur umso energischer und zerrte ihn hinter sich her.

»Kein Wort!«, sagte sie, »kein Wort!«

Und Karl, der sie so gar nicht kannte, rannte mit seinen kurzen Beinen hinter ihr her, er stellte keine einzige Frage mehr, als wenn er ahnen würde, dass Anna sie nicht beantworten würde, diesmal nicht. Sie waren schon fast zu Hause, als sie den Schuss vernahmen. Anna zuckte zusammen, sie hätte laut weinen mögen, doch mit Blick auf den kleinen Karl würgte sie die Tränen hinunter und erklärte rasch: »Ein Gewitter, also so etwas, ein Gewitter mitten im Oktober!«

Doch ihre Stimme war belegt und versagte ihr beinahe.

Zu Hause stand Agnes Schmitz in der Tür, das linke Auge ein wenig kleiner als das rechte und grün-gelb umrandet.

»Tante Agnes! Tante Agnes!« Mit einem Satz hatte Karl sich von Annas Hand losgerissen und war in Agnes Schmitz' Arme gesprungen. Er liebte seine Tante Agnes, die genau genommen gar nicht seine Tante war, die ihm aber auf die Welt geholfen hatte und seither Marie und die Kinder nicht aus den Augen ließ. Liebevoll drückte sie den Kleinen an sich und küsste sein Haar.

»Karl, mein Liebling, wie war es in der Schule?«

»Der Soldat hat die Lehrerin gefüttert, und auf der Straße lag ein krankes Pferd.«

»Was du nicht sagst, mein Liebling.«

Agnes Schmitz trug Karl hinein und bedeutete Anna mit einem Blick, ihr zu folgen. Annas Herz krampfte sich zusammen. Irgendetwas stimmte hier nicht, das spürte sie genau. Nur was?

Drinnen erschrak sie sich beinahe zu Tode. Marie lag im Bett, bis ans Kinn zugedeckt mit den beiden Armeedecken, ihr Gesicht so bleich wie der Kopfkissenbezug.

»Mama! Mama!«, rief Karl und sprang aus Agnes Schmitz' Armen direkt zu seiner Mutter ins Bett. »Bist du krank?«

»Nein, nein«, antwortete Marie und zog ihn an sich. Doch ihre Stimme war nur ein Flüstern, und unter ihren Augen, das sah Anna jetzt, wo sie näher ans Bett trat, lagen dunkle Schatten.

»Sie hungert«, flüsterte Agnes Schmitz neben Anna.

»Aber sie sagt immer, sie hätte schon gegessen!«

»Anna!« Agnes Schmitz' Stimme war laut geworden. Anna suchte ihren Blick, und mit einem Mal verstand sie es, verstand sie alles, was sie in den vergangenen Monaten nicht hatte verstehen wollen.

Marie gab ihr und Karl alles zu essen, was sie hatte. Anna hatte es geahnt, aber sie hatte nicht darüber nachdenken wollen, es nicht wahrhaben wollen. Sie war selbst zu hungrig, und sie sah, dass Karl immer schmächtiger statt größer wurde. Sie hatte Marie glauben wollen, obwohl sie ahnte, dass sie für sie hungerte.

Anna traten die Tränen in die Augen. Sie schämte sich entsetzlich.

»Aber nicht doch, Anna.« Agnes Schmitz tätschelte ihr unbeholfen den Rücken, dann wandte sie sich zum Gehen.

»Ich habe euch ein bisschen was mitgebracht, es steht gleich neben dem Ofen. Ich weiß, es ist nicht viel. Mein Mann ...« Sie schlug die Augen nieder.

Agnes Schmitz' Ehemann, der Vater von Willibald und seinen jüngeren Geschwistern, war aus dem Krieg zurückgekehrt. Anna wusste nicht, wie er früher gewesen war, doch jetzt fürchtete sie sich vor ihm. Er hatte einen viereckigen Schädel mit wenigen Haaren und einer großen, schwulstigen Narbe, die sich quer über den Kopf von der linken Schläfe bis ans rechte Ohr zog.

»Er ist sehr aufbrausend«, hatte Agnes Schmitz einmal entschuldigend erklärt, »er kann nichts dafür, es ist wegen seiner Verletzung.«

Anna fand, dass das Wort »aufbrausend« noch viel zu harmlos war. Agnes Schmitz hatte stets mindestens ein blaues Auge, manchmal zwei, und Willibalds kleine Geschwister waren schon lange nicht mehr ohne blaue Flecken zur Schule gekommen. Nur Willibald schien aus all dem zumindest äußerlich unbeschadet hervorzugehen, wobei Anna ihn schon lange nicht mehr gesehen hatte, denn zur Schule ging er nicht mehr. Wo er wohl steckte?

Agnes Schmitz war gegangen. Am Ofen fand Anna ein Stück Brot und ein kleines Glas selbst gemachten Brotaufstrich, Grieß mit Kräutern und Gewürzen. Anna wusste, dass viele Leute solche Mischungen als Ersatzfette verwandten, weil es weder Margarine noch Butter gab. Sie schnitt das Brot in drei gleich große Stücke, bestrich sie mit dem Aufstrich und zwang Marie, die ihr Brot sofort an Karl weiterreichen wollte, es aufzuessen. Dazu gab es ein wenig kaltes Wasser aus dem Hahn, denn sie hatten nichts mehr, um den Ofen zu entzünden und Tee zu kochen.

Als es dunkel wurde, verrammelte Anna, so gut es ging, die Tür zum Innenhof und legte sich zu Marie und Karl ins Bett, den Kleinen hielten sie wie immer in ihrer Mitte. Anna fühlte sich plötzlich so müde, dass sie glaubte, mindestens drei Tage am Stück schlafen zu müssen. All die Ereignisse dieses Tages prasselten auf sie ein, das küssende Fräulein Stüssgen, das sterbende Pferd, die zu Tode erschöpfte Marie. Was sollte bloß aus ihnen werden, wenn Marie nicht mehr für sie würde sorgen können?

»Meine lieben Kinder«, hörte sie da Marie flüstern, die Augen halb geschlossen, den Mund nur leicht geöffnet. Sie schwebte, wie es Anna schien, zwischen Wachsein und Schlaf, sie machte einen ganz benommenen Eindruck. »Meine über alles geliebten Kinder. Hätte ich doch nur ...«

Mit einem Mal war Anna wieder hellwach. Was sagte Marie da bloß? Augenblicklich musste sie an das Geheimnis denken, das Onkel Matthias ihr anvertraut hatte, damals, als er in den Krieg musste, und das sie seit Jahren tief in ihrem Herzen verwahrte. Konnte es doch wahr sein ...? Anna lag mit angehaltenem Atem im Bett und lauschte, ob Marie noch etwas sagen würde. Doch sie war bereits tief und fest eingeschlafen.

Kapitel 12

Seit beinahe vier Stunden stand Marie nun schon in der Schlange, und langsam verließ sie der Mut. Nachdem Agnes Schmitz ihr erzählt hatte, in einem Laden in Mülheim gebe es Kohl und Kartoffeln, war Marie sofort losgelaufen. Die Füße hatten ihr schon vor Kälte geschmerzt, bevor sie die Patton-Brücke erreicht hatte, jene Behelfsbrücke, benannt nach einem amerikanischen General, die das linke mit dem rechten Rheinufer verband. Als sie endlich in Mülheim ankam, spürte sie einen Teil ihrer Zehen nicht mehr. Dabei trug sie gar nicht mehr die selbst gemachten Holzpantinen, sondern Schuhe, die zumindest auf den ersten Blick wie Schuhe aussahen, wenn auch wie Herrenschuhe, schwarz und klobig, wie sie waren. Marie hatte sie eines Tages mitten auf der Straße gefunden, jemand musste sie verloren haben. Sie hatte keine Sekunde gezögert und sie sofort eingesteckt. Seit sie vor Hunger zusammengebrochen war, raffte Marie alles an sich, was ihr und den Kindern helfen konnte, zu überleben. Sie zwang sich, nicht darüber nachzudenken, wem die Schuhe wohl gehört hatten und ob dieser Mensch sie suchen würde. Sie brauchte sie, aus und fertig.

Leider wärmten die Schuhe kein bisschen, denn sie waren aus dünnem Plastik. Marie konnte zwei Paar Strümpfe übereinander darin anziehen, so groß waren sie, doch auch das half ihr nicht angesichts der eisigen Kälte.

Es war später November, und der Winter hatte sich mit Kaltluft aus Russland, Schneeregen und Graupelschauern über die Stadt gelegt. Marie konnte sich nicht erinnern, wann es jemals so kalt gewesen war. Anfang des Monats war sie 34 Jahre alt geworden, und Anna und Karl hatten ihr Chrysanthemen geschenkt, wie auch immer sie daran gekommen waren. Die Chrysanthemen standen seither in ihrer Küche in einer angeschlagenen Vase vor dem mit Ersatzglas bezogenen Fenster und hatten sich kein bisschen verändert, sie waren gefroren.

Die ganze Welt schien zu Eis erstarrt. Wenn sie morgens erwachten, hatte sich eine Schicht Raureif auf den Armeedecken gebildet, unter denen sie schliefen. Karl lief schon seit Wochen die Nase, und Anna hatte einen hartnäckigen Husten, der Marie große Sorgen bereitete. Die zugeteilten Briketts reichten nie, sodass der frühere Badeofen der Kohns an vielen Tagen aus blieb. Doch wenn sie ihn anfachten, war schnell das ganze Zimmer voller Rauch, denn das alte Ofenrohr war immer poröser geworden.

Marie trat von einem Bein aufs andere, sofort schoss ein stechender Schmerz in ihre Füße. Wenn sie sich doch bloß für einen Moment aufwärmen könnte! Doch sie würde hier nicht weggehen, bevor sie etwas zum Essen bekam, auf gar keinen Fall. Sie hatte auch die Lebensmittelkarten von Agnes Schmitz dabei und ihr versprochen, etwas für sie mitzubringen. Die Ärmste hatte wieder einmal ein blaues Auge und humpelte, sie hätte den Fußweg kaum geschafft.

Voller Mitgefühl dachte Marie an ihre treue Freundin. Welch eine Schande es doch war, dass ihr Mann sie so schlimm misshandelte! Allein bei dem Gedanken, was Agnes und die Kinder zu Hause erduldeten, musste Marie laut schnauben, sodass die Frau, die vor ihr in der Reihe stand, sich umdrehte.

»So gedulden Sie sich doch! Wir warten alle!«

»Aber ja doch«, beeilte Marie sich zu sagen, »entschuldigen Sie bitte!«

Anna und Karl, überlegte Marie, machten sich bald auf den Heimweg von der Schule. Wenn sie doch bloß warm genug angezogen waren! Sie hatte den Kindern Mäntel aus alten Militärjacken genäht, die sie und Agnes in einem von den Briten aufgegebenen Lager gefunden hatten. Der Stoff war so schwer, dass der kleine Karl darin ganz gebückt ging. Und auch Anna zog ihren Mantel nur mit offensichtlichem Widerwillen an, war er ihr doch zu weit, ein bisschen schief und scheuerte an ihrem langen Hals.

Marie selbst trug nach wie vor den sandfarbenen Umhang und darüber einen weiteren, den sie aus einem Verdunkelungsrollo gefertigt hatte. Der Stoff war steif und wärmte kein bisschen, aber er hielt ein wenig den Wind ab. Nun jedoch war er längst schwer von der Nässe, die der Schneeregen brachte. Marie hatte noch nichts gegessen, und auch am Abend zuvor war es ihr gelungen, Anna, die sie mit Argusaugen beobachtete, auszutricksen und Karl heimlich ihr Stück Brot zu geben. Nun zahlte sie den Preis dafür.

Nicht mehr lange, und ihre Beine würden unter ihr nachgeben.

Marie tat, was sie immer tat, wenn sie glaubte, zusammenzubrechen: Sie dachte an Matthias. Sie träumte sich zurück in die Zeit, als er noch bei ihr gewesen war. In Gedanken saß sie in der Backstube auf der behaglich warmen Ofenbank und sah ihm zu, wie er mit geübtem Griff die dampfenden Brote aus dem Ofen holte. Sie hörte sein Lachen und seine zärtlichen Worte, ging zu ihm und berührte sanft seine Wange, bevor sie sich auf die Zehenspitzen stellte, um ihn zu küssen …

»Wollen Sie hier Wurzeln schlagen?« Die Frau vor ihr musterte sie mit bösem Blick. »Haben wohl sonst nichts zu tun, was?«

»Ich, ich«, stammelte Marie, während ihr wundervoller Traum in tausend kleine Stücke zerbarst. »Ich stehe doch nur hier und warte!«

»Worauf denn?«, lachte die Frau, und es war kein fröhliches Lachen, sondern ein trauriges und bitteres. »Es ist alles aus! Hören Sie? Alles ausverkauft! Kriegen Sie denn gar nichts mit?«

Als sie endlich zu Hause ankam, spürte Marie, dass ihre Füße in den Plastikschuhen angefangen hatten zu bluten. Jeder einzelne Schritt war eine Qual. So viel Zeit vergeudet, so viel Kraft! Und wieder stand sie mit leeren Händen da. Wenn die Kinder gleich kamen, würden sie in ein eiskaltes Zimmer heimkommen, in dem kein Abendbrot auf sie wartete.

Marie war so traurig, sie hielt den Kopf gesenkt, als sie

durch den kleinen Hof ging, und so lief sie geradewegs hinein in den Mann, der dort stand. Sie erschrak sich beinahe zu Tode. Der Mann aber lachte und fasste sie um die Hüfte.

»Na, Marie! So nah bist du mir freiwillig noch nie gekommen!«

Marie wusste gar nicht, wie ihr geschah. War das etwa der Büll, der da im Halbdunkel auf sie gelauert hatte? Der sie nun an sich drückte und ihr seinen übel riechenden Atem ins Gesicht blies?

»Lassen Sie das!«, schrie sie und wand sich. »Sofort!«

Zu ihrem großen Erstaunen ließ der Mann sie tatsächlich los.

»Entschuldige, Marie«. Es war tatsächlich der Büll. »Ich wollte dich nicht erschrecken, nein, wirklich nicht. Ich will nur mit dir sprechen. Lässt du mich hinein?«

»Wir«, brachte Marie mit zusammengebissenen Zähnen heraus, »können auch hier draußen sprechen, Herr Bell.«

»Das wäre aber schade. Denn wo soll ich dann die Sachen auspacken, die ich für dich und die Kinder mitgebracht habe, hm? Etwa hier draußen, im Schnee? Oder auf dem kleinen Plumpsklo dort drüben?«

Jetzt erst bemerkte Marie im spärlichen Licht, das in den Hof fiel, dass der Büll einen Korb bei sich hatte, eine karierte Decke verbarg, was sich darin befand. Was mochte es wohl sein? Da vernahm sie den Duft. Sie erkannte ihn sofort, er war Marie so vertraut wie ihr eigenes Zuhause. Sofort lief ihr das Wasser im Munde zusammen, denn es war der Duft frisch gebackenen Brotes. Sie hatte keine Wahl.

»Kommen Sie, Herr Bell«, sagte sie und öffnete die Tür.

Kapitel 13

Als Anna mit Karl nach Hause kam, begegnete ihnen im Hof der Büll. Er tätschelte dem Jungen mit einem zufriedenen Grinsen den Kopf, und Anna spürte, wie sich ihre Nackenhaare aufstellten. Karl, der den Büll nie zuvor gesehen hatte, schenkte ihm ein freundliches Lächeln. Anna zog ihn schnell mit sich. »Komm, Karl!«

In der Küche saß Marie in eine der Armeedecken gehüllt und machte ein Gesicht, das verzweifelt und glücklich zugleich aussah. Auf ihrem Schoß hielt sie drei Laibe Graubrot, jedes anderthalb Pfund schwer, wie Anna sofort erkannte.

»Mama!«, brüllte Karl. »Woher hast du das ganze Essen?« Er überlegte kurz. »Von dem dicken Mann?«

»Von dem dicken Mann, genau«, sagte Marie, und Anna sah, wie ihr Gesicht kurz zuckte, als wüsste sie nicht, ob sie lachen oder weinen sollte.

»Was hat er gewollt?«, fragte Anna und trat einen Schritt vor.

»Er hat uns Brot gebracht«, antwortete Marie.

»Und sonst?«

»Das besprechen wir morgen«, sagte Marie mit einer Geste, die keinen Widerspruch zuließ. »Heute Abend essen wir, wir essen, und wir sind dankbar für diese unverhoffte Mahlzeit.«

Sie aßen. Anna hätte am liebsten ein ganzes Brot auf einmal aufgegessen, aber sie mäßigte sich.

»Es muss eine Weile reichen«, sagte Marie. »Außerdem sind unsere Mägen so viel Essen auf einmal nicht gewohnt. Nicht, dass wir Bauchweh bekommen.«

»Ich bekomme kein Bauchweh«, erklärte Karl und stopfte sich noch ein Stück Brot in den Mund, obwohl er eigentlich schon genug hatte. »Ich kann so viel Brot essen, wie ich will, denn mein Papa, der im Krieg geblieben ist, war ein großer Bäckermeister!«

Anna blieb der Bissen im Halse stecken.

»Er ist nicht im Krieg geblieben!«, rief sie, und vor lauter Aufregung spuckte sie kleine Bröckchen des kostbaren Brotes in die eiskalte Luft, denn Holz oder gar ein Brikett hatten sie auch an diesem Abend nicht, und der Ofen war wie so oft in letzter Zeit aus geblieben. »Onkel Matthias ist nur noch nicht zurück! Er kommt bald!«

»Und warum ist er dann noch nicht da?«, fragte Karl mit vollem Mund. »Wie alle anderen? Wo steckt er so lange?«

Darauf wusste Anna keine Antwort, und mit einem Mal war ihr die Freude über das Essen vergangen.

Bedrückt zog sie die Schuhe aus, schwere Armeestiefel, die Joseph ihr noch besorgt hatte, und legte sich ins Bett. Marie und Karl taten es ihr nach, und bald war nichts mehr zu hören außer ihren leisen Atemgeräuschen.

Anna hatte nun doch Bauchschmerzen. Wie konnte es sein, dass Karl glaubte, sein Vater käme nicht zurück? Hatten sie ihm nicht Tausende und Abertausende Male gesagt, Matthias lebe und werde heimkommen, sobald es ihm möglich sei? Warum glaubte Karl, gerade einmal vier Jahre alt, nicht, was Marie und sie ihm sagten?

Waren sie vielleicht nicht überzeugend genug gewesen?, fragte Anna sich. Glaubten sie selbst nicht mehr an Matthias' Heimkehr? Hatte Karl, dieses sensible, aufgeweckte Kind, das gespürt?

Nein, flehte Anna im Stillen, das durfte nicht passieren, niemals. Sie mussten die Hoffnung behalten, egal, wie lange es dauern sollte.

Vor ihrem inneren Auge tauchte Joseph auf, wie er ihr die Stiefel gebracht hatte, die nun vor dem Bett standen. »Für meine Anna«, hatte er gesagt, ihren Fuß genommen und ihn mit unbeschreiblicher Sanftheit in den Stiefel gesteckt. Und Anna hatte eine Wärme in ihrem Bauch gespürt, die mit nichts vergleichbar war, was sie jemals zuvor gespürt hatte. Joseph. Ihr lieber, sanftmütiger Joseph. An einem Tag hatte er noch polnische Lieder für sie gesungen, die meisten waren so kompliziert, dass Anna sie nur bruchstückhaft lernte, ausgenommen das Geburtstagslied »Sto lat« und die polnische Version von »Bruder Jakob«, sie lautete »Panie Janie«. Und am nächsten Tag war Joseph verschwunden.

Ob der Büll etwas damit zu tun hatte? Unvermittelt war ihr der Gedanke gekommen. Dieser fiese Bäckerobermeister, der sein Amt auch jetzt noch innehatte, als sei er nie ein überzeugter Nazi gewesen, hatte Joseph damals zu ihnen gebracht. Hatte er ihn nun verschwinden lassen? Anna biss die Zähne zusammen, damit sie nicht klapperten. Die Vorstellung war einfach ungeheuerlich.

Und was hatte der Büll von Marie gewollt? Warum war sie so bedrückt gewesen, trotz der drei Brote? Was hatte er gesagt, was hatte er ihr womöglich getan?

Als Anna endlich in einen unruhigen Schlaf fiel, wurde sie von bedrohlichen Traumbildern verfolgt. Der Büll, wie er feixend in ihrer Küche saß, damals, während des Krieges. Der Büll, wie er ihr jetzt im Hof begegnete. Nur dass er in Annas Traum dem kleinen Karl nicht über den Kopf strich, sondern ihn packte und mit sich riss. Was er dabei für einen Radau veranstaltete! Es klang fast so, als wollte er die Tür eintreten!

Anna schrak auf. Da stimmte etwas nicht. In ihrem Traum war der Büll geflohen, mit Karl im Arm aus dem Hof hinaus. Doch was sie gehört hatte, passte nicht dazu. Und es war kein Traum, es war echt. Jemand war dabei, die Tür zur Küche aufzubrechen.

Marie und Karl saßen nun ebenfalls senkrecht im Bett.

»Plünderer«, flüsterte Marie mit ersterbender Stimme.

Anna lief es eiskalt den Rücken herunter. Bislang hatte sie nur Schreckgeschichten gehört von den Horden, die nachts die Menschen in ihren armseligen Behausungen überfielen. Meist waren es ehemalige Zwangsarbeiter, die nicht zurückkonnten in ihre Heimat, viele waren verroht durch jahrelange Knechtschaft für die Deutschen, voller Wut und Hass auf ihre einstigen Peiniger. Alle Frauen und Kinder, die ohne ihre Männer allein lebten, fürchteten sich vor ihnen. Wen sie heimsuchten, so hieß es, der wurde nie wieder froh – wenn er denn überlebte.

Und nun waren sie an der Reihe. Marie, der kleine Karl und Anna. Und niemand weit und breit, der ihnen beistehen konnte. Die Nachbarhäuser waren so stark zerstört, dass die Familien, die einst darin gewohnt hatten, noch nicht zurückgekehrt waren. Mit schneidender Gewissheit wurde Anna klar: Sie konnten schreien, so viel sie wollten, keiner würde sie hören.

Die Plünderer machten sich nicht einmal die Mühe, leise zu sein, als ahnten sie, dass niemand es wagen würde, sich ihnen in den Weg zu stellen. Sie lärmten, lachten und fluchten, und im nächsten Moment fiel die Tür krachend in die Küche, sie hatten sie eingetreten.

Der Mann, der als Erster hereinkam, war groß und stämmig, mehr konnte Anna nicht sehen, denn sein Gesicht lag vollständig im Dunkeln. Hinter ihm drängten sich Weitere, sie mussten Marie und Anna bereits entdeckt haben, denn sie gebrauchten hässliche Namen für Frauen. Anna verstand sie sofort und schüttelte sich innerlich. Joseph hatte ihr diese Ausdrücke einmal widerwillig verraten, nachdem sie ihn lange bedrängt hatte, ihr ein paar polnische Schimpfwörter beizubringen. Er hatte Anna beschworen, sie niemals zu verwenden. ›Das sind dreckige Worte«, hatte er gesagt, »die ein Mädchen nicht sagen soll und ein Mann erst recht nicht.«

Doch jetzt standen diese Männer vor ihrem Bett und nannten Anna und Marie »Huren« und sogar noch Schlimmeres. Und der große, stämmige Mann beugte sich über

Marie und griff ihr so fest ins Haar, dass sie vor Schmerz aufschrie.

Anna würde nachher niemals sagen können, wie sie auf die Idee gekommen war. Ob es überhaupt eine Idee war, die sie zu diesem Tun veranlasst hatte. Oder ob sie nicht eher einem Gefühl gefolgt war, einem diffusen Gefühl, das ihr zugleich deutlich sagte, dass hier etwas ausgesprochen werden musste. Dass diesen Männern gesagt werden musste, dass ihr Tun unrecht war. Dass sie dabei waren, Menschen wehzutun, die doch ihresgleichen waren. Die jahrelang mit einem von ihnen, einem Polen, zusammengelebt hatten und von ihm beschützt worden waren.

Anna richtete sich im Bett auf, sie griff nach der Hand des kleinen Karl, die eiskalt war und so stark zitterte, dass sie sich ständig auf und ab bewegte, aber vielleicht war es auch ihre Hand, die so sehr zitterte, Anna wusste es nicht. Sie hielt den kleinen Karl bei der einen Hand und erhob die andere, sie zeigte dem Mann, der Marie bedrängte, ihre offene Handfläche, als wollte sie sagen: bis hierhin und nicht weiter.

Und dann sang sie.

Anna sang »Sto lat«, das Geburtstagslied, das die Polen zu allen möglichen Anlässen sangen, wie Joseph ihr erzählt hatte, auch zu Hochzeiten und Jubiläen, es war völlig unpassend, das war ihr auf furchtbare Weise bewusst, aber sie kannte kein anderes. Ihre Stimme zitterte und bebte, sie traf die Töne nicht, und doch geschah in dem Moment, in dem sie zu singen begann, etwas nahezu Unglaubliches: Die Männer hielten inne. Sie hörten auf, sie zu beschimpfen, und nach einer Weile hatte der große, stämmige Mann Maries Haar losgelassen und sich aufgerichtet. Sie standen ganz still, Anna konnte nun sehen, dass es vier waren, und lauschten.

Da merkte Anna, wie ihre Stimme fester wurde. Und mit glockenhellem Ton sang sie »Sto lat« zu Ende.

Im Zimmer wurde es totenstill. Dann begannen die Männer alle auf einmal zu reden. Sie schienen lauter Fragen zu stellen, doch Anna verstand kein Wort. Alles, was sie noch an Polnisch konnte, war das Kinderlied »Panie Janie«.

Also sang Anna auch noch die polnische Version von »Bruder Jakob«. Und während sie sang, bedeutete sie den Männern, hinauszugehen. Immer noch hielt sie Karls Hand, doch mit der anderen machte sie eine winkende Bewegung.

Die Männer hörten auf, Fragen zu stellen. Sie begannen zu lachen. Und dann verließen sie das Haus. Im Hinausgehen entdeckten sie die zweieinhalb Brote, die Marie aufbewahrt hatte, und nahmen eins an sich, doch den Rest ließen sie ihnen. Und dann waren sie verschwunden.

Kapitel 14

Es war ein Uhr in der Nacht, als Marie sich an diesem 2. Dezember 1946 auf den Weg machte. Sie hatte kaum die ausgetretenen Stufen der Hafengasse betreten, die direkt neben ihrer zerstörten Bäckerei hinauf ins Herz der Altstadt führten, als sie am liebsten schon wieder kehrtgemacht hätte. So armselig ihr Zuhause sein mochte, sie wäre in diesem Moment nirgendwo lieber gewesen als in dem Bett mit dem hohen Kopfteil, eng an Karl und Anna geschmiegt. Maries Herz pochte wie wild, wenn sie daran dachte, dass sie die beiden allein zurücklassen musste. Was für ein Unheil ihnen drohen konnte!

Die Nacht, in der die Plünderer sie überfallen hatten, saß Marie noch in den Knochen. Als die Männer die Tür eingetreten hatten, hatte sie geglaubt, ihre letzte Stunde hätte geschlagen. Sie hatte sich auf das Schlimmste gefasst gemacht. Und sie wusste, sie hätte alles über sich ergehen lassen, wenn doch bloß die Kinder verschont geblieben wären. Doch dann hatte ihre Anna, ihr zartes, kluges Mädchen, sie alle gerettet. Was für einen Heldenmut sie bewiesen hatte! Marie platzte fast vor Stolz. Und zugleich hoffte sie inständig, dass Anna nie wieder in eine ähnliche Situation geraten würde.

Nun aber war Anna allein mit Karl zu Hause, und womöglich würde das nun jede Nacht so sein. Marie wurde beinahe übel vor Angst, wenn sie daran dachte.

Sie raffte die beiden Umhänge, den beigen aus Kamelhaar und den schwarzen aus Verdunkelungsrollo, enger um sich. Und dennoch bibberte sie vor Kälte.

Der Mond stand hell am Himmel und tauchte die Trümmerlandschaft in einen silbrigen Schein.

Marie konnte sich nicht daran erinnern, dass der Winter jemals zuvor mit einer solchen Gnadenlosigkeit über Köln gekommen wäre. Selbst tagsüber stieg die Temperatur nicht mehr über den Gefrierpunkt. Jetzt, in der Nacht, stach die Kälte ihr ins Gesicht wie tausend Nadeln. Immerhin trug sie Annas Stiefel. Anna hatte darauf bestanden, sie ihr zu geben. Marie hatte abgelehnt, aber das Mädchen war hartnäckig geblieben.

»Du kannst nicht in den Plastikschuhen bis nach Sülz laufen! Und das jede Nacht!«

Marie hatte nachgegeben, auch weil sie wusste, dass Anna recht hatte. Wenn sie das, was vor ihr lag, schaffen wollte, dann brauchte sie vernünftige Schuhe.

»Ich versuche, zurück zu sein, bevor ihr zur Schule müsst«, hatte sie gesagt und zugleich geahnt, dass ihr das kaum gelingen würde.

Marie fürchtete sich. Sie fürchtete um die Kinder zu Hause. Agnes Schmitz hatte ihren übellaunigen Mann geschickt, damit er ihnen half, die Küchentür zu reparieren.

Marie musste zugeben, dass die Tür danach stabiler war als vorher, aber das milderte ihre Angst nur wenig.

Sie fürchtete sich außerdem vor dem weiten Weg durch die zerstörte Stadt. Es fuhren nach wie vor kaum Straßenbahnen, erst recht nicht mitten in der Nacht während der Ausgangssperre. Sowieso hätte Marie sich keine Fahrt leisten können. Hätte sie genügend Geld gehabt oder etwas, das sie gegen Lebensmittel hätte tauschen können, wäre sie nun nicht in tiefster Nacht unterwegs.

Beinahe am meisten fürchtete sie sich vor dem, was sie am Ende ihres Weges in Köln-Sülz erwarten würde. Hätte sie doch bloß abgelehnt! Und dann?, fragte sie sich. Wie würde sie die Kinder satt bekommen? Wie sollten sie den Winter überleben? Nein, sie hatte keine andere Wahl gehabt. Sie musste diesen Weg gehen, denn sie musste die Kinder durchbringen, egal wie.

Durch das Martinsviertel begleitete sie ein Rudel Ratten. Die Tiere waren so furchtlos, sie liefen ihr fast über die Stiefel. Marie schauderte. Unwillkürlich beschleunigte sie ihren Schritt. Auch die Ratten waren ausgehungert, es hieß, sie fräßen Menschen an, die sich nicht zu wehren wussten.

Sie hätte es sich kaum vorstellen können, doch die zerbombte Stadt sah in der Nacht noch viel trostloser aus als am Tag. Die wenigen Häuser, die noch standen, waren fast alle zur Hälfte aufgerissen. Wie in Puppenstuben konnte Marie im hellen Mondschein in sie hineinsehen: Dort vorn, im ersten Stock, hing eine kaputte Badewanne in luftiger Höhe herab, im Zimmer daneben erkannte sie eine über und über von Dreck und Geröll bedeckte Babywiege. Marie schüttelte traurig den Kopf und ging noch ein bisschen schneller, um weiterzukommen. Vom Gürzenich, dem Festhaus der Stadt, wo die Kölner einst zu Bällen geladen hatten, standen nur noch die Außenmauern. Marie war, als starrten die glaslosen Fenster hohläugig zur ihr herunter. Der Rathausturm ragte einsam und kaputt wie ein abgebrochener Zahn zwischen Schutthalden empor. Und von Maria im Kapitol standen gerade noch ein paar hohe Rundbögen, der Rest dieser riesigen Kirche, so schien es Marie auf ihrem atemlosen Weg durch die Nacht, war nahezu dem Erdboden gleichgemacht.

Als sie endlich den Barbarossaplatz erreichte, hielt sie einen Moment inne. Was für ein wundervoller Ort dieser Platz doch einst gewesen war! In der Mitte hatte sich eine viele Meter hoch aufschießende Wasserfontäne befunden, umgeben von einer kreisrunden Rasenfläche, die durch ein kunstvoll geschmiedetes, kniehohes Gitter von einem breiten Fußweg abgetrennt war. Man hatte dort herrlich flanieren können, im Sommer sanft beschattet von im Kreis stehenden hohen Bäumen.

Nichts war von diesem einstigen Glanz geblieben. Selbst die Bäume waren fort, abgeholzt bis auf niedrige Stumpen. Fast alle Menschen frieren und sind verzweifelt auf der Suche nach Brennholz, dachte Marie. Dabei beginnt der Winter gerade erst!

Niedergeschlagen näherte sie sich dem breiten Grüngürtel, der, wie Matthias ihr erzählt hatte, ein Überbleibsel der mittelalterlichen Festungsanlagen war. Nach dem vorletzten Krieg hatten die Kölner sie auf Geheiß der Siegermächte schleifen müssen, übrig geblieben war eine Brachfläche mit wenigen, neu angepflanzten Bäumen, zu mickrig für Brennholz. Und auch wenn Marie schon fast eine Stunde auf menschenleeren Straßen unterwegs war, schlug ihr Herz nun noch ein bisschen schneller. Was, wenn hier jemand lagerte, den sie störte? Wenn sie jemanden aufschreckte? Die nächsten Häuser waren mindestens dreißig Meter weit entfernt, und die Stadt war voller Menschen, die kein Zuhause hatten, die ohne Hoffnung waren, einsam und verroht. Sofort schoss Marie wieder die Erinnerung an die Plünderer durch den Kopf. Gehetzt blickte sie sich um und eilte weiter, stolperte beinahe. Als sich direkt vor ihr ein riesiger Bombentrichter auftat, raffte Marie ihre Umhänge und lief um ihn herum. Wie schaurig dieser Ort doch war! Im fahlen Licht des Mondes schien es ihr, als sei sie ganz allein, umzingelt von Wölfen und anderen Ungeheuern, die im Verborgenen auf sie lauerten.

Als sie fast das Ende des Grüngürtels erreicht hatte, vernahm sie ein Geräusch. Es war ein dunkles Brummen wie von einem Motor, und einen Augenblick später sah sie ihn: einen britischen Militärjeep, der ihr auf der Zülpicher Straße entgegenkam. Er hatte die Scheinwerfer abgeblendet, und in der Fahrerkabine konnte Marie die Schemen von zwei Männern erkennen. Sie schienen sie entdeckt zu haben, denn sie drosselten ihr Tempo und hielten direkt auf sie zu.

Mit fahrigen Fingern griff Marie nach ihren Papieren. Niemals hätte sie es gewagt, während der nächtlichen Ausgangssperre ohne Ausnahmegenehmigung unterwegs zu sein. Wenn die Soldaten sie sehen wollten, bitte schön.

Und wenn sie nicht auf meine Papiere aus sind, schoss es ihr durch den Kopf, sondern mir etwas antun wollen?

Trotz der Eiseskälte brach ihr der Schweiß aus. Beruhige dich, ermahnte sie sich selbst, tu so, als wäre alles in bester Ordnung.

Schon hielt der Jeep direkt neben ihr. Auf der Fahrerseite wurde das Fenster heruntergekurbelt.

»Good morning, Miss«, sagte eine dunkle Stimme. »Is everything all right with you?«

Marie hatte nicht lange genug zur Schule gehen dürfen, um überhaupt einen Abschluss zu haben. Englischunterricht hatte sie in ihrem ganzen Leben keinen gehabt. Aber nach anderthalb Jahren erst amerikanischer und dann britischer Besatzung konnte sie genug, um sich einigermaßen verständigen zu können.

»I am fine«, antwortete sie und ärgerte sich zugleich darüber, dass ihre Stimme zitterte.

Der Soldat musterte sie eindringlich. Er hatte dunkles Haar und einen buschigen Schnurrbart. Der andere Soldat auf dem Beifahrersitz meldete sich zu Wort, doch was er sagte, konnte Marie nicht verstehen.

»Wohin«, fragte der Fahrer daraufhin, »Sie sind unterwegs?«

»Arbeit«, antwortete Marie mit fester Stimme. Und fügte hinzu: »Work.«

»Mhm.« Der Fahrer musterte sie immer noch eindringlich.

Um Himmels willen, fuhr es Marie durch den Kopf, für wen muss er mich halten? Eine Frau, die mitten in der Nacht zur Arbeit geht! Als wenn ich eine Dirne wäre! Fieberhaft suchte sie nach den richtigen Worten, um zu erklären, was sie machte, doch sie wollten ihr partout nicht einfallen. Sie spürte, wie ihre Wangen sich unter dem forschenden Blick des Soldaten rot färbten.

Dann, endlich, schien er sie lange genug betrachtet zu haben.

»Take care!«, rief er, wendete den Wagen und fuhr davon.

Erleichtert verstaute Marie die Papiere wieder in ihrem Umhang, er hatte sie nicht einmal sehen wollen. Ich muss besser Englisch lernen, dachte sie.

Grübelnd schritt sie weiter voran, durch dieses ihr weitgehend unbekannte Kölner Stadtviertel, Sülz. Es schien Marie, dass die Menschen hier weit weniger unter dem Bombenhagel gelitten hatten als sie und die Kinder in der Altstadt. Unverkennbar waren viele Gebäude beschädigt oder auch vollkommen zerstört, doch andere waren stehen geblieben und nahezu unversehrt. Marie ging durch Straßenzüge, in denen ein Jugendstilhaus sich ans nächste reihte, viele noch weitgehend im Originalzustand. Verwundert schüttelte sie den Kopf. So kommt es also, dass anderen der Neuanfang so viel leichter gelingt, dachte sie. Und während sie diesem Gedanken nachhing, schlich sich eine Bitterkeit in ihr Herz, die ihr bislang völlig fremd gewesen war.

Ihr Ziel erkannte sie bereits von Weitem. Es war ein flacher Bau ein paar Hundert Meter die Berrenrather Straße hinunter, eingerahmt von niedrigen Fabrikgebäuden und Handwerksbetrieben, allesamt intakt.

Marie war erst einmal hier gewesen, vor Jahren, als die Kohns sie mit Pralinen geschickt hatten. Nur ungern erinnerte sie sich daran. Damals hätte sie sich im Traum nicht vorstellen können, dass sie jemals hierher zurückkehren würde.

Doch nun war sie da. Hinter einer niedrigen Tür war ein schwacher Lichtschein zu erkennen. Marie holte tief Luft, streckte den Rücken durch und klopfte. Fast augenblicklich wurde die Tür geöffnet, jemand musste direkt dahintergestanden haben.

»Marie, Herzchen, da bist du ja endlich«, sagte der Büll und streckte ihr seine dicke Pranke entgegen.

Kapitel 15

»Nein! Nein! Nein! So gehe ich nicht zur Schule! Nicht in diesem Pullover! Auf gar keinen Fall!«

Karl stand mitten in der Küche und stampfte trotzig mit seinen kleinen Füßen auf. Sein Gesicht war puterrot, und seine Mundwinkel zitterten verdächtig. Er war kurz davor, in Tränen auszubrechen.

Anna stöhnte. Nie zuvor hatte Karl morgens so ein Geschrei veranstaltet. Stets war er ein kleiner Sonnenschein, der brav sein karges Frühstück aß, sich von Marie das feine rote Haar kämmen ließ und dann vergnügt an Annas Hand mit ihr zur Schule stapfte.

Heute war das anders. Anna schien es fast, als habe ein böser Geist den lieben Jungen über Nacht in einen quengelnden Zwerg verwandelt, der schrie und zeterte und durch nichts zu beruhigen war.

»Aber Karl«, versuchte Anna es, »du trägst diesen Pullover jeden Tag! Was ist nun falsch daran?«

»Er kratzt!«, rief Karl, steckte sich einen Finger in den Ausschnitt und begann, auf eine so theatralische Art zu röcheln, dass Anna trotz ihrer Verzweiflung beinahe laut losgelacht hätte. Dann jedoch sah sie die roten Pusteln auf Karls zartem schneeweißen Hals und erschrak. Der Pullover schien tatsächlich schlimm zu kratzen. Kurz entschlossen zog sie ihn ihm über den Kopf.

»Schau, mein Kleiner, wir ziehen etwas drunter. Einverstanden? Du nimmst meine Bluse.«

»Eine Mädchenbluse?«, fragte Karl und machte dabei ein so entsetztes Gesicht, dass Anna fürchtete, jetzt würde er erst recht zu weinen beginnen.

»Das sieht doch keiner«, tröstete Anna ihn. »Du trägst sie ja unter dem Pullover!«

Im Nu war sie aus ihrem Hemd, das noch von Onkel Matthias stammte, herausgeschlüpft und knöpfte mit fahrigen Bewegungen die Bluse auf, die sie darunter trug.

Es war ihre Lieblingsbluse, trotz der Knöpfe, denn sie war aus einem herrlich dicht gewebten, wunderbar warmen Stoff genäht. Es war ihr völlig egal, dass die aufgestickten weißen Sternchen, die die Bluse einst geziert hatten, nur noch aus Resten loser Fäden bestanden und dass die dunkelblaue Farbe einem hässlichen Grau gewichen war. Anna liebte diese Bluse heiß und innig, auch, weil sie eines der wenigen Kleidungsstücke war, die sie überhaupt noch besaß. Das meiste war nach unzähligen Handwäschen komplett verschlissen, und sie und Tante Marie hatten die Fetzen dafür benutzt, die undichten Stellen am einzigen Küchenfenster zu stopfen.

»Die ist mir viel zu groß!«, zeterte Karl, als Anna ihm die Bluse anzog.

»Nur ein wenig«, schwindelte Anna. Die Bluse hing dem

Kleinen fast bis auf die Knie. »Wir stopfen sie in deine Hose, dann ist dir auch gleich ein bisschen wärmer.«

Die Hose, die Karl trug, war ihm viel zu weit, sodass die Bluse noch gut mit hineinpasste. Marie hatte sie genäht – aus einer alten Anzughose von Onkel Matthias. Während Anna die Hose mit einem kurzen Strick um Karls dünnen Bauch band – einen Gürtel besaßen sie schon lange nicht mehr –, dachte sie, was es für ein Glück war, dass Karl diese Hose über alles liebte, schließlich stammte sie von seinem unbekannten Papa. Doch in dem Moment, in dem sie ihm den Pullover wieder anzog, fing Karl nun doch an zu weinen.

»Nein!«, quengelte er. »Ich will den Pullover nie mehr anziehen!« Nach einem verzweifelten Schluchzen fügte er hinzu: »Und ich will, dass Mama kommt!«

Anna konnte ihn so gut verstehen! Es war der erste Morgen, an dem sie ohne Marie zurechtkommen mussten. Auch Anna wünschte sich sehnlichst, sie wäre nicht zum Büll gegangen. Ausgerechnet zu diesem Kerl! Anna kam fast um vor Sorge, wenn sie daran dachte, was Marie dort blühen konnte. Und der Pullover war wirklich abscheulich, stellte sie mit einem Blick auf den kleinen Karl fest. Einst war er eine Tischdecke gewesen, Marie hatte sie aufgetrennt und aus dem senfgelben Garn einen dünnen Pullover gestrickt. Sie hatte sich alle Mühe gegeben, doch der Pullover war obenherum zu eng und untenrum zu weit, die Ärmel hatten völlig verschiedene Längen, vor allem aber brachte die senfgelbe Farbe Karls rotes Haar so sehr zum Leuchten, dass die anderen Kinder in der Schule sich vor Lachen kringelten, wenn sie ihn darin sahen.

»Aber Karlchen«, flüsterte Anna, während sie auf die Knie ging und den Kleinen fest in ihre Arme nahm. »In der Schule ist es eh so kalt, dass wir alle unsere Mäntel anbehalten. Niemand wird den Pullover sehen. Hörst du?« Sie hob sein Kinn an und schaute ihm tief in die Augen, so wie Onkel Matthias es einst mit ihr gemacht hatte, wenn er ernst mit ihr gesprochen hatte. »Schau mich an, Karl, niemand wird den Pullover sehen!«

Karl zog missbilligend die Nase hoch, aber immerhin hörte er auf zu weinen. Dann seufzte er tief und aus vollem Herzen, wobei sich eine kleine Wolke vor seinem Gesicht bildete.

Hier drinnen muss beinahe Außentemperatur herrschen, dachte Anna.

Als sie erwacht waren, hatte wie fast jeden Morgen auf den Armeedecken eine feine Eisschicht gelegen. Marie hatte Anna am Abend zuvor angewiesen, eins der wenigen Briketts, die von der letzten Zuteilung noch übrig waren, zu verheizen, damit sie es warm hatten und ein wenig Brot rösten konnten.

»Wenn ich wiederkomme«, hatte sie gesagt, »werde ich Kohlen mitbringen und Brot, dann werden wir von allem genug haben.«

Doch Anna glaubte nicht daran, und so war das Zimmer ungeheizt geblieben. Den letzten Kanten Brot hatten sie im Bett unter den Armeedecken verschlungen, ohne einen einzigen Krümel übrig zu lassen. Zwei der Briketts mussten sie eh mit in die Schule nehmen – Kinder, die nichts zum Heizen mitbrachten, wurden mittlerweile erst gar nicht auf den

Schulhof gelassen. Kinder, die zu spät kamen, auch nicht, fuhr es Anna durch den Kopf.

»Warte einen Moment, hörst du?«

Karl entgegnete nichts außer einem weiteren Schnauben, und schneller, als Anna sich darüber klar werden konnte, was sie da eigentlich tat, war sie in die Backstube gelaufen.

Sie trug zwei Röcke übereinander, darunter ein Paar uralte Gymnastikhosen und dicke, selbst gestrickte Strümpfe, außerdem die Plastikschuhe von Marie, die entsetzlich drückten. Obenherum hatte sie nun nur noch die beiden weiten Achselhemden an, auch sie stammten noch von Onkel Matthias, die ihr Tag für Tag als Unterwäsche dienten. Das Anzughemd von Onkel Matthias trug sie unter dem Arm. Ohne die Bluse würde sie entsetzlich frieren, schon jetzt schnitt ihr die Kälte in die nackten Arme. Sie wusste, dass von Maries Kleidung nichts mehr im Haus war, alles, was noch tragbar war, hatte Marie in der Nacht übereinander angezogen. Anna hatte wach gelegen, ihren Bewegungen gelauscht und gehofft, Marie möge es sich noch einmal anders überlegen – vergebens. Nun war sie fort und mit ihr alles, was Anna ein bisschen hätte wärmen können. An Onkel Matthias' restliche Sachen wagte Anna nicht zu gehen. Blieb also nur eins – der Gärraum.

Seit seinem Verschwinden hatte Anna den fensterlosen Verschlag neben dem Ofen, in dem Joseph sich eingerichtet hatte, nicht mehr betreten. Und auch als Joseph noch bei ihnen lebte, hatte sie sich nur heimlich hineingeschlichen, sie wusste genau, mit welch argwöhnischem Blick Marie sie und Joseph beobachtete, wenn sie zusammen waren. Niemals hätte Marie es gutgeheißen, hätte sie gewusst, dass sie manchmal gemeinsam in dem engen Verschlag saßen, dicht beieinander, wenn auch nicht so dicht, dass sie einander berührten. Marie, da war Anna sich ganz sicher, hätte es verhindert, auch wenn sie nichts weiter taten, als miteinander zu sprechen, ganz leise, im Flüsterton. Anna seufzte laut auf. Mit Joseph hatte sie immer über alles sprechen können! Außerdem besaß er besondere Dinge, die Anna im spärlichen Licht, das durch die angelehnte Tür in den Gärraum fiel, betrachten durfte: ein Messer, das er immer bei sich trug. Ein Stück Holz, aus dem er einen Vogel für Karl schnitzte, gerade einmal so groß wie eine Kinderfaust. Ein Rosenkranz aus einfachem Blech, den Joseph in Ehren hielt, als sei er aus purem Gold. Joseph war gläubig, und Anna hatte mit vor Staunen offenem Mund neben ihm gesessen, wenn er Geschichten aus der Bibel erzählte. Ganz und gar wundersam fand sie, was er über Heilige und Propheten wusste, über grausige Verbrechen und mildtätige Wundertaten. Josephs Geschichten waren so viel spannender als der dröge Religionsunterricht in der Schule! Am liebsten hätte Anna ihn sonntags in die Kirche begleitet, denn Joseph behauptete, alle seine Geschichten von dort zu haben. Aber das, da war Anna sich ganz sicher, hätte Marie niemals erlaubt. Marie betrat keine Kirche und hatte es auch den Kindern strengstens verboten. Onkel Matthias hatte darüber geschmunzelt, aber er hatte ihr nicht widersprochen.

Anna zog schnell Onkel Matthias' Hemd über, dann ließ sie sich auf die schmale Bettstatt aus Lumpen fallen, die den

Gärraum komplett ausfüllte. Wie angenehm es hier roch! Was war das bloß?, fragte sie sich und schnupperte. Einen Moment lang war sie unschlüssig, doch dann wusste sie es plötzlich ganz genau: Es war der Geruch von Joseph, der noch in der Luft lag. Joseph hatte einen ganz eigenen Geruch, ein wenig wie frisch geschlagenes Holz und Tannennadeln. Anna hatte bis zu diesem Moment nicht geahnt, wie gerne sie Joseph roch, und als es ihr nun mit einem Schlag klar wurde, errötete sie bis hinter beide Ohren. Sie wusste gar nicht recht, warum, doch sie musste laut aufschluchzen, und so vergrub sie ihr Gesicht in dem Leinensack, der Joseph als Kopfkissen gedient hatte. Die Tränen strömten aus ihr heraus, sie konnte nichts dagegen tun. Dass man einen anderen Menschen so sehr vermissen konnte! Sie vermisste Onkel Matthias nun schon so lange und so schmerzlich, doch Joseph zu vermissen fühlte sich vollkommen anders an. Es war, als habe ein hungriges Tier ein Loch in ihr Herz gebissen, und nun wollte und wollte die Wunde einfach nicht heilen.

Anna vergrub ihren Kopf noch tiefer in Josephs Lager, als sie mit der Nase auf etwas Spitzes, Kaltes stieß. Vorsichtig tastete sie im Halbdunkeln nach Josephs Sachen und hatte kurz darauf seine Jacke in der Hand. Es war die, die er immer getragen hatte, schon als er zu ihnen gekommen war. Das Schild mit der Aufschrift »OST«, das ihn in den schrecklichen Jahren der Nazi-Zeit als Zwangsarbeiter gebrandmarkt hatte, hatte er abgetrennt. Anna war dabei gewesen, als Marie die Jacke dunkelblau gefärbt hatte, und obwohl schlimme Erinnerungen mit dieser Jacke verknüpft waren, hatte Joseph sie weiterhin getragen. Er besaß keine andere.

Vorsichtig strich Anna über den ausgefransten Saum. Wieso hatte Joseph seine Jacke hiergelassen?, überlegte sie. Na gut, er war im Spätsommer verschwunden, aber ohne Jacke? Anna wendete die Jacke hin und her, als könnte sie ihr verraten, warum Joseph gegangen war und wohin. Da fiel seitlich etwas heraus.

Es war Josephs Messer, scharf geschliffen, mit einem hölzernen Griff und einer blanken, im spärlichen Licht gefährlich funkelnden Klinge.

Warum, um Himmels willen, hatte er auch sein Messer nicht mitgenommen? Nach einem kurzen Moment des Zögerns durchwühlte sie Josephs Jackentaschen und hielt mit einem Mal das Vögelchen in der Hand. Es schien ihr, soweit sie es im Halbdunkel erkennen konnte, nahezu fertig, nur den Füßchen fehlte noch der letzte Schliff.

Annas Verwirrung wurde größer. Joseph hatte also seine Jacke zurückgelassen, sein Messer und auch den kleinen Vogel. Mit fahrigen Bewegungen tastete sie noch einmal die Jacke ab, griff in jede Tasche, aber da war nichts mehr, oder doch? Tatsächlich, auf der Innenseite befand sich noch eine ganz schmale, enge Tasche. Anna fasste mit zitternden Fingern hinein, und als sie auf etwas Metallisches stieß, ahnte sie schon, bevor sie es herauszog, was sie finden würde. Es war Josephs blecherner Rosenkranz.

Wie vom Donner gerührt saß Anna auf dem Lager. Joseph war weg, doch sein weniges Hab und Gut war noch da. Was mochte das bedeuten?

»Anna!«, tönte es aus der Küche, »wo bist du? Wir müssen los!«

Oje, die Schule! Eilig sprang Anna auf. Warum bloß war sie eigentlich hierhergekommen? Ach ja, sie brauchte etwas zum Anziehen! Kurz entschlossen streifte sie Josephs Jacke über, sie war ihr ein wenig zu weit, und die Ärmel gingen ihr bis über die Hände. Umso besser, dachte Anna, das würde sie warm halten. Und dieser Geruch! Anna schnupperte. Die Jacke roch unverkennbar nach Joseph. In diesem Moment fühlte es sich an, als habe jemand sanft auf die heftig schmerzende Wunde in ihrem Herzen gepustet.

»Wir kommen noch zu spät!«

Karl stand in der Tür zum Gärraum, er hatte seinen Mantel aus schwerem Uniformstoff ganz allein angezogen und schien wie immer, wenn er ihn trug, um ein paar Zentimeter geschrumpft. Schnell rannte Anna an ihm vorbei in die Küche, schnappte sich ihren Mantel und stopfte die Blechschüsseln für die Suppe am Mittag sowie die beiden Kohlen in ihren Schulranzen.

»Wo bleibst du?«, rief Karl aus der Backstube.

»Ich bin schon da!«

Atemlos machten sie sich auf den Weg.

Die Schule fiel aus, denn Fräulein Stüssgen war krank. An die Tafel hatte sie dennoch in ihrer ordentlichen Schrift geschrieben, was die Kinder bis zum nächsten Tag lernen sollten: Die Jüngeren sollten das kleine Einmaleins üben, die Älteren Bruchrechnen. Anna schnaubte. Sie konnte so gut bruchrechnen, sie brauchte nicht einmal Stift und Papier dazu, wovon es eh viel zu wenig gab. Anna wusste, dass kaum eines der Kinder zu Hause lernen konnte. Wie auch? Sie hausten mit ihren Eltern, Großeltern und Geschwistern dicht gedrängt mit anderen Familien in Ruinen und Kellerlöchern, die meisten ohne Strom, fließend Wasser und genügend Heizmaterial. In die Schule zu gehen, hieß, für wenige Stunden dem Elend zu entfliehen und mittags eine warme Mahlzeit zu erhalten, auch wenn es nur ein klebriger, unbestimmt süß schmeckender Brei war.

Auch der Brei fiel heute aus. Anna verzweifelte beinahe bei dem Gedanken, dass sie Karl bis zum Abend nichts zu essen geben konnte – bis Marie mit Brot nach Hause käme. Wenn sie denn mit Brot nach Hause käme.

Missmutig nahm Anna den Kleinen bei der Hand und zerrte ihn hinter sich her. Es würde ihnen wohl nichts anderes übrig bleiben, als zurück in den Buttermarkt zu laufen und den Tag im eiskalten Zimmer unter den Armeedecken zu verbringen. Denn die letzten Kohlen würde Anna nicht verheizen, auf gar keinen Fall.

Fast wurde sie ein bisschen zornig auf Fräulein Stüssgen. Musste sie denn unbedingt krank werden!

Dann musste sie an Joseph denken. Dass alle seine Sachen noch da waren! Es konnte eigentlich nur eins bedeuten …

Anna war so sehr in ihre Gedanken vertieft, dass sie die beiden Gestalten, die ihnen entgegengerannt kamen, gar nicht bemerkte – bis zu dem Moment, in dem sie Karl beiseitestießen, der Kleine stürzte und ein mörderisches Geschrei von sich gab.

»Aua! Aua! Aua!«, brüllte Karl, das kleine Gesichtchen hochrot vor Zorn und Schreck. Dicke Tränen kullerten über seine Wangen. Anna beugte sich zu ihm hinab, hob ihn hoch und versuchte, ihn zu trösten, doch was sie auch sagte, Karl ließ sich einfach nicht beruhigen. Ob er sich ernsthaft verletzt hatte? Nein, er schien ihr unversehrt, aber vollkommen außer sich. Er schrie und schrie und wollte gar nicht mehr damit aufhören.

»Ach, mein Kleiner«, flüsterte Anna in sein Ohr, während sie ihn an sich presste. »Morgen ist Fräulein Stüssgen wieder da, ganz bestimmt.«

»Und Mama?«, fragte Karl schniefend.

»Die ist auch bald wieder da.«

»Versprochen?«

»Versprochen.« Anna spürte, wie Karl, der eigentlich schon viel zu schwer war, um ihn auf dem Arm zu halten, sich zurücklehnte, um ihren Blick zu suchen. Er kennt mich so gut, fuhr es ihr durch den Kopf, er ist erst vier Jahre alt und merkt, wenn ich mir meiner Sache nicht sicher bin. Sie presste ihn noch ein bisschen fester an sich und schaute über seine Schulter hinweg, als suche sie etwas auf dem Boden. Schmutzig war es hier, voller Staub und Dreck wie fast überall auf den Straßen Kölns. Und mitten im Dreck entdeckte sie etwas so Kostbares, dass Anna beinahe ihren Augen nicht traute: Es war ein Päckchen, vielleicht handtellergroß, und mitten darauf prangte ein aufgedrucktes Kamel. Nie zuvor hatte Anna ein solches Päckchen ihr Eigen genannt, doch sie wusste sofort, was es war und welchen Wert es besaß. Ohne auch nur eine Sekunde nachzudenken, ließ sie den protestierenden Karl zu Boden gleiten, griff blitzschnell nach dem Päckchen, knöpfte mit bebenden Fingern ihren Mantel auf, steckte es tief in die schmale Innentasche von Josephs Jacke und knöpfte den Mantel wieder zu.

Ihr Puls raste, ihre Finger zitterten. Hatte jemand bemerkt, was sie getan hatte? Gehetzt schaute sie sich um, doch die Menschen um sie herum gingen ganz normal ihrer Wege. Nur Karl, der wie immer alles mitbekommen hatte, schaute sie aus rot verweinten Augen prüfend an, sagte jedoch kein Wort.

Und das war ihr Glück. Denn schon kamen die beiden Gestalten, die Karl umgerannt hatten, zurück. Es waren zwei hochgewachsene junge Männer. Der eine hatte schlimme Narben von Pickeln im Gesicht und trug unter einem dicken Schal eine schwarze Jacke und eine Hose mit feinen Bundfalten. Der andere war noch schicker gekleidet und hatte einen fast bodenlangen, dunklen Mantel an. Bei genauerem Hinsehen erkannte Anna jedoch, dass es eindeutig ein Damenmantel war, mit breitem Pelzbesatz auf Kragen und Ärmeln. Und darin steckte niemand anders als Willibald!

Er hatte sich die einst so raspelkurz geschorenen Haare wachsen lassen, und als er Anna bemerkte, warf er die langen Strähnen mit einer lässigen Bewegung des Kopfes zurück. Doch seine Augen suchten hektisch den Boden ab.

Als er nichts fand, wandte er sich voller Argwohn Anna zu.

»Gib's schon her!«, fuhr er sie an und packte Anna am Arm, so wie er es früher immer gemacht hatte. Anna fühlte seinen eisenharten Griff und erstarrte. Willibald war nicht nur viel größer geworden, sondern auch stärker. Ihr Herz begann zu rasen.

Sie hatten einander seit Monaten nicht gesehen. Sie hatten die Nacht der tausend Bomber gemeinsam überlebt. Die Jahre der Nazi-Herrschaft waren vorbei. Und doch schien sich zwischen ihnen nichts geändert zu haben.

»Ich – ich weiß nicht, was du meinst«, stotterte sie, doch Willibald verstärkte nur seinen Griff. Es tat so weh, dass Anna spürte, wie sie in die Knie ging.

Der andere hatte sich Karl geschnappt. Er hielt ihn lässig mit einem Arm vor seiner Brust umschlungen.

»Vielleicht hat die Karotte es ja!«, rief er und zog Karl heftig an den Haaren.

Anna sah, dass Karl schlagartig aufgehört hatte zu jammern. Sein Gesicht war aschfahl vor Schreck und Schmerz, die Augen hatte er weit aufgerissen. Und nun erkannte sie auch, wer Karl so brutal behandelte: Es war der Bruder der langen Lina, der früher immer in seiner HJ-Uniform vor der Schule auf Lina gewartet hatte. Die schwarze Jacke, das sah sie jetzt, war dieselbe wie damals, nur ohne Abzeichen.

Karl! Anna versuchte alles, um sich loszureißen, doch genau wie früher hatte sie keine Chance, sich Willibalds erbarmungslosem Griff zu entziehen. Da nahm sie ihr rechtes Bein so hoch, wie sie konnte, und trat mit aller Macht auf Willibalds Fuß. Der Plastikschuh, der ihr solche Pein bereitete, weil das Material kein bisschen nachgab, traf Willibald am Spann, und er schrie auf vor Schmerz.

»Du mieses Stück, du«, keuchte er und drehte ihr den

Arm, den er immer noch fest umklammert hielt, mit einer rüden Bewegung auf den Rücken. Anna schrie, es fühlte sich an, als würde ihr Arm brechen. Tränen der Wut und der Verzweiflung traten ihr in die Augen.

»Lass mich«, schrie sie, »lass mich los!«

»Igittigitt!«, rief im selben Moment der Bruder der langen Lina und schleuderte Karl von sich, als sei er ein ekliges Insekt. Voller Schrecken sah Anna, wie Karl auf den Bürgersteig stürzte und dort liegen blieb, die dünnen Ärmchen ängstlich über dem Kopf verschränkt. Anna brach es das Herz. Unter Karls Mantel, auf der viel zu weiten Hose seines Vaters breitete sich ein dunkler Fleck aus – der Kleine hatte sich vor lauter Angst in die Hose gemacht.

Da kannte Annas Wut keine Grenzen mehr. Sie wusste nicht, wie, aber sie schaffte es, sich trotz Willibalds eisernem Griff und der höllischen Schmerzen in ihrem rechten Arm zu ihm herumzudrehen. Ihre linke Hand schnellte in Willibalds Gesicht. Wie oft hatte Marie sie ermahnt, ihre Fingernägel öfter zu schneiden! Doch Anna, die sich weder für Kleider interessierte noch für gepflegte Fingernägel, hatte nicht auf sie gehört. Nun grub sie ihre langen Nägel tief in Willibalds Wange. Nie zuvor hatte sie jemanden verletzt, und sie erschrak, als sie das Blut sah, das ihrer Bewegung folgte. Dennoch fuhr sie mit der Hand weiter bis zu Willibalds Hals hinab und hinterließ fünf rote Furchen.

Nun war es Willibald, der laut schrie. Überrumpelt hatte er Anna losgelassen. Schon wollte er wieder nach ihr greifen, da packte Linas Bruder ihn am pelzbesetzten Kragen und riss ihn mit sich fort.

»Die Schmier«, raunte er, »nichts wie weg!«

Die beiden rannten davon, und während Anna sich neben Karl zu Boden sinken ließ, während sie den Kleinen mit ihrem linken, unversehrten Arm an sich zog, ihn küsste und entsetzt feststellte, dass ihm ein ganzes Büschel seines weichen roten Haars ausgerissen worden war, kam auch schon die britische Militärpolizei.

Sie brüllten Befehle, die Anna nicht verstand, und doch dämmerte ihr nun, was geschehen war. Vor dem Hauptbahnhof, wo schon seit Kriegstagen ein blühender Schwarzmarkt zugange war, hatte es wohl eine Razzia gegeben, und sie und Karl waren von den flüchtenden Jungen überrannt worden. Die Polizisten kümmerten sich nicht um das Mädchen und den kleinen Jungen, die in der Eiseskälte mitten auf dem Bürgersteig eng umklammert hockten. Als sie weitergezogen waren, half Anna Karl auf die Beine.

»Komm, Karlchen, wir gehen nach Hause.«

Annas rechter Arm schmerzte immer noch entsetzlich, mit der Linken griff sie nach Karls Hand. Er sagte kein einziges Wort, blickte verschämt zu Boden und lief in kleinen Schritten so schnell er konnte neben ihr her.

Anna spürte, wie ihr Arm ihr langsam wieder gehorchte. Es schien nichts gebrochen, auch wenn es immer noch sehr wehtat. Mit Mühe feuerte sie den Herd an, setzte Wasser auf und schleppte aus der Backstube den blechernen Trog, in dem Onkel Matthias einst den Sauerteig angesetzt hatte, in die Küche. Sie zog Karl aus, setzte ihn in den Trog und wusch ihn mit dem warmen Wasser vom Ofen, während sie leise für ihn sang. Sie sang das polnische Geburtstagslied

»Sto lat« sowie »Panie Janie«, Lieder, von denen Karl seit der Nacht der Plünderer nicht genug bekommen konnte. Er sagte zwar immer noch kein Wort, doch seine Haut wurde nach und nach rosiger. Immerhin, als Anna ihm sanft die Haare ausspülte, huschte ein kleines Lächeln über sein Gesicht.

Danach packte sie ihn ins Bett und wusch im Badewasser seine Sachen, dann hängte sie sie zum Trocknen vor den Ofen und schlüpfte zu ihm unter die Decke.

Der Kleine schmiegte sich sofort an sie, Anna zuckte kurz auf, als ein schneidender Schmerz durch ihren Arm fuhr, doch sie biss die Zähne aufeinander und liebkoste mit der anderen Hand sanft die kahle Stelle auf Karls Kopf, wo Linas Bruder ihm die Haare ausgerissen hatte. Diese elenden Kerle! Die sollten es bloß nicht wagen, sich noch einmal an Karl zu vergreifen! Mit Genugtuung dachte Anna daran, wie sie Willibald das Gesicht zerkratzt hatte. Sie spürte, dass er es verdient hatte, dass die Verletzung, die sie ihm zugefügt hatte, in diesem Fall gerecht gewesen war.

»Anna«, fragte Karl in ihre Gedanken hinein, »kommt Mama gleich?«

»Aber ja doch.«

»Und bringt sie uns Essen mit?«

»Natürlich, mein Kleiner.«

»Und neue Kohlen?«

»Auch das«, antwortete Anna und drückte Karl mit dem gesunden Arm ein bisschen fester an sich. Sie fürchtete immer noch, dass Marie mit leeren Händen nach Hause kommen könnte. Sowieso würde es noch Stunden dauern, es war ja noch nicht einmal Mittag. Die letzten Kohlen hatte sie soeben verfeuert, das letzte Stück Brot hatten sie am Morgen gegessen. Und dennoch spürte sie, wie fast all ihre Sorgen sich nach und nach auflösten wie ein Stück Eis auf einem heißen Ofen.

Der Schreck und der Schmerz, die die Begegnung mit Willibald und Linas Bruder hinterlassen hatten, saßen tief, doch nun, im großen Bett mit dem hohen Kopfteil, in dem ihr nach und nach herrlich warm wurde, mit dem kleinen Karl im Arm, schlich sich eine Leichtigkeit in Annas Herz, wie sie sie seit Jahr und Tag nicht empfunden hatte. Sie trug immer noch Josephs Jacke. Er war nicht abgehauen, das wusste sie nun mit vollkommener Bestimmtheit. Irgendetwas hatte verhindert, dass er nach Hause kommen konnte, zu ihr, Karl und Marie. Anna fürchtete den Gedanken, was das wohl gewesen sein mochte. Und zugleich war es ihr, als habe jemand eine schwere Last von ihr genommen. Joseph hatte sie nicht im Stich gelassen. Er wäre bei ihnen, wenn er könnte.

Anna seufzte tief. In der Innentasche von Josephs Jacke, direkt über ihrem Herzen, spürte sie das kleine Päckchen mit dem aufgedruckten Kamel. Das kostbare, so unverhofft gefundene Päckchen. Am liebsten hätte sie es herausgeholt und jauchzend in die Luft geworfen, aber dazu hätte sie Karl loslassen müssen, und das kam nicht infrage. Also kuschelte sie sich neben den Kleinen ins Bett und atmete tief den Duft seiner frisch gewaschenen Haare ein. Karl roch immer ein bisschen süß, fast wie Marzipan.

Anna merkte, dass er eingeschlafen war. Seine kleine

Brust hob und senkte sich, sein Mündchen öffnete sich, als wollte er etwas sagen.

»Mein Karlchen«, flüsterte Anna in sein Ohr, »sei ganz gewiss, in den nächsten Tagen werden wir keine Not mehr leiden.«

Dann erst griff sie mit der linken Hand nach dem Päckchen, legte es vorsichtig, damit er nicht erwachte, zwischen sich und Karl auf das Kopfkissen und fuhr sanft mit den Fingerspitzen darüber. Was für ein Glück wir haben!, dachte sie. Denn nun besaßen sie eine ganze Packung des Wertvollsten, was man in dieser Zeit nur haben konnte: amerikanische Zigaretten.

Kapitel 16

Marie stand am Backofentisch und schwitzte. Sie knetete zwei Brote gleichzeitig, mit den Handballen drückte sie Vertiefungen in die feuchten Laibe, dann warf sie die anderthalb Pfund schweren Teigstücke ein paar Zentimeter hoch, sodass sie sich in der Luft drehten, und knetete weiter. Sie hatte es nie zuvor gemacht, aber sie konnte es auf Anhieb. Hunderte Male hatte sie Matthias beim Brotbacken beobachtet, doch sie hatte nie neben ihm am Backofentisch gestanden. Sie hatte die Backwaren in den Laden gebracht, von früh bis spät hinter der Theke gestanden, verkauft, abends aufgeräumt, geputzt und die Einnahmen gezählt. Sie hatte sich für eine gute Bäckersfrau gehalten. Nun stellte sie zu ihrem Erstaunen fest: Sie war eine richtige Bäckerin.

Der alte Geselle hatte ihr nur einmal zeigen müssen, wie aus einem Stück Teig wohlgeformte Brotlaibe wurden, und sie hatte es sofort verstanden. Nun, nach gut vier Stunden, lief ihr der Schweiß in Strömen am Körper hinab. Sie spürte ihre Arme, ihre Schultern, ihren Rücken. Sie war hartes Arbeiten gewöhnt, doch diese Bewegungen waren völlig neu für sie. Sie versuchte, nicht daran zu denken, wo sie war, für wen sie arbeitete. Und tatsächlich, wenn sie sich ganz auf das Kneten des Teiges konzentrierte, gelang es ihr. Mit Freude spürte sie die weiche und zugleich feste Konsistenz des Teiges, der dem Druck ihrer Hände nachgab und unter ihren Bewegungen immer voluminöser wurde. Der Teig roch herrlich frisch und leicht säuerlich, genau so, wie es sein sollte. Für Marie verband sich mit diesem Geruch ein Gefühl von Heimat, beinahe so, als wäre Matthias zurückgekehrt und stünde in ihrer Backstube, in ihrem Zuhause.

Marie schluckte schwer. Bloß nicht daran denken, was hätte sein können, sondern vielmehr daran denken, was sein würde. Matthias kommt zurück, sagte sie sich. Sie konnte einfach nicht anders, als an dieser Hoffnung festzuhalten.

Als der Büll ihr vorgeschlagen hatte, für sie zu arbeiten, hatte sie zunächst abgelehnt. Zu ungeheuerlich war die Vorstellung, für dieses Ekel zu schuften. Der Büll war wütend geworden.

»Ich habe dir damals mit dem Zwangsarbeiter-Jüngelchen auch geholfen!«

Aber Marie hatte nur stumm den Kopf geschüttelt. Doch dann hatte er die drei Brote aus seinem Korb genommen und vor Marie auf den Rand des altersschwachen Badeofens gelegt. Sie hatten so köstlich geduftet, dass Marie sofort schwindelig geworden war. An jenem Tag hatte sie sich kaum noch daran erinnern können, wann sie zuletzt etwas gegessen hatte. Sie hatte gefürchtet, bald wieder vor Entkräftung zusammenzubrechen. Und wer hätte dann für Anna und Karl gesorgt? Anna war so unterernährt, dass sie immer noch nicht ihre Monatsblutung bekommen hatte, obwohl sie längst im passenden Alter war; auch bei Marie hatte die Regel schon vor langer Zeit ausgesetzt. Und der kleine Karl wusste wahrscheinlich nicht einmal, wie es war, satt zu sein. Er kannte seit seiner Geburt nur Not und Entbehrungen.

Marie musste einen Moment abgelenkt gewesen sein, die beiden Teigstücke, die sie gerade wendete, zerrissen ihr in der Luft.

»Müde?«, fragte Egon, der Geselle, der neben ihr am Backofentisch stand. Er hatte einen weichen Mund und sanfte Augen, Marie hatte ihn sofort gemocht. Egon war schon ziemlich alt, mindestens sechzig, schätzte sie, doch er knetete den Teig mit seinen kurzen, aber sehnigen Armen mit einer Geschwindigkeit, als sei er ein junger Mann. Auf dem fast kahlen Kopf trug er ein Bäckerschiffchen, das so akkurat saß, als sei es eben erst frisch gestärkt worden. Neben ihm am Tisch lehnten seine Krücken, zwei eiserne Gestelle mit abgewetzten ledernen Griffen. Vom rechten Bein war ihm nichts geblieben als ein kurzer Oberschenkelstumpf. Marie hatte nicht gefragt und zwang sich, nicht hinzusehen, obwohl sie insgeheim rätselte, wie es ihm gelang, über all die Stunden, die er nun schon neben ihr stand und mit ihr arbeitete, das Gleichgewicht zu halten.

»Ein bisschen erschöpft, ja«, antwortete sie auf seine Frage. »Es ist alles noch so ungewohnt.«

»Hm«, brummte Egon, verstummte aber sofort, als er den strengen Blick des Büll sah, der auf der anderen Seite des Tisches arbeitete, in einer fleckigen Schürze mit Fingernägeln so schwarz, dass Marie nicht hinsehen mochte. Neben dem Büll schuftete der Stift, ein schmächtiger Junge von vielleicht vierzehn oder fünfzehn Jahren mit einem so zarten Gesicht, dass er fast wie ein Mädchen aussah. Irgendetwas, das spürte Marie tief in ihrem Innern, stimmte nicht mit diesem Jungen. Er wirkte verschreckt, auf eine Art, die Marie nicht deuten konnte.

»Mir fehlen Arbeitskräfte«, hatte der Büll erklärt, als er in der vergangenen Woche zu ihr gekommen war. »Die Zwangsarbeiter sind weg, die jungen Männer im Krieg geblieben. Ich arbeite mit Invaliden und Betrügern, die mich bestehlen, sobald ich auch nur einen Augenblick nicht hinsehe.« Fast eindringlich hatte er hinzugefügt: »Ich weiß, dass du immer vorne warst, im Laden, dass du nie gebacken hast. Aber du verstehst etwas vom Fach, du bist fleißig und ehrlich. Überleg es dir.«

In Marie hatte sich alles gesträubt. Sie wollte nicht für dieses Scheusal arbeiten! Als die Kinder nach Hause kamen, hatte sie gespürt, wie entsetzt Anna war, dem Büll zu begegnen. Aber sie hatte auch den seligen Ausdruck in Karls Augen wahrgenommen, als er sich das frische, duftende Brot, das der Büll mitgebracht hatte, in den Mund stopfte, gleich drei Scheiben auf einmal.

Und dann waren in derselben Nacht die Plünderer gekommen. Und Marie hatte mit letzter, schmerzlicher Gewissheit erkannt, welcher Gefahr sie und die Kinder ausgesetzt waren. Sie musste alles tun, um ihnen ein sicheres Zuhause zu schaffen. Sie konnten nicht auf ewig in der Ruine hausen, sie musste das Haus wieder aufbauen, sie musste die Bäckerei wieder ans Laufen bekommen. Dafür brauchte sie Baustoffe und Handwerker, und beides konnte sie nicht bezahlen. Vor allem aber musste sie dafür sorgen, dass die Kinder ihr nicht verhungerten.

Marie wusste, dass heftig diskutiert wurde, wie viele Kalorien der Bevölkerung in der Besatzungszone zustanden. Sie hatte darüber etwas im öffentlichen Zeitungskasten der »Kölnischen Rundschau« gelesen. Dort war die Rede davon gewesen, dass jeder Erwachsene eigentlich zweitausend Kalorien am Tag benötigte, um am Leben zu bleiben, dass die Rationen, die es auf Lebensmittelmarken gab, aber gerade einmal für tausendfünfhundert Kalorien reichten – wenn es denn etwas zu kaufen gab. Im Schnitt, so hatte der Zeitungskommentator ausgerechnet, musste jeder Kölner am Tag mit achthundert Kalorien und weniger auskommen.

Marie sagten diese Zahlen nichts. Alles, was sie wusste, war, dass das, was sie für ihre Marken bekam, viel zu wenig war, um zu überleben. Noch dazu, wo die meisten Waren sofort ausverkauft waren und sie und Anna oft Stunde um Stunde anstanden, um dann doch mit leeren Händen fortgeschickt zu werden.

Hier beim Büll aber gab es Brot in Hülle und Fülle. Und er hatte ihr versprochen, sie in Naturalien zu bezahlen. Also hatte sie eingewilligt, auch wenn sie spürte, wie sich tief in ihr alles dagegen sträubte.

Die Backstube war riesig. Außer dem Arbeitstisch, an dem sie zu viert standen, gab es noch drei weitere, die unter einer dicken Mehlschicht verstaubten. Marie wusste, dass der Büll während der Nazi-Zeit sehr viele Zwangsarbeiter beschäftigt hatte. Es hieß, er habe sie abscheulich behandelt, was Marie nicht einen Moment anzweifelte. Weil es nur kleine Fenster gab, die eher Lüftungsschächten ähnelten, roch es muffig in der Backstube. Doch wenn Marie sich genauer umsah, dann war es wohl eher der Dreck, der in allen Ecken klebte und für den eigentümlichen Geruch sorgte. Man müsste hier einmal ordentlich durchwischen, überlegte sie. Doch als sie beobachtete, wie der Stift etwas aus einer der eisernen Schubladen unter dem Arbeitstisch holte und ihm sogleich ein ganzer Schwarm träger Motten entgegentaumelte, beschloss sie, auch darüber nicht weiter nachzudenken.

Sensationell fand Marie den Ofen des Büll. Ein echter Mauermann-Backofen mit einem gigantisch großen Backraum und einem Dutzend eiserner Züge, um Dampf zu erzeugen. Vor allem aber war dieser Ofen elektrisch! Sie hatte vor Staunen ganz große Augen bekommen, als der Büll lässig an ein paar Knöpfen gedreht hatte und der Ofen daraufhin begann, gemächlich vor sich hin zu bullern. Marie konnte es kaum fassen. Niemand musste hier Kohlen schleppen, den Ofen Tag und Nacht in Gang halten, damit er nicht auskühlte, mit einem feuchten Tuch die letzten noch glimmenden Kohlestückchen entfernen, bevor die Brotlaibe hineingeschoben werden konnten, und später die Ascheреste ausfegen. Was für eine unglaubliche Arbeitserleichterung ein solcher Ofen doch bedeutete! Nun war schon die zweite Ladung Weizenmischbrote darin.

Da wunderte es sie schon nicht mehr, dass auch die Knetmaschine des Büll gigantisch groß war. Das Mehl schüttete er dort gleich säckeweise hinein, fügte mehrere Eimer Wasser und die Hefe pfundweise hinzu, und schon begann ein riesiger eiserner Arm, unter einem dumpfen Dröhnen den Teig zu kneten.

Am meisten aber faszinierte Marie der Mehlraum. Er lag ganz am Ende der Backstube, zum Hof hin. Der Stift lief immer wieder hin und her, um weitere Zutaten zu holen, und jedes Mal, wenn er die schwere Tür öffnete, erhaschte Marie einen Blick auf ein prall gefülltes Lager. Wie gerne hätte sie dort einmal genauer hineingeschaut! Sie wusste, dass die wenigen Bäckereien, die in Köln schon wieder geöffnet hatten, stets bangen mussten, ob ihnen auch genügend Mehl geliefert wurde. Konnte es wirklich sein, dass der Büll große Vorräte hatte? Und wenn ja, wie machte er das?

Jetzt verschwand der Stift wieder im Mehlraum. Marie versuchte, ihn dabei unauffällig zu beobachten, doch Egon beugte sich mit einem Mal so weit vor, dass sie die Tür nicht mehr sehen konnte.

»Kannst du mir die mal geben?«, fragte er und deutete auf eine Reihe Teigballen auf der anderen Seite des Tisches, die noch geknetet werden mussten.

»Natürlich!« Marie war schon losgelaufen und brachte sie ihm. Seltsam, vor Egon stapelte sich nun der Teig. Doch sie kam nicht dazu, sich weiter darüber zu wundern, denn im nächsten Augenblick erschien die Ehefrau des Büll in der Backstube.

Marie hatte sie erst einmal gesehen, damals, als die Kohns sie mit Pralinen hierhergeschickt hatten und Bülls Frau darauf herumtrampelte, bis die mit feinstem Nougat gefüllte Schokolade seitlich aus der so hübsch glänzenden dunkelgrünen Verpackung herausquoll. Damals waren Anna und Ruth noch ganz klein gewesen und Frau Bell, wie sie natürlich richtig hieß, eine gertenschlanke Schönheit mit rabenschwarzem Haar und gefährlich funkelnden, eisblauen Augen. Jetzt hätte Marie sie beinahe nicht mehr erkannt.

Die Frau, die sich in die Backstube schleppte, hatte dunkle Ringe unter den Augen und ein gewaltiges Doppelkinn. Ihr einst so glänzendes Haar war stumpf und durchwoben von weißen Strähnen. Sie trug einen schmuddeligen Kittel, kaum sauberer als die Schürze des Büll, der sich über ihre voluminösen Hüften spannte, und ihre Beine waren so dick, dass sie oben aus den eng geschnürten braunen Lederstiefeln herausquollen. Nur die Augen funkelten so eiskalt wie einst. Ihr Blick streifte Marie nur, und doch hatte Marie das Gefühl, ein schneidender Wind sei durch die Backstube gezogen.

»Wo ist mein Mann?«, herrschte Bülls Frau Egon an.

»Guten Morgen«, antwortete Egon. »Er ist nur kurz hinausgegangen.«

»Soso.« Suchend sah sie sich in der Backstube um, Marie hatte den Eindruck, als glaubte sie Egon kein Wort. Aber warum nur? Marie sah sich nun auch um. Sie hatte gar nicht mitbekommen, dass der Büll nicht mehr da war. Doch sein Platz am Tisch war leer, und der Stift war auch noch nicht zurück.

Da kam aus dem Mehlraum ein seltsames Geräusch. Als habe jemand einer Katze auf den Schwanz getreten. In eine Backstube gehörten keine Katzen, aber angesichts des

Schmutzes, der auch nicht in eine Backstube gehörte, hielt Marie auch das für möglich. Sie schüttelte den Gedanken ab und beugte sich wieder über die Teigballen, die noch geknetet werden mussten.

»Du!«, schallte nun die Stimme von Bülls Frau durch die Backstube. Marie merkte erst, dass sie gemeint war, als der Geselle Egon sie vorsichtig anstupste.

»Ich?«, fragte sie verwirrt und sah von ihrer Arbeit auf.

»Ja, du!«, brüllte Bülls Frau und zeigte mit ihrem ausgestreckten Zeigefinger auf Marie, als wollte sie ihr diesen geradewegs in die Kehle stoßen. »Bring mir die Brote nach vorne, aber dalli!«

Zögernd blickte Marie zu Egon, und der gab ihr mit einem Nicken zu verstehen, dass sie der Aufforderung der Chefin Folge zu leisten hatte. Marie lief zum Reck, auf dem die ersten Brote bereits ordentlich aufgereiht waren, sie dampften noch. Auch das Reck war beim Büll besonders groß und ausladend. Eilig packte Marie sieben Anderthalbpfünder in einen großen Korb und folgte der Chefin, die ihr bereits vorausgegangen war. Doch statt in den Laden führte Bülls Frau sie durch einen kleinen Flur in einen engen Raum gleich neben der Vordertür. Ein leeres Regalbrett reihte sich hier neben das andere, von der Decke bis zum Boden.

»Hier rein«, sagte Bülls Frau und wies auf die Regale.

Marie tat, wie ihr geheißen, sie räumte die schweren, duftenden Brote in die Regale und holte sogleich die nächsten. Die Chefin stand in dem kleinen Flur und beobachtete sie argwöhnisch. Marie blieb unschlüssig stehen.

»Und diese hier?«, fragte sie und zeigte auf ihren vollen Korb.

»Na, auch da rein!«, sagte die Chefin spitz, als hätte Marie eine vollkommen törichte Frage gestellt. Marie zuckte zusammen und brachte auch diese Brote in den schmalen Raum. Beim nächsten Korb fragte sie nicht mehr. Und so kamen all die köstlich riechenden, frisch gebackenen Brote, die Marie mit Leidenschaft und Eifer geknetet hatte, nicht in den Laden, sondern sie verschwanden in diesem seltsamen Raum gleich daneben.

Als Marie endlich fertig war und zurück in die Backstube kam, war der Büll wieder da und holte gerade neuen Teig aus der Knetmaschine. Der Stift und Egon waren bereits dabei, weitere Brote zu kneten. Marie stellte sich zurück an ihren Platz neben Egon und nahm ihre Arbeit wieder auf. Wie gerne hätte sie jetzt eine Pause gehabt! Sie hatte längst jedes Zeitgefühl verloren. Und sie spürte, wie ihre Muskeln immer müder wurden, ihre Augenlider immer schwerer. Doch sie durfte auf keinen Fall schlappmachen, sie brauchte dringend das Brot und die Kohlen, die der Büll ihr als Entlohnung versprochen hatte!

Marie atmete einmal tief durch und griff nach zwei Teigballen, um sie zu kneten. Doch der Teig fühlte sich mit einem Mal ganz anders an, schwerer und weniger elastisch, und schon beim ersten Versuch, sie zu wenden, rissen ihr beide Ballen mitten entzwei.

Verflixt! Verstohlen fügte Marie die Stücke wieder zusammen und begann erneut mit dem Kneten, doch das Missgeschick wiederholte sich.

Reiß dich zusammen, schalt sie sich im Stillen, ausruhen kannst du dich später!

Doch der Teig tat einfach nicht, was er sollte. Stunde um Stunde arbeitete Marie weiter, ängstlich darauf bedacht, alles richtig zu machen, doch der Teig riss ihr weiterhin, er fühlte sich überhaupt nicht mehr geschmeidig an, und egal, wie heftig sie knetete, die Ballen gewannen kaum an Volumen. Zu Maries Verwunderung duftete der Teig auch nicht mehr so gut. War sie etwa derart erschöpft, dass ihre Sinne sie täuschten? Oder war sie vielleicht doch keine so begabte Bäckerin, wie sie am Anfang gedacht hatte?

Als sie schon verzweifeln wollte, bemerkte sie, dass es den anderen genauso erging. Auch Egon hatte seine Mühe mit dem Teig, mit verbissenem Gesicht versuchte er, die Ballen halbwegs in Form zu bringen. Und der Stift, der nun noch verschreckter aussah als zuvor, war dazu übergegangen, die Teigstücke nur noch lang zu ziehen, statt sie zu kneten, und sie mit zitternden Fingern in die kleinen Körbe aus Peddigrohr zu stopfen, in denen sie gleich in der Wärme des Gärraums aufgehen sollten.

Verstohlen schaute Marie zum Büll. Wie konnte er das durchgehen lassen? Doch auch der Büll stopfte den Teig mehr oder weniger achtlos in die Körbe.

Marie verstand die Welt nicht mehr. Was war hier los? Was für eine seltsame Art von Teig verarbeiteten sie hier? Doch sie traute sich nicht, etwas zu sagen. Stattdessen senkte sie den Kopf und arbeitete weiter. Sie ahnte, dass Fragen hier nicht erwünscht waren.

Die Brote, die sie schließlich nach vorn brachte, waren

im Gärraum nicht gegangen und im Ofen mehr getrocknet als gebacken worden. Sie waren schwer und klein, und sie rochen ein wenig nach Hafer. Marie war so müde, dass sie keine Kraft mehr besaß, sich weiter den Kopf zu zerbrechen. Als Bülls Frau ihr bedeutete, mit den Broten die Regale im Laden zu befüllen, tat sie wie geheißen. Draußen vor der Tür der Bäckerei erahnte sie Umrisse, und sie wusste, dass dort seit Stunden Menschen Schlange standen – Alte, Junge und Mütter wie sie. Dass sie alle sehnlichst hofften, ein Brot zu bekommen, das ihren Hunger stillen würde und den ihrer Kinder. Doch was Bülls Frau ihnen verkaufen würde, waren diese seltsamen Brote, die nicht richtig rochen und die sich nicht richtig anfühlten und die womöglich auch nicht richtig satt machen würden.

Marie überkam eine große Traurigkeit, am liebsten hätte sie lauthals geweint. Doch sie schluckte die Tränen hinunter. Als der Büll ihr endlich ihren Lohn gab, war sie schon gar nicht mehr überrascht, als sie sah, dass es zwei der mickrigen, harten Brote waren. Und als sie vorsichtig nach den versprochenen Kohlen fragte, da lachte er laut und behauptete, davon sei nie die Rede gewesen. Marie nickte nur noch stumm und machte sich auf den langen Weg nach Hause.

Sie hatte geahnt, dass es beim Büll nicht rechtschaffen zugehen würde. Was sie in dieser Nacht jedoch erlebt hatte, übertraf ihre schlimmsten Befürchtungen.

Kapitel 17

Mit klopfendem Herzen stand Anna am Rand der Domplatte und beobachtete das geheimnisvolle Treiben, das sich dort Tag für Tag abspielte und das sie bislang nur ehrfurchtsvoll aus der Ferne verfolgt hatte. An der Hand hielt sie Karl, er hatte darauf bestanden, mitzukommen. Eigentlich fand Anna das viel zu gefährlich, aber was sollte sie tun? Marie war auch an diesem Tag noch nicht zurück von ihrer Arbeit beim Büll, und Karl allein zu lassen, in ihrem eiskalten, ungeheizten Zuhause, brachte sie nicht fertig.

In der Innentasche von Josephs Jacke, die sie nicht mehr ausgezogen hatte, seit sie sie gefunden hatte, spürte sie das Päckchen Zigaretten. Seit Tagen trug sie es nun schon mit sich herum. Welcher Schatz damit völlig unverhofft in ihr Leben gekommen war! Nun galt es, die »Amis« gegen etwas zu essen einzutauschen. Allein bei dem Gedanken an all die Köstlichkeiten, die es angeblich auf dem Schwarzmarkt gab, lief Anna das Wasser im Munde zusammen. Sie hatte Marie und Agnes belauscht, als die einmal davon gesprochen hatten. Worte wie »Bohnenkaffee« waren gefallen, »Butter«, »Speck« und »Schokolade«.

Schokolade! Unwillkürlich musste Anna an den kleinen Topf denken, der einst in dem geheimen Fach in der gemauerten Wand des Ofens gestanden hatte. Vor ihrem inneren Auge sah sie Onkel Matthias, wie er liebevoll zwinkerte, während sie auf die Ofenbank kletterte, um das Töpfchen mit seinem köstlichen Inhalt hervorzuholen. Welche Wonne es gewesen war, einen Finger in die warme, flüssige Schokolade tauchen zu dürfen und ihn dann genüsslich abzuschlecken! In ihrem Bauch spürte sie eine sich drehende Faust, die ihr längst vertraut war – sie war die Begleiterin des Hungers.

Die letzte Schokolade, die Anna gegessen hatte, war ein Geschenk von Joseph gewesen. Auf dem Etikett hatte ein Wort gestanden, das sie nicht kannte.

»Von den Amerikanern«, hatte Joseph lächelnd erklärt. »So etwas habt ihr noch nie gegessen!«

Und so war es. Anna und Karl hatten voller Ehrfurcht die Schokolade gelutscht, Bröckchen für Bröckchen, und waren zu dem Schluss gekommen, dass sie ganz und gar vorzüglich war.

Wenn Joseph nur hier wäre! Er wüsste, was zu tun wäre. Dass sie, Anna, hier ganz allein mit dem kleinen Karl am Rand des Schwarzmarktes stand, mit klopfendem Herzen und einer Packung »Camel« in der Innentasche von Josephs Jacke, kam ihr einen Moment lang absurd vor. Beinahe hätte sie laut losgelacht.

Nur dass ihr überhaupt nicht nach Lachen zumute war. Denn sie vermisste Joseph fürchterlich! Seit sie zu dem Schluss gekommen war, dass er sie nicht freiwillig verlassen hatte, hatte sich Angst in ihre Sehnsucht gemischt. Wenn ihm bloß nichts Schlimmes zugestoßen war!

Karl an ihrer Hand gab ein leises Husten von sich. Anna hatte ihn so dick wie möglich eingepackt, aber die Kälte in diesen Dezembertagen war erbarmungslos, es fror Tag und Nacht. Und Karl war ein so zartes Kind! Einen Moment lang spielte Anna mit dem Gedanken, zumindest einen Teil der Zigaretten gegen Schokolade einzutauschen. Welche Freude sie Karl damit machen würde! Doch sogleich schimpfte sie sich selbst eine Träumerin. Sie brauchten Butter oder Kartoffeln, keine Schokolade.

Von ihrem Platz ein wenig abseits konzentrierte sie sich wieder auf das Geschehen auf der Domplatte. Es war ein eigenartiges Schlurfen und Flüstern. Die Menschen gingen einzeln und in Gruppen herum, als wären sie nur zufällig da und hätten erst recht nichts miteinander zu tun. Tatsächlich jedoch schoben sie sich stetig aneinander vorbei, die Augen gesenkt, und sagten leise vor sich hin, was sie anzubieten hatten. »Milch, einen Liter Milch, Stopfgarn, eine Gans, vier Eier, ein Kaffeeservice, Maria Weiß, komplett.« Kam es zu einem Handel, so sonderten Käufer und Verkäufer sich kurz ab, und Geld und Gegenstände wechselten den Besitzer. Anna sah ein kümmerlich kleines Päckchen Zucker in die verkrümmten Finger eines alten Mannes wandern, eine junge Frau beförderte unter ihrem Mantel eine matt glänzende Geige hervor, und ein groß gewachsener Kerl mit Schiebermütze brachte es fertig, ganze Autoreifen in seinem Umhang zu verstecken. Die Geschäfte selbst dauerten kaum länger, als Anna einmal blinzeln konnte, dann reihten sich die Verkäufer wieder ein in das allgemeine Schlurfen und Flüstern, und die, die etwas ergattert hatten, machten, dass sie wegkamen.

Zu ihrem großen Erstaunen erblickte Anna auf der Domplatte Kinder, die kaum älter waren als Karl und die dort ganz allein ihren Geschäften nachgingen. Anna presste es das Herz zusammen, als sie die kleinen, zerlumpten Gestalten beobachtete, und sie fasste Karls Hand fester.

Es war für Anna ganz deutlich zu erkennen, wer von diesem Handel profitierte und wer nicht. Da gab es die rotgesichtigen, wohlgenährten Gestalten, manche sogar mit einer der so kostbaren amerikanischen Zigaretten im Mundwinkel. Und da gab es die verhärmten, trotz der Kälte viel zu dünn bekleideten, abgemagerten Menschen, die ihr letztes Hab und Gut hergaben, um zu überleben. Und ich, flüsterte eine Stimme in Anna, ich gehöre zu Letzteren.

Es wurde schon fast dunkel, als sie endlich ihren ganzen Mut zusammennahm. Karl fest an sich gedrückt, verließ sie ihren Beobachterposten und schob sich mitten hinein in das langsam kleiner werdende Grüppchen der Schwarzhändler.

»Amis«, flüsterte Anna leise. Sie wusste nicht, was sie sonst sagen sollte. »Amis.«

Sie hatte es kaum zum zweiten Mal gesagt, da tauchte vor ihr eine verhutzelte Alte auf, das Gesicht tief unter einer Kapuze verborgen.

»Pflanzenfett«, murmelte die Alte und öffnete ihren fadenscheinigen Umhang ein wenig, sodass Anna einen Blick auf eine blecherne Dose erhaschte.

Anna konnte ihr Glück kaum fassen. Fett jeglicher Art

war Mangelware! Sie wagte es kaum, sich auszumalen, welch wunderbare Mahlzeiten Marie damit würde zubereiten können.

»Wie viel?«, flüsterte sie atemlos.

»Zehn Amis«, gab die Alte zurück.

Zehn Amis! Das erschien Anna zu viel. Doch auf dem Schwarzmarkt musste man handeln, das wusste sie von Joseph.

»Acht«, gab sie leise zurück.

Die Alte gab ihr ein Zeichen, ihr zu folgen, und führte Anna in eine stille Ecke in der Nähe des zerschossenen Hauptportals des Doms. Dort, im Zwielicht der hereinbrechenden Nacht, holte Anna mit zitternden Fingern ihr kostbares Päckchen Zigaretten hervor. Die Alte bekam große Augen, als sie es sah, doch Anna zählte rasch acht Zigaretten ab und steckte die restlichen flink zurück, dann streckte sie die Hand nach der Dose aus. Die Alte gab sie ihr und war fast sofort im Schatten des Doms verschwunden.

Anna jubelte innerlich. Sie hatte eine ganze Dose Fett erhalten!

»Komm«, flüsterte sie Karl zu und zog ihn eilig mit sich. »Lass uns schnell nach Hause laufen!«

»Die Frau sah komisch aus«, japste Karl, der die ganze Zeit nichts gesagt hatte und nun kaum mit ihr mithalten konnte, so schnell rannte Anna zum Buttermarkt.

»Das stimmt«, gab sie zurück. Die Frau hatte ärmlich ausgesehen, genau wie sie und Karl. Das gab Anna ein gutes Gefühl. Sie war nicht einem der Schwarzmarktprofiteure aufgesessen, sie hatte mit einer alten Frau getauscht, der es genauso schlecht ging wie ihnen. Und es war so einfach gewesen! Die letzten Meter hüpfte Anna vor lauter Freude zurück. Marie würde Augen machen!

Marie schlief. Sie lag wie immer vollkommen bekleidet in dem großen Bett mit dem hohen Kopfteil, eingemummelt in die beiden Armeedecken. Doch sie musste völlig erschöpft gewesen sein, denn sie hatte nicht einmal Annas Armeestiefel ausgezogen. Anna beschloss, sie schlafen zu lassen und selbst etwas zu essen zuzubereiten. Doch als sie versuchte, ihr zumindest die Stiefel vorsichtig auszuziehen, wachte sie auf.

»Anna, mein Schatz«, murmelte sie, »seid ihr aus der Schule zurück? Ist es schon so spät?«

Dann schien sie zu bemerken, dass es im Zimmer bereits fast dunkel war, und war im Nullkommanichts aus dem Bett gesprungen. Sie taumelte einen Moment lang, dann fing sie sich.

»Oje«, jammerte Marie, »ich habe den ganzen Nachmittag verschlafen! Wie konnte ich nur! Habt ihr eure Hausaufgaben gemacht?«

»Noch nicht«, antwortete Karl wahrheitsgemäß.

Dieser kleine Kerl, dachte Anna zärtlich und ein wenig verärgert zugleich. Er hatte einfach noch nicht gelernt, zu schwindeln.

»Dann aber dalli!«, rief Marie. »Ich bereite solange das Abendessen vor.«

Das war der Moment, auf den Anna gewartet hatte. Nun konnte sie ihre Errungenschaft präsentieren. Wie Marie sich freuen würde! Aber was sollte sie sagen, woher sie das Fett hatte? Marie würde schimpfen, wenn sie wüsste, dass sie auf dem Schwarzmarkt gewesen war, und dann noch mit Karl. Außerdem wusste sie nichts von den Zigaretten. Nein, beschloss Anna im Stillen, Marie brauchte nicht zu erfahren, wie das Fett ins Haus gekommen war. Hauptsache, es war da.

Unauffällig stellte sie die Dose mit dem Pflanzenfett auf den Rand des kalten Ofens, dann kroch sie zu Karl ins Bett. Er hatte bereits seine kleine Schiefertafel hervorgeholt, die einst Anna gehört hatte. Den Griffel fest in seiner kleinen Faust, fabrizierte er krakelige Buchstaben.

»Fräulein Stüssgen hat gesagt, wir sollen das A und das E üben«, erklärte Karl ernst; er malte während des Unterrichts nicht mehr, er nahm daran teil, als sei er schon ein richtiges Schulkind. »Anna, hilfst du mir?«

»Aber natürlich.«

Während sie Karl zeigte, wie man die Buchstaben richtig schrieb, beobachtete Anna Marie aus den Augenwinkeln. Ihr Herz hüpfte vor lauter Vorfreude. Wann würde sie endlich die Dose entdecken?

Sie sah, wie Marie sich mühte, Scheiben von dem dunklen, festen Brot abzuschneiden, das der Büll ihr stets als Entlohnung mitgab, doch es zerkrümelte unter ihrem Messer. Anna fragte sich, wie der Büll es fertigbrachte, so schlechtes Brot zu backen. Es war nicht nur trocken und krümelig, es war auch innen ganz gelb, manchmal fast orange, und es schmeckte, als bestünde es zur Hälfte aus Stroh.

Jetzt brachte Marie es ihnen ans Bett.

»Meine Lieben«, sagte sie mit niedergeschlagenen Augen, »ich habe nichts anderes, es tut mir so leid.«

»Das macht doch nichts«, antwortete Karl und stopfte sich das Brot in den Mund. Als Marie anfing, beim Büll zu arbeiten und dieses seltsame Brot mit nach Hause zu bringen, hatte Anna Karl eingeschärft, es ohne zu murren aufzuessen und dabei möglichst so zu tun, als wäre es köstlich. Der Kleine bemühte sich redlich. Anna sah, wie er an seinem Abendessen würgte und das Brot trotz des Hungers kaum herunterbekam.

Widerwillig steckte sich auch Anna etwas davon in den Mund, sie war viel zu hungrig, um es liegen zu lassen. Vorsichtig untersuchte sie mit der Zunge die seltsam zähen Fasern, aus denen das Brot zum Großteil bestand. Sie konnte kauen, so lange sie wollte, sie lösten sich einfach nicht auf und kratzten eklig im Hals. Womöglich, fuhr es Anna durch den Kopf, hat der Büll tatsächlich Stroh mit verbacken. Wundern würde es sie nicht, diesem Kerl traute sie fast alles zu.

Marie hatte sich zu ihnen aufs Bett gesetzt und aß, ohne ein einziges Mal aufzusehen. Sie schien Anna erschöpfter und trauriger denn je. Ihre Augen hatten jeden Glanz verloren, und ihre Hände zeigten tiefe Risse; sie hatte nicht einmal Handschuhe, um sich auf ihrem langen Weg zur Arbeit ein wenig warm zu halten. Anna war auch aufgefallen, dass sie sich immer schwerfälliger bewegte, als täte ihr jeder Muskel weh. Die Arbeit beim Büll schien viel zu hart für sie zu sein, und die Entlohnung war, wie Anna fand, eine bodenlose Unverschämtheit.

Seit Marie beim Büll arbeitete, fühlte Anna eine Fremdheit zwischen ihnen beiden, wie es sie nie zuvor gegeben hatte. Sie liebte Marie von ganzem Herzen, doch sie konnte einfach nicht verstehen, dass sie diese Arbeit angenommen hatte. Lieber würde sie weiterhungern, als Marie bei diesem schlechten Menschen zu wissen!

Sehnsüchtig wanderte Annas Blick zum Ofen, wo die metallene Dose stand, nach wie vor von Marie unbemerkt. Gleich würden sie das letzte bisschen Brot heruntergewürgt haben, dabei hatten sie doch Fett im Haus, das sie daraufstreichen konnten! Kurz entschlossen sprang Anna aus dem Bett, schnappte sich die Dose und reichte sie Marie. Sie war so aufgeregt, dass ihre Hände zitterten.

»Da«, krächzte Anna, mehr bekam sie nicht heraus.

Marie schaute überrascht zu ihr auf, dann nahm sie die Dose und öffnete den Deckel. Sie blickte hinein, schnupperte daran. Anna konnte die Verwunderung auf ihrem Gesicht sehen, sie sah, wie Marie sich tiefer über die Dose beugte, noch einmal an ihrem Inhalt roch. Jetzt, dachte Anna, jetzt riecht sie es. Jetzt begreift sie, was für ein wunderbares Geschenk uns das Leben gebracht hat. Eine ganze Dose Pflanzenfett! Und das in diesen grässlichen Zeiten!

Doch was war das? Auf Maries Gesicht spiegelte sich keinerlei Entzücken – im Gegenteil, angewidert schrak sie zurück und rümpfte ihre von der Kälte gerötete Nase.

»Mein Schatz«, sagte sie und blickte Anna ratlos an, »was soll ich denn mit Schmieröl?«

Anna glaubte ihren Ohren nicht zu trauen.

»Mit was?«, stammelte sie.

»Mit Schmieröl«, antwortete Marie. »Liebes, wofür brauchen wir das?«

Ungläubig starrte Anna auf die Dose. Ihr war, als bräche die Welt um sie herum zusammen. Sie hätte schreien mögen vor Wut. Schmieröl! Die alte Frau hatte sie betrogen! Und dafür hatte Anna acht kostbare Zigaretten hergegeben!

Ich elendes Geschöpf, schalt sie sich innerlich, wie konnte ich so dumm sein?

Sie spürte, wie ein Beben sie ergriff, das dafür sorgte, dass ihre Zähne aufeinanderschlugen und ihre Gliedmaßen wie irre zuckten.

»Oje!«, rief Marie und sprang aus dem Bett. »Du bist ja völlig verkühlt! Schnell, komm zu uns unter die Decke.«

Mit einem Mal zu Tode erschöpft, ließ Anna sich auf das Bett fallen, sie spürte, wie Marie sie liebevoll zudeckte, wie sie ihr über die Stirn strich und leise mit ihr sprach.

»Mein Schatz«, sagte sie, »ruh dich aus, schlaf ein bisschen. Schau, Karl und ich, wir halten dich warm. Nicht wahr, Karl?«

Und Karl reichte Marie die Hand, gemeinsam umarmten sie Anna, sie spürte die Arme auf ihrer Brust, den größeren und den kleineren, sie spürte die Liebe und die Zärtlichkeit, mit der die beiden sie umfingen, und doch fand sie in dieser Nacht keinen Trost und keine Ruhe. Sie lag so lange wach, bis Marie wieder aufstand. Anna hörte ihr leises Stöhnen, während sie sich fertig machte für die Arbeit, sie hörte ihre vorsichtigen Schritte auf dem kaputten Dielenboden und das Zuklappen der Tür, als sie ging.

Da erst erlaubte Anna es sich, zu weinen.

Doch als der Morgen kam, als das erste fahle Grau durch das Fenster mit Ersatzglas ins Zimmer kroch, als Karl erwachte und sogleich munter drauflosplapperte, da hatte Anna einen Plan gefasst.

Noch einmal würde sie sich nicht betrügen lassen. Und immerhin hatte sie noch zwölf Zigaretten. Sie beschloss, das Geschäft des Schwarzmarktes zu studieren, bis sie wusste, wie es funktionierte.

Von nun an verbrachte sie ihre Nachmittage damit, den Handel auf der Domplatte genau zu beobachten. Marie fiel kaum, dass sie nach Hause gekommen war, in einen so tiefen Schlaf, dass Anna sich unbemerkt davonschleichen konnte. Karl wollte unbedingt mit, und Anna konnte diesem kleinen Kerl keinen Wunsch abschlagen, also ließ sie es zu.

Er war es auch, der die Alte mit dem fadenscheinigen Umhang und der tief hängenden Kapuze als Erster entdeckte.

»Da ist die komische Frau wieder«, sagte er.

Anna musste sich beherrschen, um nicht zu ihr zu laufen und von ihr Rechenschaft zu verlangen. Was hätte das gebracht? Trotzig biss sie sich auf die Unterlippe und blieb auf ihrem Beobachterplatz. Immerhin, die Alte fand an diesem Nachmittag keinen Käufer, die anderen Menschen auf dem Schwarzmarkt schienen geradezu einen Bogen um sie zu machen.

Aha, dachte Anna, sie ist schon bekannt für ihre Betrügereien. Nur Neulinge wie ich fallen auf sie herein.

Ein Gedanke, der sie kein bisschen tröstete.

Nachdem sie sich am Dom einige Tage lang umgesehen hatte, beschloss Anna, auch die anderen Plätze zu inspizieren, an denen Schwarzhandel betrieben wurde. Karl im Schlepptau, machte sie sich auf in den Norden Kölns, in die Weidengasse und zur Eigelsteintorburg, sie zogen bis nach Ehrenfeld, wo am Bahnhof ein emsiges Tauschen im Gange war, sie mischten sich in der Südstadt an der Ecke Elsaßstraße und Merowinger unter die Schwarzhändler. Annas Plastikschuhe drückten entsetzlich, und sie froren so sehr, dass Anna immer wieder stehen blieb, um Karl ein bisschen warm zu rubbeln, zumindest seine Füße und seine dünnen Ärmchen. Aber sie lernte eine Menge in diesen Tagen. Bald erkannte sie auf den ersten Blick, wer ein professioneller Schieber war und wer ein verzweifelter Amateur. Sie sah es an den Blicken der Menschen, an der Art, wie sie sich durch die Menge bewegten, an kleinen Zeichen des Triumphs oder des Verdrusses, wenn ein Geschäft getätigt war.

Am aufregendsten fand Anna das Geschehen direkt vor dem Buttermarkt am Rheinufer. Die Schiffer, die aus dem Süden kommend unterwegs waren nach Rotterdam, hatten so manches dabei, was sie direkt am Ufer oder auch in der Frankenwerft eintauschten gegen Wertgegenstände, von denen Anna annahm, dass sie leicht zu verstauen und gut wiederzuverkaufen waren. Anna sah, wie ganze Säcke Getreide eilig an Land geschafft wurden, während die Schiffer kleine lederne und samtbezogene Päckchen an sich nahmen, in denen sich wohl Kameras, goldene Uhren oder auch anderer Schmuck befanden. Sie und Karl hatten ein Spiel daraus gemacht, zu raten, was da vor ihren Augen gerade getauscht wurde. Und wieder einmal stellte Anna fest, dass diesem kleinen Kerl, der ihr nun schon seit Tagen durch die halbe Stadt folgte, fast nichts entging.

»Polizei«, flüsterte Karl nun neben ihr.

Sie kauerten in den Ruinen des mittelalterlichen Stapelhauses, das fast völlig zerstört war, nur der schlanke, hohe Turm war noch halbwegs unversehrt. Von hier aus hatten sie eine gute Sicht auf die Frankenwerft, ohne selbst allzu viel Aufmerksamkeit zu erregen. Anna folgte Karls Blick, und tatsächlich, mitten zwischen die Handelnden hatten sich britische Militärpolizisten gemischt, gut zu erkennen an ihren Uniformen und dem seitlich aufgesetzten Barett. Anna duckte sich instinktiv ein bisschen tiefer hinter den Mauerrest, der ihnen Schutz bot, und zog Karl mit sich. Nicht, dass es gleich eine Razzia gab und man sie hier entdeckte! Was hätte sie sagen sollen, was sie hier taten?

Ihr Herz schlug schneller, und obwohl ihr von den Zehenspitzen bis zu den Ohren eiskalt war, merkte sie, wie ihre Wangen heiß wurden. In der Innentasche von Josephs Jacke spürte sie das kostbare, noch gut halb volle Päckchen Camel-Zigaretten, es brannte auf ihrer Brust wie Feuer. Wenn man sie damit erwischen würde, wäre alles aus.

Zitternd hielt Anna sich verborgen und lauschte auf Stimmen und Befehle, auf Geschrei und die Geräusche flüchtender Menschen, doch es blieb vollkommen ruhig. Alles, was sie hörte, war das Tuten der vorbeifahrenden Schiffe.

Als sie die Spannung nicht mehr aushielt, hob sie langsam den Kopf und spähte vorsichtig über die Mauer. Es gab gar keine Razzia, stellte sie zu ihrem Erstaunen fest, ganz im Gegenteil, die britischen Polizisten schienen ebenfalls zu handeln! Einer von ihnen gestikulierte wie wild mit einem der Schiffer, doch der schob sich nur die Mütze in den Nacken und schaute betont desinteressiert an dem Polizisten vorbei.

Aha, dachte Anna, da ist also ein Amateur auf einen Profi getroffen, und als der Polizist immer energischer auf den Schiffer einzureden schien, konnte sie sich ein Schmunzeln nicht verkneifen. Seine Kameraden kamen ihm nun zu Hilfe, zu viert schienen sie den Schiffer von einem Geschäft überzeugen zu wollen, doch der winkte nur ab und wandte sich zum Gehen.

Da tauchte, von den Polizisten vollkommen unbemerkt, eine schmale Gestalt zwischen den Handelnden auf, und fast schneller, als Anna gucken konnte, hatte diese Gestalt einem der Polizisten etwas aus der Tasche seines Armeemantels gezogen. Konnte das sein?, fragte Anna sich völlig perplex, bestahl da gerade jemand einen britischen Militärpolizisten?

»Jetzt hat er's«, stellte Karl neben ihr fest, er hatte wieder einmal alles mitbekommen.

Noch ehe Anna vor lauter Verwunderung tief Luft holen konnte, war die schmale Gestalt aus dem Pulk der Handelnden weggetaucht. Stattdessen waren nun zwei Kinder bei den Polizisten zu sehen, ein Mädchen und ein Junge, die diese anzubetteln schienen und ärgerlich weggeschubst wurden. Die Zeit, die dieser kleine Aufruhr dauerte, genügte dem Dieb, um sich lässig aus der Menschenmenge zu entfernen. Er hatte fast den Mauerrest erreicht, hinter dem Anna und Karl hockten, als auf der Werft Unruhe ausbrach.

»Haltet den Dieb!«, schrie der britische Militärpolizist mit schwerem Akzent, und schon waren seine Kameraden dabei, den beiden Kindern, die sie angebettelt hatten, hinterherzusetzen. Die aber rannten so leichtfüßig davon, dass die Polizisten keine Chance hatten, sie zu erwischen.

Anna war von dem Spektakel so gebannt, dass sie den Dieb einen Moment lang aus den Augen gelassen hatte. Da traf sie etwas Schweres an der Schulter, sie prallte gegen den Mauerrest, und im nächsten Augenblick war jemand zu ihnen hinter die Mauer gesprungen und hockte nun direkt zwischen ihr und Karl. Anna blickte auf schwere Schuhe wie von einem Bauarbeiter, einer hatte sie wohl getroffen, darüber lange, geflickte Hosen, eine weite Wehrmachtsjacke, von der jemand die Abzeichen entfernt hatte, und riesengroße, moosgrüne Augen unter einer grob gestrickten Mütze.

Diese grünen Augen starrten Anna entgeistert an, und sie starrte genauso entgeistert zurück. Ganz kurz sah sie den Schreck im Blick ihres Gegenübers, doch in Sekundenschnelle schien die Gestalt ihre Angst überwunden zu haben. Mit einer betont genervten Geste riss sie sich die Mütze vom Kopf und schüttelte ihr langes Haar.

»Ne, ne«, sagte sie und entblößte dabei eine Reihe perlweißer Zähne. »Ihr schon wieder?«

Anna schnappte nach Luft. Der tollkühne Dieb war ein Mädchen!

Kapitel 18

Da waren sie wieder. Jede Nacht, wenn Marie den ausgestorbenen Barbarossaplatz hinter sich ließ und sich anschickte, den Grüngürtel zu durchqueren, sah sie am anderen Ende schon die Scheinwerfer. Der Jeep, dem sie begegnet war, als sie zum ersten Mal zur Backstube des Büll nach Köln-Sülz ging, stand seither stets da, als wartete er auf sie.

Am Anfang hatte sie versucht, dem Fahrzeug auszuweichen. Doch im Grüngürtel war es um diese Zeit stockdunkel, und nach ein paar Tagen hatte sie den Eindruck, die Männer im Jeep wiesen ihr mit ihren Scheinwerfern den Weg. Es waren immer die gleichen, zumindest der am Steuer. Wenn Marie den Wagen erreicht hatte, kurbelte er das Fenster herunter, tippte sich ans Barett und wünschte ihr einen guten Morgen. So auch heute.

»Good morning, Miss.«

»Good morning«, antwortete Marie.

»Is everything fine with you?«

»Good morning, fine«, sagte sie, weil sie nicht wusste, was sie sonst antworten sollte, sie verstand ja kaum etwas von dem, was er sagte.

»Kalt«, sagte da der britische Soldat mit dem buschigen Schnurrbart und schüttelte sich demonstrativ.

»Ja.« Sie nickte. »Es ist sehr kalt.«

Dann ging sie weiter.

Die Arbeit beim Büll war für Marie zur reinsten Tortur geworden. Anders als am ersten Morgen, als seine Ehefrau sie abgelenkt hatte, kippte der Büll nun ungeniert vor ihren Augen alle nur denkbaren Ersatzprodukte in den Brotteig: Maismehl, Hafer, einmal sogar Sägespäne. Marie sah ihm dabei zu und traute sich nicht, etwas zu sagen, doch innerlich schäumte sie.

Sie hatte mehr Angst denn je vor ihm. Der Stift war von einem Tag auf den anderen verschwunden, und aus irgendeinem Grund, den Marie nicht durchschaute, war der Büll seitdem noch viel aggressiver als sonst. Er brüllte sie und Egon an, als wären sie Hunde, die nicht gehorchten, als wären sie seine Sklaven, mit denen er tun konnte, was er wollte. Und irgendwie waren sie das ja auch, dachte Marie in ihrer Verzweiflung. Denn ohne den Büll und seine entsetzlichen Brote wären sie verhungert. Mit Tränen in den Augen beugte sie sich über die Teigstücke, die sich auch an diesem Morgen kaum kneten ließen.

Schon vor dem Verschwinden des Stifts war das Tempo, in dem sie buken, mörderisch. Nun war es gar nicht mehr zu schaffen. Egon humpelte unentwegt zwischen Mehlraum und Backofentisch hin und her, unter einen Arm hatte er eine seiner Krücken geklemmt, mit dem anderen schleppte er neue Zutaten herbei. Marie konnte sehen, wie schwer ihm das fiel und wie er die Zähne zusammenbiss. Wie schrecklich, dachte sie, er hat bestimmt Schmerzen. Doch der Büll gönnte keinem von ihnen auch nur eine kurze Pause.

Ein lautes Poltern ließ Marie hochfahren. Egon war ausgerutscht und gestürzt, die Peddigrohr-Körbe, die er gerade herbeiholen wollte, verteilten sich auf dem schmierigen, selten geputzten Boden der Backstube.

»Entschuldigung«, murmelte Egon und versuchte mithilfe seiner Krücke wieder hochzukommen.

Mit einer Geschwindigkeit, die sie dem dicken Mann nicht zugetraut hätte, rannte der Büll herbei und trat Egon die Krücke weg, sodass dieser erneut stürzte.

»Du elender Krüppel!«, brüllte er. »Ich bezahle dich nicht fürs Herumtrödeln!« Dabei hob er den Fuß, als wollte er erneut zutreten.

»Halt!«, rief Marie. Mit einem Satz war sie bei Egon und stellte sich schützend vor ihn.

»Es reicht!«, schrie sie, das Gesicht heiß vor Zorn. Ihre Angst hatte sie in diesem Moment vollkommen vergessen. »Lassen Sie ihn in Ruhe!«

Der Büll verharrte mitten in der Bewegung. Einen Moment lang glaubte Marie, er würde nun nach ihr treten, doch dann schien er sich zu besinnen.

»Ach, Marie«, sagte der Büll in plötzlich gefährlich ruhigem Ton. »Du meinst also, du könntest mir sagen, was ich zu tun habe? Du?« Er verzog spöttisch einen Mundwinkel.

»Ja, ich«, antwortete sie und machte sich ein bisschen größer, als sie eigentlich war. Hinter sich, auf dem Boden, hörte sie Egon beschwichtigend auf sie einflüstern, doch das ignorierte sie. Sie ignorierte auch ihr vor Aufregung wild pochendes Herz. Es wird Zeit, beschloss sie, dass jemand diesem Scheusal die Stirn bietet.

»Was Sie tun, ist unrecht, Herr Bell«, fuhr sie fort. »Sie behandeln uns schlecht. Vor allem Egon mit seinem fehlenden Bein bräuchte dringend eine Pause. Außerdem«, Marie merkte, wie Egon sie am Rock zupfte, er wollte sie wohl dazu bewegen, zu verstummen, aber das kam nicht infrage, »außerdem verkaufen Sie minderwertiges Brot. Die Menschen hungern, und Sie mischen Zutaten in den Teig, die dort nichts verloren haben. Die Briten teilen Ihnen Mehl zu, damit Sie die Bevölkerung ernähren. Also verbacken Sie es gefälligst auch!«

Marie spürte, wie ihr das Herz bis zum Hals schlug. Egon war inzwischen wieder auf die Beine gekommen und stellte sich neben sie, als wollte er nun sie beschützen.

»Sie meint es nicht so«, sagte Egon zum Büll und senkte den Blick.

»Natürlich meint sie es so«, antwortete der Büll, als wäre Marie gar nicht da. Dann packte er sie blitzschnell mit seinen dicken Fingern am Arm und brachte sein Gesicht nah vor ihres.

»Du hast doch keine Ahnung!«, schrie er und versprühte dabei feine Speicheltropfen. »Deine eigene Bäckerei lässt du im Schutt versinken, aber mir willst du sagen, was ich zu tun und zu lassen habe?«

»Ich –«, versuchte Marie einzuwerfen, doch der Büll schrie einfach weiter.

»Was weißt du denn von Zuteilungen und Ausbackquoten? Nun sag schon, was? Nichts weißt du, du dummes Put, du. Also werde ich es dir sagen, damit du es verstehst!«

Der Büll war nun so laut geworden, dass Marie sich am liebsten die Ohren zugehalten hätte, doch als sie genau das tun wollte, riss der Büll ihr den Arm brutal herunter.

»Hör genau hin, dumme, dumme Marie! Diese verdammten Tommys geben uns eine Ausbackquote von hundertfünfzig Prozent beim Roggen vor, hörst du? Und weißt du, was das bedeutet? Nein, natürlich weißt du es nicht!«

Marie spürte, wie einer von Bülls Speichelfäden auf ihrer Stirn landete. Ekel packte sie, doch er ließ sie nicht los und brüllte immer weiter.

»Das bedeutet, ein Kilo Roggenmehl muss anderthalb Kilo Roggenbrot ergeben! Beim Weizenmehl ist es eine Ausbackquote von hundertvierzig Prozent. Das geben die einfach so vor, die Tommys, diese Drecksbesatzer! Und weißt du, was sie nicht wissen, weil sie doof sind, weil sie keine Ahnung haben, genau wie du?« Er wartete ihre Antwort nicht ab. »Diese Quote kann nicht aufgehen! Niemals! Denn das Mehl, das sie uns geben, ist von so schlechter Qualität, dass es nicht richtig geht! Du kannst es Stunde über Stunde im Gärraum lassen, es geht, aber nicht so, wie es soll!«

Die Augen vom Büll glänzten, Marie hätte nicht sagen können, ob aus Wut oder aus Verzweiflung. Er ließ sie los, endlich, und gab ihr einen Stoß, sodass sie vornübertaumelte und nun ebenfalls beinahe gestürzt wäre.

»Bring du erst einmal deine eigene Bäckerei wieder zum Laufen«, sagte er, plötzlich wieder ruhig, als habe sein eigenes Gebrüll ihn erschöpft. »Dann reden wir weiter.«

Marie stand still, rieb sich den schmerzenden Arm. Es gab noch etwas, was sie unbedingt sagen wollte.

»Und die Brote im Nebenraum?«, fragte sie und hob das Kinn, »die, die ganz ohne Ersatzprodukte sind, für wen sind die? Warum werden sie nicht im Laden verkauft?«

Während sie sprach, bemerkte sie, dass Egon, der die ganze Zeit neben ihr gestanden hatte, sich leise abwandte. Der Büll aber packte sie wieder am Arm und riss sie so nah zu sich heran, dass sie die roten Adern in seinen Augäpfeln sehen konnte.

»Noch ein Wort«, zischte er, »und du kannst sehen, wie du dich und deine Kinder satt bekommst!«

Damit stieß er sie noch einmal von sich, drehte sich um und verließ die Backstube.

In der darauffolgenden Nacht kämpfte Marie wieder einmal verzweifelt gegen den sibirischen Wind an, der seit Tagen über ganz Köln und das Rheinland hinwegfegte. Auf ihrem einsamen Weg durch die zerstörte Stadt schossen millionenfache Graupelschauer auf sie herab und stachen ihr ins Gesicht und auf ihre nackten Hände. Sie spürte die scharfen Eiskristalle durch die drei Tücher hindurch, die sie sich um den Kopf gebunden hatte. Kaum auf dem Boden angekommen, verwandelten die Graupelschauer sich in spiegelglattes Eis, denn das Thermometer war tief unter null Grad gefallen. Marie spürte, wie sie bei jedem Schritt ins Rutschen geriet. Die Armeestiefel, die sie trug, hatten ihrem Besitzer einst einen guten Halt gegeben, doch mittlerweile waren sie so abgelaufen, dass ihre Sohlen glatt wie Leder waren.

Als sie auf den verwüsteten Barbarossaplatz zuschlitterte, war sie bereits am Ende ihrer Kräfte. Die Auseinandersetzung mit dem Büll steckte ihr noch in den Knochen, und sie fürchtete ihn nun mehr denn je. Kaum ein Muskel tat ihr nicht weh von der nächtlichen harten Arbeit, doch sie biss die Zähne zusammen und setzte ihren Weg fort.

Sie tauchte in den Grüngürtel ein, der Schneefall wurde so dicht, dass sie nicht einmal die Scheinwerfer des britischen Jeeps am anderen Ende sehen konnte. Ob die Soldaten heute gar nicht da waren? Überrascht stellte Marie fest, dass sie sich sicherer fühlte, wenn sie um die Nähe des Mannes wusste, der immer am Steuer saß, der mit dem buschigen Schnurrbart.

Sei nicht albern, schalt sie sich, du kommst auch so klar.

Im nächsten Moment taumelte sie in das Kraterloch hinab, um das sie Nacht für Nacht vorsichtig herumgelaufen war. Dieses Mal jedoch hatte sie einen Schritt zu weit nach links gemacht, vielleicht war sie auch ausgerutscht, sie hätte es später nicht sagen können. Wie eine Hand, die nach ihr griff, zog das Loch sie in die Tiefe hinab. Marie versuchte noch, nach etwas zu greifen, das ihren Sturz aufhalten könnte, doch da war nichts. Sie wollte schreien, aber aus ihrer Kehle drang kein einziger Laut, wie gelähmt vor Schreck landete sie mit einem dumpfen Aufprall in der Mitte des Kraters.

Sie hockte da wie betäubt. Konnte das sein? Konnte das wirklich sein? War sie in den Krater gestürzt? Nahezu ungläubig richtete sie sich auf, bewegte ihre Arme, ihre Beine. Nichts war verletzt, zum Glück. Doch wie sollte sie hier wieder herauskommen? So sehr Marie sich auch streckte und reckte, sie konnte nicht einmal aus dem Loch heraussehen, so tief war es.

Es muss gehen, sagte sie sich, es muss einfach.

Doch sie hatte keine Chance. Wonach auch immer sie griff, es war nichts als Eis und Geröll. Jeder Vorsprung, an dem sie sich hochziehen wollte, brach von der Wand des Kraters ab und stürzte zu ihr hinab. Marie wurde von Eis- und Gesteinsbrocken getroffen, sie bemühte sich immer verzweifelter, ihrem Kerker zu entkommen, aber all ihre panischen Versuche bewirkten nur, dass sie bald bis zu den Knien in Eis- und Gesteinsbrocken stand.

Völlig entkräftet sank Marie zusammen und verbarg ihren Kopf zwischen ihren Knien. Die Graupelschauer stürzten mit unverminderter Härte auf sie herab, sie spürte die eisigen, stechenden Kristalle an ihrem Hals, auf ihrem Rücken. Auf ihrer Wange war etwas Warmes, Klebriges, in ihrem Mund schmeckte sie Blut. Sie musste sich verletzt haben.

»Oh Gott, oh Gott«, stammelte sie, »wenn ich mir nicht vor langer Zeit verboten hätte, zu dir zu beten, würde ich es nun tun.«

Stattdessen dachte sie an Anna und Karl. Wer würde für sie sorgen, wenn sie hier unten erfror? Anna war schon fast ein großes Mädchen, und sie war selbstständiger, als es Marie lieb war. Der Krieg und die Zeit danach hatten ihre Kleine schnell erwachsen werden lassen, hatten Anna nicht die Kindheit gegeben, die Marie sich für sie gewünscht hatte.

Und der kleine Karl? Sollte ihr Sonnenschein nicht nur ohne Vater, sondern auch noch ohne Mutter aufwachsen? Bei diesem Gedanken konnte sie nicht mehr an sich halten und schluchzte laut auf.

»Hilfe!«, schrie sie, »Hilfe!«

Als niemand kam, dachte sie an Matthias. War er so gestorben? In einem Schützengraben in Russland, in einem Loch aus Schnee und Eis? War all ihr Hoffen, ihn wiederzusehen, ihn in ihre Arme zu schließen, vergebens gewesen? Plötzlich fühlte sie sich ihm so nah wie lange nicht.

»Liebster«, flüsterte sie, »mein geliebter Matthias. Du bist nicht länger allein, ich komme zu dir.«

Doch dann kamen ihr Matthias' letzte Worte in den Sinn, damals, am Bahnhof, als er in den Krieg ziehen musste. »Seid tapfer und habt keine Angst«, hatte er gesagt, »ich komme wieder.«

Und so richtete Marie sich ein letztes Mal auf, atmete tief ein und schrie, schrie so laut sie konnte in die pechschwarze Nacht.

»Ich bin hier unten! Hilfe! Hilfe! Hört mich denn keiner?«

»Oh, Miss«, antwortete kurz darauf eine Stimme vom Rand des Kraters, »so froh, Sie zu finden!«

Der britische Soldat! Der mit dem Schnurrbart! Marie ahnte sein Gesicht mehr am Rand des Kraters, als dass sie es sah, doch was sie deutlich hörte, waren die beruhigenden Worte, in denen er mit ihr sprach.

»Keine Angst, Miss, bitte, keine Angst. Ich hole Sie, keine Angst.«

Als Nächstes war da eine Hand, die sich ihr entgegenstreckte. Ohne auch nur eine Sekunde zu zögern, griff Marie danach, doch als er begann, sie hochzuziehen, schrie sie auf vor Schmerz. Das scharfkantige Geröll am Kraterrand hatte sich in ihren Arm gebohrt.

»I am so sorry!«, rief der Polizist. »I am so sorry!«

Er hatte ihre Hand losgelassen, und Marie sank zurück in das kalte Kraterloch.

Er wird es nicht schaffen, dachte sie und hätte am liebsten geweint, es kann gar nicht gelingen.

Doch der Brite schien anderer Meinung zu sein.

Der Himmel riss auf. Völlig unerwartet hatten die Graupelschauer ihr erbarmungsloses Treiben eingestellt. Und im silbernen Mondlicht sah Marie ein Paar sehr langer Beine, die sich energisch über den Kraterrand schoben. Es folgten ein muskulöser Oberkörper und ein Kopf unter einem seitlich aufgesetzten Barett. Er sprang zu ihr ins Kraterloch!

Am liebsten wäre Marie dem Mann mit dem Schnurrbart um den Hals gefallen, doch er war so groß, dass sie, als er endlich unten bei ihr war, nur ihre Arme um seinen Oberkörper schlingen konnte. An ihrer Wange spürte sie ein heftig schlagendes Herz und in ihrem Haar große Hände, die ihr beschwichtigend über den Kopf strichen.

»Keine Angst«, flüsterte er, »keine Angst, jetzt Sie sicher sind.«

Marie glaubte ihm aufs Wort.

Kapitel 19

Wie sich herausgestellt hatte, hatte das Mädchen Annas und Karls Erkundungen auf den Kölner Schwarzmärkten seit Tagen beobachtet.

»Ihr wart ja nicht zu übersehen«, hatte es gelacht, während sie dicht aneinandergedrängt in den Ruinen des Stapelhauses gehockt hatten. »Vor allem die kleine Karotte! Ich heiße übrigens Hilde.«

Anna spürte, wie Karl zusammenzuckte, und legte ihm liebevoll die Arme um die schmächtigen Schultern.

»Karl hier sieht aus wie sein Vater«, erklärte sie Hilde.

»Genau so ist es«, sagte Karl und fügte mit fester Stimme hinzu: »Und außerdem sind rote Haare etwas ganz Besonderes!«

»Das mag sein«, lächelte Hilde, »aber bei dem, was wir vorhaben, ziehst du wohl besser eine Mütze an!« Und schwups, hatte sie sich ihre eigene Mütze heruntergerissen und sie Karl aufgesetzt. Sein Kopf verschwand fast darunter, Anna konnte gerade noch so seine grünen Augen blinzeln sehen.

»Was haben wir denn vor?«, fragte sie, aber sie bekam

keine Antwort. Denn Hilde war schon aufgesprungen und rannte davon.

»Kommt morgen in die Ehrenstraße, Ecke Friesenwall!«, hatte sie über ihre Schulter gerufen und ihr langes, flachsblondes Haar geschüttelt, dann war sie verschwunden.

Als Anna und Karl von der Frankenwerft nach Hause kamen, war Marie schon da. Sie sagte nicht, warum der Büll sie hatte früher gehen lassen, und auf Annas Frage, wie sie zu dem Schnitt gekommen war, der sich quer über ihre rechte Wange zog, gab sie keine Antwort. Anna fand, sie wirkte irgendwie durcheinander, und auch ein wenig glücklich.

Das Brot, das sie mitgebracht hatte, besaß eine wunderbare goldbraune Farbe und ließ sich in gleichmäßig große Stücke schneiden. Und es schmeckte fantastisch! Anna stopfte sich gerade zum vierten Mal den Mund voll und sah, dass Karl es ihr gleichtat. Marie, die sie beide sonst immer mahnte, sich zu mäßigen, schien es gar nicht mitzubekommen. Sie schaute versonnen vor sich hin, als würde sie gleichzeitig träumen und über ein sehr kompliziertes Problem grübeln. Aber das, fand Anna, konnte ja eigentlich nicht sein, oder doch?

Anna dachte den restlichen Tag darüber nach, während sie alle drei zusammen im Bett lagen und einander wärmten, denn noch immer hatte es keine neue Brennstoffzuteilung gegeben. Irgendwann schlich sich das Mädchen mit den flachsblonden Haaren in ihre Gedanken, Hilde. Was für eine Draufgängerin! Einen britischen Polizisten zu bestehlen!

Anna wusste genau, dass Stehlen unrecht war. Wenn sie

an die Nacht der Plünderer dachte, empfand sie tiefe Abscheu für alle, die anderen etwas wegnahmen. Doch für Hilde war in ihrem Herzen nichts als Bewunderung. Die Briten verhielten sich freundlich, sie halfen mit, die Stadt wiederaufzubauen, sie brachten ihnen in der Schule jeden Mittag einen heißen Brei, aber sie gaben auch die Lebensmittelkarten aus, von deren kümmerlichen Rationen niemand satt werden konnte. Und sie hatten Köln während des Krieges mit ihren Bombenangriffen in Schutt und Asche gelegt. War es also ein großes Unrecht, einen von ihnen zu bestehlen? Noch dazu einen, der auf dem Schwarzmarkt sein Unwesen trieb? Wahrscheinlich war es trotzdem falsch, gab Anna sich selbst die Antwort, doch das änderte nichts daran, dass in ihrem Herzen die Bewunderung für Hilde wuchs. Ein Mädchen, das sich so etwas traute! Anna konnte den kommenden Tag kaum erwarten.

In der Ehrenstraße, Ecke Friesenwall, standen zwei Jungen, die kaum älter waren als Anna. Dem einen fehlte ein Arm, der rechte Ärmel seiner Jacke endete oberhalb der Stelle, wo eigentlich der Ellbogen hätte sein müssen, in einem Knoten. Der andere trug eine Augenklappe. Sie lungerten so unauffällig vor einem zerschossenen Geschäftshaus herum, dass Anna sofort einen Zusammenhang mit Hilde vermutete. Ihre Schwarzmarkt-Beobachtungen hatten sie gelehrt, dass jemand, der unauffällig tat, höchst verdächtig war.

Sie und Karl brauchten nicht lange zu warten, bis Annas Verdacht sich bestätigte. Ein rotgesichtiger Mann trat zu den beiden, und in Sekundenschnelle hatte der mit der Augenklappe etwas mit ihm ausgetauscht. Es ging so schnell, dass Anna nicht erkennen konnte, was es war.

Kurz darauf ertönte aus dem Kellergeschoss des zerbombten Hauses ein Pfiff. Die Jungen traten wie aus Versehen einen Schritt beiseite und gaben ein paar abwärtsführende Stufen frei.

»Du wartest hier«, wies Anna Karl an, doch der sträubte sich sofort.

»Ich komme mit!«, rief er so laut, dass die Jungen am Kellereingang die Augen verdrehten.

»Na gut.« Anna fasste seine Hand ein bisschen fester. Hoffentlich würde das gut gehen!

Die Stufen führten in einen niedrigen, modrigen Gang, in dem unendlich viele Spinnweben von der Decke herabhingen. Anna spürte ihre klebrigen Fasern mehr, als dass sie sie sah, so dunkel war es hier unten. Unwillkürlich zog sie den Kopf ein und steuerte auf einen Lichtschein am Ende des Ganges zu. Einige ausgetretene Stufen führten noch weiter hinab, dann fanden sie sich in einem spärlich erleuchteten Raum wieder. In der Mitte brannte ein Feuer in einem Ölfass. Davor, auf dem nackten Steinboden, spielten zwei Kinder mit hölzernen Murmeln, Anna erkannte sie sofort wieder: Das waren der Junge und das Mädchen von der Frankenwerft! Ein etwas älterer Junge arbeitete an einem Werktisch an einem verbogenen Teil, das sich bei näherem Hinsehen als Nähmaschine entpuppte. Sie alle wirkten vollkommen schmutzig und verwahrlost. Als Anna sich ihnen mit Karl an der Hand näherte, zog sie die Nase kraus – die Kinder rochen entsetzlich.

»Nun tu mal nicht so etepetete«, tönte es aus einer Ecke zu ihnen herüber. »Hat nicht jeder ’ne treu sorgende Marie zu Hause.«

Hilde. Sie hatte sich von etwas erhoben, das wie ein primitives Bett aussah, und kam auf sie zu.

»Woher weißt du von …?«, setzte Anna an, doch Hilde unterbracht sie lachend.

»Meinst du, ich hätte euch eingeladen, Teil unserer Bande zu werden, ohne vorher Erkundigungen einzuziehen?«

»Eurer Bande?«, fragte Anna.

»Ganz genau!«, nickte Hilde und strich sich durch ihr langes, völlig verfilztes Haar. »Vorne vor der Tür, das sind Günter und Hans. Der hier«, sie wies auf den Jungen am Werktisch, »ist Horst. Was der nicht repariert kriegt, gibt es nicht. Und die Kleinen da drüben sind Helga und Jürgen, aber die braucht ihr euch nicht zu merken, die nehmen wir ganz selten mit auf unsere Streifzüge.«

»Streifzüge?« Anna hatte mit einem Mal das Gefühl, in eine ihr völlig fremde Welt geraten zu sein.

»Jepp. Wir organisieren«, erklärte Hilde und bedeutete Anna, sich mit Karl zu ihr ans Ölfass zu setzen, auf eine alte Munitionskiste, deren eiserne Beschläge jemand abgeschraubt hatte.

»Und was organisiert ihr so?«, fragte Anna. In ihrer Brust tobten die widersprüchlichsten Gefühle. Sie fand diesen muffigen Keller abstoßend und konnte den Geruch der Kinder kaum ertragen, zugleich jedoch war sie fasziniert von Hilde und dem, was sie sagte.

»Wir organisieren Holz, Briketts, etwas zu essen. Warme Sachen. Was wir so brauchen.«

Anna überlegte einen Augenblick.

»Und dann bringt ihr es euren Eltern?«, fragte sie.

»Eltern?« Hilde lachte ein heiseres Lachen. »Sag mal, siehst du hier irgendwo Eltern?«

»Nein«, meldete sich Karl zu Wort. Und fügte in seiner nüchternen Art hinzu: »Hier sind keine Eltern. Das sehe ich genau.«

»Stimmt.« Hilde zupfte an ihrer Mütze, Karl hatte sie weisungsgemäß angezogen, bevor sie aufgebrochen waren. »Der Kleine hier kann gut beobachten. Und du«, sie zeigte auf Anna, »scheinst mutiger zu sein, als du auf den ersten Blick aussiehst. Deshalb seid ihr dabei.«

»Wobei?«

»Du wirst schon sehen.«

Ihr Weg führte sie quer durch die Kölner Innenstadt. Anna war seit Jahren nicht mehr so weit vom Buttermarkt entfernt gewesen, Marie hatte es ihnen streng verboten. Früher war sie mit ihr und Onkel Matthias an manchen Sonntagen die großen Geschäftsstraßen entlangspaziert, die Hohe Straße und die Breite Straße. Anna konnte sich an prächtige Schaufenster erinnern, an denen sie sich die Nase platt gedrückt hatte. Nun war alles zerstört, nur in einzelnen Läden gab es Zeichen des Wiederaufbaus – eine instand gesetzte Tür, eine armselig bestückte Auslage. Ein Keramikhändler hatte seine Regale mit Tellern und Töpfen unter freiem Himmel aufgebaut.

Günter und Hans hatten ihren Platz vor dem Kellereingang verlassen, auch Horst ging mit ihnen. Alle drei trugen leere Säcke mit sich. Hilde hatte vorgeschlagen, Karl bei den kleineren Kindern zu lassen.

»Zumindest beim ersten Mal.«

Doch Anna hatte ihn auf keinen Fall zurücklassen wollen.

»Na gut«, hatte Hilde zugestimmt. »Solange er die Mütze aufbehält.«

Es dämmerte bereits, als sie sich einem dicht bewachsenen Bahndamm näherten.

Wir müssten längst zu Hause sein, dachte Anna, Marie wird sich Sorgen machen.

Doch sie traute sich nicht, etwas zu sagen. Hilde strahlte eine Autorität aus, der sich auch die Jungen ohne jeden Widerspruch unterzuordnen schienen.

Was tat sie hier eigentlich?, fragte Anna sich. Sie zog mit einer Bande von Jugendlichen durch die Stadt, um etwas Verbotenes zu tun, und das auch noch mit Karl im Schlepptau! Welchem Risiko sie sich aussetzte! Wäre es nicht vernünftiger, wenn sie sich Karl schnappte und einfach weglief?

»Wir müssen nun wirklich –«, setzte Anna an, doch Hilde gebot ihr zu schweigen.

»Psst!«

»Wir müssen aber –«

»Sei still!«

Hilde ging gebückt auf den Bahndamm zu, die Jungen

folgten ihr in ähnlicher Haltung. Anna hatte nicht die geringste Ahnung, wo sie waren. Wie sollte sie von hier aus nach Hause finden? Während sie noch darüber nachdachte, sah sie, dass die anderen bereits auf allen vieren die Böschung hinaufkletterten. Als Letztes folgte ihnen eine kleine Gestalt.

»Karl!«, entfuhr es Anna.

Sofort waren um sie herum wütende Stimmen zu vernehmen. »Ruhe!«, wisperten die und »hau ab!«.

Völlig verwirrt sah Anna sich um. Der ganze Bahndamm war voller Menschen! Sie hockten überall im Gestrüpp, junge Frauen, alte Frauen, einige wenige Männer, sehr viele Kinder. Sie alle schienen auf etwas zu warten. Anna spürte, dass eine ungeheure Anspannung in der Luft lag, die sie sich nicht erklären konnte. Was geschah hier? Wo waren sie da hineingeraten? Ihr Blick wanderte wieder den Bahndamm hinauf, und als dort oben ein kleiner, sehr dünner Hintern im Gebüsch verschwand, stürzte sie hinterher.

Hilde und die Jungen lagen bereits bäuchlings auf dem Boden, Karl neben sich.

»Duck dich! Aber dalli!«, zischte Hilde ihr zu und drückte ihr einen der Säcke in die Hand, die die Jungen mitgenommen hatten. Anna ließ sich voller Widerwillen auf die von Schnee und Eis bedeckte Böschung fallen. Sie würden hier noch erfrieren!

Dann spürte sie das Grollen. Es begann ganz sanft damit, dass der Boden unter ihr leicht vibrierte. Doch das Vibrieren wurde stärker und stärker, als lägen sie auf dem Rand eines Vulkans. Hinzu kam ein seltsames Brummen, und auch das wurde immer lauter und steigerte sich zu einem solch ohrenbetäubenden Kreischen, dass Anna glaubte, ihr Kopf müsse gleich zerspringen. Und dann kamen die Lichter. Aus dem Dunkeln schossen sie heran wie die glühenden Augen eines Drachens. Voller Entsetzen sah Anna sie näher kommen. Es war ein Zug, der da auf sie zuraste!

Panisch griff sie nach Karl und presste ihn fest an sich. Schon in der nächsten Sekunde donnerte der Zug auf Armeslänge an ihnen vorbei.

»Was soll das?«, stieß Anna hervor, als der schrecklich lange Zug endlich an ihnen vorbeigefahren war.

»Nun halt doch den Mund!«, zischte Hilde und wies mit einem Nicken in die Richtung, in der der Zug verschwunden war. Dort erblickte Anna die Umrisse eines Mannes, und als sie genauer hinschaute, erkannte sie, dass es ein Soldat war. Ein britischer Soldat mit einem Maschinengewehr über der Schulter.

»Oh nein!«, stammelte sie.

»Oh doch«, flüsterte Hilde neben ihr. »Oder hast du gedacht, wir spielen Klingelmännchen?«

»Nein, ich –«, stotterte sie. »Hilde, nun sag schon, was tun wir hier?«

»Was alle tun. Wir organisieren Kohlen.«

»Und wie?«

»Ganz einfach.« Hilde war etwas näher an sie herangerückt, Anna spürte ihren warmen Atem am Ohr.

»Hier am Hansaring gibt es immer wieder Engpässe, bevor die Züge mit den Kohlen, die aus dem Ruhrgebiet kommen, in den Hauptbahnhof einfahren können. Das passen wir ab.«

»Wir stehlen also?«

»Nenn es, wie du willst. Ich nenne es organisieren. Alle tun es.«

»Und der Soldat?«

»Der guckt weg. Warte es ab.«

Anna konnte kaum glauben, was Hilde da erzählte. Niemals würde das gut gehen! Sie musste mit Karl verschwinden, so schnell wie möglich!

»Au fein«, flüsterte Karl, den sie immer noch fest an sich gedrückt hielt. »Dann müssen wir nicht mehr frieren!«

»Die Karotte hat's verstanden«, lachte Hilde leise und zog ihm die große Mütze übers Gesicht, Karl schob sie mit einem Kichern zurück.

Noch bevor Anna etwas erwidern konnte, vibrierte der Boden unter ihnen erneut. Doch diesmal donnerte der Zug nicht an ihnen vorbei, er wurde langsamer und langsamer, und schließlich kam er direkt vor ihnen zum Stehen.

»Sag ich's doch«, murmelte Hilde neben ihr. »Immer der gleiche Engpass.«

Und dann brach die Hölle los. Überall im Gestrüpp richteten sich die Menschen, die dort am Boden gekauert hatten, auf und rannten, so schnell sie konnten, zu den Waggons. Anna sah, dass die Wagen nach oben hin offen und bis zum Rand voll mit Kohlen waren. Schon kletterten die Ersten auf die Waggons, Anna sah ein paar große Jungen, aber auch Frauen und Mädchen und sogar ein ganz altes Mütterchen. Sie stopften sich ihre Taschen und Rucksäcke voll. Andere kletterten ebenfalls hinauf und begannen sofort damit, die Kohlen hinunterzuwerfen. Unten warteten ihre Komplizen und sammelten die kostbare Fracht auf, im Nu waren Säcke gefüllt und Leiterwagen beladen. Hilde stand mit wehendem Haar hoch oben auf einem der Wagen, die Jungen ihrer Bande krochen flink wie Ameisen über den Bahndamm und rissen so viel Kohle an sich, wie sie nur konnten, sogar Hans mit seinem einen Arm. Und mittendrin Karl! Da gab es für Anna kein Halten mehr, vornübergebückt lief sie zu ihm, die Kohlen hagelten auf sie herab, schützend hielt sie eine Hand über ihren Kopf, mit der anderen griff sie nach dem Kleinen.

»Karl! Was tust du da? Komm da weg!«

Karl aber richtete sich auf, seine Augen waren kaum zu sehen unter der riesigen Mütze, doch zu Annas großem Schreck funkelten sie zornig.

»Lass mich!«, brüllte der Kleine, »lass mich los! Ich will nicht mehr kalt haben!«

Mit einer einzigen wütenden Bewegung riss er sich los, griff mit beiden Händen nach einem Stück Kohle und hievte es mit vor Anstrengung zusammengepressten Lippen in einen Sack, den er wohl von Hilde erhalten hatte.

Das war der Augenblick, der für Anna alles veränderte. Sie sah Karl schuften wie einen erwachsenen Mann, sie spürte seine Wut, seine Verzweiflung. Ihr lieber kleiner Karl! Immer war er brav gewesen, nie hatte er geklagt. Er hatte den Hunger, den sie litten, genauso stoisch ertragen wie die erbarmungslose Kälte in ihrem Zuhause. Anna selbst hatte in seinem Alter aus Onkel Matthias' Topf mit warmer, flüssiger Schokolade genascht. Karl hingegen kannte nur Entbehrungen und Leid.

Sie überlegte nicht länger. Sie hockte sich zu Karl auf den Boden und schnappte sich so viel Kohle, wie sie nur konnte. Es dauerte nur wenige Augenblicke, und sie fühlte sich wie in einem Rausch. Kohle! So viel Kohle! Sie raffte alles an sich, dessen sie habhaft werden konnte, und belud ihren Sack, bis er beinahe nicht mehr zuging.

Da ertönte ein Geräusch. Ein Schuss! Der Soldat! Der Soldat mit dem Maschinengewehr! Voller Panik schaute Anna sich um, und tatsächlich, der Schemen hatte sich ihnen zugewandt und hielt auf sie zu.

»Abbruch!« Es war Hildes Schrei, der durch die Nacht gellte, und schneller, als Anna gucken konnte, hatten alle ihre Säcke, Taschen und Leiterwagen gepackt und hasteten den Bahndamm hinunter. Annas Sack war so schwer, dass sie ihn nicht tragen konnte, beim besten Willen nicht, mit Tränen der Wut in den Augen leerte sie ihn zur Hälfte und rannte den anderen hinterher.

Erst auf der Höhe des Klingelpützes, des Gefängnisses aus rotem Backstein, hielten sie inne. Die Gasse war hier so eng, dass Anna meinte, die hohe Gefängnismauer könnte sie jeden Moment erdrücken.

»Das war knapp«, keuchte Hilde.

»Hattest du nicht gesagt, der Soldat guckt weg?«, fuhr Anna sie an.

Wenn sie daran dachte, in welcher Gefahr sie geschwebt hatten, wurde ihr beinahe schlecht.

»Meistens«, gab Hilde zurück. »Ein Mädchen, das ein

bisschen weiter an den Gleisen steht, lenkt ihn ab. Heute nicht. Oder nicht lang genug, wer weiß.«

»Wir hätten alle erschossen werden können!«

»Ja, und? Sind wir aber nicht, oder?« Schulterzuckend zeigte Hilde auf die beiden Säcke, die Anna und Karl trugen. »Weil es für euch heute das erste Mal war, dürft ihr alles behalten. Man sieht sich!«

Noch während Anna nach Luft schnappte, um etwas zu erwidern, war Hilde um die nächste Ecke verschwunden, die Jungen folgten ihr auf dem Fuß, alle drei schwer beladen.

»Was macht denn das Mädchen an den Gleisen?«, fragte Karl, die Wangen rot vor Anstrengung. Er hatte seinen Sack, der immerhin zu einem guten Drittel voll war, ganz allein bis hierher geschleppt.

»Es spricht mit dem Soldaten«, sagte Anna schnell. Sie wusste nicht genau, was Hilde gemeint hatte, doch sie glaubte, eine Ahnung zu haben. »Aber manchmal will der Soldat nicht lange reden. Und jetzt müssen wir nach Hause.«

Sie brauchten lange für den Heimweg. Karl brach fast zusammen unter dem Gewicht seines Sackes, also legte Anna sich einen Sack über die rechte Schulter und den anderen über die linke. Und obwohl sie die enge Gasse am Klingelpütz schon längst hinter sich gelassen hatten, hatte Anna das Gefühl, die vergitterten Fenster des Gefängnisses schauten ihr hinterher.

Dort, ging es ihr ein ums andere Mal durch den Kopf, sitzen Menschen wie wir. Menschen, die stehlen.

Zu Hause versteckten sie beide Säcke unter dem Bett, Anna wusste keinen besseren Platz. Dann nahm sie einen

Rest Holz und zwei der gestohlenen Kohlen und feuerte den Badeofen an. Er spuckte erst, und aus dem kaputten Ofenrohr flogen schwarze Rauchfetzen, doch dann loderte ein kleines Feuer. Im Zimmer wurde es wärmer und wärmer. Plötzlich fingen Annas Füße und Hände an zu kribbeln, sie spürte, wie ihre Wangen sich röteten. Nahezu ungläubig betastete sie ihr Gesicht. Es war ganz warm! Es glühte beinahe! Sie hatte vergessen, wie wundervoll es sich anfühlte, nicht zu frieren. Nun juchzte sie vor Freude, sie konnte nicht anders.

Karl aber saß ganz still dicht am Ofen und sagte kein einziges Wort. In seinem Gesicht sah Anna einen Ausdruck tiefer Zufriedenheit, den sie nie zuvor an ihm gesehen hatte. Und als Marie spät von ihren Besorgungen nach Hause kam, als sie in der Tür zurückprallte, völlig überrascht von der Wärme des Feuers, und fragte, woher die Kohlen kamen, da antwortete Karl: »Die sind vom Wagen gefallen.«

Anna glaubte ihren Ohren nicht zu trauen. Karl hatte an einem einzigen Tag gelernt, zu stehlen und zu lügen.

Kapitel 20

Marie näherte sich dem Barbarossaplatz, und wie so oft in den letzten Nächten stritten in ihrem Herzen die Furcht und die Hoffnung miteinander. Sie fürchtete, dass er wieder auf sie warten würde, doch zugleich hoffte sie es. Und für diese Hoffnung schämte sie sich.

Der eisige Wind, der den Menschen im zerstörten Köln nun schon seit Wochen zusetzte, strich über die niedrigen Baumstümpfe und erzeugte ein unheimliches knisterndes Geräusch. Der Mond war hinter dichten Wolken verborgen, die Nacht stockfinster. Marie konnte kaum einen Meter weit sehen. Vielleicht, sagte sie sich, ist er heute nicht gekommen. Sie wollte sich selbst mit diesen Sätzen beruhigen, doch zu ihrem Entsetzen spürte sie, dass der Gedanke, er könne tatsächlich nicht da sein, sie ganz und gar nicht beruhigte.

Das geht nicht, ich darf solche Gedanken nicht haben, auf gar keinen Fall.

Je weiter sie voranschritt in der dunklen Nacht, desto elender wurde ihr zumute. Doch als er schließlich vor sie trat, ihr die Hand reichte und sie mit einem leisen »Guten

Morgen, Miss Marie« begrüßte, da war sie so erleichtert, dass sie ihm am liebsten schon wieder um den Hals gefallen wäre, wie sie es einige Nächte zuvor im Bombenkrater getan hatte.

In dieser Nacht hatte er sie mit dem Militärjeep zum Büll gefahren und ihm erklärt, Marie könne nicht arbeiten, sie müsse sich ausruhen. Der Büll war so verblüfft gewesen, dass er Marie einen freien Tag gewährt und ihr sogar eins von den guten Broten mitgegeben hatte.

Seither wartete der Soldat jede Nacht auf sie.

»Good Morning, Dean«, sagte Marie nun mit fester Stimme und ignorierte tapfer den kleinen Gummiball, der in ihrem Bauch vor lauter Freude auf und ab hüpfte. Seine Hand war groß und warm, und sie sorgte dafür, dass der Gummiball gleich noch ein bisschen mehr hüpfte.

Marie wusste mittlerweile, wie der Soldat hieß. Sie wusste außerdem, dass er aus einem kleinen Ort mit einem unaussprechlichen Namen südlich von London kam. Dass er sehr jung war, jünger als Marie, noch keine dreißig. Dass sein Vater tot war und seine Mutter ihn und die beiden jüngeren Brüder allein großgezogen hatte. Und sie wusste, dass er stets ein Wörterbuch bei sich trug und dass sein Deutsch Nacht für Nacht flüssiger wurde.

Vor allem aber wusste sie, dass sie den Grüngürtel nicht mehr fürchtete. Im Gegenteil, sie hasste sich beinahe dafür, doch auf ihrem langen nächtlichen Weg sehnte sie dieses öde Stück Land inmitten der Trümmerwüste herbei. Denn Dean geleitete sie jede Nacht sicher auf die andere Seite.

Es geschah nichts zwischen ihnen. Sie gingen nur nebeneinanderher, der große britische Soldat und die kleine Bäckerin aus Köln. Sie berührten einander nicht einmal. Und doch geschah so viel.

Es waren die kleinen Gesten, die Blicke und die nicht gesagten Worte. Seine Sorge, sie könnte noch einmal stürzen oder auch nur stolpern. Die Art, wie er sie ansah. Ihr gemeinsames Schweigen. Marie sprach so gut wie nicht über sich und über das Leben, das sie führte, und Dean drängte sie nicht dazu.

Marie hatte nicht gewusst, wie einsam sie war, bis sie diesem Soldaten begegnet war. Sie hatte nicht mehr gespürt, wie viel Angst sie hatte, bis sie merkte, wie sicher sie sich an seiner Seite fühlte. Und sie hatte vergessen, wie nah man einander kommen konnte.

Sie gingen nur nebeneinanderher, Nacht für Nacht, es waren kaum fünfzehn Minuten, die sie miteinander verbrachten. Am Ende des Weges verabschiedeten sie sich stets mit einem freundlichen Nicken. Dean kletterte in seinen Jeep, den er zuvor am Anfang der Zülpicher Straße abgestellt hatte, um Marie entgegenzugehen, und in dem sein Kamerad auf ihn wartete. Marie ging weiter zum Büll.

Und doch geschah so viel mehr, dass Marie schier daran verzweifelte. Denn in ihrem Herzen war Matthias, und obwohl er schon so lange fort war und sie nicht einmal wusste, ob er noch lebte, wollte sie all ihre Liebe für ihn bewahren, komme, was wolle.

So kleinlaut der Büll aufgetreten war, als er Dean an Maries Seite erblickt hatte, so widerwärtig verhielt er sich, seitdem

Marie wieder allein zur Arbeit erschien. Dean hätte Marie liebend gern gefahren, er hatte es ihr mehr als einmal angeboten, aber Marie hatte abgelehnt. Sie wusste, was man über Frauen sagte, die mit den Besatzern gesehen wurden. Und sosehr sie ihren kurzen allnächtlichen Gang genoss, mehr durfte daraus auf keinen Fall werden.

Jeden Morgen, wenn sie sich von Dean verabschiedet hatte, war ihr Herz heiter wie lange nicht. Und jeden Tag änderte sich das schlagartig, sobald sie die Backstube des Büll betrat.

»Meine süße Marie«, säuselte der Büll, kaum, dass er sie erblickt hatte. »Du bringst die Freuden und die Wonnen!«

»Guten Morgen«, antwortete Marie trocken. Sie legte ihre Kopftücher und Umhänge ab, wusch sich die Hände und band sich die Schürze um, die der Büll ihr zur Verfügung gestellt hatte. Es war mehr ein schmieriger Fetzen als eine richtige Schürze, und obwohl Marie sie längst mehrmals zu Hause gewaschen hatte, gingen die eingetrockneten Flecken einfach nicht raus.

Marie nahm ihren Platz neben Egon am Backstubentisch ein, doch der Büll scheuchte Egon sofort beiseite und stellte sich neben Marie, wie immer ein bisschen zu dicht.

»Na, Marie«, murmelte er so laut, dass auch Egon es hören musste, »was macht dein Tommy?«

Marie gab keine Antwort und begann, den ersten Teigballen zu kneten. Sie hoffte inständig, dass es bei dieser einen Bemerkung bleiben würde. Aber der Büll fing gerade erst an.

»Ne, ne, Marie, wer hätte das gedacht. Die verheiratete

Frau Odenthal. Immer die Anständigkeit in Person. Aber kaum taucht da so ein hergelaufener Besatzerlümmel auf, kann sie die Beine nicht mehr zusammenhalten.«

Marie spürte, wie ihr Gesicht tiefrot anlief. Am liebsten hätte sie dem Büll eine Ohrfeige gegeben.

»Bitte«, sagte sie stattdessen und erstickte beinahe an ihrer Wut, »bitte hören Sie auf damit!«

Doch der Büll dachte gar nicht daran. Er rückte noch näher an Marie heran, schlang seine knüppeldicken Arme um ihre mageren Hüften und fasste ihr an den Po.

»Nun hab dich mal nicht so«, raunte er. »Kannst ja deinem Chef auch mal 'ne kleine Freude machen!«

Marie schrie auf vor Schreck und versuchte, sich ihm zu entwinden, doch der Büll presste sie unerbittlich an sich. Nun drückte er gar seine feuchten Lippen auf ihren Hals! Ihr wurde schlecht. Hilfe suchend schaute sie sich nach Egon um, doch der stand tief gebeugt am Tisch und tat so, als ginge ihn das alles nichts an.

»Egon«, flehte Marie dennoch, »bitte! So hilf mir doch!«

Doch Egon reagierte nicht.

Der Büll hatte mittlerweile begonnen, ihren Rock hochzuschieben. Instinktiv griff Marie mit beiden Händen in die wenigen Haare, die der Dicke noch auf dem Kopf hatte, eine kleine bewachsene Insel auf seinem kahlen Schädel. Sie zog so fest daran, dass er vor Schmerz laut aufschrie.

»Verdammt, Marie! Was fällt dir ein! Warte! Ich werd's dir zeigen!«

Er hatte nur kurz von ihr abgelassen, doch als er gerade ausgeholt hatte, um sie zu ohrfeigen, erstarrte er plötzlich.

Es war jemand in die Backstube gekommen, und diesem Jemand sandte der Büll ein entschuldigendes Grinsen.

»Liebe Erna«, stotterte er, »nun guck nicht so, du weißt doch, das ist mein rheinisches Temperament!«

Er ließ von Marie ab, und als sie ein paar Schritte von ihm wegstolperte, sah sie, wer gekommen war: Die Ehefrau vom Büll stand in der Tür, das stumpfe Haar achtlos zu einem schiefen Knoten aufgesteckt, der Kittel schmuddelig wie immer.

Doch wenn Marie geglaubt hatte, Bülls Frau würde ihrem Mann ordentlich die Meinung geigen, so täuschte sie sich.

Erna Bell sagte kein Wort. Sie sah ihren Mann nicht einmal an. Stattdessen starrte sie schweigend Marie an, und in ihrem Blick lag nichts als eiskalte Verachtung.

Den restlichen Tag verbrachte Marie den Tränen nahe, während sie tapfer weiterarbeitete. Der Büll tat, als sei nichts geschehen. Egon wich ihrem Blick aus. Marie konnte ihn ja verstehen, er war vom Büll genauso abhängig wie sie. Und dennoch, er hätte mir helfen müssen!, dachte sie. Ihre Sympathie für den Gesellen mit dem einen Bein und den sanften Augen schmolz dahin.

Als sie endlich gehen durfte, konnte sie sich kaum noch auf den Beinen halten. Für den Heimweg brauchte sie viel länger als sonst. Immer noch spürte sie die Hände des Büll auf ihrem Körper, seine fleischigen Lippen an ihrem Hals. Als sie zu Hause ankam, hatte sie sich vor lauter Ekel unter ihren beiden Umhängen fast blutig gekratzt.

Doch welche Freude durchfuhr sie, als sie die Kinder sah! Anna und Karl saßen einträchtig nebeneinander im Bett, und Anna übte mit dem Kleinen Kopfrechnen, so wie Matthias einst mit ihr geübt hatte. Ihr großes Mädchen und ihr kleiner Sonnenschein. Sie würde alles tun, um sie durch diese schwere Zeit zu bringen, wirklich alles. Marie stiegen abermals die Tränen in die Augen.

»Was hast du?«, fragte Anna.

»Alles in Ordnung, mein Schatz«, antwortete Marie und blinzelte die Tränen weg. »Mir ist nur so, als wenn ich heute gerne baden würde.«

Anna machte große Augen. Früher hatten sie jeden Samstag gebadet, doch seit sie kaum etwas zum Heizen hatten, waren die Badetage selten geworden.

Marie nahm von den Kohlen unter dem Bett, von denen Karl sagte, sie seien vom Wagen gefallen. Marie ahnte, dass das nicht stimmte. Sie hatte sich fest vorgenommen, herauszufinden, woher die Kinder sie tatsächlich hatten. Und vor allem mit Anna ein ernstes Wort zu reden. Sie schien ihr, nun ja, nicht bedrückt, aber sehr in Gedanken. Marie spürte, dass Anna etwas beschäftigte. Sie würde mit ihr sprechen, später, wenn sie nicht mehr so müde wäre.

Die Kohlen bescherten ihnen eine Wärme, die ausreichte, um drei Eimer Wasser hintereinander zu erhitzen. Marie holte die alte Blechwanne aus der Backstube und füllte sie, dann durfte erst Anna hinein, später Karl, und ganz zum Schluss sie selbst. Das Wasser war schon sehr abgekühlt und nicht mehr allzu sauber, und doch konnte Marie spüren, wie die pure Wonne durch ihren Körper strömte.

Wie wundervoll es sich anfühlte, die ekligen Berührungen des Büll wegzuspülen!

Der Büll quälte sie weiter, wenngleich er nicht mehr gewalttätig wurde. Doch er verfolgte jede ihrer Bewegungen mit einem Blick, den Marie kaum ertragen konnte. Er berührte sie im Vorbeigehen, als sei es ein Versehen. Er machte abschätzige Bemerkungen über ihr Äußeres. Marie tat, als nähme sie all das nicht wahr. Doch innerlich kochte sie. Manches Mal noch sandte sie dem Gesellen Egon einen flehentlichen Blick, doch Egon tat so, als bekäme er nichts mit. Da begann Marie, ihn fast noch mehr zu verachten als den Büll.

Mittlerweile wusste sie auch, was mit den guten Broten geschah. Sie gingen für das Doppelte und Dreifache des normalen Preises über die Ladentheke. Die Frau vom Büll holte sie aus dem Nebenraum, wenn besonders zahlungskräftige Kundschaft kam.

Marie konnte es kaum fassen und überlegte lange, eine Anzeige zu machen. Dann verwarf sie es. Wie sollten sie und die Kinder dann überleben?

Außerdem verschacherte der Büll das Mehl, das ihm zugeteilt wurde und das seinen Mehlraum bis oben hin zu füllen schien. Immer wieder fuhren Leiterwagen oder auch ganze Pferdegespanne auf den Hof und wurden heimlich mit dem kostbaren Gut beladen. Marie bekam mit, wie der Büll sich Wertgegenstände aller Art wie Schmuck, Goldmünzen und Pelze dafür geben ließ. Er gab sich nicht einmal Mühe, seine krummen Geschäfte vor ihr und Egon zu verbergen.

Er weiß, dass er uns in der Hand hat, dachte Marie bitter.

Doch fast am schlimmsten empfand Marie das Gebaren von Erna Bell, der Ehefrau. Seit sie ihren Mann beobachtet hatte, wie er Marie bedrängt hatte, verfolgte sie sie mit Argwohn und bösen Worten. Sie beschimpfte Marie in tiefstem Kölsch, wann immer sich die Gelegenheit bot, nannte sie »Flittchen« und drohte, sie hinauszuschmeißen.

»Su jet wie dich finge mer allemol – op d'r Stroß!«

Marie verzweifelte fast an dieser Ungerechtigkeit. Wie konnte diese gemeine Frau sie hassen für etwas, was ihr eigener Ehemann ihr, Marie, angetan hatte!

»So ist es doch immer«, hatte ihre Freundin Agnes festgestellt, als sie ihr davon erzählt hatte. »Wir Frauen werden geschlagen und vergewaltigt und sind auch noch selber schuld.«

Marie war zutiefst erschrocken über die nüchterne Art, in der Agnes über solche Grausamkeiten sprach. Wie es ihr wohl zu Hause erging? Seitdem ihr Mann aus dem Krieg zurückgekehrt war, kannte Marie Agnes nur noch mit geschwollenen Augen und blauen Flecken. Sie war deshalb nie in sie gedrungen. Dort, wo Marie aufgewachsen war, hatte sie gelernt, dass man über so etwas nicht sprach. Jetzt jedoch musste sie an Egon denken, der immer feige wegsah, wenn der Büll sie drangsalierte. So wollte sie auf keinen Fall sein! Also fasste sie sich ein Herz.

»Dein Mann«, begann sie vorsichtig und rang nach Worten. »Liebe Agnes, du weißt, du kannst immer zu mir kommen!« Und während sie es sagte, wusste Marie, dass es eine leere Floskel war. Sie hatte ein einziges bewohnbares Zimmer. Wie sollte sie Agnes und ihre Kinder dort unterbringen?

Agnes schien ihre Gedanken zu lesen.

»Ist schon gut«, sagte sie und streichelte Maries Unterarm. »Ich bin nur froh, dass ich seit dem letzten Abort keine Kinder mehr bekomme.«

Marie fuhr es kalt den Rücken hinab. Ihre schlimmsten Befürchtungen schienen bestätigt. Und sie konnte nichts tun, um Agnes zu helfen.

Als Dean sie bei ihrer nächsten Begegnung lange ansah und sie fragte, wie es ihr gehe, als sie die Sorge in seiner Stimme wahrnahm und in der Art, wie er sich zu ihr herabbeugte, da begann Marie, ihm von sich zu erzählen. Und in der Nacht darauf und in der folgenden. Ihr gemeinsamer Weg war so kurz, und es gab so vieles, was Marie sich von der Seele reden musste. Wie gut es ihr tat! Sie erzählte ihm von der Bäckerei im Buttermarkt. Von dem ehrwürdigen, alten Ofen, den sie besaßen. In dem einst die köstlichsten Brote gebacken wurden und der ihnen Schutz geboten hatte in den Nächten der Bombenalarme. Sie erzählte ihm von Anna und Karl und wie stolz sie auf sie war. Und sie sagte ihm, leise, stockend, dass sie auf Matthias' Heimkehr wartete, auf ihren geliebten Ehemann.

Marie war sich nicht sicher, ob Deans Deutschkenntnisse ausreichten, um ihr Wort für Wort folgen zu können, doch sie hatte das tiefe Gefühl, dass er sie verstand.

Je mehr sie erzählte, desto dichter ging er neben ihr her,

den Kopf zu ihr herabgeneigt, als wolle er kein Wort, das sie sprach, verpassen. Und als sie ihm berichtete, in welchem Elend sie lebten, wie oft sie Hunger litten, da nahm er ihren Arm und ließ ihn nicht mehr los, bis sie sich am Ende des Grüngürtels voneinander verabschiedeten, wie immer mit einem freundlichen Nicken.

Von da an nahm er immer ihren Arm. Und Marie ließ ihn gewähren, sie ließ sich von ihm führen, und ihr war, als sei die Nacht mit einem Mal nicht mehr ganz so dunkel.

Kapitel 21

»Es kommt darauf an, zu kompensieren«, sagte Hilde und wog Annas Päckchen Zigaretten in ihrer Hand.

»Zu was?«, fragte Anna.

»Na, zu kompensieren halt!«

Sie saßen im Keller in der Ehrenstraße an der Feuertonne wie nun jeden Nachmittag nach der Schule. Von Hilde und ihrer Bande ging eine Anziehungskraft aus, der Anna und Karl nicht widerstehen konnten. Der Kleine tobte zu ihren Füßen mit Helga und Jürgen. Die drei spielten ein Spiel, das daraus zu bestehen schien, sich gegenseitig etwas wegzunehmen und dann laut »Beschlagnahmt für mich!« zu kreischen. Karl hatte den beiden schon fast alle hölzernen Murmeln abgenommen, mit denen sie sich die Zeit vertrieben. Oh je, dachte Anna, was lernt er denn hier?

»Und das Kompensieren«, fragte sie laut, »ist das verboten?«

»Quatsch!«, lachte Hilde. »Das machen doch alle! Komm mit, ich zeige es dir!«

Sie steckte das Päckchen Zigaretten in eine Tasche ihrer weiten Männerhose und stürmte durch den niedrigen, spinnwebenverhangenen Gang auf die Straße. Anna schnappte sich Karl, der laut protestierte, und rannte hinterher.

Ihr Weg führte sie heute in den nördlichen Teil der Innenstadt, zum Eigelstein.

»Kompensieren«, erklärte Hilde, während sie schnellen Schrittes vorauslief, »bedeutet, dass du nachher mehr hast als vorher.«

»Und wie soll das funktionieren?«, japste Anna atemlos, den immer noch bockig vor sich hin schmollenden Karl an der Hand. Er schaffte es kaum, mit den beiden Mädchen mitzuhalten.

»Ganz einfach«, rief Hilde über ihre Schulter zurück. »Für jede deiner Amis bekommst du auf dem Schwarzmarkt sechs oder acht Reichsmark, je nachdem, wie gut du verhandelst und wen du so triffst. Für ein Pfund Butter wollen sie aber leicht zweihundert oder dreihundert Reichsmark von dir haben, für ein Pfund Speck auch zweihundert, für ein Pfund Zucker vielleicht achtzig.« Sie leierte die Preise wie selbstverständlich herunter. »Ganz zu schweigen von anderen Sachen, die du vielleicht brauchen könntest. Ein neues Kleid«, lachte Hilde und zeigte auf Annas schiefen Armeemantel, »zack, dafür müsstest du siebenhundert Reichsmark hinblättern! Ein Paar Schuhe: auch mindestens siebenhundert! Ein Herrenanzug: tausend. Aber den«, fügte sie hinzu und zog an Karls Mütze, »brauchen wir ja noch nicht!«

Karl schob sie sich glucksend aus der Stirn.

Anna liebte Zahlen, und sie liebte es, zu rechnen, doch

nun ließen all die Preise, die Hilde aufzählte, sie schwindelig werden.

»Aber ... aber wir haben doch nur noch zwölf Zigaretten!«, sagte sie schließlich kleinlaut, da waren sie schon fast angekommen. »Dafür kriegen wir ja so gut wie nichts!«

»Eben doch«, gab Hilde zurück. »Und das nennt man dann kompensieren.«

Sie liefen den Eigelstein hinauf und im Halbdunkel des Stavenhofs, einer engen, dunklen Gasse, sah Anna ein paar Mädchen und Jungen in ihrem Alter stehen, die fürchterlich verfroren aussahen in ihren dünnen Anziehsachen, bei manchen Mädchen guckten sogar nackte Beine unter kurzen Röcken hervor! Sie schienen etwas mit einer Gruppe britischer Soldaten zu verhandeln, doch Anna konnte einfach nicht erkennen, was da zum Tausch angeboten wurde.

»Komm!« Hilde zog sie energisch weiter.

Rund um die mittelalterliche Eigelsteintorburg schlurften die Menschen in der Anna nun schon vertrauten Art umeinander herum und flüsterten leise, was sie anzubieten hatten.

»Petroleum, Fischwurst, ein Hochzeitskleid, ungetragen, Herrenschuhe, Streichhölzer, Margarine.«

Hilde jedoch würdigte sie alle keines Blickes und steuerte stattdessen zielstrebig auf einen in einem Hauseingang lauernden Jungen zu. Die beiden begrüßten sich wie alte Bekannte und verschwanden gemeinsam in der hinter dem Hauseingang liegenden Ruine. Anna blieb mit Karl zurück und fragte sich bang, wie lange Hilde wohl wegbleiben würde. Sie kannte sich hier kein bisschen aus, und die engen, schmutzigen Gassen erschienen ihr noch armseliger als im Martinsviertel, ganz zu schweigen von den kümmerlichen Gestalten, die sich hier herumtrieben. Und so atmete sie erleichtert auf, als Hilde wie von Geisterhand hinter ihr auftauchte und sie am Ärmel zupfte.

»Da«, sagte sie nur und stopfte ein kleines, in Wachspapier eingewickeltes Paket in Annas Manteltasche.

»Was ist das?«

»Butter, ein Viertelpfund.«

Anna konnte ihr Glück kaum fassen, gleichzeitig rechnete sie blitzschnell nach und erschrak sehr.

»Du hast alle unsere Zigaretten eingetauscht! Und nur ein Viertelpfund bekommen!«

»Hab ich nicht!« Hilde sah ein wenig beleidigt aus. »Ich habe noch zwei übrig.« Wie zum Beweis zeigte sie Anna die nun fast leere Schachtel mit dem Kamel darauf, und tatsächlich, zwei Zigaretten waren noch drin. »Und außerdem habe ich ein halbes Pfund gekriegt.« Hilde öffnete ihre Jacke, da steckte noch ein in Wachspapier eingewickeltes Päckchen. »Und jetzt wird kompensiert!«

Es wurde ein langer Nachmittag, doch am Ende verstand Anna, was Hilde gemeint hatte. Ein Päckchen Butter behielt Anna, das andere tauschte Hilde ein gegen eine Suppenschüssel aus echtem Meissner Porzellan. Die wiederum ging an einen der rotgesichtigen Profischieber, der ihr dafür einen Mantel mit Fuchsbesatz gab. Hilde prüfte ihn kritisch auf Echtheit und schien zufrieden. Für den Mantel bekam sie ein Mikroskop in einem feinen schwarzen Koffer, der Koffer allein brachte ihnen sechs Zigaretten, Chesterfields diesmal, und das Mikroskop bescherte ihnen eine dicke Scheibe Speck. Anna kam aus dem Staunen nicht mehr heraus: Innerhalb weniger Stunden hatte Hilde aus den fünf Zigaretten, die sie für das Viertelpfund Butter gezahlt hatte, sechs gemacht und noch dazu den Speck ergattert.

»Kompensieren ist super«, strahlte Karl.

Die Beute teilten sie ehrlich: Hilde bekam die Hälfte der Butter, des Specks und drei Zigaretten. Karl zog die Augenbrauen hoch, doch Anna fand diesen Handel nur gerecht. Ohne Hilde hätte sie sich womöglich noch einmal auf dem Schwarzmarkt betrügen lassen, die Erinnerung an die Dose Schmieröl trieb ihr nach wie vor die Zornesröte ins Gesicht.

Außerdem wusste Anna längst, dass Hilde und ihre Jungs allein für sich und die beiden ganz Kleinen sorgten. Sie alle hatten keine Eltern mehr, keine Verwandten, niemanden. Hilde und Horst waren gemeinsam in der Kinderlandverschickung gewesen. Als sie in den letzten Kriegstagen auf abenteuerlichen Wegen zurück nach Köln gekommen waren, lagen die Häuser, in denen sie mit ihren Familien gelebt hatten, in Schutt und Asche. Von ihren Verwandten gab es keine Spur. Hans und Günter hatte man zum Volkssturm in die Eifel geschickt, dort hatte Hans seinen Arm verloren und Günter seine Augenverletzung erlitten. Hans war schon vor dem Krieg Waise gewesen, und die Halbwaise Günter hatte von seinem Vater nichts mehr gehört, seit der nach Frankreich einberufen worden war.

»Unser Keller«, hatte Hilde erklärt, »liegt ganz in der Nähe des Hauses, in dem Günter mit seinem Vater gewohnt hat. Aber es ist vollkommen zerstört.«

Die Kleinen wiederum, Helga und Jürgen, hatte Hilde völlig verhungert und verdreckt vor dem Ehrenfelder Hochbunker gefunden.

»Sie konnten ihre Namen sagen und sonst nichts, so durcheinander waren sie. Zwei Tage bin ich mit den beiden durch dieses gruselige Gebäude gelaufen«, hatte Hilde Anna erzählt. »Ich meine, stell dir vor, es ist ein Bunker! Mit zig Etagen. Und Hunderten Menschen drin. Ohne Fenster. Und die Wände sind meterdick. Nie scheint die Sonne hinein. Eiskalt und feucht ist es da.« Allein bei der Erinnerung hatte Hilde sich geschüttelt.

»Und dort leben Menschen?«, hatte Anna gefragt. »Der Krieg ist doch vorbei! Es gibt keine Bomben mehr!«

»Da ist kein Meter Platz übrig, so viele sind da drin, dicht gedrängt! Ganze Familien. Alte, die vor sich hin sterben. Dazwischen Bettlaken, die von der Decke hängen. Sie sind alle ausgebombt, sie haben nichts, wo sie hingehen können. Ich sage dir, unser Keller ist dagegen der reinste Luxus.«

»Und du hast ihre Eltern nicht gefunden?«

»Keiner wollte sie kennen. Weißt du, was ich glaube?« Hilde hatte Annas Antwort gar nicht erst abgewartet. »Ich glaube, die Eltern von den beiden sind da drin krepiert. Und die Kinder hat man einfach vor die Tür gesetzt. Die hungern da schließlich alle.«

Anna hatte kaum glauben können, was Hilde sagte. »Und dann hast du sie einfach mitgenommen?«

»Ja, klar. Was blieb mir anderes übrig?«

Als sie sich auf den Heimweg machten, verfroren bis auf

die Knochen, aber glücklich, kamen ihnen am Ende des Eigelsteins, kurz bevor sie sich trennen mussten, einige halbwüchsige Jungen entgegen. Anna überlegte gerade, warum einer von ihnen ihr so bekannt vorkam, da hatte Hilde sie schon am Kragen gepackt und in die nächste Ruine gezerrt.

»He! Lass mich –«

»Pscht!«, zischte Hilde und bedeutete ihr, still zu sein.

Anna war völlig perplex, und so dauerte es ein, zwei Sekunden, bis sie bemerkte, dass Karl nicht mehr bei ihnen war. Suchend sah sie sich um. Karl lief völlig versonnen weiter die Straße hinab und geradewegs in die Gruppe der Jungen hinein.

»Verdammt«, flüsterte Hilde neben ihr.

Anna lief es eiskalt den Rücken hinunter. Offensichtlich hatte Hilde Angst vor diesen Halbwüchsigen. Aber Hilde hatte doch vor nichts und niemandem Angst! Mit schreckgeweiteten Augen sah Anna, wie einer der Jungen bei Karl stehen geblieben war und sich zu ihm hinabbeugte. Er trug einen offenen Mantel und darunter einen viel zu weiten, eleganten Anzug.

Anna hielt es nicht mehr in ihrem Versteck. Hilde wollte sie noch festhalten, doch sie riss sich los und rannte auf die Straße.

»Was ich hier mache?«, hörte sie Karl sagen, den Kopf weit in den Nacken gebeugt, zu dem großen Jungen aufschauend. »Wir waren kompensieren!«

Der Junge richtete sich auf, und Anna erkannte, dass es niemand anders als Willibald war. Nun bekam sie es erst recht mit der Angst zu tun. Wenn er dem Kleinen auch nur ein Haar krümmen würde! Mit einem Satz war sie bei Karl und presste ihn an sich.

Doch Willibald schien sie gar nicht wahrzunehmen. Er brach in schallendes Gelächter aus, und seine Kumpane fielen darin ein. Da erkannte Anna unter ihnen den Bruder der langen Lina, auch er war viel besser gekleidet als bei ihrer letzten Begegnung, er trug sogar einen richtigen Herrenhut. Viel mehr sah Anna nicht, denn sie waren schon weitergezogen.

Erst als sie um die nächste Ecke verschwunden waren, kam Hilde aus der Ruine gehuscht, sie war ganz blass um die Nase.

»Das waren die Handlanger vom Kress!«, raunte Hilde. »Denen müsst ihr unbedingt aus dem Weg gehen!«

»Was meinst du?«, fragte Anna. »Wer ist dieser Kress?«

Hilde schüttelte den Kopf. »Das erkläre ich dir ein andermal. Macht lieber, dass ihr nach Hause kommt, bevor sie es sich anders überlegen und zurückkommen.« Sie hatte den Satz kaum beendet, da war sie schon losgelaufen und hinter der nächsten Ecke verschwunden.

Marie machte große Augen, als sie sah, was Anna und Karl mit nach Hause gebracht hatten, dann jedoch wurde sie sehr ernst.

»Woher habt ihr das?«, fragte sie mit tonloser Stimme und wies auf den Speck und die Butter. Die Zigaretten hatte Anna lieber gleich in der Innentasche von Josephs Jacke gelassen. Maries Blick verriet ihr, dass sie keine Ausflüchte dulden würde.

Also erzählte Anna. Sie erzählte von Willibald und dem Päckchen Zigaretten, das er vor ihren Augen verloren hatte, und von ihrem ersten, elend gescheiterten Versuch, sie einzutauschen.

»Heute hat es besser geklappt«, fügte sie hinzu und senkte den Blick, sie brachte es einfach nicht fertig, Marie anzuschauen. Über Hilde und die anderen hatte sie kein Wort verloren.

»Du darfst uns niemals verraten«, hatte Hilde ihr eingeschärft. »Dann kommen wir alle ins Heim. Ich war in der Kinderlandverschickung, ich gehe niemals wieder in ein Heim. Und die anderen auch nicht.«

Wie gerne hätte Anna Marie von Hilde erzählt! Sie wusste genau, Marie hätte alles unternommen, um die Kinder aus dem Kellerloch, in dem sie hausten, herauszuholen. Doch sie hatte es Hilde fest versprochen, und so schwieg sie.

Marie sagte lange nichts. Dann schaute sie Anna und Karl an, und in ihren Augen lag eine so große Traurigkeit, dass es Anna fast das Herz zerriss.

»Meine Lieblinge«, brachte Marie schließlich hervor. »Es tut mir leid! Es tut mir so unendlich leid, dass ich nicht besser für euch sorgen konnte. Dass wir in diesem einen Zimmer hausen müssen, dass wir frieren und niemals genug zu essen haben, nur dieses widerliche Brot vom Büll.«

Marie schnaubte, Anna konnte ihr ansehen, welche Wut sie auf den Büll hatte und dass sie sie nur mit Mühe bezwingen konnte. Dann sprach sie leise weiter.

»Anna, mein Schatz. Ich weiß, dass du es gut gemeint hast. Aber das darfst du nie, nie wieder tun. Hörst du?«

Sie nahm Annas Kinn in die Hand, so wie es Onkel Matthias immer getan hatte, und sah ihr tief in die Augen.

»Auf dem Schwarzmarkt treiben sich Halunken und Verbrecher herum. Das ist kein Platz für ein junges Mädchen und erst recht keiner für ein Kind in Karls Alter. Deshalb verbiete ich euch, dort jemals wieder hinzugehen. Habt ihr verstanden?«

Ihre Stimme war lauter geworden, Anna hörte eine Schärfe darin, die überhaupt nicht zu Marie passte.

»Habt ihr das verstanden?«, wiederholte sie. »Ich verbiete es euch ein für alle Mal, euch jemals wieder irgendeinem Schwarzmarkt zu nähern, und sei es auch nur zum Gucken!«

Marie hatte Tränen in den Augen. Anna nickte schnell und sah, dass Karl es ihr gleichtat. Doch tief in ihrem Innern fragte sie sich, ob sie ihr Versprechen halten würde.

Denn eins war sicher: Ohne das Kompensieren ginge es ihnen viel schlechter. Und was würde erst passieren, wenn der Winter noch länger andauerte? Oder wenn einer von ihnen krank würde?

Nein, Anna spürte es bereits, sie würde Marie nicht gehorchen können. Nicht, wenn sie alle drei überleben wollten.

Kapitel 22

Seit Tagen war das Thermometer auf minus zwanzig Grad gefallen. Wenn Marie den Grüngürtel erreichte, war sie immer schon so steif gefroren, dass sie kaum noch einen Fuß vor den anderen setzen konnte. Doch wie warm wurde ihr ums Herz, wenn sie Dean erblickte! Ihr tapferer Soldat hatte sie noch keine einzige Nacht versetzt. Und obwohl er seine dicke Uniformjacke trug und schwere Stiefel, leuchteten seine Wangen und seine Nasenspitze im Mondschein stets so rot, als habe er schon seit Ewigkeiten in der Eiseskälte auf sie gewartet.

Heute waren seine Wangen noch ein wenig röter als sonst, sie schienen fast zu glühen.

»Bist du krank?«, fragte Marie besorgt.

»Nein, nein, don't worry«, sagte er rasch und nahm ihren Arm. »Ich möchte nur dich etwas fragen.«

»Hm«, gab Marie ausweichend zur Antwort und wartete gespannt, was es wohl sein könnte. Dean wirkte mit einem Mal so nervös, dass auch sie ganz unruhig wurde.

»Dear Marie«, sagte er schließlich. »Ihr feiert doch heute Christmas Eve?«

»Du meinst, Heiligabend?«

»Ja, genau! Und ihr macht, wie sagt ihr, ah ich weiß, Bescherung …«

»Ja, so nennen wir es«, antwortete Marie mit einem traurigen Lächeln. Denn in ihrem Zuhause würde es heute keine Bescherung geben. Woher sollte sie Geschenke für die Kinder nehmen? Doch darüber würde sie mit Dean nicht sprechen, zu sehr schämte sie sich ihrer Armut.

»Und Bescherung ist mit der Familie, mit den Menschen, die man gern hat?«, fragte Dean nun.

»So ist es.« Marie musste schlucken. Jetzt bloß nicht weinen.

»Well«, begann Dean, schien dann aber nicht zu wissen, wie er weitersprechen sollte. Erst als sie den Grüngürtel beinahe hinter sich gelassen hatten, atmete er tief durch und redete plötzlich so schnell, dass Marie ihn nicht gleich verstand.

»Ich möchte Geschenke bringen. For you.«

Marie blieb abrupt stehen. »Wie bitte?«

»Presents. Geschenke. Für dich, Marie, und für die Kids!«

»Auf gar keinen Fall!« Marie starrte entgeistert zu ihm hoch.

»Oh come on, Marie, bitte«, bettelte er in seinem englisch-deutschen Kauderwelsch, das ihr sonst immer ein Lächeln ins Gesicht zauberte. »Lass mich etwas bringen! Für die Kinder!«

»Nein!«, rief Marie lauter, als sie es beabsichtigte. Dies war das fünfte Weihnachten ohne Matthias. Nie im Leben würde sie da einen anderen Mann ins Haus lassen. Nicht einmal so einen netten wie Dean.

»Marie, bitte!« Dean sah sie auf eine so flehentliche Weise an, dass Marie nicht anders konnte, sie strich ihm beschwichtigend über die Wange.

»Ich weiß, du meinst es gut«, flüsterte sie, dann riss sie sich von seinem Arm los. »Doch es geht nicht. Die Kinder würden es nicht verstehen.«

»Aber es ist Christmas Eve!«, rief Dean verzweifelt in die Nacht. »Kids should get presents.«

»Eben«, entgegnete sie, »es ist Heiligabend.«

Den Rest des Weges legten sie schweigend zurück, und als sie sich voneinander verabschiedeten, sah sie, dass sein Gesicht noch nie so traurig ausgesehen hatte wie in diesem Moment.

Erst viele Stunden später konnte Marie sich endlich auf den Heimweg machen. Da hatte der Heilige Abend längst begonnen. Sie war erschöpft und aufgewühlt. Denn als die Frau des Büll am Morgen den Laden aufgeschlossen hatte, hatte eine tote Kundin davorgelegen. Sie musste sich in tiefster Nacht angestellt haben, um nur ja ein Brot zu bekommen, und war erfroren.

Niemand hatte großes Aufsehen darum gemacht, deutsche Hilfspolizisten hatten die Frau abtransportiert. Marie hatte viele Tote gesehen, in den Bombennächten, in der Zeit danach. Doch das Schicksal dieser Frau rührte sie zutiefst. Sie hatte Lebensmittelmarken für eine fünfköpfige Familie bei sich gehabt. Irgendwo, dachte Marie, warten nun Kinder auf eine Mutter, die nie mehr nach Hause kommt. Sie konnte nicht anders und schluchzte laut auf. Was würde aus Anna und Karl, wenn ihr etwas zustieße? Wer würde für sie sorgen?

Mit einem Mal wurde die Last, die sie seit Jahr und Tag auf ihren Schultern spürte, so schwer, dass Marie fürchtete, darunter zusammenzubrechen. Wie sollte es ihr nur gelingen, die Kinder sicher durch diese schwere Zeit zu bringen? Wenn doch bloß Matthias heimkehren würde!

Matthias. An manchen Tagen wusste Marie kaum noch, wie er ausgesehen hatte. Wie er gelächelt hatte oder gesprochen. An anderen sah sie ihn so lebendig vor sich, als sei er gerade eben erst aus dem Zimmer gegangen. Die Sehnsucht, die sie am Anfang fast zerrissen hatte, war im Laufe der Zeit zu einem Dauerschmerz geworden, der sie niemals losließ. Marie wollte immer noch daran glauben, dass Matthias lebte, dass er eines Tages nach Hause kommen würde. Doch nun spürte sie, dass sie die Kraft, auf ein glückliches Wiedersehen zu hoffen, kaum noch aufbrachte.

Vor Kälte und Müdigkeit zitternd, schlitterte Marie über die mit dicken Eisknubbeln bedeckte Trümmerlandschaft. In Sülz hatte sie hinter einigen Fenstern der heil gebliebenen Häuser Lichterschein gesehen, einmal sogar Klaviermusik gehört. Doch hier, in der Altstadt, war es auch an diesem Heiligabend so trostlos wie an allen anderen Tagen. Die Menschen hatten sich in ihre unwirtlichen Behausungen verkrochen, froren und litten Hunger, so wie sie und die Kinder.

Immerhin, der Büll hatte ihr ausnahmsweise eins von

den guten Broten mitgegeben. Sie verbarg es wie einen Schatz unter ihren beiden Umhängen, immer wieder hörte man von Überfällen.

Außerdem, überlegte Marie nun, besaß sie noch ein einziges Ei. Also würde es Eibrot geben – sie würden eins ihrer verbliebenen Messer in das flüssige Ei tauchen und damit über die Brotscheiben streichen.

Jetzt waren es nur noch wenige Meter. Kurz vor dem Buttermarkt, in der schmalen, leicht abschüssigen Hafengasse, war es so glatt, dass sie beinahe gestürzt wäre, doch sie fing sich im letzten Augenblick. Mucksmäuschenstill war es hier, doch diese Stille hatte nichts Weihnachtliches, nichts Festliches.

Die Nachbarhäuser waren alle nach wie vor so schwer beschädigt, dass niemand dort wohnte. Nur in einem einzigen, milchigen Fenster sah Marie einen schwachen Lichtschein, es war ihr eigenes Küchenfenster, hinter dem Anna und Karl auf sie warteten.

Als sie die Küche betrat, machte Marie große Augen. Im Badeofen glimmte ein kleines Feuer, Anna und Karl saßen im Bett, beide frisch gekämmt und mit rosigen Wangen, und da war sogar ein Weihnachtsbaum! Zumindest erkannte Marie sofort, was der alte Besenstiel darstellen sollte, der senkrecht an einen Bettpfosten gebunden war. Jemand hatte kleine Kerben hineingeritzt und in diese Kerben dünne, kahle Zweige gesteckt, an denen echte Strohsterne hingen! Das Stroh war zerfasert und schmutzig, die Kinder hatten es offenbar von der Straße aufgelesen, wo Pferdefuhrwerke es verloren hatten, doch es war so sorgfältig mit einem dünnen

Faden zusammengebunden, dass Marie gleich wieder weinen musste.

»Mama, was hast du?«, fragte Karl.

»Ich bin so glücklich«, schluchzte Marie, sie kroch zu den beiden ins Bett und nahm sie in ihre Arme. »Ihr seid die wundervollsten Kinder der ganzen Welt!«

»Puh, da bin ich aber froh«, antwortete Karl und schmiegte sich an sie.

Plötzlich klopfte es an der Tür, und eine tiefe Stimme rief »Hohoho!«.

Oh nein, dachte Marie. Sie hatte die Stimme sofort erkannt, es war Dean. Er war gekommen, obwohl sie es ihm verboten hatte.

»Wer klopft da?«, fragte Anna, sichtlich angespannt. Auch dem Mädchen steckte die Angst, die es in der Nacht der Plünderer ausgestanden hatten, noch in den Knochen.

»Niemand«, antwortete Marie schnell und drückte Anna noch ein bisschen fester an sich. »Wir sind einfach ganz leise und machen nicht auf.«

Doch Karl war schon aus dem Bett gesprungen und zur Tür gerannt.

»Das sind keine Plünderer!«, rief er. »Die machen doch nicht ›Hohoho‹!«

Der Kleine riss die Tür auf und prallte im selben Augenblick vor lauter Staunen zurück. Denn vor ihm stand ein riesengroßer Weihnachtsmann!

Marie traute ihren Augen nicht. Natürlich war das Dean, der dort in der Tür lehnte, aber er war komplett verkleidet! Er trug einen braunen Umhang, der ihm nicht ganz bis zu den Füßen reichte, Marie erkannte seine Armeestiefel. Unter den Umhang hatte er wohl ein dickes Kissen gesteckt, denn es sah so aus, als habe er einen kugelrunden Bauch. Deans Kopf steckte unter einer Kapuze, er hatte sich Wangen und Nase noch röter gemalt, als sie wegen der Kälte eh schon waren, und er hatte einen weißen Wattebart, der ihm fast bis zum Bauchnabel reichte. Sogar sein schwarzer Schnurrbart verschwand unter der Watte. Er sah so komisch aus, dass Marie gegen ihren Willen laut loslachen musste.

»Wer ist das?«, fragte Anna und schaute sie prüfend an, doch bevor Marie wusste, was sie antworten sollte, krähte Karl los:

»Das ist der Weihnachtsmann! Juchhu, juchhu, der Weihnachtsmann ist da!«

Schon hatte er Dean bei der Hand genommen und führte ihn ins Zimmer.

»Lieber Weihnachtsmann«, sagte Karl, plötzlich ernst, »du musst weit gereist sein. Möchtest du rasten?«

»Oh, yes, aber kurz«, gab Dean zurück, sein britischer Akzent war unüberhörbar. Da es keine andere Sitzgelegenheit gab, setzte er sich auf die Bettkante, dicht neben Marie. Sofort fing der kleine Gummiball in Maries Bauch an zu hüpfen, und sie spürte, wie die Röte ihr ins Gesicht stieg.

Auch Dean war sichtlich nervös, hektisch nestelte er an seinem Gewand herum und förderte schließlich einen kleinen Sack zutage, den er darunter verborgen hatte.

»Jetzt sag nicht, du hast uns Geschenke gebracht!«, entfuhr es Anna.

»Natürlich«, antwortete Dean. »Ich bin Santa Claus.«

Und dann gerieten Anna und Karl vollkommen aus dem Häuschen. Denn es gab für jeden eine ganze Tafel Schokolade und einen Kuchen, der völlig anders aussah als alle Kuchen, die die Kinder jemals zuvor gesehen hatten, und von dem der Weihnachtsmann sagte, man esse ihn in seiner Heimat. Anna bekam außerdem ein paar Armeestiefel, die ihr deutlich zu groß waren, doch sie erklärte sofort, dass dies die besten Stiefel seien, die sie jemals gesehen habe, und dass die Zeit der Plastikschuhe nun vorüber sei. Karl erhielt sogar richtige Kinderstiefel, sie waren blau mit braunen Nähten, und als er sie anzog, über seine doppelten, zigfach gestopften Socken, da schwieg er mit einem Mal und bekam ganz glänzende Augen. Marie hätte beinahe mit ihm geweint, denn noch nie in seinem Leben hatte ihr Sohn so schöne Schuhe gehabt. Schließlich reichte Dean auch ihr ein Paket, ihre Hände berührten sich für einen winzigen Augenblick, Marie spürte, wie ein heißes Zucken sie durchfuhr, und Dean flüsterte an ihrem Ohr:

»Bitte nicht böse sein mit mir, ich bin kein Mann, den du gebringen hast nach Hause, ich bin der Weihnachtsmann.«

Marie neigte den Kopf, mittlerweile glühten ihre Wangen, und öffnete das Päckchen. Darin war ein Paar wunderbar weiche Handschuhe aus allerfeinster Mohairwolle. Marie konnte nicht anders, sie streifte sie sofort über ihre aufgerissenen, von all den nächtlichen Wegen durch Eis und Wind völlig kaputten Hände. Nie wieder würde sie ohne Handschuhe zur Arbeit gehen müssen! Tränen traten in ihre Augen, und für ein paar Augenblicke legte sie den Kopf in die Hände mit den neuen, weichen Handschuhen.

Als sie aufschaute, um sich zu bedanken, saß neben ihr niemand mehr. Karl und Anna standen in der geöffneten Tür und winkten nach draußen.

Der Weihnachtsmann war gegangen.

Kapitel 23

Beinahe hätten sie es nicht gehört. Denn es war nur ein ganz leises, zaghaftes Geräusch an der Tür, mehr ein Kratzen als ein Klopfen. Anna und Karl saßen auf dem Bett und aßen hoch konzentriert von dem Kuchen, den ihnen der Weihnachtsmann gebracht hatte. Die Schokolade hatten sie längst aufgegessen, doch von dem Kuchen naschten sie jeden Tag nur ein kleines bisschen. Er schmeckte herrlich süß und nach Fett, Rosinen und Orangeat. Da war es vollkommen egal, dass das eigentlich ein sehr misslungener Kuchen war, wie Anna fand. Er war ungewöhnlich feucht und schwer, Onkel Matthias hätte gesagt, er sei nicht richtig gegangen.

Onkel Matthias. Allein der Gedanke an ihn machte, dass Anna sich elend fühlte. Trotz des süßen Kuchens und der ungewohnten behaglichen Wärme im Raum. Ein Mann, dessen frappierende Ähnlichkeit mit dem Weihnachtsmann Anna sofort aufgefallen war, hatte ihnen einen ganzen Sack Kohlen gebracht. Und dann hatte er Marie mitgenommen, zum Tanzen, wie er sagte. Marie hatte ganz rote Wangen gehabt, Anna hätte nicht sagen können, ob es aus Vorfreude war oder aus Scham, weil sie Anna und Karl allein zu Hause ließ, und das ausgerechnet an Silvester. Anna hatte ihr gut zugeredet, sie solle sich keine Gedanken machen. Doch was hätte Onkel Matthias dazu gesagt?

»Willst du nicht aufmachen?«, durchbrach Karl ihre Gedanken. Das Kratzen an der Tür hatte etwas Energisches bekommen, als stünde jemand davor, der mittlerweile sehr dringend Einlass begehrte. Als Anna öffnete, musste sie zweimal hingucken, bevor sie die kleine Person mit den verweinten Augen und den roten Backen erkannte. Es war die kleine Helga aus Hildes Bande! Was, um Himmels willen, machte sie hier?

Kaum dass er Helga erblickt hatte, war Karl aus dem Bett gesprungen und hatte seine Spielkameradin ins warme Zimmer gezerrt.

»Helga, Helga!«, bestürmte er sie. »Warum weinst du so?«

Doch Helga war kaum in der Lage zu antworten.

»Habe ich euch gefunden!«, sagte sie atemlos. »Eine kaputte Bäckerei im Buttermarkt. Ich habe euch gefunden, ich wusste, dass ich es schaffe.«

Anna erkannte, dass das Kind sich erst einmal beruhigen musste. Also setzte sie Helga aufs Bett, rubbelte ihre steif gefrorenen Händchen warm und gab ihr schließlich von dem Kuchen. Helgas Augen wurden riesengroß.

»Ihr habt Kuchen?«, flüsterte sie, um sich dann ehrfurchtsvoll ein winzig kleines Stückchen davon zu nehmen und sehr lange und sehr behutsam darauf herumzukauen. Annas Herz krampfte sich zusammen. Sie hatte Schulkameraden bei der Schulspeisung so essen sehen, und sie wusste, so aßen Kinder, die nur selten etwas zu essen bekamen.

Während Helga voller Ehrfurcht von dem Kuchen aß, Stückchen um Stückchen, hatte Anna Zeit, das Mädchen zu betrachten. Ihr blondes Haar war zu zwei rattenschwanzdünnen Zöpfchen geflochten, und ihr magerer Körper steckte in viel zu weiten, vor Dreck starrenden Lumpen. Bislang hatte Anna immer gedacht, Helga sei in Karls Alter, nun erkannte sie, dass sie deutlich älter sein musste. Sie war nur so klein und schmächtig, auch das, vermutete Anna, waren Folgen des Hungers.

»Nun machen wir eine Pause«, entschied sie und nahm den Kuchen an sich. »Später bekommst du noch mehr davon, doch nicht alles auf einmal. Sonst hast du nachher Bauchschmerzen. Und nun sag, was führt dich hierher?«

»Ihr müsst kommen!«, antwortete Helga und blickte Anna aus ihren hellblauen Augen flehentlich an. »Hilde ist krank, die großen Jungen organisieren ganz allein, ich soll dich holen.«

»Hilde ist krank?« Kaltes Entsetzen kroch Anna in die Brust. »Was hat sie denn?«

»Das weiß ich nicht«, gab Helga zurück und schlug die Augen nieder. »Aber du sollst kommen. So schnell wie möglich!«

Anna zögerte nur einen kurzen Moment. Sie hatte Hilde nicht gesehen, seit sie Marie versprochen hatte, sich nicht mehr auf Schwarzmärkten herumzutreiben. Aber wie hatte sie ihre neue Freundin vermisst! Und nun war sie krank. Und Marie war mit einem jungen Mann zum Tanzen gegangen.

»Ich komme«, sagte sie und war schon halb zur Tür hinaus.

»Und ich?«, rief Karl und wollte ihr hinterhereilen.

Anna schüttelte den Kopf und blickte ihn streng an. »Du bleibst hier. Und nein, ich dulde keinen Widerspruch. Unser Zimmer ist warm, und du darfst den ganzen Kuchen aufessen.«

»Den ganzen Kuchen?«, fragte Karl und riss die Augen weit auf.

»Den ganzen Kuchen, bis auf das, was wir mitnehmen für Hilde und die anderen«, antwortete Anna. Sie teilte den Kuchen, von dem sie bislang so sparsam gegessen hatten, dann brach sie gemeinsam mit Helga auf. Eine innere Stimme sagte ihr, dass es sicherer war, wenn Karl heute zu Hause blieb.

Auf ihrem langen Weg bis zur Ehrenstraße begegnete ihnen fast niemand, es dämmerte bereits, und die Straßen waren leer. Die erbarmungslose Kälte hielt die Stadt nach wie vor in ihrem grausamen Griff, und wer nicht musste, ging nicht vor die Tür. Da, wo zwischen den Ruinen bereits einzelne Straßenlampen wieder brannten, sah Anna feine Rauchsäulen aufsteigen, Zeichen des Lebens, das sich im Verborgenen abspielte, in zerbombten Häusern, Behelfsbaracken, selbst gegrabenen Löchern.

Als sie endlich ankamen, konnte Anna das Husten schon hören, während sie, wegen der Spinnweben wie immer ein wenig gebückt, durch den Kellergang huschte. Hilde lag auf dem Bett in der Ecke und machte keinerlei Anstalten aufzustehen, als sie eintraten. Anna wollte sofort zu ihr eilen, doch Horst, der wie immer an der Werkbank stand und etwas reparierte, hielt sie auf.

»Warte«, sagte er und packte Annas Arm. »Sie ist womöglich ansteckend!«

»Ach was«, entgegnete Anna und schüttelte ihn ab. »Lass mich nach ihr sehen!«

Und so näherte sie sich ihrer Freundin und konnte kaum fassen, was sie sah. Hilde schien geschrumpft zu sein. Ihr eh schon magerer Körper zeichnete sich kaum ab unter der zerschlissenen, viel zu dünnen Decke. Ihr Gesicht war schweißnass, ihre Augen glänzten, als habe sie hohes Fieber.

»Oje«, murmelte Anna und wollte sogleich ihre Stirn fühlen, doch Hilde drehte sich weg.

»Nicht«, flüsterte sie mit brüchiger Stimme. »Horst hat recht. Ich könnte dich anstecken.«

»Du musst zu einem Arzt!«

»Klar doch«, Hilde versuchte ein Lachen, doch es ging unter in einem Hustenanfall. »Für unsereins gibt es keine Ärzte«, krächzte sie dann.

»Dann bringe ich dich ins Krankenhaus!«

»Bloß nicht!«, mischte Horst sich ein. »Was denkst du denn, was die mit ihr machen? Die stecken sie in eine Besserungsanstalt und uns alle gleich mit!«

Anna fragte sich still, wen Horst mit »die« meinte, doch sie traute sich nicht zu fragen. Mit einem Mal kam sie sich schrecklich dumm vor. Wie konnte sie Hilde bloß helfen? Sie erinnerte sich daran, was Marie zu tun pflegte, wenn einer von ihnen krank war.

»Habt ihr etwas da«, fragte sie schließlich zaghaft und

wandte sich zur Feuertonne um, »woraus ich für Hilde eine Suppe kochen könnte?«

Nun war es Horst, der heiser lachte, und der kleine Jürgen, den Anna bislang gar nicht wahrgenommen hatte und der am Fuß der Tonne hockte, fiel darin ein.

»Was ist denn jetzt schon wieder?«, fuhr Anna auf. Niemand antwortete ihr, bis Helga das Schweigen brach.

»Wir haben rein gar nichts, woraus du eine Suppe kochen könntest«, flüsterte sie, um dann mit gesenktem Blick hinzuzufügen: »Schon eine ganze Weile nicht mehr.«

Anna wurde beinahe übel. Wie lange hungerten ihre Freunde schon?

»Und ihr habt auch keine Lebensmittelmarken mehr.« Es war keine Frage, denn sie glaubte, die Antwort zu kennen.

»Mensch, Anna!« Hilde hatte sich in ihrem Lager aufgesetzt, sie schien all ihre Kraft dafür zu brauchen. »Was glaubst du eigentlich? Wir haben keine Lebensmittelmarken! Meine Güte, Lebensmittelmarken!« Hilde spuckte das Wort nahezu aus. »Du könntest uns auch gleich fragen, wo der Schinken steht und die Butter und das gute Porzellan.« Erschöpft ließ sie sich zurücksinken. Sie sprach nun so leise, dass Anna die Ohren spitzen musste, um sie überhaupt noch verstehen zu können. »Um Lebensmittelmarken zu bekommen, musst du registriert sein. Wir sind aber nicht registriert. Weil es uns eigentlich gar nicht gibt. Und gäbe es uns, ich meine, offiziell, dann würden sie uns ins Heim stecken.«

»Aber wovon lebt ihr denn dann?«, rief Anna aus, um sich direkt selbst die Antwort zu geben. »Ihr organisiert.«

»Wir stehlen.« Horst hatte angefangen, unruhig im Keller auf und ab zu laufen. »Wir nennen es organisieren, aber natürlich stehlen wir. Wir verkaufen und tauschen, wir betteln, wir schlagen uns durch. Hilde weiß immer einen Weg. Immer.«

Horst war verstummt, und zu Annas Entsetzen hörte sie ihn laut aufschluchzen. Was sollte sie bloß tun?

»Der Kuchen«, wisperte da ein Stimmchen neben ihr. »Sollen wir den jetzt essen?«

Es war Helga, die sie vorsichtig am Ärmel zupfte.

»Aber ja doch!«, rief Anna aus. »Lasst uns den Kuchen essen!«

Es war nicht viel für jedes einzelne Kind, aber nie zuvor hatte Anna so strahlende Augen gesehen. Ein jeder bekam ein kleines Stück, und sie alle aßen es ganz genau so, wie Helga ihr erstes Stück gegessen hatte: langsam und voller Ehrfurcht.

Nur Hilde musste immer wieder so sehr husten, dass der kostbare Kuchen in kleinen Bröckchen aus ihrem Mund schoss. Anna konnte kaum hinsehen, so sehr litt sie mit ihr. Wie sollte es denn jetzt weitergehen?

Hilde schien ihre Frage zu ahnen, denn nachdem sie aufgegessen hatten, richtete sie sich noch einmal mühsam auf.

»Anna«, flüsterte sie, »es gibt einen Plan. Wir brauchen dich dafür. Und wenn du alles so machst, wie ich es dir sage, kann eigentlich gar nichts schiefgehen.«

Als sie den Keller verließen, war es längst stockdunkel. Die klirrende Kälte biss sich sofort in Annas Gesicht und Hände. Wie schön wäre es, ein Paar Handschuhe zu haben! Doch womöglich wären sie für das, was sie vorhatten, eh hinderlich.

Sie waren zu viert, jeder trug einen leeren Sack mit sich. Horst war mit aus dem Keller herausgekommen, Hans und Günter hatten vor dem Eingang auf sie gewartet. Nun platzierten sie Jürgen dort als Wache. Allen war bewusst, dass der Kleine nichts ausrichten konnte, wenn wirklich jemand käme. Er solle pfeifen, hatte Hilde ihm eingeschärft, sie und Helga würden sich dann verstecken. Zum allerersten Mal, seit sie sich kannten, hatte Anna bemerkt, dass Hilde Angst hatte. Sogleich war auch ihre eigene Angst gewachsen. Sie wollte Hilde nicht allein zurücklassen. Und sie wollte die Jungen nicht begleiten. Was sie vorhatten, war Wahnsinn! Und dennoch ging sie mit. Denn sie würde ihren Freunden helfen, sie brachte es einfach nicht über sich, sie ihrem Schicksal zu überlassen.

Unweigerlich musste Anna an Joseph denken, wie so oft. Er hatte immer für sie gesorgt. Solange er bei ihnen gewesen war, hatten sie keinen Hunger gelitten. Sie hatte ihn bewundert, doch sie hatte nie daran gedacht, was er tun musste, damit sie in dieser schweren Zeit überlebten. Hatte auch Joseph sich auf den Weg gemacht, so, wie sie jetzt, um Leib und Leben zu riskieren? War ihm womöglich dabei etwas zugestoßen? Der Gedanke war so schrecklich, dass Anna laut aufstöhnen musste.

»Psst!«, zischte einer der Jungen. Anna zuckte zusammen und bemühte sich, weiter mit ihnen Schritt zu halten.

Außer ihnen schien kaum jemand unterwegs zu sein in dieser dunklen Silvesternacht. Nur auf dem Ring, den sie jetzt überquerten, fuhren einzelne Militärwagen und zivile Fahrzeuge. Anna fiel auf, dass ein, zwei Gaststätten anscheinend geöffnet hatten, doch ihre Fensterscheiben waren ausnahmslos mit Pappdeckeln zugeklebt, sodass sich nur am Rand ein dünner Lichtschein abzeichnete. Was dort wohl vor sich gehen mochte?

Die Jungen legten ein solches Tempo vor, dass Anna nicht viel Zeit blieb, um weiter ihren Gedanken nachzuhängen. Schon hasteten sie die Venloer Straße Richtung Ehrenfeld hinauf, sie machten erst halt, als sie die Unterführung erreicht hatten, über die die Züge zum Hauptbahnhof fuhren. Zwei umgekippte Straßenbahnen lagen rechts und links auf den Bürgersteigen, sie ragten sogar ein bisschen auf die Fahrbahn, vollkommen verbeult und ausgeweidet.

»Die Bahnen haben sie den Amis in den Weg gestellt, als die letztes Jahr im März von Westen her hier einmarschiert sind«, flüsterte Horst. »Doch die Amis haben sie einfach mit ihren Panzern auf Seite geschoben und sind weiter zum Dom vorgerückt.«

»Und seitdem liegen die Bahnen so?«, flüsterte Anna zurück.

»Genau.«

Nur wenige Schritte noch. Jetzt standen sie mitten in der Unterführung. Noch dunkler war es hier und unheimlich. Die Jungen musterten mit zusammengekniffenen Augen die Brückenverstrebungen, die direkt über ihren Köpfen waren. Anna wusste, was sie dort suchten, unwillkürlich stellten sich ihre feinen Nackenhaare auf. Waren sie noch rechtzeitig angekommen?

Horst schien zufrieden.

»Die Luft ist rein«, raunte er ihr und den anderen zu. »Also, alle auf ihre Plätze!«

Hans lief sofort los und verschwand ein Stück die Venloer hinauf zwischen den Ruinen. Anna und die anderen schauten sich einen Moment lang suchend um, dann kletterten sie auf eine der umgestürzten Straßenbahnen und ließen sich durch eine längst abmontierte Tür ins Innere fallen. Die Bahn bot ausgezeichneten Schutz, wie Anna erleichtert feststellte. Man konnte, wenn man sich aufrichtete, durch die eingeschlagenen Fenster hinausschauen, ohne im Dunkel der Nacht allzu schnell entdeckt zu werden. Nur leider stank es hier drin entsetzlich, nach Unrat und anderem, worüber Anna nicht weiter nachdenken wollte.

Jetzt aber gingen sie erst einmal in Deckung, dicht gedrängt hockten sie sich eng nebeneinander. Gerade rechtzeitig, denn schon vernahm Anna das Geräusch eines sich nähernden Wagens. Es schien ein großer Wagen zu sein, oder zumindest einer mit einem starken Motor, sein Brummen vibrierte in Annas Ohren, als er direkt neben ihnen im Leerlauf stehen blieb. Das mussten sie sein! Sofort kauerte Anna sich noch ein bisschen mehr zusammen, Horst und Günter taten es ihr gleich. Der Motor des Wagens wurde ausgeschaltet, die Unterführung tauchte wieder in tiefe Stille und Dunkelheit ein.

Dann begannen mehrere Männer, leise miteinander zu sprechen.

»Hast du die Kissen? Hast du sie auch stramm genug festgebunden?«

»Klar, natürlich!«

»Dann heben wir ihn jetzt rauf!«

»Aber dalli!«

»Komm schon!«

Ein Ächzen und Stöhnen war zu hören, begleitet von einem seltsamen Rascheln und Schaben. Was ging da vor sich? Anna war so gespannt, es hielt sie nicht mehr auf ihrem Platz. Mit wild klopfendem Herzen hob sie ihren Kopf ein Stückchen und noch ein Stückchen, Horst griff nach ihrem Arm und wollte sie wieder zu sich herabziehen, doch Anna war einfach zu neugierig. Sie streckte sich dem Fenster entgegen und blinzelte, blinzelte noch einmal, und dann sah sie es: Direkt neben der Straßenbahn, in der sie sich versteckt hielten, parkte ein sechstüriger, auf Hochglanz polierter schwarzer Horch. Anna konnte nicht anders, sie zog scharf die Luft ein. Was für ein Auto! Nie zuvor hatte sie solch einen Wagen aus der Nähe gesehen. Sie meinte fast, den Geruch der Ledersitze erschnuppern zu können. Das Verdeck des Horch war offen, fünf Männer standen aufrecht darin und waren gerade dabei, einem sechsten hoch hinauf in die Brückenverstrebungen zu helfen. Es schien Anna ein sehr schwieriges Unterfangen, denn der Mann konnte sich nur mit Mühe bewegen. Was daran lag, dass rund um seinen Bauch, seine Arme und Beine dicke Kissen geschnallt waren. Der Mann sah aus, als habe ihn jemand aufgepumpt. Jetzt aber hatten die Männer es geschafft, der Mann hing über ihnen und begann, einer Raupe ähnlich, von Verstrebung zu Verstrebung in die Mitte der Brücke zu kriechen.

»Am Platz!«, rief er, als er endlich dort angekommen

war, sechs, sieben oder gar acht Meter über der Fahrbahn. »Kann losgehen!«

Die Männer im Horch setzten sich auf ihre Plätze, der Fahrer ließ die Zündung an, und die Limousine verschwand mit einem tiefen Brummen in einer Einfahrt kurz vor der Unterführung.

Anna sank zurück neben Horst und Günter. Ihre Neugierde war verflogen. Wo war sie da bloß hineingeraten! Sie hatte den Plan von Anfang an furchtbar waghalsig gefunden, aber sie hatte nicht geahnt, welche Angst sie haben würde.

Anna wusste, die Männer warteten genau wie sie. Und ganz sicher hatten sie ein Stück die Straße hinauf einen Posten stehen, der sich in den Häuserruinen verbarg. So, wie Hans es tat.

Annas Herz raste, als sei sie schon losgerannt, wie es abgesprochen war, dabei hockte sie immer noch mit Horst und Günter in der kaputten Straßenbahn. Die beiden gaben keinen Mucks von sich, doch Anna war, als könnte sie auch ihren Herzschlag spüren und als galoppierte er mit ihnen davon.

»Hans kann nicht schnell genug sammeln mit seinem einen Arm«, hatte Hilde ihr erklärt. »Deswegen macht er den Posten. Günter mit seinem einen Auge müssten wir eigentlich zu Hause lassen, er sieht zu wenig, vor allem, wenn es dunkel ist. Aber wir können auf keinen verzichten. Du und Horst, auf euch kommt es an. Ihr müsst so viel wie möglich abgreifen, je mehr, desto besser.«

»Aber was ist mit den eigentlichen Dieben?«, hatte Anna

eingewandt. »Die werden es doch nicht zulassen, dass wir uns auch bedienen! Und die sind womöglich gefährlich!«

»Klar sind die gefährlich«, hatte Hilde geantwortet und versucht, einen weiteren Hustenanfall zu unterdrücken. »Aber die sind auch in Eile. Die haben keine Zeit, euch hinterherzurennen. Die ganze Aktion wird vielleicht zwei, drei Minuten dauern, dann sind alle wieder verschwunden.«

Anna hatte genickt und so getan, als glaubte sie Hilde, die immer weiterhustete und sich in Krämpfen wand. Doch nun, in diesem stinkenden Eisenbahnwaggon, schalt sie sich für ihre Verwegenheit. Sie hätte niemals mitgehen dürfen, im Gegenteil, sie hätte ihre Freunde von dieser irrsinnigen Idee abbringen müssen!

Es gab keinen Ausweg. Das wurde ihr klar, als die Eule rief. Täuschend echt klang es, doch Anna wusste genau, das war Hans, der den Lastkraftwagen ankündigte. Fast zeitgleich blinkte aus der gleichen Richtung, in der sie Hans vermutete, ein Licht auf. Beide Posten hatten Meldung gemacht. Die »Aktion«, wie Hilde es genannt hatte, begann.

Sie hatten abgemacht, dass sie in verschiedene Richtungen davonlaufen sollten, falls sie jemand verfolgte. Doch insgesamt schien Anna der Plan, nun, wo es so weit war, hirnrissiger denn je. Sie würden alle umkommen! Und woher wusste Hilde überhaupt von dem bevorstehenden Überfall?

»Hoch mit dir!«, keuchte Horst in diesem Moment und zerrte an Annas schiefem Mantel, er und Günter kletterten bereits aus dem Waggon. Widerstrebend erhob sie sich. Wie gern würde sie einfach hier hocken bleiben, die ganze

Nacht, und wenn sie erfrieren würde, wäre es ihr beinahe egal. Dann dachte sie an Karl, der zu Hause auf sie wartete, an Hilde, die so schrecklich krank war, an Jürgen und Helga, die seit Tagen nichts gegessen hatten. Horst und Günter hatten sich zu ihr umgewandt, und in ihren Augen sah Anna die gleiche Angst, die auch sie gepackt hatte. Da fasste sie sich ein Herz und kletterte den beiden hinterher.

Und dann ging alles blitzschnell. Denn schon sah sie den Lastkraftwagen, auf den sie gewartet hatten. Es war ein britisches Militärgefährt, im Fahrerhaus konnte Anna die Schemen von zwei Männern erkennen. Genau wie Hilde gesagt hatte, verlangsamte er vor der Unterführung das Tempo. Die Fahrbahn war wegen der rechts und links liegenden Straßenbahnen zu eng, um sie schnell zu passieren. In dem Moment, in dem der Lkw unter der Eisenbahnbrücke durchfuhr, löste sich aus den Verstrebungen weit oben ein Schatten und fiel hinunter. Anna hielt die Luft an. Er war tatsächlich gesprungen! Der Mann mit den vielen umgebundenen Kissen. Er hatte sich aus dieser Höhe mitten auf den Lkw fallen lassen, auf die mit einer Plane abgedeckte Ladefläche. Wie konnte ein Mensch das überleben?, fragte sie sich und sah sogleich, dass der Mann sich schwerfällig aufrichtete. In seiner Hand blitzte etwas Metallisches, es war ein großes Messer, und in Sekundenschnelle hatte er die Plane des Lastkraftwagens längs aufgeritzt. Schon griff er hinein und begann, die kostbare Fracht hinunterzuwerfen.

Anna konnte kaum glauben, was sie sah. Im Traum hätte sie sich nicht ausmalen können, wie jemand so etwas fertigbrachte! Das also waren die berühmten Autospringer, von denen ganz Köln hinter vorgehaltener Hand sprach. Die die Transporter der Besatzer überfielen, indem sie sich tollkühn von Brücken und Unterführungen hinabstürzten. Auch Anna hatte schon von ihnen gehört, aber sie hatte die Geschichten von den furchtlosen Räubern für Humbug gehalten. Doch es war alles wahr, und sie war mittendrin! Nun hielt sie nichts mehr zurück. Sie spürte Horsts Hand an ihrem Ärmel, sein leises Zischen: »Warte noch«, doch sie riss sich los und rannte dem Lkw hinterher.

Da begannen die wenigen Kirchenglocken, die es noch gab, zu läuten. Mitternacht. Und auf die Fahrbahn regnete es Kisten voller Büchsenfleisch! Anna bückte sich danach, ihr war, als habe der Himmel seine Pforten geöffnet und schenke ihr endlich eine Mahlzeit, von der sie alle satt werden würden. Schon hatte sie die erste Kiste ergriffen und presste sie an ihr Herz. Anna hätte schreien können vor Freude.

Sie hörte nicht den Horch, der sich in Bewegung gesetzt hatte. Sie vernahm nicht das dunkle Brummen des Motors, das Türenschlagen, als die Männer aus dem glänzend polierten Wagen sprangen. Sie bekam auch das Fluchen nicht mit und die schnellen Schritte, die sich ihr näherten. Sie wurde erst aus ihrem Glück gerissen, als jemand sie beiseitestieß. Sie stürzte und fiel, das Päckchen, das sie gerade noch an ihr Herz gepresst hatte, wurde ihr entrissen.

Der Mann, der sie gestoßen hatte, war schon weitergelaufen. Gemeinsam mit den anderen sammelte er all die Kartons, die nun zu Dutzenden vom britischen Lkw hinabfielen, ein und warf sie durchs offene Verdeck in den Horch.

Mühsam setzte Anna sich auf, sie fühlte sich vollkommen benebelt. Sollte alles umsonst gewesen sein?

»Anna! Anna!« Horst und Günter hatten ihr Versteck verlassen und liefen zu ihr. »Du hättest warten müssen! Wir wollten doch nur nehmen, was sie übrig lassen!« Der Vorwurf in Günters Stimme war unüberhörbar.

»Und wenn sie nichts übrig lassen?«, flüsterte Anna und blickte zu den beiden empor, ihre Enttäuschung nahm ihr fast die Luft. Warum war sie bloß einfach so losgestürmt? Damit hatte sie alles verdorben!

Da sah sie plötzlich mit schreckgeweiteten Augen, wie sich eine Gestalt Horst und Günter von hinten näherte. Das musste der Wachposten der Autospringer sein, der, der das Lichtsignal gegeben hatte! Ehe Anna ihre Freunde warnen konnte, hatte er Günter am Schlafittchen gepackt und schüttelte ihn.

»Was fällt euch ein!«, schrie der Mann.

Jetzt erkannte Anna ihn. Es war gar kein richtiger Mann, sondern ein Junge, der sich die Haare ein wenig zu lang wachsen ließ.

»Willibald«, flüsterte sie, »ich bitte dich, lass uns gehen!«

Willibald ließ vor lauter Überraschung Günter los, als er Anna auf der Straße hocken sah.

»Verdammt, was machst du hier?«, raunte er, wie um seine Kumpane nicht unnötig auf sie aufmerksam zu machen.

»Wir sind schon weg«, gab Anna zurück. »Bitte, lass uns gehen. Wir machen es auch nie wieder!«

Willibald schien einen Augenblick zu überlegen, dann gab er Günter doch noch einen Stoß.

»Nun macht schon, dass ihr wegkommt«, zischte er zugleich. »Aber passt auf, dass ich euch nicht noch einmal erwische! Dann regnet's nicht nur Prügel!«

Und mit diesen Worten rannte er den anderen Autospringern hinterher.

Anna sah, dass der Lkw wieder Fahrt aufgenommen hatte. Bevor er noch schneller wurde, sprang der Mann mit den umgebundenen Kissen von der Ladefläche auf die Straße. Er schien sich doch verletzt zu haben, denn er humpelte. Zwei seiner Kumpane packten ihn links und rechts und schleppten ihn zum Horch, in dem die anderen bereits Platz genommen hatten. Das tiefe Brummen des Motors wurde lauter, und schon waren sie um die nächste Ecke verschwunden.

Ohne ein weiteres Wort rannten Anna und die Jungen los.

»Sie lassen immer was übrig«, hatte Hilde gesagt. »Sie machen bei ihren Überfällen so fette Beute, es kümmert sie nicht.«

Doch Hilde hatte die Autospringer unterschätzt. Ein einziger Karton lag noch auf der Straße, Anna entdeckte ihn in einem Rinnstein. Mit fliegenden Fingern riss sie ihn an sich und griff hinein, doch er war leer. Bestürzt drehte sie den Karton um, schüttelte ihn. Mit Tränen in den Augen las sie das Etikett, das außen angebracht war. Der Mond war hervorgekommen, und in seinem kalten Schein konnte sie das Wort »Beef« erkennen.

Eine Einzige dieser Büchsen, und Hilde und die anderen hätten zumindest in dieser Nacht nicht hungern müssen.

»Hier liegt noch was«, murmelte Günter. »Hier muss irgendwo noch was sein.«

»Wir haben noch gar nicht alles abgesucht«, bestätigte Hans, der nun zu ihnen gestoßen war, und suchte weiter die Straße ab, sein leerer Ärmel flatterte wild, so hektisch rannte er hin und her.

Sie suchten noch lange. Als sie aufgaben, war Anna so traurig und so erschöpft, dass sie nicht wusste, wie sie den langen Heimweg bewältigen sollte. Auch die Jungen schienen am Ende ihrer Kräfte zu sein. Gemeinsam schleppten sie sich bis zum Keller in der Ehrenstraße. Der kleine Jürgen hatte tapfer Wache gehalten, auch er konnte sich kaum noch auf den Beinen halten. Hilde und Helga schliefen bereits. Müde und voller Kummer strich Anna ihnen über die Köpfe, von den Jungen verabschiedete sie sich mit einer stummen Umarmung. Sie wusste nicht, was sie hätte sagen sollen, den anderen schien es ähnlich zu gehen. Dann ging sie heim zum Buttermarkt. Mit wehem Herzen betrachtete sie den Mond, der kalt zu ihr herunterschien, und Anna kam es vor, als wollte er sie verhöhnen.

Doch als sie sich endlich ihrem Zuhause näherte, als sie die schmalen Stufen der Hafengasse, die über und über von Eis bedeckt waren, hinabschlitterte, da fasste sie einen Entschluss. Es gibt, dachte sie, in dieser Stadt, die hungert und friert, Kohlen und Lebensmittel. Es gibt sie. Man muss nur wissen, wie man daran kommt.

Anna straffte ihren Rücken und bot dem kalt lächelnden

Mond trotzig die Stirn. »Warte es nur ab«, erklärte sie ihm, »du wirst schon sehen! Im neuen Jahr wird alles anders!«

Kapitel 24

Marie tanzte, wie sie nie zuvor in ihrem Leben getanzt hatte. Ihre Hüften wiegten sich auf eine Art und Weise, die ihr völlig neu war. Ihre Beine folgten diesem Wiegen, und das wiederum führte dazu, dass ihre Füße über das blank gebohnerte Parkett sprangen, als hätten sie nie etwas anderes getan. Es war ein sehr schneller Tanz, die große Band auf dem hölzernen Podest spielte einen Rhythmus, wie sie ihn noch nie vernommen hatte. Und doch hatte ihr Körper in dem Moment, in dem sie den Saal betreten hatten, sogleich begonnen, sich zu dieser Musik zu bewegen. Und als Dean ihre Hand genommen und sie auf die Tanzfläche geführt hatte, als er ihr Zögern weggelacht und sie in seine Arme genommen hatte, da war ihr, als falle alle Last von ihren Schultern.

»Das ist der Jitterbug«, rief er ihr nun über den Lärm der Musik und der anderen Paare zu. »Ein Tanz aus Amerika, brand new! Ich wusste, das gefällt dir.«

Er zog sie nah zu sich heran, und sie roch sein Aftershave und ein wenig Pfefferminz. Das Schimmern in seinem dunklen Haar verriet ihr, dass er etwas hineingerieben haben musste – auch er hatte sich schick gemacht für diesen

Abend. Vor allem aber bemerkte sie den sanften und dabei doch so intensiven Blick, mit dem er sie anschaute. Sie versank fast in seinen braunen Augen, aber nur für diesen einen Moment, denn im nächsten stieß er sie leicht von sich. Er ließ ihre rechte Hand los, und sie drehte sich, drehte sich, dass der Saum des Kleides, das Agnes ihr geliehen hatte, nur so flog. Sie hatte die Bewegung den anderen Frauen abgeguckt, es gelang ihr auf Anhieb, und dann flog sie zurück in seine Arme und in seinen Blick.

»Du bist ein Naturtalent, my dear«, strahlte Dean, während er sie noch näher an sich zog. Seine Stimme wurde mit einem Mal rau. »Ein Tanz, der süchtig macht und much more.«

Und damit beugte er sich zu ihr hinab und legte für einen winzig kleinen Augenblick seine Wange an ihre. Kühl und glatt war sie, frisch rasiert, und Marie glaubte, ihr Herz setze aus.

Wie hatte sie sich gesträubt. Silvester ausgehen und tanzen. Als Dean es ihr vorgeschlagen hatte auf ihrem nächtlichen Weg durch den Grüngürtel, hatte sie nur die Augen verdreht und zugleich gehofft, dass er es nicht sah. Wie konnte er an Tanzen denken! Ihre täglichen Begleiter waren die bittere Not und ihre Sorge, Anna und Karl heil durch diesen furchtbaren Winter zu bekommen. Sie schuftete sich halb tot beim widerlichen Büll, um mit minderwertigem Brot abgespeist zu werden, das die Kinder trotz ihres Hungers kaum heruntergewürgt bekamen. Sie lebten in einem einzigen Zimmer, das sie die meiste Zeit nicht heizen konnten. Und wenn doch, legte sich eine feine Eisschicht auf die

Wände, so feucht waren sie. Ihre Bäckerei war nach wie vor fast vollständig zerstört, und Marie hatte nicht die geringste Ahnung, wie es ihr gelingen sollte, sie wieder aufzubauen.

Vor allem aber wartete sie auf Matthias. Kein Tag verging, an dem sie ihn nicht vermisste, an dem die Sehnsucht nach ihm sie nicht beinahe zerriss.

Mit Dean tanzen zu gehen, nein, fand Marie, das war ein Ding der Unmöglichkeit.

»Und warum?«, hatte Agnes sie gefragt. »Ist es wirklich, weil du auf Matthias wartest? Oder traust du dir selbst nicht? Magst du diesen Dean vielleicht doch mehr, als du es dir eingestehen willst?«

»Ach was«, hatte Marie geantwortet. »Er ist einfach nur ein netter Kerl, mehr nicht.«

»Dann geh mit ihm aus!«, hatte Agnes gerufen. »Die Kinder kommen klar, auch an Silvester. Du lässt sie jede Nacht allein, wenn du zum Büll gehst. Mensch, Marie! Du darfst dich amüsieren! Du musst es sogar«, hatte sie hinzugefügt. »Die Zeiten sind so hart, du brauchst ein bisschen Ablenkung. Wir alle, eigentlich. Wie sollen wir es sonst schaffen?«

»Meinst du wirklich?«

»Aber selbstverständlich. Komm, ich leih dir auch das Kleid, das ich letztens genäht habe.«

»Das aus dem Anzug, den dein Mann versteckt hatte?«, fragte Marie ungläubig.

»Genau das«, hatte Agnes gesagt und gezwinkert.

»Aber ich kann doch nicht –«

»In einem Kleid aus einem SS-Paradeanzug mit einem

britischen Soldaten tanzen gehen?«, hatte Agnes Maries Satz vollendet und war plötzlich in Lachen ausgebrochen. »Aber natürlich kannst du das! Ich verspreche dir, das sieht man dem Kleid nicht an. Und welche bessere Verwendung gäbe es denn dafür?«

Und nun tanzte Marie in diesem Kleid und drehte sich und drehte sich. Der Stoff des Anzugs, der so vielen Menschen Angst eingejagt hatte, schwang ganz wunderbar zu diesem Tanz aus Amerika mit dem lustigen Namen. Agnes hatte ihr sogar Schuhe geliehen, sie waren ihr ein wenig zu groß, aber das machte nichts, überhaupt nichts. Denn da war dieser große, sie unentwegt anblickende Mann, der sie umfasste und der Marie einen Halt gab, wie sie ihn seit Jahren vermisste.

Sie tanzten, bis die Band eine Pause einlegte. Dean nahm sie an der Hand, er verschränkte seine Finger mit ihren, er tat es so selbstgewiss, als habe sie es ihm erlaubt, und Marie, in deren Bauch der kleine Gummiball wilde Kapriolen vollführte, ließ es geschehen.

Hand in Hand flanierten sie durch den Saal, der voller Paare war, die meisten Männer in britischen Uniformen, die Frauen in selbst genähten Kleidern. Mädchen mit weißen Häubchen auf dem Kopf balancierten Tabletts voller gefüllter Sektgläser, und als Dean seine Brieftasche zückte, wollte Marie ablehnen, doch er schien an diesem Abend keinen Widerspruch zuzulassen.

»Ich kann nicht«, murmelte Marie, als er ihr das Glas reichte. »Ich kann keinen Sekt mit dir trinken. In dieser Stadt, in diesem Land verhungern und erfrieren die Menschen! Und ihr«, sie wies auf die Männer um sie herum, auf die Uniformen, »trinkt Sekt! Dean, das geht nicht!«

»I know«, sagte er und legte einen Arm um ihre Taille. »Ich sehe deine Not, dear Marie«, flüsterte er in ihr Haar. »Und die deiner Landsleute. Und ich sehe die Not meiner Landsleute. The Brits are starving as well.«

»Ihr hungert auch?«, fragte Marie und lehnte sich in seinem Arm zurück, um ihn besser betrachten zu können.

Über Deans Gesicht hatte sich ein Schatten gelegt.

»Ja, of course. Was glaubst du, was die deutsche Wehrmacht mit unserem Land gemacht hat? Denkst du, nur ihr Germans wisst, was ein Bombenkrieg bedeutet? Wie es ist, wenn ganze Städte werden destroyed? We also know it, Marie, we know it too well.«

»Oh, Dean.«

»Psst. Don't talk, sweet Marie«, sagte er sanft, ehe er ihr erklärte, dass auch die Briten hungerten, während sie zugleich für die deutsche Bevölkerung sorgten. »Wir importieren tonnenweise Getreide, vor allem aus die USA. Viele meiner Freunde at home verstehen das nicht. Aber ich finde, es ist richtig, it's the only way. Wenn wir dauerhaft Frieden wollen, dann wir müssen das zusammen schaffen. Dann es müssen aus Feinden Freunde werden.« Er sah ihr tief in die Augen. »Verstehst du?«

»Ja.« Marie senkte den Blick. Sie schämte sich. Wie oft hatte auch sie auf die Besatzer geschimpft, auf die kärglichen Lebensmittelrationen. Warum hatte sie nie darüber nachgedacht, wie es den Menschen anderswo erging, in den Ländern, die sie, die Deutschen, überfallen und in einen schrecklichen Krieg gestürzt hatten? Marie spürte, wie ihre Wangen tiefrot wurden.

»Ich weiß nicht, was ich sagen soll«, sagte sie.

»Don't talk, my love«, antwortete Dean. Dann lachte er und hob beide Arme, in den Händen hielt er immer noch die Gläser. »Trink einfach Sekt mit mir!«

Marie hatte noch nie in ihrem Leben Sekt getrunken, in ihrer Ehe mit Matthias hatte es solchen Luxus nicht gegeben und in ihrem Leben davor erst recht nicht. Doch nun trank sie. Es schmeckte ihr nicht wirklich, doch sie mochte das Prickeln auf ihrer Zunge und in ihrem Hals. Und als Dean sie zurück auf die Tanzfläche zog, als seine Hände nach ihr griffen, als sie sich miteinander bewegten in diesem Strudel aus Musik und Lachen, da war ihr, als prickelte ihr ganzer Körper.

Später gingen sie für einen Moment vor die Tür. Die eisige Kälte verschlug Marie den Atem. Stockdunkel war es auf der Straße, denn die Zimmer des Saals, in dem sie tanzten, waren alle zugeklebt mit großen Pappscheiben.

»Warum kann man nicht durch die Fenster sehen?«

»Das weißt du nicht?«

»Nein.«

»Es ist so.« Dean schien nach den richtigen Worten zu suchen. »An diesem Ort tanzen German Fräuleins mit British Soldaten. Wenn man hineinschauen könnte, die Fräuleins würden nicht hierherkommen.«

»Nicht?«

»No.«

»Und warum?«

»Ach, Marie, verstehst du das wirklich nicht? Die Mädchen – wie sagt man? – schämen sich.«

Endlich verstand Marie, wovon Dean sprach. »Weil man sie für Besatzerliebchen halten könnte.«

»Besatzerliebchen!«, seufzte er. »What a name. Es klingt so sweet und wird doch so grausam benutzt.«

Marie nickte. Sie wollte auch nicht als Besatzerliebchen beschimpft werden, auf gar keinen Fall. Doch da gab es etwas, was sie Dean sagen musste, jetzt sofort, hier, in der Kälte, auf dem unwirtlichen Bürgersteig. Ihr Herz hatte es ihr schon so lange gesagt, und nun schrie es förmlich danach, es auszusprechen. Doch es musste leise gesagt werden, ganz leise. Also stellte sie sich auf die Zehenspitzen, um es Dean ins Ohr zu flüstern.

»Ich –«, begann sie, doch weiter kam sie nicht. Eine Gruppe junger Leute, die lauthals miteinander diskutierten, stürmte auf den Eingang zu.

»Das kann er doch nicht sagen!«, rief einer der Jungen, ein schlaksiger Kerl. »Das ist nicht gottgewollt!«

»Und krepieren ist gottgewollt, oder was?«, fiel ihm ein Mädchen ins Wort. »Denn davon reden wir hier: stehlen oder sterben!«

Marie erschrak. Worum ging es bei diesem Gespräch? Dean, der sie die ganze Zeit im Arm gehalten hatte, runzelte die dichten Brauen und führte sie wieder hinein.

»Come on, lass uns weitertanzen!«

Und so tanzten Marie und Dean. In den Pausen erfuhren sie, was die jungen Leute vor der Tür so aufgebracht hatte, der ganze Saal sprach davon. Der Kölner Kardinal Frings hatte in seiner Silvesterpredigt in einer Kirche im nördlichen Riehl gesagt, wenn es nötig sei, um zu überleben, sei Diebstahl erlaubt. Er hatte es ein wenig verklausulierter ausgedrückt, doch seine Zuhörer hatten ihn sofort verstanden und trugen nun die Kunde durch die ganze Stadt. Ein katholischer Geistlicher erlaubte ihnen, zu stehlen! Die Feiernden, die davon hörten, schwankten zwischen Belustigung, Unglauben und blankem Zorn, in jeder Ecke standen Menschen und redeten sich die Köpfe heiß.

Die Einzigen, die kein Wort darüber verloren, waren Dean und Marie. Marie hatte vor langer Zeit beschlossen, nie wieder etwas mit der Kirche zu tun zu haben. Es war ihr vollkommen egal, was ein katholischer Geistlicher sagte, war er nun ein Kardinal oder gar der Papst. Und Dean, das sah sie ihm an, dachte auch keine Sekunde darüber nach. Er hatte nur Augen für sie.

Als er ihre Hand nahm und sie noch einmal nach draußen führte, ging Marie mit ihm. Und als er nicht vor der Tür stehen blieb, wo all die anderen standen, sondern weiterging bis zu seinem Jeep, der ein wenig abseits auf der dunklen Straße geparkt war, da ließ sie seine Hand nicht los. Und als er die Beifahrertür öffnete und sie fragend anblickte, da kletterte sie hinein.

Marie hatte durch Matthias die Liebe kennengelernt. Es war die zärtliche, fürsorgliche Liebe eines Mannes, der ein wenig älter war als sie, der schon verheiratet gewesen war, ein Kind gezeugt hatte. Matthias hatte sie auf eine Weise geliebt, als sei sie aus Porzellan, wunderschön und zerbrechlich. Nun, als Dean zu ihr ins Auto kletterte, als sein Mund ihren suchte, als er leise aufstöhnend seine Hand nach ihr ausstreckte, erfuhr sie, dass es noch eine andere Art der Liebe gab. Eine wilde, vollkommen ungezügelte Liebe. Der Gummiball in ihrem Bauch hüpfte nicht mehr, er geriet in einen heißen Strudel. Da packte Marie Angst. Was tat sie hier? Was war bloß in sie gefahren?

»Nein, nein«, stotterte sie, als sie sich Dean entwand. »Es geht nicht, nein, es tut mir leid, es geht nicht!«

Dean ließ sie sofort los. Er half ihr, die Tür zu öffnen, sah sie dabei jedoch nicht an, sondern verbarg das Gesicht in seinen Händen. Beinahe panisch kletterte Marie hinaus aus dem Jeep und rannte fort in die kalte Nacht.

Sie rannte und rannte, sie wusste nicht einmal, ob es die richtige Richtung war, ob dieser Weg sie nach Hause führte oder einfach nur immer weiter weg. Sie kannte sich in dieser Gegend nicht aus und fror erbärmlich in ihrem Kleid aus SS-Uniformstoff.

»Was tue ich bloß?«, rief sie in die Nacht, ein ums andere Mal, »was tue ich bloß?«

Dann, endlich, blieb sie stehen. Um sie herum nichts als Trümmerwüste. Und von fern, weit weg, Glockengeläut.

Mitternacht. Das neue Jahr begann. 1947. Und sie stand allein im Nirgendwo, und der Mann, den sie begehrte, saß allein in seinem Jeep, das Gesicht in den Händen verborgen.

Die Wolkendecke riss auf. Der Mond erschien und sandte seinen silbrigen Schein direkt zu ihr herab, auf ihr Haar, ihr Gesicht, ihre Hände. Es war, als erinnerte er sie daran, wie Dean sie gerade noch liebkost hatte, wie leidenschaftlich er gewesen war.

Da gab es für Marie kein Halten mehr. Die Kälte war ihr plötzlich egal. Sie rannte und hatte nur ein Ziel vor Augen: nur ja den Weg wiederzufinden.

Und als sie den Jeep erreichte, als sie die Tür aufriss und Deans dunkle Augen erblickte, da sagte sie endlich, was sie schon vor der Tür sagen wollte, als die Gruppe junger Leute sie gestört hatte.

»Ich schäme mich kein bisschen«, sagte Marie und kletterte zurück zu Dean in den Jeep.

Später fuhr er sie nach Hause. Marie saß neben ihm auf dem Beifahrersitz, das Haar zerzaust, das Kleid nur notdürftig mit den Handflächen geglättet. Sie brauchten lange für die Strecke, viel länger als auf dem Hinweg, denn Dean hielt immer wieder an, um sie zu küssen. Sie lachten und sie küssten sich, und Marie war so leicht ums Herz wie schon lange nicht mehr.

Sie dachte nicht darüber nach, was das alles zu bedeuten hatte, wohin es führen würde und wohin nicht. Mit einer Leichtigkeit, die ihr diese Silvesternacht geschenkt hatte, hatte sie beschlossen, all das hintenanzustellen. In dem Leben, das sie führte, war nicht vorgesehen, dass sie ausgerechnet jetzt so glücklich war.

Die Nacht mit Dean war ein Geschenk, unverhofft und wundervoll.

Später würde sie darüber nachdenken, jetzt nicht.

»Ich drehe noch eine Runde«, sagte Dean, als sie den Alter Markt erreicht hatten, und zwinkerte ihr zu. Sie lachte nur und fuhr ihm durchs Haar. Und als er den Jeep parkte, unweit des zerstörten Rathauses, da liebten sie sich noch einmal.

Im Buttermarkt angekommen, bestand er darauf, sie zu begleiten.

»Nur bis in Hof, so that ich weiß, dass du sicher ins Haus kommst.«

Der Mond war hinter dichten Wolkendecken verschwunden, es dämmerte bereits. Dean half ihr aus dem Wagen und nahm ihren Arm, wie er ihn immer nahm, seit er sie durch den Grüngürtel geleitete. Marie schmiegte sich an ihn.

»When will I see you again?«, raunte er an ihrem Hals und bedeckte sie zugleich mit Küssen.

»Nächste Nacht, im Grüngürtel«, gab sie zurück und wollte ihn ein letztes Mal umarmen, als sie ein dünnes Stimmchen vernahm.

»Mama, bist du das?«

Marie fuhr ein eisiger Schreck in die Glieder. Karl! Was machte er um diese Zeit hier draußen im Hof? Sie fuhr herum und erblickte zwei Gestalten, die eng aneinandergekauert vor der verschlossenen Tür standen. Die Kinder!

»So, so, der Weihnachtsmann«, murmelte Anna, sie hielt den Kleinen fest umschlungen.

»Aber was ist denn passiert?«, rief Marie.

»Was passiert ist?«, gab Anna zurück. »Wir sind obdachlos.«

Kapitel 25

Sie waren vor Tagesanbruch gekommen. Anna und Karl hatten geschlafen, Anna gerade einmal drei Stunden, seit sie von der Aktion in Ehrenfeld zurückgekehrt war. Als sie sich mit wild klopfendem Herzen an die Tür wagte, hielt sie den Kleinen hinter ihrem Rücken versteckt. Doch diesmal waren es keine Plünderer, und es war auch nicht ihre liebe Freundin Helga. Es waren drei stiernackige Polizisten, einer trug unter dem Arm ein Bündel Papiere.

»Wo ist eure Mutter?«, wollte der Größte von ihnen wissen.

»Tanzen«, flüsterte Karl, noch bevor Anna ihm den Mund zuhalten konnte.

Die Polizisten berieten sich untereinander.

»Dann versiegeln wir jetzt das Haus, raus mit euch!«, sagte der Größte und fuchtelte herrisch mit der rechten Hand.

»Bitte«, flüsterte Anna, »das können Sie nicht tun!«

»Selbstverständlich können wir das, junges Fräulein«, hatte der Größte getönt und dabei genickt. »Das Haus gehört euch nicht, also raus mit euch!«

»E-e-es gehört uns nicht?«, stammelte Anna.

Der größte Polizist verlor die Geduld. Mit der Linken schubste er Anna nach draußen, in der Rechten hielt er ihr ein Blatt Papier hin. »Muss ich alles zweimal sagen? Hier, gib dieses Papier deiner Mutter. Und nun macht, dass ihr Land gewinnt!«

Als Marie endlich kam, spürte Anna ihre Zehen und Hände schon lange nicht mehr. Karl, den sie in ihren Armen hielt, hatte angefangen, sehr schnell und flach zu atmen.

Annas Entsetzen über das, was geschehen war, steigerte sich noch, als sie Marie erblickte. Der Mann, der sich als Weihnachtsmann ausgegeben hatte, hielt sie auf eine Weise umschlungen, die Anna nach Luft schnappen ließ. Noch schlimmer jedoch war Maries Gesichtsausdruck, soweit Anna ihn im Dämmerlicht des frühen Morgens erkennen konnte. Sie schien so glücklich, wie Anna sie seit Jahren nicht gesehen hatte. Sie gab sogar ein gurrendes Geräusch von sich, während der Soldat ihren Hals mit Küssen bedeckte.

Doch Maries Gesichtsausdruck veränderte sich schlagartig, als sie sie erblickte. Sie stieß den Mann von sich, als sei er ein lästiges Insekt, rannte zu ihnen und drückte sie beide an sich. Das Erste, was Anna auffiel, war Maries Geruch: Sie roch anders als sonst, und das schöne Kleid, das Tante Agnes ihr geliehen hatte, war vollkommen verknittert. Zum allerersten Mal in ihrem ganzen Leben wollte Anna sich nicht von Marie umarmen lassen. Sie wand sich und gab ihr das Schreiben, das die Polizisten dagelassen hatten.

»Da. Lies.«

Marie starrte auf das Papier, ihre Lippen bewegten sich lautlos, sie schien einfach nicht zu verstehen, was dort geschrieben stand.

»Ungültiger Kaufvertrag?«, flüsterte sie schließlich. »Was soll das bedeuten?«

Der britische Soldat war neben Marie getreten und wollte einen Blick auf das Papier erhaschen, doch Marie drehte sich weg.

»Geh! Bitte, geh!«

Anna sah, wie das Gesicht des Soldaten sich schmerzlich verzog, doch er verließ den Hof ohne Widerworte.

»Es ist ein Versehen«, murmelte Marie. »Es muss ein Versehen sein!«

Wie in Trance streckte sie die Hand zur Tür, drückte die Klinke. Einmal, zweimal, noch einmal. Dann begann sie wie von Sinnen daran zu rütteln.

»Es ist ein Versehen!« Ihre Stimme überschlug sich. »Es ist ein Versehen!«

Während Anna sie beobachtete, mischten sich in ihrem Herzen Verzweiflung und ein ihr bislang völlig unbekanntes Gefühl.

»Du hast dich mit diesem Soldaten amüsiert!«, entfuhr es ihr. »Und in der Zeit haben wir unser Zuhause verloren! Weil Karl und ich allein waren und du Besseres zu tun hattest!«

»Aber es ist ein Versehen!«, schrie Marie noch einmal. »Dies ist unser Haus! Ich war dabei, als Matthias es von den Kohns gekauft hat!«

Kaum hatte sie den Namen ihres Mannes erwähnt, schien alles Leben aus ihr zu weichen, und sie sank in sich zusammen.

»Du hast recht«, murmelte sie und sandte Anna einen verzweifelten Blick. »Es ist meine Schuld, es ist alles meine Schuld.«

»Was steht da unten?«, meldete sich Karl zu Wort. Er hatte das Papier an sich genommen und betrachtete es mit großem Ernst. Er konnte längst mehr als das »a« und das »e«, aber für ganze Sätze reichte es noch nicht.

»Es gibt Notunterkünfte«, sagte Anna, während sie las. »In Bickendorf, neben einer Kaserne. Dorthin können wir uns wenden.«

»Bickendorf?«, fragte Karl. »Ist das weit weg?«

»Schon. Das ist ganz im Norden von Köln.«

Anna wusste, dass in der Nähe von Bickendorf früher ein Flugplatz gewesen war, sie hatte die Flugzeuge manchmal über der Stadt gesehen, doch sie waren winzig gewesen. Sie würden eine Ewigkeit bis dorthin brauchen.

»Notunterkünfte!«, stieß Marie hervor. »Nur über meine Leiche! Ich gehe jetzt zum Amt, ich kläre das!«

»Wie denn?« Anna erschrak selbst über den gehässigen Ton in ihrer Stimme, doch sie konnte nichts dagegen tun. »Es ist Neujahr! Die Ämter haben alle geschlossen.« Sie schüttelte den Kopf. »Verdammt, Marie, wach auf!«

»Vielleicht können wir zu Tante Agnes?«, schlug Karl vor. »Sie ist immer lieb!«

Jetzt schüttelte Marie den Kopf.

»Das wird nicht gehen, mein Schatz. Ihr wisst doch, ihr Mann ...«

Allein die Erwähnung reichte, um Anna zusammenzucken zu lassen. Nein, dort konnten sie nicht hin.

»Dann gehen wir jetzt los«, entschied Anna. »Nach Bickendorf. Wir werden erfrieren, wenn wir länger hier draußen bleiben.«

In diesem Moment war auf der Gasse das Trappeln eines Pferdes zu vernehmen und das Quietschen eines Wagens. Anna hörte den Kutschbock ächzen, als jemand Schweres heruntersprang, und Schritte, die sich ihnen näherten. Und dann stand ein dicker Mann im Hof – niemand anderes als der Büll!

»Was tun Sie denn hier?«, fragte Marie und blickte den dicken Bäcker überrascht an.

»Ich hole euch«, antwortete der Büll. »Bin ja kein Unmensch.«

»Aber woher wissen Sie, was geschehen ist?«

Der Büll schüttelte ungeduldig den Kopf. »Frag nicht, Marie, pack dir die Kinder und komm mit!«

Vor dem Haus war ein leises Schnauben zu hören.

»Da draußen steht ein Pferd!«, krähte Karl. »Ich will es streicheln!«

Der Büll gab ein Grunzen von sich, legte seine dicke Pranke um Karls Hand und wollte mit ihm hinaus auf den Buttermarkt.

»Nein!«, brüllte Anna und riss Karl an sich. »Wir sind schon auf dem Weg nach Bickendorf! Dort gibt es Notunterkünfte!«

Der Büll drehte sich zu ihr um und musterte sie, seine Stimme war voller Spott.

»Bickendorf, das klingt gut, kleine, vorlaute Anna. Ganz formidabel werdet ihr da wohnen in den Nissenhütten. Blechcontainer sind das, in die man die Familien zusammenpfercht, getrennt nur durch ein paar fadenscheinige Laken, die von der Decke herabhängen. Eiskalt ist es dort, und täglich holen sie die Leichen ab, die Weiße Pest rafft sie dahin, vor allem die Kinder, eins nach dem anderen. Vorher allerdings fressen ihnen die Ratten die Zehen ab, den Kleinsten zuerst.«

Karl, der wie immer genau zugehört hatte, fing an zu weinen.

»Nicht nach Bickendorf, bitte, bitte, Anna! Nicht nach Bickendorf, Mama!«

»Du sagst es«, grunzte der Büll, griff erneut nach seiner kleinen Hand und zerrte ihn vom Hof.

Anna glaubte, ihr Herz bliebe stehen.

»Marie! Nun tu doch etwas!«, schrie sie und packte Maries Arm.

»Was soll ich denn tun?«, entgegnete Marie und senkte ihren Blick, ihr Gesicht nass von Tränen. »Was bleibt uns denn übrig?«

Sie wandte sich ab und folgte dem Büll.

Anna war fassungslos. Sollte sie die beiden allein ihrem Schicksal und dem Büll überlassen? Nein! Das ging nicht. Sie war so durchgefroren und mutlos, dass sie keinen anderen Ausweg wusste, als Marie hinterherzueilen.

Vor dem Haus stand ein mageres Pferd vor einem klapprigen Leiterwagen, auf dem sonst wohl das Mehl transportiert wurde. Der Büll half zuerst Marie, dann Anna auf die Ladefläche, Karl saß bereits auf dem Kutschbock.

Mit einem Zungenschnalzen setzte der Büll Pferd und Kutsche in Bewegung. Anna drehte den Kopf. Sie erhaschte einen letzten kurzen Blick auf ihre geliebte Bäckerei. Dann fuhren sie davon, und ihr war, als reisten sie geradewegs in die Hölle.

Das Obdach, das der Büll ihnen bot, war eine winzige, fensterlose Kammer gleich neben der Backstube. Sie schliefen auf Strohsäcken und hatten nicht einmal einen Tisch oder einen Stuhl. Auch einen Schrank gab es nicht. Doch was hätten sie auch hineintun sollen? Alles, was sie mitbrachten, waren die Kleider, die sie trugen.

Immerhin, durch die Nähe des Ofens war der Verschlag so warm, dass Anna die ersten Nächte kaum Schlaf fand. Sie war eine solche Hitze nicht gewohnt. Und sie litten keinen Hunger mehr, denn sie mussten nicht mehr allein von dem leben, was sie für ihre Lebensmittelmarken bekamen. Abends knallte ihnen die lange Lina eine Schüssel mit matschigem Eintopf hin, von dem Anna nicht wissen wollte, was darin war. Doch er machte einigermaßen satt.

Zu Annas Schrecken ließ sich nichts schnell aufklären. Sie fragte Marie immer und immer wieder, wann sie zurück nach Hause könnten, doch Marie strich ihr nur besänftigend über die Stirn und versprach ihr, zur Militärverwaltung zu gehen und alles zu klären, sobald der Büll sie früher von der Arbeit wegließ.

Doch obwohl der Büll ihr nicht einmal einen richtigen Lohn zahlte, ließ er Marie Tag und Nacht schuften. Wenn sie endlich ein paar Stunden freihatte, war es immer schon so spät, dass die Ämter längst geschlossen hatten. Anna sah Marie kaum noch, und wenn doch, dann nur, wie sie vollkommen erschöpft in ihre muffige Kaschemme gewankt kam und fast augenblicklich in einen unruhigen Schlaf fiel.

Tagelang zermarterte Anna sich den Kopf, was wohl geschehen war. Wie konnte ihre Bäckerei plötzlich nicht mehr ihnen gehören? Sie hatte das Gefühl, in einem Albtraum gefangen zu sein. Und Marie war so schrecklich untätig! Hatte Onkel Matthias ihnen nicht gesagt, sie sollten die Bäckerei bewahren und am Laufen halten? Stattdessen lebten sie wie Sklaven beim Büll, diesem ekligen Mann, der sie auf eine Weise ansah, dass ihr schlecht wurde. Anna spürte, wie in ihr eine ungeheure Wut heranwuchs, auf den Büll, aber auch auf Marie. Und diese Wut wurde von Tag zu Tag größer.

Trost fand sie nur bei Hilde, die sie nach der Schule besuchte.

»Wo ist die Karotte?«, fragte ihre Freundin. Ihre Stimme war nur mehr ein Krächzen.

»Marie hat ihn heute nicht mitgehen lassen.« Anna setzte sich zu Hilde aufs Bett und strich ihr die verschwitzten Haare aus der Stirn. »Der Schulweg ist jetzt so weit. Ich brauche fast eine Stunde durch Eis und Schnee, und Marie meint, das schafft Karl nicht. Nicht jeden Tag.«

Hilde nickte.

»Das verstehe ich«, flüsterte sie und musste so sehr husten, dass Anna nicht wusste, ob ihr deshalb die Tränen aufstiegen oder aus einem anderen Grund. »Ich hätte ihn nur gerne noch mal gesehen.«

Anna schauderte.

»Wie meinst du das?«

Hilde versuchte, etwas zu sagen, doch ihre Antwort ging in einem weiteren Hustenanfall unter. Ihr abgemagerter Körper krampfte sich zusammen, und aus ihrer Brust kam ein Geräusch, als ratterten tausend Ketten darin.

»Hilde, Hilde! Was hast du denn nur?«, rief Anna verzweifelt.

Doch ihre Freundin hustete immer weiter, sie hielt sich einen Zipfel der schmuddeligen Decke, unter der sie lag, vor den Mund, und als sie erschöpft zurücksank, sah Anna, dass dieser Zipfel voller Blut war.

»Oh nein, oh nein! Du blutest! Hilde, du musst zum Arzt!«

»Lass sie.« Aus dem Dunkel des Raums war Günter zu ihr gekommen. »Lass sie schlafen, bitte, sie braucht Ruhe.«

»Sie braucht einen Arzt«, rief Anna, außer sich vor Angst.

»Den können wir nicht bezahlen«, gab Günter müde zurück.

»Aber wir müssen etwas tun!«

Günter schien seine Worte einen Moment zu wägen. Dann sah er sie kurz an und schlug das gesunde Auge nieder.

»Ihr wohnt doch jetzt bei dem Bäcker. Was Hilde dringend braucht, was wir alle brauchen, ist etwas zu essen. Mensch, Anna«, fügte er hinzu, als er ihr entgeistertes Gesicht sah. »Sogar der Kardinal hat's erlaubt! Wir fringsen doch jetzt alle.«

Anna nickte. Sie hatte verstanden. Zärtlich strich sie Hilde noch einmal über die Stirn, ihre Freundin schien so sehr zu fiebern, dass sie sie gar nicht mehr wahrnahm.

Beim ersten Mal ging alles gut, beim zweiten Mal auch. Anna nahm nur von den schlechten Broten. Es widerstrebte ihr, ihren Freunden dieses minderwertige Zeug zu bringen, aber sie fürchtete, dass der Büll und seine Frau auf die guten Brote besser aufpassten. Beim dritten Mal wurde sie auf frischer Tat ertappt.

Anna hatte geglaubt, allein in der Backstube zu sein. Es war später Nachmittag, der Geselle war gegangen und Marie in einen erschöpften Schlaf gefallen. Normalerweise ging der Büll um diese Zeit irgendwelchen Geschäften in der Innenstadt nach, und seine Frau stand im Laden. Doch als Anna eines der Brote, die noch auf dem Reck waren, unter ihren schiefen Mantel schob, schloss sich plötzlich eine eiserne Klaue um ihren Oberarm.

»Hab ich dich, du diebische Elster!«, zischte es hinter ihr.

Anna spürte, wie ihr die Haare zu Berge standen. Es war der Büll.

»Tut – tut mir leid«, stammelte sie und wollte das Brot zurücklegen. »Es tut mir sehr leid!«

»Ist das der Dank?«, zischte er. »Ich sorge für dich, du elende Brut! Und du bestiehlst mich?«

»Es kommt nie wieder vor!« Er hatte ihren Arm so fest

gepackt, dass ihr schwindlig wurde. »Sie tun mir weh! Bitte, lassen Sie mich! Bitte!«

»Das könnte dir so passen, du kleine Diebin!« Er betrachtete sie von oben bis unten. »Obwohl, so klein bist du nun auch nicht mehr ...« Sein Ton hatte sich mit einem Mal verändert. »Na warte, Diebstahl gehört bestraft!« Und mit diesen Worten zerrte er Anna in den Mehlraum.

Anna rannte. Sie rannte, schrie und weinte. Sie rannte die Berrenrather Straße hinauf, durch den Grüngürtel, über den Barbarossaplatz mit seinen traurigen Baumstümpfen. Auf dem Ring stürzte sie. Sie spürte das Eis, das die Bürgersteige seit Wochen bedeckte, hart wie Stein unter ihrer Wange, und für einen Moment war ihr danach, einfach liegen zu bleiben. Die Angst, zu erfrieren, war ihr schon lange vertraut. Nun, mit einem Mal, schien die Kälte, die verhasste Kälte, eine Freundin zu sein.

Liegen bleiben, dachte Anna, einfach liegen bleiben. Erfrieren. Welche Wohltat.

Die Stimme hörte sie nur wie von ferne.

»Mädchen, was machst du da? Brauchst du Hilfe?«

Ein altes Mütterchen war bei ihr stehen geblieben, stützte sich schwer auf einen Stock.

»Warte, ich helfe dir.«

»Danke.« Das kleine Wort kam Anna kaum über die blutigen, zerbissenen Lippen. Mit Mühe rappelte sie sich auf, blickte auf das alte Mütterchen, das sie anschaute, als habe es genau verstanden. Dann stolperte sie weiter.

Hilde. Ich. Muss. Zu. Hilde. Die Worte hämmerten in

Annas Kopf. Hilde. Ihre Freundin. Ihre einzige Freundin. Sie musste zu ihr.

Wohin, wenn nicht zu Hilde?

Als Anna endlich ankam, sah sie nicht den erschreckten Blick, den Horst ihr zuwarf, der draußen vor dem Keller auf dem Bürgersteig hockte. Sie hörte auch nicht, was er rief. Sie stürzte die Stufen hinunter, durch den mit Spinnweben verhangenen Gang. Unten in der Tür stand jemand – Günter. Sie stieß ihn beiseite. Hilde, sie musste zu ihr, sofort. Günter sagte etwas, sie verstand es nicht. Er versuchte, sie aufzuhalten, doch sie riss sich los.

Hilde lag im Bett, Hans und die Kleinen standen um sie herum. Sie lag ganz still, ihr Körper bäumte sich nicht auf wie in den letzten Tagen, als die Hustenkrämpfe sie schlimmer gequält hatten als je zuvor. Vielleicht ging es ihr besser? Gestern hatte sie noch ein kleines Stückchen vom schlechten Brot des Büll gegessen. Beim Gedanken an den Büll wurde Anna so übel, dass sie glaubte, sich übergeben zu müssen. Bloß nicht!, schalt sie sich im Stillen, nicht jetzt, nicht hier!

Vorsichtig trat sie an das Bett heran. Hilde schien zu schlafen. Ihr Gesicht war ganz weiß, viel weißer als der schmutzige Sack, der ihr als Kissen diente.

Hans und die Kleinen wichen zurück, als Anna nach Hildes Hand griff. Anna atmete auf. Sie war bei ihr, endlich. Hilde würde wissen, was zu tun war.

Doch Hildes Hand war kalt wie das Eis auf dem Bürgersteig. In dem Moment, in dem Anna sie berührte, wusste sie, was geschehen war. Und in ihr explodierte ein Schmerz, der viel gewaltiger war als der, der sie hierhergeführt hatte. Anna schrie, sie schrie auf eine Weise, wie sie nie zuvor geschrien hatte. Dann kniete sie nieder und legte ihre Wange an die Hand der toten Freundin.

»Nimm mich mit«, flüsterte sie unter Tränen, »bitte, nimm mich mit.«

Kapitel 26

Marie erstickte fast an ihrer Schuld. Wie hatte sie nur mit Dean zum Tanzen gehen können! Wäre sie in der Silvesternacht zu Hause gewesen, sie hätte das Missverständnis gleich aufklären können. Denn um ein Missverständnis musste es sich handeln, es konnte gar nicht anders sein. So aber waren Karl und Anna allein gewesen, als die Polizei kam. Wie mussten sie sich erschrocken haben! Karl war immer noch ganz blass, er aß wenig, weinte viel und kuschelte sich an sie, sobald sie in den Verschlag kroch, der ihnen nun das Heim ersetzen musste. Hinzu kam, dass er von der Tochter des Büll unentwegt wegen seiner roten Haare gehänselt wurde. Die große Mütze, von der Marie nicht wusste, woher er sie hatte, zog er mittlerweile nicht einmal mehr nachts aus.

Sie wusste so viel nicht über die Kinder. Vor allem Anna machte ihr Sorgen. Ihre Große wich ihr aus, wo sie nur konnte. Wie nah sie sich immer gewesen waren! Nun aber schien Anna etwas vor ihr zu verbergen, etwas, das so schwer wog, dass Marie nachts von ihrem Weinen geweckt wurde. Anna sprach auch wieder im Schlaf, mehr denn je, doch Marie wusste mit den Namen, die sie rief, nichts anzufangen. Wenn Marie sie dann zärtlich streichelte, sie an sich drückte, wachte Anna auf und stieß sie von sich, als habe sie ihr Böses gewollt.

Marie war verzweifelt. Aus ganzem Herzen hoffte sie, dass das Mädchen ihr bald anvertrauen würde, was ihm so schwer auf der Seele lastete.

Ihre eigene Seele schien ihr schwarz wie die Nacht. Sie verbot sich jede Erinnerung an das, was in der Silvesternacht in Deans Jeep passiert war. Denn wann immer sie daran dachte, flutete eine heiße Welle der Scham über sie hinweg. Sie hatte die Ehe mit dem Mann, den sie über alles liebte, gebrochen. Und warum? Wegen eines Gummiballs in ihrem Bauch, wegen eines fremden Soldaten mit glänzendem Haar und sanftem Blick. Und vielleicht auch, weil sie geglaubt hatte, ein Recht auf ein wenig Glück zu haben, sei es auch noch so flüchtig. Wie töricht sie gewesen war!

Marie verbat es sich auch, an Dean zu denken, an das, was sie für ihn empfand. Sie musste ihn aus ihrem Herzen verbannen.

Wie sollte sie jemals Matthias unter die Augen treten, wenn er eines Tages heimkehren würde?

In welches Heim?, fragte sie sich sogleich. Er würde vor einem Haus stehen, das nicht mehr seins wäre. In dem niemand auf ihn warten würde – sie nicht, Anna nicht und nicht der kleine Karl, den er noch nie gesehen hatte.

Sie schluchzte laut auf. Die Schuld drückte sie so sehr, sie glaubte, jeden Moment darunter zusammenbrechen zu müssen.

»Weinen kannste nachher!«, brüllte der Büll. »Jetzt wird gearbeitet!«

Marie zuckte zusammen und wandte sich wieder den Teigballen zu, die sich auch an diesem frühen Morgen nicht kneten ließen, so viel Hafer hatte der Büll hineingemischt.

Seit sie bei ihm leben musste, schikanierte er sie noch mehr als zuvor. Marie ließ es geschehen. Sie glaubte, es nicht anders verdient zu haben. Warum sollte sie aufbegehren? Sie, eine Ehebrecherin? Sie konnte froh sein, dass der Büll ihr Arbeit und Obdach bot, und sei es auch noch so erbärmlich.

In den ersten Tagen hatte sie ihn angefleht, sie ein einziges Mal früher von der Arbeit wegzulassen, damit sie zum Rathaus gehen und das Missverständnis aufklären konnte, das ihnen das Haus genommen hatte. Doch er hatte so getan, als hörte er sie nicht. Und als ihr Flehen drängender geworden war, hatte er ihr sogar den Mund verboten.

»Ruhe jetzt! Ich will das nicht mehr hören! Wenn du nicht arbeiten willst, dann geh! Nimm deine Bälger und guck, wo du bleibst!«

Marie hatte den Mund gehalten. Doch sie zermarterte sich den Kopf, wie sie dem Büll für ein paar Stunden unbemerkt entfliehen konnte.

Nach einer Woche kam Karl, der wie immer im ersten Licht des Morgens in den Hof gerannt war, um das dürre Pferd zu streicheln, zu ihr in die Backstube und schob seine Hand in die Tasche ihrer Bäckerhose. Die Hose war, genau wie das Hemd, das sie trug, eine Leihgabe von Egon. Außer dem

Kleid, das Marie in der Silvesternacht getragen hatte, Deans Handschuhen und ihren beiden Umhängen besaß sie nichts mehr zum Anziehen.

»Nicht hingucken«, flüsterte Karl, »erst später.« Und schon war er wieder verschwunden.

Marie spürte, dass es ein Stück Papier war, das Karl ihr gebracht hatte. Doch sie spürte auch den argwöhnischen Blick des Büll, und so tat sie, als sei nichts geschehen.

Erst viel später, im Halbdunkel des Verschlags, traute sie sich, das Papier hervorzuholen.

Es war ein Brief, an sie adressiert, in einer schönen, ihr unbekannten Handschrift. Marie öffnete ihn, und sofort schlug ihr Herz schneller.

Dearest Marie, schrieb Dean. *Es tut mir leid, was geschehen ist. Ich habe dich gesucht, viele Tage, doch nun ich habe dich gefunden. Geht es dir gut? Und die Kids?*

Marie, my love, ich tue alles für dich. Please, lass mich helfen! Ich werde warten auf dich, jeden Tag, around noon, wenn meine Schicht ist vorbei. Du wirst mich finden in meinem Jeep ein Stück die Straße hinunter. Wann wirst du kommen? With love, Dean.

Marie presste den Brief an ihr Herz, sie konnte nicht anders. Dann faltete sie ihn ganz klein zusammen und versteckte ihn zwischen den Strohsäcken, auf denen sie schliefen.

Schon am nächsten Tag um die Mittagszeit, als der Büll kurz vorn im Laden war, stahl sie sich davon. Im Vorbeigehen streichelte sie das dünne Pferd, das im Hof an einen kurzen Strick gebunden war, und schlich auf Zehenspitzen zum

Hoftor. Vorsichtig streckte sie ihren Kopf hinaus. Und tatsächlich, ein paar Häuser weiter parkte der Jeep, Dean saß hinter dem Steuer. Marie zog ihren Kopf so schnell zurück, als hätte man ihr eine Ohrfeige verabreicht. Ihr Herz raste wie verrückt. Wie sehr sie sich danach sehnte, sich in seine Arme zu werfen! Aber sie verbot es sich. Die Sache mit Dean musste ein Ende haben.

Von nun an stahl sie sich fast jeden Mittag für einen kurzen Moment hinaus. Und Dean war da, immer. Es beruhigte sie, ihn so nah bei sich zu wissen. Und zugleich ließ es den Gummiball in ihrem Bauch wilde Kapriolen schlagen. Wenn das doch nur aufhören würde!

»Wann gehst du zum Amt?«, fragte Anna sie eines Abends.

»Sobald der Büll mich lässt«, gab sie müde zurück.

Anna schaute sie einen Moment stumm an, dann brach es aus ihr heraus.

»So bekommen wir unsere Bäckerei nie zurück!« Annas Wangen wurden ganz rot. »Warum tust du nicht endlich etwas? Ich halte das nicht mehr aus! Wenn du dieses schreckliche Missverständnis nicht bald aufklärst, dann tue ich es! Gleich morgen früh!«

»Aber Anna«, begann Marie, die der Ausbruch des Mädchens zutiefst bewegte. »Was soll ich denn machen? Wenn ich einfach gehe und der Büll uns rausschmeißt, müssen wir erfrieren und verhungern! Ich gehe doch, sobald ich kann!«

Doch Anna ließ sich nicht beruhigen.

»Ach, sei doch still!«, schimpfte sie. »Manchmal habe ich den Eindruck, du hast längst aufgegeben!«

»Nein, das habe ich nicht!«, beharrte Marie. »Ich kümmere mich, ich verspreche es dir!«

Danach lag sie noch lange wach und zerbrach sich den Kopf. Wenn sie es nicht zum Amt schaffte, wer dann? Anna würde nichts ausrichten können, schließlich war sie noch ein Kind. Es müsste jemand sein, der sich Gehör verschaffen konnte.

Am darauffolgenden Tag kurz nach Mittag kam der Sohn des Büll in die Backstube gestürmt, ein hoch aufgeschossener junger Mann mit vernarbter Gesichtshaut, den Marie nur selten sah.

»Papa, du musst kommen!«, rief der Junge. »Der Kress will dich sehen!«

»Was hast du nun schon wieder angestellt?«, polterte der Büll.

»Nichts, ich schwöre! Doch am Eigelstein ist was schiefgelaufen, du musst kommen!«

Der Büll brummte Unverständliches vor sich hin, dann zog er seine schmuddelige Schürze aus und warf sich einen fleckigen Ledermantel über.

»Du hältst hier die Stellung!«, rief er Egon zu und hob drohend den Zeigefinger. »Wehe, es läuft etwas schief!«

Egon nickte ergeben, doch kaum war der Büll zur Tür hinaus, trat Marie dicht an den Gesellen heran.

»Ich habe dir beigestanden, letztens, als du gefallen bist und der Büll nach dir treten wollte. Nun hilfst du mir!«

»Ich –«, begann Egon, doch Marie unterbrach ihn sofort. »Ich bin für ein paar Minuten weg. Wenn Frau Bell kommt und nach mir fragt, lass dir etwas einfallen, irgendetwas, hörst du?«

»Aber was denn?«

»Lass dir etwas einfallen!«, sagte sie noch einmal und rannte los.

Der Jeep stand an der gleichen Stelle. Als sie die Beifahrertür aufriss, schrak Dean hoch, er schien geschlafen zu haben.

»Marie«, stammelte er, »finally! Endlich!«

»Guten Tag, Dean.« Marie reichte ihm betont förmlich die Hand, obwohl das Herz ihr fast bis zum Hals schlug. »Wie geht es dir?«

Dean ergriff ihre Hand und wollte sie zu seinem Mund führen, doch Marie entzog sich ihm.

Er sagte kein Wort, aber seine Augen wurden riesengroß.

»Es tut mir leid«, murmelte Marie. »So, wie es war, darf es nicht mehr sein.« Zugleich biss sie sich auf die Lippen. Wie bescheuert das klang! Wieso hatte sie sich nicht vorher überlegt, was sie sagen wollte?

»Es tut dir leid?«, fragte Dean. »Was, Marie? For what are you sorry?«

»Alles«, antwortete Marie, um sich sogleich schon wieder auf die Lippen zu beißen. »Nein, natürlich nicht alles, nur das, was geschehen ist.«

»Marie.« Er räusperte sich, setzte noch einmal an. »I am very sorry! Und ich verstehe. Ich hätte nicht fahren dürfen. Ich war nur so, wie sagt ihr, getroffen, als du mich weggestoßen hast … o my God, wie geht es dir und die Kids?«

»Es geht«, murmelte Marie und senkte den Blick. Wie großartig er aussah, selbst am Ende seiner langen Nachtschicht! Sie hingegen schämte sich plötzlich ihrer geliehenen Arbeitskleidung, die ihr viel zu weit war. Ihre Locken hatte sie zu einem nachlässigen Zopf gebunden, und ganz bestimmt war Mehl in ihrem Haar.

Doch Dean schien von alldem nichts wahrzunehmen.

»Marie«, flüsterte er, griff erneut nach ihrer Hand und versuchte, sie zu küssen. »I really missed you.«

Doch Marie entwand sich ihm noch einmal.

»Es – es geht nicht«, stotterte sie.

»Verzeih.« Sie spürte, wie er ihren Blick suchte, aber sie konnte ihn nicht anschauen. »Was geschehen, war nicht richtig. Du musst wissen, Marie, ich respektiere dich. Wir hätten nicht ... you know what I mean. Ich hätte sein müssen ein Gentleman. Doch du bist schön, Marie! So schön! And I am in love with you. Glaube mir, bitte.«

»Oh, nein«, stöhnte Marie. «Bitte, sag das nicht!«

Doch er sprach unbeirrt weiter.

»Ich werde warten.« Er neigte sich zu ihr herüber, und Marie spürte seinen warmen Atem an ihrem Hals. »Bitte, lass mich sein in deiner Nähe. Lass mich helfen. Lass mich –«, er stockte, als wöge er seine Worte ab, »lass mich sein der Mann, der sorgt für dich, für dich und die Kids.«

»Nein!« Marie erschrak selbst darüber, wie laut sie mit einem Mal wurde. »Verstehst du denn nicht? Ich bin verheiratet! Oh, Dean!« Sie verbarg ihr Gesicht in ihren Händen. »Ich bin verheiratet! Ich liebe meinen Mann. Ich liebe ihn ...«

»Und ich?« Deans Stimme überschlug sich beinahe. »Was ist mit uns, Marie? Sag mir!«

»Nichts«, flüsterte sie tonlos. »Mit uns ist nichts.«

Eine bleierne Stille breitete sich im Wagen aus. Dean hatte die Stirn aufs Lenkrad sinken lassen. Wie gern hätte sie ihn jetzt berührt! Sein Kummer raubte ihr den Atem. Doch es durfte nicht sein. Es ging einfach nicht.

»Und warum bist du hier?«, fragte Dean irgendwann in die Stille hinein. »Ich warte day after day, jeden Tag. Du hättest nicht kommen brauchen.« Seine Stimme erstarb beinahe.

Am liebsten wäre Marie aufgesprungen und davongelaufen. Doch sie riss sich zusammen. Sie brauchte seine Hilfe, wen hätte sie sonst fragen können?

»Ich möchte dich um etwas bitten«, begann sie vorsichtig. Dean gab eine Art Schnauben von sich, doch sie merkte, dass er ihr zuhörte.

»Ich müsste dringend aufs Amt, klären, warum man uns die Bäckerei weggenommen hat. Doch ich kann nicht gehen, der Büll lässt mich nicht.« Sie stockte. Sie brachte es kaum über die Lippen. »Bitte, Dean, kannst du für mich nachfragen?«

Dean hatte sich aufgerichtet und starrte sie fassungslos an.

»Du bittest *mich*?«, fragte er. »You broke my heart, aber ich soll ...« Er brach ab und schüttelte den Kopf.

»Verzeih«, flüsterte Marie und machte sich daran, aus dem Jeep zu klettern. »Bitte verzeih. Das war dumm von mir.«

»Stop!« Er hatte ihren Arm ergriffen, doch in dieser Berührung lag nichts Zärtliches mehr. »Ich werde gehen, of course. Ich melde mich.«

Damit startete er den Wagen und fuhr so abrupt los, dass Marie gerade noch rechtzeitig hinausspringen konnte.

Von da an schlich sie jeden Mittag mit bangem Herzen in den Hof, doch von Dean war nichts zu sehen. Es dauerte fast eine ganze Woche, bis der Jeep wieder auf seinem gewohnten Platz stand. Dean schaute sie nicht an, als sie hineinkletterte.

»Ich fahre ein Stück«, sagte er nur, blickte geradeaus und startete den Wagen.

Marie wollte widersprechen, der Büll würde merken, dass sie fehlte, aber sie traute sich nicht.

Einen Block weiter, am alten Geusenfriedhof, hielt er an.

»Das Problem ist ernst«, begann er, wieder ohne sie anzusehen. »Es gibt eine – wie sagt ihr? – Kaufurkunde. Sie ist okay.«

»Was für ein Glück!«, entfuhr es Marie, doch der Blick, mit dem er sie in diesem Moment bedachte, brachte sie augenblicklich zum Schweigen.

»Das Problem ist mit die Name des Käufers.« Er machte eine Pause. »Und mit die Datum.«

»Wie meinst du das?«, stammelte Marie. »Wir haben das Haus von den Kohns gekauft! Wo gibt es da ein Problem?«

»Was verstehst du nicht?«, rief er und schüttelte den Kopf. »Du und dein Mann, ihr habt im Mai 1941 ein Haus gekauft von Juden!«

Marie blickte ihn verwirrt an, verstand nicht. »Ja und?«

Dean schlug sich ungläubig die Hand vor die Stirn. »Marie! Mai 1941! Normale Geschäfte mit Juden waren verboten! Schon lange! Ihr Deutsche habt die Menschen, die flüchten mussten, erpresst, sie mussten ihren Besitz euch – wie sagt ihr? – zu Schleuderpreisen geben. Du hast dich bereichert!«

»Was sagst du da?« Marie spürte, wie ihre Verwirrung heißer Wut Platz machte. »Wir haben da nicht mitgemacht!«, rief sie laut. »Wir wollten doch nur helfen!«

Dean schaute wieder an ihr vorbei, als er antwortete: »Helfen, ja, ja.«

Marie wurde immer wütender. Diese Unterstellung war ungeheuerlich! Und er bringt es nicht einmal fertig, mich anzusehen!, dachte sie. Nie hat er den Blick von mir abwenden können. Nahezu blind ist er durch die Silvesternacht gerast, weil er seine Augen nicht von mir lassen konnte, und jetzt? Jetzt unterstellt er mir, mich am Unglück der Kohns bereichert zu haben!

»Glaubst du das wirklich?«, fuhr sie ihn an. »Schau mich an! Sag es mir ins Gesicht!«

»Nein, of course not«, flüsterte Dean traurig, ohne sie anzusehen. »Du bist ehrlich und caring. Aber wenn es zu einer Untersuchung kommt, musst du beweisen, dass die jüdische Familie freiwillig hat verkauft an euch. Sie machen gerade ein neues Gesetz, damit Juden Geld und Häuser zurückbekommen. Marie, sie können dich ins Gefängnis werfen!« Er hielt einen Augenblick inne. »Bitte, überlege genau, vielleicht hat dein Mann ...?«

»Niemals!«, unterbrach Marie ihn. »Matthias war der anständigste Mann, den man sich nur vorstellen kann! Er ...« Sie schlug sich schluchzend die Hand vor den Mund.

»Please, don't cry!« Dean schien mit einem Mal selbst den Tränen nahe. »Was ist denn los?«

»Ich, ich habe gesagt, er *war* der anständigste Mensch. Als wenn er längst tot wäre!«

Dean entgegnete nichts und starrte weiter auf die Straße. Dichtes Schneetreiben hatte eingesetzt. Marie weinte still vor sich hin. Erst nach einer ganzen Weile begann Dean zu sprechen.

»Marie, weißt du, wie viele deutsche Soldaten werden vermisst in Russland? Hunderttausende. Und die wenigsten werden zurückkommen. Und die Überlebenden, die Gefangenen ...« Er suchte nach Worten. »Man hört Dinge, die man nicht möchte glauben. Schlimme Dinge, die ...«

»Still!«, schrie Marie und hielt sich beide Ohren zu. Sie hatte im Hinausgehen schnell die Handschuhe übergestreift, die er ihr geschenkt hatte, und obwohl diese Handschuhe ihr kostbarstes Gut waren, hätte sie sie in diesem Moment am liebsten aus dem Fenster geworfen. »Ich will das nicht hören!«

»Aber Marie!« Auch Dean war nun laut geworden. »Wir haben 1947! Der Krieg ist vorbei seit achtzehn Monate! Du hast die Sorge für zwei Kinder! Und egal, was ist mit Haus, ich, believe me, please, ich würde alles ...«

»Still!«, brüllte Marie erneut. »Halt den Mund! Sofort!«

Mit einem Satz war sie aus dem Jeep gesprungen. Ihre Ohren dröhnten von dem, was Dean gesagt hatte. Als hätten sie die Kohns betrogen! Aber noch schlimmer war, was er über Russland gesagt hatte. Wie konnte er es wagen, ihre Ängste derart auszusprechen! Er musste doch wissen, wie es ihr damit ging.

Marie schlitterte ein paar Schritte über den Schnee, dann wandte sie sich noch einmal um. Dean sah ihr hinterher, das Gesicht traurig verzogen.

»Lass mich in Ruhe!«, schrie Marie unter Tränen. »Hörst du? Ich will dich nie wiedersehen!«

Kapitel 27

»Anna! Hörst du überhaupt zu?«

Verwirrt hob Anna den Kopf. Fräulein Stüssgen stand vor ihr und hatte sie etwas gefragt, doch sie hätte beim besten Willen nicht sagen können, was.

»Weißt du nun die Antwort oder nicht?«

»Nein«, murmelte Anna. Hinter ihr kicherte die lange Lina.

»Pass gefälligst auf!«, sagte die Lehrerin und ging zurück zur Tafel.

Irgendetwas hatte sich an Fräulein Stüssgen verändert. Anna versuchte, darauf zu kommen, doch die Gedanken in ihrem Kopf bewegten sich nur ganz langsam, als steckten sie fest in einem tiefen Morast.

Jetzt stand auf der Tafel eine Rechenaufgabe. Wann hatte die Lehrerin sie aufgeschrieben? Anna hatte es nicht mitbekommen. Sie starrte auf die Aufgabe und wusste, sie konnte sie im Kopf lösen, wenn sie sich nur ein bisschen konzentrierte. Doch es wollte ihr einfach nicht gelingen. So, wie ihr nichts mehr gelang in letzter Zeit.

Anna lebte in einem Nebel, aus dem es kein Entrinnen

gab. Seit dem Tag, an dem der Büll sie in den Mehlraum gezerrt hatte, fühlte sie sich innerlich hohl. Was um sie herum geschah, nahm sie kaum wahr. Sie hörte nicht, wenn man sie rief, sie verstand nichts, wenn man mit ihr sprach. Es war, als sei sie nicht mehr mitten unter den Menschen, sondern in ihrer eigenen Welt, zu der niemand Zugang hatte. In dieser Welt gab es kein Lachen und kein Weinen, nur Nebel, undurchdringlichen Nebel.

An das, was im Mehlraum geschehen war, hatte sie nur bruchstückhafte Erinnerungen. Doch sie hatte Verletzungen, die nicht heilen wollten. Am schlimmsten aber war ihre Angst, dass er es noch einmal tun würde.

Und es gab niemanden, mit dem sie darüber sprechen konnte.

Marie kam nicht infrage. Sie schien dem Büll vollkommen ergeben. Schlimmer noch – wenn Karl weinte, weil die lange Lina ihn gequält hatte, dann schimpfte Marie mit ihm.

»Sei bloß still«, zischte sie. »Wenn er uns hinauswirft, müssen wir verhungern!«

Nein, dachte Anna, von Marie war keine Hilfe zu erwarten.

Und Hilde, ihre einzige Freundin, war tot.

Als Horst und Günter ihre Leiche im Dunkel der Nacht auf den Ring legen wollten, hatte Anna ein letztes Mal Schmerz empfunden.

»Dort wird sie am schnellsten gefunden.«

»Das könnt ihr nicht tun!«, hatte Anna geschluchzt und dann doch eingesehen, dass es keinen anderen Weg gab. Wie sollten sie an Geld für eine Beerdigung kommen? Und wenn jemand die Leiche in der Nähe des Kellers fand, in der ihre Freunde sich versteckten, drohte allen das Heim oder Schlimmeres.

»So bekommt sie wenigstens ein Grab«, hatte Horst versucht, sie zu trösten.

»Ja«, hatte Anna ihm tonlos zugestimmt. »Sie werden sie in einem namenlosen Massengrab verscharren.«

Allein die Vorstellung hatte ihr das Herz gebrochen.

Seither spürte sie nichts mehr. Keinen Schmerz, keine Trauer, nichts. Nur quälende Leere.

Jeden Tag brachte sie ihren Freunden den Brei, den sie in der Schule bekamen. Viele Kinder schmuggelten ihn mittlerweile nach draußen, vor dem Schultor warteten ihre Eltern mit den kleineren Geschwistern. Fräulein Stüssgen passte nicht mehr so gut auf, dass sie alles direkt aufaßen. Sie hatte sich wirklich sehr verändert.

»Ganz schön rund ist das Fräulein Lehrerin geworden«, lästerte die lange Lina mit ihren Freundinnen, als der Unterricht aus war. »Und ich sage euch, das kommt nicht nur von dem guten Essen, das die Tommys ihr zuschanzen.«

»Habt ihr den Ring gesehen?«, raunte eines der anderen Kinder.

»Pures Blech!«, giftete Lina. »Ich wette, sie tut nur so, als sei sie verlobt.«

Anna machte, dass sie wegkam. Die Büchse mit dem Brei hielt sie verborgen unter ihrem schiefen Mantel, sie war so beschäftigt damit, sie aufrecht zu halten, dass sie auf der Breite Straße beinahe gegen eine der übervollen Straßenbahnen gelaufen wäre. Fast alle Bahnen waren im Krieg zerstört worden, bei den wenigen, die noch fuhren, standen die Fahrgäste auf den Trittbrettern und auf der Kupplung.

»Pass doch auf!«, brüllte der Fahrer.

Geduckt und mit eingezogenem Kopf lief Anna weiter. Je näher sie dem Keller kam, desto quälender wurde die Leere in ihrem Innern.

Sie werden alle verhungern, dachte sie, ohne Hilde schaffen sie es nicht. Anna wusste, dass die großen Jungen Tag und Nacht unterwegs waren, um zu organisieren, aber es schien ihnen nichts so recht zu gelingen.

Sie war schon fast da, als sie das seltsame Auto erblickte. Es stand mitten vor dem Eingang zum Keller und war gar kein richtiges Auto, dazu war es viel zu groß. Es war aber auch kein Lastkraftwagen, wie Anna sie von den Briten kannte, dazu war es zu klein. Das Auto sah mehr aus wie ein wuchtiger Schrank mit einer großen Schiebetür an der Seite und einem kleinen Fenster ganz hinten. Seine runden Scheinwerfer funkelten wie die Augen eines Käfers, sein flacher Kühlergrill wie ein lachender Mund. Und dann war es auch noch himmelblau und über und über mit Weintrauben bemalt. Anna blieb stehen, den Mund offen vor Staunen. Für einen Moment hatte sie allen Kummer vergessen.

»Anna!«, rief da jemand aus dem Auto heraus. »Guck dir das an! Das ist ein Zitroän Tüb!«

Anna glaubte ihren Augen nicht zu trauen. Auf dem Fahrersitz saß Horst! Mit stolzgeschwellter Brust hielt er das Lenkrad, und obwohl das Auto gar nicht lief, drehte er es mit Inbrunst hin und her. Er lachte übers ganze Gesicht. Anna hatte ihn noch nie lachen gesehen.

»Was machst du da?«, fragte sie ihn und trat leise an das Fahrzeug heran. »Nicht, dass dich jemand sieht!«

»Ach, Anna!«, rief Horst und sprang aus dem Auto heraus. »Es ist ein Wunder geschehen! Komm mit, du wirst staunen!«

Und schon zerrte er sie die Stufen hinab.

»Ein Wunder?«, flüsterte Anna. Horst hatte sie so vehement am Arm gepackt, dass der Brei beinahe überschwappte.

»Vorsicht«, mahnte sie ihn, als sie den Keller betraten. »Ich habe euch doch Essen mitgebracht.«

Im nächsten Augenblick sah sie, dass tatsächlich ein Wunder geschehen war.

Hans und die Kleinen saßen auf dem Bett, vor sich auf dem schmutzigen Boden ein rot-weiß kariertes Tuch. Und auf diesem Tuch türmten sich die größten Köstlichkeiten. Weißes Brot lag da, aber es sah anders aus, als Anna es kannte, es war ganz schmal und lang. Außerdem gab es etwas, das wie Käse roch, sowie eine Schale voller Weintrauben und jede Menge Schraubgläser, aus denen es so verführerisch duftete, dass Annas Bauch zu knurren begann. Vor all diesen Wunderdingen kniete eine Frau, die Anna nicht bemerkt zu haben schien, so sehr war sie damit beschäftigt, Brot und Käse zu schneiden und den Kindern zu reichen.

»Esst, meine Kleinen, esst, ihr Süßen«, flüsterte sie in einem fort, »bon appétit.« Und Hans, Helga und Jürgen aßen. Sie aßen nicht mehr andächtig, wie Anna es von ihnen kannte, sie stopften das Essen in sich hinein und schlangen es herunter.

In einer Ecke erblickte Anna einen ihr unbekannten Mann. Er hockte auf dem Boden und hielt Günter in seinen Armen, als sei er ein ganz kleines Baby und nicht schon ein großer Junge. Doch das schien weder Günter noch den Mann zu stören, sie wiegten einander hin und her und flüsterten miteinander, als hätten sie sich ein ganzes Leben zu erzählen.

»Das ist Anna«, sagte Horst zu dem Mann und wies auf sie.

Da gab der Mann Günter einen Kuss, richtete sich vorsichtig auf und trug ihn, als sei er leicht wie eine Feder, zu den anderen. Der Mann kam schnellen Schrittes auf Anna zu, er streckte die Arme nach ihr aus und ergriff mit beiden Händen ihre Rechte.

»Du bist das liebe Mädchen, das meinem Jungen und seinen Freunden Brei bringt, obwohl es selbst nichts hat«, sagte er unter Tränen.

»Oh, ma petite!« Die Frau war auch aufgesprungen, Anna spürte eine weiche Hand an ihrer Wange. »Du musst auch 'unger 'aben! Komm 'er, es ist genug für alle da.«

Sie führte sie zu dem karierten Tuch, auf dem sich immer noch Essensberge türmten.

»Was ist das hier?«, raunte Anna ihren Freunden zu. »Das Schlaraffenland?«

»Aber nein!«, lachte Günter, und Anna fiel auf, dass sie auch ihn noch nie hatte lachen gesehen. »Mein Vater ist heimgekehrt!«

»Dein Vater? Nach so vielen Jahren?«

»Nach so vielen Jahren«, nickte der Mann. »Ich war in

Gefangenschaft, alle meine Briefe blieben unbeantwortet. Ich konnte nicht ahnen, dass unser Haus zerstört war. Und unter welchen Bedingungen mein Sohn lebte.« Er kämpfte mit den Tränen, konnte kaum weitersprechen. »Aber er lebt! Gott sei Dank, er lebt! Und Gott sei Dank hast du mich ermuntert, diese Reise zu wagen.«

Zärtlich strich er der Frau über den Arm. Sie trug einen schicken dunkelblauen Mantel mit weißem Saum, der nun über und über voller Staub war, doch das schien sie nicht im Geringsten zu stören. Sie lachte so herzlich, dass es den ganzen düsteren Raum erfüllte.

»Mon cher, wir ’ätten niemals wirklich glücklich sein können, solange du im Ungewissen warst. Aber nun, Anna, sitz und iss!«

Anna tat, wie ihr geheißen. Nie im Leben hatte sie etwas Köstlicheres gegessen. Das Brot war außen kross und innen weich, genau so, wie es sein sollte. Der Käse war nicht einfach nur ein Käse, es waren zig verschiedene Sorten, manche waren weich, andere hart, und alle schmeckten anders. In den Schraubgläsern befand sich etwas, das die Frau »Artischocken« nannte, sowie Marmelade aus Feigen – Früchte, die Anna nicht kannte, die jedoch herrlich süß schmeckten. Es gab echte Pastete aus richtigem Fleisch, und als die Frau ihr erklärte, das seien Wachteln, kleine Vögel, hörte Anna nicht hin und nahm schnell nach. Sie aß, wie sie ihre Freunde hatte essen sehen, bis sie endlich satt war. Es war ein so überwältigendes Wohlgefühl, dass Anna laut aufseufzte. Zum ersten Mal seit Hildes Tod spürte sie etwas wie Freude in ihrem Herzen, Freude und Wohlsein.

Prüfend betrachtete sie den Mann und musste augenblicklich an Onkel Matthias denken. Wenn Günters Vater jetzt erst heimkehrte, dann wäre es vielleicht möglich …?

»Wo waren Sie in Gefangenschaft?«, fragte sie laut.

»In Frankreich. Ich musste Zwangsarbeit leisten auf einem Weingut. Ich hatte Glück, ich kam zu einer Witwe, die alle ihre Arbeiter gut behandelte. Und die zugleich wunderschön ist und ein großes Herz hat.«

Er lächelte die Frau in dem blauen Mantel voller Staub an und strich ihr noch einmal über den Arm. Sie bekam ganz rote Wangen und gab ihm einen Kuss mitten auf den Mund. Prüfend sah Anna ihre Freunde an, doch die schienen nichts dabei zu finden.

»Ich fand keine Ruhe, solange ich keine Nachricht von meinem Sohn hatte«, fuhr der Mann fort. »Und als der französische Staat mich endlich aus der Gefangenschaft entließ, da setzte diese wundervolle Frau sich in ihren Lieferwagen und fuhr mit mir hierher. Welcher Schreck, als wir statt des Hauses nur noch Trümmer fanden! Und welche Freude, als ich meinen Günter hier entdeckte, denn eigentlich war ich nur noch auf der Suche nach früheren Nachbarn, die vielleicht etwas wissen konnten. Günter, mein über alles geliebter Junge!«

Rau aufschluchzend, drückte er seinen Sohn an sich.

Auch Anna stiegen nun die Tränen in die Augen. Es ist also möglich, sagte sie sich im Stillen. Auch jetzt noch kehren Männer heim. Günter zumindest würde nie mehr auf sich allein gestellt sein. Was aber würde aus den anderen werden?

Horst schien ihre Gedanken zu lesen.

»Wir gehen alle mit«, sagte er nur.

»Ihr macht *was?*«

»Wir nehmen sie mit!«, rief die Frau und lachte. Gleichzeitig breitete sie ihre Arme aus, als wolle sie alle Kinder gleichzeitig an ihr Herz drücken. »Du musst wissen, Anna, ich 'abe mir Kinder gewünscht, immer, doch mein verstorbener Mann ... nun ja, es 'at nicht geklappt. Nun ich bin zu alt. Doch ich 'abe immer zu meinem Schatz gesagt, wenn wir finden deinen Sohn, er ist auch mein Sohn. Und nun wir finden fünf Kinder! Also sie sind alle unsere Kinder. Wir lassen keins allein. Nicht wahr?«

»So ist es.« Der Mann hatte ihre Hand genommen. »Es sei denn, ihr überlegt es euch noch einmal anders?«

Die Kinder schüttelten alle die Köpfe.

Und so war es abgemacht.

»Wir reisen noch heute Nacht«, erklärte Günters Vater. »Die Grenzkontrollen sind streng, also verstecken wir euch im Laderaum. Wenn wir es erst einmal in den französischen Sektor geschafft haben, wird es leichter. In Frankreich besorgen wir euch neue Papiere, das machen viele. Aber ich verspreche euch, solange ich lebe, werde ich versuchen, eure leiblichen Eltern zu finden. Das bin ich dem Schicksal schuldig, nachdem es mir mein Kind zurückgegeben hat.«

Annas Freunde hatten fast kein Gepäck. Helga und Jürgen nahmen ihre hölzernen Murmeln mit, die Jungen ihre wenigen noch tragbaren Anziehsachen. Als der Moment des Abschieds kam, bildeten sie einen Kreis und schlossen Anna stumm in ihre Arme. Niemand sagte ein Wort, und doch hatte Anna das Gefühl, dass von dieser stummen Umarmung ein Segen ausging, der sie für den Rest ihres Lebens begleiten würde.

Ein Kind nach dem anderen stieg durch die Schiebetür in den himmelblauen Wagen. Die Frau wickelte sie in dicke Decken.

»Damit ihr nicht friert.«

Anna bekam das rot-weiß karierte Tuch, es war ganz schwer, denn alle übrig gebliebenen Lebensmittel waren sorgfältig darin eingewickelt.

»Bring es deiner Familie, ma petite«, sagte die Frau und drückte ihr feuchte Küsse auf beide Wagen. Günters Vater zog Anna an sich. Sie wollte sich ihm entwinden, doch dann flutete eine Erinnerung heran, so schön, so tröstlich, dass sich all ihr Widerstand auflöste. Der Mann hielt sie, wie Onkel Matthias sie immer gehalten hatte. Liebevoll und stark. Er hielt sie wie ein Vater.

Anna fühlte die Tränen, und sie tat nichts, um sie zurückzuhalten. Sie schlang ihre Arme um seinen Hals und begann so heftig zu weinen, dass er sie sogleich noch fester an sich drückte. Und so weinte sie sich all das Schlimme, für das es keine Worte gab, von der Seele. Und er hielt sie, auch als ihr Weinen schon längst verebbt war.

»Tapfere Anna«, flüsterte Günters Vater, seine Stimme war schon wieder ganz rau. »Pass gut auf dich auf!«

Anna nickte an seiner Brust, die ein wenig nach Tabak roch. Dann riss sie sich los und straffte ihren Rücken.

Die Türen des himmelblauen Gefährts schlossen sich, eine schrille Hupe schallte durch die Ehrenstraße, und der

Wagen setzte sich schaukelnd in Bewegung. Anna winkte noch, als er schon längst auf dem Ring verschwunden war.

Dann hockte sie sich ein letztes Mal auf die Stufen, die zum Keller führten.

Wären sie nur wenige Tage früher gekommen, dachte sie, würde Hilde womöglich noch leben. Der Schmerz zerriss sie fast. Doch die quälende Leere in ihrem Innern war verschwunden.

Später, auf dem Heimweg, hatte sie eine Erkenntnis: Günters Vater hatte seinen Sohn gefunden, weil er ihn in seiner alten Nachbarschaft gesucht hatte. So hielten es alle im zerstörten Köln. Wer zurückkam, ging dorthin, wo er zuletzt gewesen war. Wenn Günter nun aber in einem Keller in einem ganz anderen Stadtteil gehaust hätte …? Der Gedanke war so elektrisierend, dass Anna spürte, wie die feinen Härchen auf ihren Armen sich aufrichteten. Eigentlich wollte sie nichts anderes, als so schnell wie möglich die Köstlichkeiten in ihrem Tuch zu Marie und Karl zu bringen. Doch nun machte sie auf dem Absatz kehrt und lief zurück, in die entgegengesetzte Richtung.

Es war schon dunkel, als sie endlich im Buttermarkt ankam. Keine einzige Straßenlaterne brannte, immer noch gab es im Martinsviertel keinen Strom. Ihr Haus stand einsam und allein inmitten der Trümmer. Niemand schien hier gewesen zu sein. Anna rannte in den Hof, rüttelte an der verschlossenen Tür, doch alles blieb still.

Wie töricht ich bin, schalt sie sich selbst, während sie

noch einmal um das Haus herumging, bloß weil Günters Vater heimgekehrt ist, heißt das ja noch lange nicht …

Und da sah sie sie. Im silbernen Mondlicht leuchteten die Buchstaben auf der Außenwand ihrer geliebten Bäckerei. Mit klopfendem Herzen las Anna die Inschrift – einmal, zweimal, dreimal.

»Frau Odenthal, Anna, Karl, wo seid ihr?«, stand dort. »Joseph sucht euch«.

Kapitel 28

Als Marie am Abend in den Verschlag kroch, schlug ihr der Mief entgegen, der ihr längst schmerzhaft vertraut war. Es roch nach gammeligem Stroh und ungewaschenen Kleidern.

»Anna? Karl?«, rief sie leise, während sie sich verstohlen die Tränen aus dem Gesicht wischte. Dieser Tag war einfach zu schrecklich. Konnte es stimmen, was Dean über das Gefängnis gesagt hatte? Würde man sie wirklich ins Gefängnis stecken, weil sie den Kohns das Haus abgekauft hatten, und sie von den Kindern trennen? Nein, beschloss sie, ich werde das verhindern, egal, wie.

Anna war nicht da. Sogleich spürte Marie eine leise Angst. Wo sie nur schon wieder so lange blieb! Karl hingegen hatte sich wie ein Küken im Nest in den Strohsäcken eingekuschelt und schlief.

»Mein Sonnenschein«, flüsterte sie in sein Ohr und bedeckte sein feines rotes Haar, das ein wenig feucht war, mit Küssen. Besorgt fühlte sie die Stirn des Kleinen, er hatte doch hoffentlich kein Fieber? Zu ihrem Erschrecken war sie tatsächlich wärmer als sonst und, soweit sie es in diesem fensterlosen Verschlag erkennen konnte, auch ein wenig gerötet.

Da packte Marie erneut die Wut. Dass sie mit den Kindern so hausen musste! Sie arbeitete hart für den Büll, da hatten sie eine bessere Unterkunft verdient als dieses Loch! Seit sie hier waren, hatte sie sich kein einziges Mal beschwert. Doch damit war nun Schluss!

Ohne auch nur eine Sekunde darüber nachzudenken, was sie da eigentlich tat, rannte sie hinauf in die Wohnung der Bells.

Nie zuvor hatte Marie das Obergeschoss des Hauses betreten. Der Büll hatte es ihr noch nicht einmal verbieten müssen, es verstand sich von selbst. Doch nun stieg sie schnellen Schrittes die alte Holztreppe hoch, ein zerschlissener Läufer dämpfte jedes Geräusch. Oben angekommen, stand sie zu ihrer großen Verblüffung vor einer Tür, die eher zu einem Tresorraum einer Bank zu passen schien als zu einer normalen Wohnung. Sie war aus massivem Eisen und mehrfach mit schweren Riegeln gesichert. Wofür zum Teufel brauchte der Büll solch eine Tür?

In diesem Augenblick vernahm sie aus dem Innern der Wohnung Stimmen, gedämpft drangen sie durch das schwere Metall nach draußen, aber immer noch laut genug, sodass Marie beinahe jedes Wort verstand.

»Schmeiß diese verkommene Frau endlich raus! Mitsamt ihren elenden Pänz!«

Marie musste nicht lange überlegen, das war unverkennbar die Stimme von Erna Bell. Sie spürte, wie der Zorn, der sie auf diesen Treppenabsatz geführt hatte, erneut in ihr hochkochte, schon wollte sie mit den Fäusten gegen die seltsame Tür donnern, da meldete sich der Büll zu Wort.

»Das ist doch alles deine Schuld!«, schrie er. »Niemals hätte ich sie hierhergeholt! Hättest du nicht …« Marie spitzte die Ohren, doch der Rest des Satzes ging unter im Gebrüll der Ehefrau.

»Das lasse ich mir von dir nicht vorwerfen! Nicht von dir! Immer bist du herumscharwenzelt um dieses liederliche Weibsstück, deine Augen sind dir fast aus deinem fetten Gesicht gequollen! Aber sie lässt dich nicht ran, also schnappst du dir die Nächstbeste, die sich nicht wehren kann, du dreckiger Lustmolch!«

»Es reicht!« Der Büll polterte so laut, dass Marie meinte, er müsse direkt hinter der Eisentür stehen. Ehe sie überhaupt Zeit hatte, über das Gehörte nachzudenken, vernahm sie lautes Klatschen und schmerzvolles Geschrei. Der Büll verprügelte seine Ehefrau – und die schlug offenbar zurück!

»Das! Geht! Dich! Nichts! An! Verfluchtes Weib!«

»Du Blötschkopp! Hier! Fängs du noch eene!«

Marie drehte sich um und stieg leise die Treppe hinab. Wo waren sie hier bloß gelandet! In ihren schlimmsten Albträumen hätte sie sich nicht vorstellen können, jemals mit solchen Menschen unter einem Dach leben zu müssen.

Als Anna endlich heimkam, war es schon so spät, dass Marie kurz vor einem Tobsuchtsanfall stand.

»Wo hast du so lange gesteckt?«, fuhr sie das Mädchen an, kaum dass es zu ihr und Karl in den Verschlag gekrochen war.

Doch Anna schien nicht ganz bei sich zu sein, wie in Trance reichte sie ihr ein buntes Tuch, in das etwas gewickelt war.

»Ein Geschenk«, flüsterte sie.

Misstrauisch öffnete Marie das Bündel und traute ihren Augen kaum. Brot war darin, Käse, zig verschiedene Schraubgläser mit Pasten und Gemüse, das Marie gänzlich unbekannt war. Dies alles musste ein kleines Vermögen wert sein. Was hatte Anna getan, um daran zu kommen?

»Woher hast du das?«, fragte sie tonlos.

Doch Anna gab keine Antwort und starrte nur gedankenversunken an die Decke ihrer winzigen Behausung.

Marie griff den Oberarm des Mädchens. »Anna! Sprich mit mir! Woher hast du das alles?«

Anna sah sie an, als erwachte sie nur langsam aus einem Tagtraum.

»Ein Junge, den ich kenne«, murmelte sie. »Sein Vater ist aus Frankreich heimgekehrt. Er hat es mir mitgegeben.«

»Jetzt reicht es.« All die Wut, die Marie begleitete, seit sie aus Deans Jeep gesprungen war, brach sich Bahn. »Du sagst mir jetzt sofort, wo diese Sachen herkommen! Und ich will keine Ausflüchte mehr hören! Hörst du? Sag mir die Wahrheit!«

Mit einem Mal schien Anna aus ihrer Träumerei zu erwachen. Sie warf ihr einen so zornigen Blick zu, dass Marie darunter zusammenzuckte.

»Die Wahrheit?«, äffte sie sie nach. »Die Wahrheit, Marie? Ich sage dir die Wahrheit! Es ist ein Geschenk von einem Kriegsheimkehrer! Von einem Vater, der seinen Sohn wiedergefunden hat!« Ihre Stimme überschlug sich. »Damit du es weißt: Es kommen nämlich immer noch Männer nach Hause! Sie suchen ihre Kinder, ihre Familien, bis sie alle wieder vereint sind!«

Anna begann zu weinen, und Marie, die ihre Worte längst bereute, wollte ihr besänftigend über den Kopf streichen, doch das Mädchen duckte sich weg.

»Wie wäre es, wenn du uns einmal die Wahrheit sagst, hm?«, rief Anna unter Tränen. »Zum Beispiel die Wahrheit über den vorgeblichen Weihnachtsmann? Oder warum wir unser Zuhause verloren haben? Nun sag schon, Marie, sag du uns die Wahrheit!«

Sie weinte nun hemmungslos, und in dieses Weinen hinein mischte sich ein Satz, so leise, dass Marie hoffte, sie habe sich verhört.

»Aber mit der Wahrheit hast du es ja nicht so, Tante Marie.«

Ihr stellten sich die Nackenhaare auf. Hatte das Mädchen das tatsächlich gerade so gesagt?

Zugleich spürte sie eine Welle der Scham über sich hinwegfluten. Anna hatte ja recht. Sie hatte mit Dean herumgetändelt, während die Kinder Matthias vermissten. Und wie sollte sie ihnen sagen, warum sie die Bäckerei verloren hatten? Wenn sie die Anschuldigungen doch selbst nicht fassen konnte?

Karl war aufgewacht und schaute verwirrt von einer zur anderen.

»Streitet ihr?«, fragte er. »Warum denn?«

»Nein, wir streiten nicht.« Anna atmete tief durch und

nahm ihn in den Arm, drückte ihn an sich. »Schau mal, was ich mitgebracht habe.«

Karls Augen wurden kugelrund, als er all das Essen erblickte.

»Woher hast du das?«

»Von Günters Vater«, gab Anna zur Antwort. »Er ist aus Frankreich heimgekehrt und hat jetzt eine französische Frau.«

»Ist das in echt wahr? Günter hat wieder einen Papa?«

»In echt wahr«, lächelte Anna.

Karl sprang auf und hüpfte vor Freude in die Luft.

»Günter hat wieder einen Papa!«, jubelte er. »Juchhu! Juchhu!«

Marie sah dem Treiben ihres Sohnes fassungslos zu und fragte sich, wann das Band, das sie immer so eng mit den Kindern verknüpft hatte, gerissen war. Denn das war es ja wohl, wenn Anna und Karl Menschen kannten, von denen sie nie zuvor etwas gehört hatte. Was taten die Kinder, während sie entweder beim Büll schuftete oder in einen erschöpften Schlaf fiel? Sie wusste es nicht.

Mühsam rang sie um Fassung. Die Kinder durften ihr nicht entgleiten, auf gar keinen Fall!

»Entschuldige, Anna, dass ich dir nicht geglaubt habe«, sagte sie laut. »Wirst du mir von Günter und seinem Vater erzählen?«

»Klar, erzählen wir dir von Günter!«, krähte Karl. »Und von Hilde und Horst und Hans, und natürlich von Helga und Jürgen. Von ihnen haben wir nämlich gelernt, wie das geht, das Kompen ... – äh, Anna, wie heißt das noch?«

»Kompensieren«, flüsterte Anna und starrte vor sich auf den Boden.

»Kompensieren, so, so«, sagte Marie und bemühte sich um ein Lächeln. »Wollen wir später davon sprechen? Und erst von diesen Wunderdingen kosten, die du mitgebracht hast?«

Anna nickte stumm, Karl hatte bereits seine Finger in ein kleines Glas gesteckt und lutschte genüsslich an etwas Grünlichem.

Und so aßen sie. Marie konnte sich nicht erinnern, wann sie zuletzt etwas so Gutes gegessen hatten. Karl quietschte vor Vergnügen. Es wurde spät, eigentlich viel zu spät, Marie hätte sich längst hinlegen müssen, in wenigen Stunden schon würde Egon gegen den Verschlag klopfen und sie aus ihrem unruhigen Schlaf reißen. Doch je länger sie beisammensaßen, desto mehr löste sich die Anspannung, und auch Anna lächelte wieder. Karl schien kein bisschen mehr zu fiebern, er lachte und plapperte, bis er mitten im Satz einschlief.

»Na, meine Große?« Sanft teilte Marie Annas völlig verwuscheltes braunes Haar in drei Strähnen und begann, ihr einen hohen Zopf zu flechten. Dazu war sie schon lange nicht mehr gekommen. »Magst du mir nun erzählen von Günter und Hilde und den anderen?«

Anna nickte. Und dann erzählte sie. Und Marie hörte zu und konnte nicht fassen, dass Anna das alles mit sich allein ausgemacht hatte.

Am Ende lagen sie einander in den Armen und weinten. Sie weinten gemeinsam um Annas Freundin Hilde. Marie aber weinte auch vor Erleichterung, weil das Mädchen endlich mit ihr gesprochen hatte.

»Meine Große«, flüsterte sie dicht an Annas Ohr. »Komm zu mir, wenn etwas ist, ja? Ich schimpfe auch nicht, versprochen. Aber bitte, sprich mit mir!«

Anna schien etwas erwidern zu wollen, doch im nächsten Augenblick hatte sie sich herumgedreht und die Augen geschlossen.

Marie lag noch lange wach. In ihrem Kopf drehten sich die Gedanken. Wie hatte sie die Kinder so aus den Augen verlieren können? Das durfte nie wieder passieren, das schwor sie sich. Nie wieder!

Sie dachte auch an Dean, und obwohl sie in ihrem Herzen ein Ziehen spürte, so viel stärker und beständiger als der auf und ab springende Gummiball in ihrem Bauch, beschloss Marie, ihn ein für alle Mal zu vergessen. Sie musste für die Kinder da sein.

Und sie musste die Bäckerei wiederaufbauen.

Immer noch wurde sie wütend, wenn sie daran dachte, was ihr unterstellt wurde. Wer hatte diese ungeheuerliche Anschuldigung bloß vorgebracht? Doch in ihre Wut mischte sich auch Angst. Denn wie sollte sie beweisen, dass der Kauf in beiderseitigem Einvernehmen geschehen war? Niemand wusste, wohin es die Kohns verschlagen hatte. Ob sie überhaupt noch lebten? Und Matthias konnte nichts zur Klärung beitragen.

Ihr geliebter Matthias! Was Dean über die vermissten Deutschen in Russland angedeutet hatte, war einfach zu schrecklich. Durfte sie noch hoffen, dass Matthias lebte?

Ich muss, dachte sie und starrte in die Dunkelheit. Ich muss weiter hoffen dürfen.

Kapitel 29

Anna war dem Büll wieder einmal nur haarscharf entwischt.

»Wenn du dich hier schon durchfrisst, kannst du auch helfen!«, hatte er sie angeschrien, kaum, dass er sie erblickt hatte. Anna hatte Marie einen flehentlichen Blick gesendet, doch Marie, erschöpft von der Arbeit, hatte nur müde genickt, bevor sie in den Verschlag gekrochen war.

Und so hatte Anna Bleche gespült. Immerhin, das Wunderwerk von Ofen, das der Büll besaß, bescherte ihm heißes Wasser direkt aus der Leitung. Und auch wenn die Arbeit öde war, so genoss Anna das Gefühl warmen Wassers auf ihren Händen. Wenn sie sich doch nur einmal damit waschen dürfte!

Doch für Marie, Karl und sie gab es nur einen Kran mit eiskaltem Wasser gleich neben dem Verschlag.

Der Büll umkreiste sie derweil wie ein Raubtier seine Beute. Anna spürte seine begehrlichen Blicke, roch seinen schlechten Atem, wenn er sich an ihr vorbeidrückte. Ihr wurde übel und so schwindelig, dass sie Halt suchend nach dem Waschbeckenrand griff.

»Nicht schlappmachen!«, polterte der Büll und fügte mit

wölfischem Blick hinzu: »Ich habe noch ganz andere Aufgaben für dich!«

Anna glaubte sich gleich übergeben zu müssen. Wenn ihr doch nur jemand helfen würde! Sie hatte versucht, mit Marie über das zu sprechen, was im Mehlraum passiert war. Doch wie sollte sie von etwas berichten, für das es keine Worte gab? Angeblich erging es vielen Frauen und Mädchen so, wie sie gehört hatte.

Lieber Gott, betete Anna still, als der Büll ihr mit seiner fetten Pranke wie aus Versehen über die Hüfte strich, Marie hat mir verboten, zu dir zu beten, weil es dich nicht gibt. Aber wenn es dich doch geben sollte, dann hilf mir, bitte! Und zwar jetzt sofort!

Doch dem lieben Gott schien ihr Schicksal egal zu sein, denn schon hatte der Büll ihr Handgelenk gepackt und zerrte sie Richtung Mehlraum. Auf halbem Weg drückte er seine feuchten Lippen auf ihren Hals.

»Bitte, bitte nicht!«, wimmerte Anna, doch er grunzte nur und stieß sie vor sich her.

Da ging plötzlich die Tür zum Hof auf, und zwei junge Männer kamen herein.

»Du musst noch mal kommen, Papa«, rief der eine, es war der Sohn des Büll. »Der Kress hat eine besondere Lieferung!«

Der Büll hielt immer noch Annas Handgelenk umklammert, nun stieß er sie mit einem verächtlichen Schnauben von sich. Anna fiel beinahe auf die Knie, fing sich im letzten Moment und hielt sich zitternd am Backofentisch fest, als sie erkannte, wer der zweite junge Mann war.

»Willibald«, flüsterte Anna. »So hilf mir doch! Bitte, sag ihm –«

Doch Willibald starrte durch sie hindurch, als wäre sie gar nicht da. Ohne ein einziges Wort folgte er den anderen nach draußen.

Anna fühlte sich, als habe jemand sie beschmutzt. Wie verächtlich Willibald sie angeschaut hatte!

Weinend schrubbte sie die letzten Bleche, denn sie traute sich nicht, die Arbeit liegen zu lassen und den Zorn des Büll heraufzubeschwören.

Später, im Verschlag, als Marie und Karl bereits tief und fest schliefen, lauschte Anna dem eisigen Wind, der ums Haus pfiff. Draußen war es stockdunkel, viel zu spät, um noch einmal vor die Tür zu gehen. Noch dazu, wo Anna Marie versprochen hatte, nicht mehr allein durch die Stadt zu streifen.

Und dennoch. Anna nahm Josephs Jacke und ihren schiefen Mantel, zog beides übereinander und schlich hinaus. Nicht, dass Marie erwachte. Nicht, dass der Büll sie doch noch erwischte. Erst, als sie schon fast den Grüngürtel erreicht hatte, atmete Anna auf. Und dann rannte sie los. Der eisige Wind war ihr mit einem Mal egal. Alles, woran sie noch dachte, war die Schrift auf der Außenmauer ihrer Bäckerei im Buttermarkt. Sie hatte nämlich etwas daruntergezeichnet. Wenn sie doch nur eine Antwort bekäme! Denn dann würde es in ihrem Leben endlich wieder Hoffnung geben.

Als sie an den Rhein kam, stellte sie fest, dass der mächtige

Fluss komplett zugefroren war. Riesige Eisschollen schoben sich übereinander und gaben dabei ein so unheimliches Knirschen von sich, dass Anna erschauderte. Dieser grimmige Winter schien sich immer neue Kapriolen einfallen zu lassen! Und das, wo viele Menschen sowieso nur schlecht zurechtkamen und in Behelfsunterkünften leben mussten, mit viel zu wenig Heizmaterial und kaum etwas zu essen.

Anna spürte, wie die Verzweiflung, die sie seit dem Vorfall im Mehlraum ständig im Herzen trug, wuchs. Marie hatte recht: Ohne den Büll drohte auch ihnen der Tod durch Hunger und Kälte. Aber wie konnte sie diesem fetten Lüstling bloß aus dem Weg gehen?

Als Anna die Stufen zum Buttermarkt hochstieg, schien sie das letzte Quäntchen Lebensmut verlassen zu haben. Und wie enttäuscht sie war, als sie die Hauswand der Bäckerei erblickte! Immer noch hatte niemand auf ihre Nachricht geantwortet.

Ob Joseph ihre Zeichnung nicht verstanden hatte? Es war ihr zu riskant erschienen, aufzuschreiben, wo sie nun lebten. Wer wusste schon, wer ihnen die Bäckerei weggenommen hatte und was von dieser Person sonst noch zu befürchten war. Also hatte sie für Joseph etwas auf die Hauswand gemalt, so, wie sie ihm damals die Anleitung für den Ofen gezeichnet hatte. Es war die Figur eines dicken, hässlichen Mannes mit einer schmuddeligen Schürze. Sie war sich so sicher gewesen, dass Joseph den Büll sofort erkennen würde!

Die Traurigkeit kam über sie wie ein dunkler Schatten. Wie sehr hatte sie gehofft, eine Nachricht von Joseph zu erhalten! Nun schien alles vergebens. Nur aus alter Gewohnheit ging sie noch einmal um das Haus herum bis in den Hinterhof. Die Reste des alten Klohäuschens, das im Krieg durch die Bomben fast vollständig zerstört worden war, quietschten müde im Wind. Nie war ihr ihr geliebtes Zuhause so trostlos erschienen.

Ich komme nicht wieder hierher, beschloss Anna, es ist einfach zu schrecklich.

Den Kopf voller trüber Gedanken, rüttelte sie ein letztes Mal an der Tür zur Backstube. Sie war verschlossen, natürlich.

Da legte Anna ihre Stirn an das ausgeblichene Holz und weinte bitterlich. Als aus dem Innern des Hauses ein Geräusch drang, erschrak sie fürchterlich und zuckte zurück. Da! Ein Riegel wurde zurückgeschoben, die Tür schwang auf, und dahinter erschien eine Gestalt: schwarzes Haar, Lippen, geschwungen wie die Flügel der Möwen am Rhein, und Augen so blau, wie Anna sie nur an einem Menschen jemals gesehen hatte.

Sie erstarrte. Ihr war, als fahre ein Blitz in ihren Körper, der alles zum Kribbeln brachte. Sie schnappte nach Luft, stieß einen Schrei aus und warf sich in Josephs weit ausgebreitete Arme.

Was gab es alles zu fragen und zu erzählen! Doch die ersten Minuten ihres Wiedersehens verbrachten Anna und Joseph allein damit, einander in den Armen zu halten. Anna schluchzte und lachte gleichzeitig, und Joseph stammelte Wörter in seiner Sprache, die sie nicht verstand, die aber so liebevoll klangen, dass sie ihn nur umso fester an sich drückte.

»Anna, liebste Anna«, japste Joseph irgendwann. »Wie habe ich dich vermisst!«

»Und ich dich erst!«, seufzte sie und schmiegte sich an seine Brust. Wie wunderbar er sich anfühlte! Und wie köstlich er roch! Wie frisch geschlagenes Holz und Tannennadeln. Sie konnte gar nicht genug davon bekommen.

Erst viel später löste sie sich aus seinen Armen und betrachtete ihn. Mit Joseph war eine Veränderung vor sich gegangen. Er war dünner geworden und zugleich sehniger. Er wirkte auch deutlich älter, als sie ihn in Erinnerung hatte, alles Kindliche war aus seinen Gesichtszügen verschwunden. Doch er hatte nach wie vor diese wundervollen blauen Augen, die geradewegs in ihr Herz zu schauen schienen, mit den dichten schwarzen Wimpern. Seine hohen Wangenknochen verliehen ihm etwas Anmutiges, doch sein Gesicht war so ausgezehrt wie damals, als er als Kriegsgefangener zu ihnen gekommen war. Er hat gehungert, genau wie wir, fuhr es Anna durch den Kopf. Und auch wenn Joseph unentwegt lächelte und seine Lippen immer noch die Farbe von reifen Kirschen hatten, so lag doch ein schmerzerfüllter Zug um seinen Mund.

»Joseph, wo warst du?«, flüsterte Anna.

Da wandte er sich von ihr ab, und sie sah seine Schultern beben. Joseph weinte!

»Nicht doch! Nicht doch!«, sprach sie besänftigend auf ihn ein. »Bitte, weine nicht! Lieber, lieber Joseph! Mir kannst du alles sagen, das weißt du!«

»Ich will es dir auch sagen«, murmelte er. »Ich schäme mich nur so.«

»Mein liebster Joseph«, gab sie zurück und streichelte seine bebenden Schultern. »Was immer es auch ist, sag es mir.«

Er ergriff ihre Hand und legte seine Wange daran.

»Ich war im Gefängnis. Man hat mich auf dem Schwarzmarkt erwischt und direkt in den Klingelpütz geschafft. Nun weißt du es.« Er ließ ihre Hand los und senkte den Kopf. »Es war die Hölle. Das Gefängnis ist völlig überbelegt, furchtbar geht es da drin zu. Auf dem Hof sieht man noch das Blut der Menschen, die die Henker der Nazis dort hingerichtet haben. Einer meiner Mitgefangenen sagte mir, es seien auch noch Opfer dort verscharrt, die nie ein ordentliches Begräbnis bekommen hätten. Vier Monate musste ich dort ausharren! Wegen eines halben Päckchens Butter und ein wenig Stoff für einen Wintermantel. Egal, was passiert, nie wieder lasse ich mich einsperren!«

»Oh, Joseph«, flüsterte Anna. »Ich ahne längst, was du für uns riskiert hast. Doch ich hatte keine Ahnung, dass du so bitter dafür bezahlen musstest.«

Er blickte sie aus seinen blauen Augen hoffnungsvoll an. »Und du verachtest mich nicht?«

»Wie könnte ich?« Nun war es Anna, die in Tränen ausbrach. »Denn du hast es doch für uns getan, nicht wahr? Die Butter und der Stoff, waren sie nicht für uns gedacht?«

»Aber natürlich waren sie das. Ihr seid mir doch das Liebste.« Und damit nahm er sie erneut in seine Arme und drückte sie so zärtlich an sich, dass Anna fast die Sinne schwanden. Wie konnte eine einzige Umarmung so glücklich machen?

»Ich war beim Bäcker Bell, gleich, nachdem ich deine Zeichnung entdeckt hatte«, flüsterte er in ihr Haar. »Aber eine dicke Frau hat mich davongejagt. Da beschloss ich, hier auszuharren, in der Hoffnung, dass du kommst.«

»Aber wie bist du hier hereingekommen?«

»Im Gefängnis habe ich mehr gelernt, als mir lieb ist.« Joseph lächelte traurig. »Doch nun sag, was ist geschehen? Warum lebt ihr bei diesem Widerling?«

Sie setzten sich auf die Ofenbank, wie sie immer beieinander auf der Ofenbank gesessen hatten, und Joseph nahm ihre Hand, während Anna erzählte. Er unterbrach sie nicht, er hörte zu und schüttelte nur hin und wieder fassungslos den Kopf. Als sie geendet hatte, schwieg er lange.

»Diese Geschichte stinkt von vorne bis hinten«, stellte er dann fest. »In dieser Stadt funktioniert so gut wie gar nichts. Es gibt nicht einmal eine richtige Polizei, nur ein paar Aushilfspolizisten, die die Briten gerade anlernen. Und dann tauchen bei euch gleich drei von ihnen auf und setzen euch vor die Tür? Dafür gibt es nur eine Erklärung: Sie wurden gekauft.«

Anna blickte verblüfft zu ihm hoch. »Wie meinst du das?«

»Wie ich es sage.« Er sah sie ernst an. »Jemand hat euch eine Falle gestellt. Jemand, der euch Böses will.«

Anna durchfuhr ein Schauer, und sie zitterte, nicht nur wegen der Kälte, sondern auch wegen dem, was Joseph sagte.

Joseph nahm sie noch einmal in die Arme. »Anna, meine Liebe. Du musst zurück, es ist schon spät. Aber sag mir, wirst du wiederkommen?«

»Aber natürlich!« Sie konnte sich kaum von ihm losreißen. »Gleich morgen nach der Schule.«

Als Anna am nächsten Tag ankam, stand Joseph schon wartend in der Tür. Er nahm sie an der Hand und führte sie lächelnd in die Backstube, und Anna konnte kaum fassen, was sie dort sah.

Direkt neben dem großen Ofen stand der Juno-Herd, auf den Marie immer so stolz gewesen war. Die Klappe der Bratröhre war weit geöffnet, und heraus strömte eine himmlische Wärme.

»Wie hast du das hingekriegt?«, fragte sie verblüfft. »Es gibt doch weit und breit keinen Strom.«

»Natürlich gibt es Strom!«, lachte Joseph. »Sie haben es nur nicht allzu eilig, die Altstadt wieder anzuschließen. Das Viertel hier wird, nun ja, wie soll ich's sagen, nicht gerade bevorzugt behandelt.«

»Und du hast –«

»Ein Stromkabel angezapft, ein weiteres hierherverlegt. Nichts leichter als das.«

»Aber wenn sie dich erwischen? Ich will nicht, dass du wieder ins Gefängnis musst.«

»Keine Angst«, er streichelte sanft ihren Rücken. »Ich bin vorsichtig. Mich kriegen sie kein zweites Mal.«

Anna nickte stumm und setzte sich auf die Ofenbank. Hoffentlich behielt er recht. Mit einem Seufzen zog sie ihren schiefen Mantel aus, unter dem sie wie immer Josephs Jacke trug. Joseph betrachtete sie erstaunt.

»Du trägst meine Jacke?«

Anna wurde feuerrot.

»Wir haben nicht viel«, stammelte sie, »du weißt doch ... Ich gebe sie dir sofort zurück!«

»Aber nein!«, wehrte er ab. »Bitte behalte sie.« Er setzte sich zu ihr und strich ihr leicht mit dem Zeigefinger über den Jackenärmel. »Ich finde es wundervoll, dass du sie trägst«, flüsterte er, und seine Stimme klang plötzlich ganz rau. »Wirklich wundervoll.«

Mit einem Mal herrschte eine Verlegenheit zwischen ihnen, wie es sie nie zuvor gegeben hatte. Anna merkte, wie ihre Kehle eng wurde, was immer sie nun versuchen würde zu sagen, es käme nur als Krächzen heraus. Also schwieg sie und lauschte seinen hastigen Atemzügen. Auch Joseph sagte kein einziges Wort mehr, und nach einer Weile legte er seine Hand auf ihren Oberschenkel, die Handfläche nach oben. Es war eine Frage, die Anna sofort verstand. Ohne auch nur eine Sekunde zu zögern, legte sie ihre Hand in seine. Ihre Finger umschlossen einander, und Anna wusste, in diesem Moment gaben sie sich ein Versprechen, das sie immer miteinander verbinden würde.

Von nun an ging sie jeden Tag nach der Schule zu ihm. Sie erzählte niemandem etwas davon, weil sie ahnte, dass, je mehr Leute von Joseph wüssten, desto größer die Gefahr für ihn werden würde. Jeden Tag fieberte sie auf die gemeinsame Zeit mit ihm hin. Sie saßen auf der Ofenbank in der behaglichen Wärme des Juno-Herdes und aßen miteinander, immer hatte Joseph eine Leckerei für sie. Er erzählte ihr von seiner Mutter, von der er nicht wusste, was aus ihr geworden war. Und Anna berichtete ihm von Hilde und den anderen, von ihren Abenteuern auf dem Schwarzmarkt und in der Silvesternacht.

»Um Himmels willen!«, rief Joseph und streichelte ihre Hand. »Ihr habt euch doch wohl nicht ernsthaft mit den Autospringern angelegt? Anna! Das sind die Leute vom Kress, die kennen kein Pardon!«

»Aber sie haben uns nichts getan. Außerdem war Willibald dabei, er hat uns gehen lassen.«

»Oh, Anna.« Er schüttelte bedauernd den Kopf. »Warum konnte ich nicht auf euch aufpassen?«

»Nun bist du ja da.« Sie drückte seine Hand. Kurz geisterte der Gedanke an das, was der Büll ihr angetan hatte, wie eine böse Spukgestalt durch ihren Kopf, doch sie befahl ihr, zu verschwinden. Tief in ihrem Innern wusste Anna, dass sie auch darüber mit Joseph sprechen konnte, doch noch war sie nicht dazu bereit.

»Was tut Marie, um die Bäckerei wiederzubekommen?«, fragte Joseph sie ein anderes Mal.

»Wenn ich das wüsste!«, antwortete Anna. »Sie schuftet Tag und Nacht für den Büll, und wenn er ihr eine kleine Pause gönnt, ist sie immer so erschöpft, dass sie gleich einschläft.«

»Sie backt wie ein Mann?«, fragte er und zog die dunklen Brauen hoch.

»Aber ja. Ich glaube, sie kann das sogar richtig gut.«

»Deine Tante ist eine wirklich bemerkenswerte Frau. Aber für diesen Kampf fehlt ihr wohl die Kraft. Gibt es denn niemanden, der ihr hilft?«

Anna zögerte einen Moment. »Nun ja. Sie kennt da einen britischen Soldaten. Aber –«

»Du magst ihn nicht.« Er senkte den Blick und sah sie vielsagend an.

Sie schnaubte. »Natürlich nicht! Mein Onkel Matthias ist nicht tot, er kommt irgendwann zurück!«

Joseph schüttelte den Kopf. »Das mag vielleicht sein. Aber so versteh doch, der Krieg hat alles verändert. So viele Menschen sind gestorben, so viele Männer sind immer noch vermisst. Wenn es da jemanden gibt, der sich um Marie bemüht ...«

»Ist das dein Ernst?« Anna spürte, wie ihr schlecht wurde und sich ein Kloß in ihrem Hals bildete.

Joseph schien ihr Unbehagen zu bemerken. »Verzeih.« Er drückte ihre Hand fester. »Bitte, verzeih.«

Und Anna verzieh ihm augenblicklich.

»Weißt du, was seltsam ist?«, fragte sie ihn an einem der nächsten Tage. »Wir sind so oft hier. Und dennoch sind wir niemals jemandem begegnet. Wer auch immer uns die Bäckerei weggenommen hat – was will er wohl damit anfangen?«

»Darüber denke ich auch nach«, antwortete Joseph. »Überall werden Flüchtlinge einquartiert, in jede noch so armselige Hütte. Und hier steht ein Haus leer. Es hat zwar nur noch ein einziges Zimmer und eine Backstube, in die es hereinschneit, aber trotzdem!«

»Was mag das bedeuten?«

»Mein Gefühl ist, dahinter steckt jemand, der Verbindungen hat.« Er kratzte sich das Kinn. »Und es geht womöglich gar nicht um die Bäckerei.«

Sie drückte unwillkürlich seine Hand. »Aber worum denn dann?«

»Es geht um Marie.« Joseph sah sie ernst an. »Jemand will ihr schaden.«

Kapitel 30

»Hast du es schon gehört?«, zischte Agnes. »Bei der Lehrerin ist wat Kleenes unterwegs. Man sieht es schon.«

»Bei Fräulein Stüssgen?«, fragte Marie. »Das kann ich mir nicht vorstellen.«

»Wenn ich es dir doch sage!«, gab Agnes zurück. »Sie zeigt sich ganz offen mit einem von den Tommys. Die Sitten haben sich ja in vielerlei Hinsicht gelockert …«

Marie zog scharf die Luft ein. Agnes war ihr in den vergangenen Jahren eine gute Freundin geworden, doch sie hatte ihr kein Wort von dem verraten, was in der Silvesternacht in Deans Jeep geschehen war. Doch so, wie Agnes sie nun anschaute, schien sie etwas zu ahnen.

Sie standen im Hofeingang vom Büll. Agnes hatte ihr ein paar alte Anziehsachen von sich und ihren Kindern gebracht.

Außerdem wollte Marie ihr das Kleid zurückgeben, das sie ihr zu Silvester geliehen hatte. Marie hatte es vorsichtig zwischen den Strohsäcken, auf denen sie schliefen, zusammengefaltet, doch es schien vollkommen ruiniert.

»Ist nicht schlimm, mich wird eh keiner zum Tanzen

ausführen«, meinte Agnes und strich mit rotgefrorenen Händen über den dunklen Stoff.

»Ist zu Hause alles in Ordnung?«, fragte Marie.

»Ach, du weißt nicht, wie das ist.« Agnes blickte zu Boden. »Er hat diese Anfälle. Die Kleinen haben viel zu leiden.«

»Und du?« Marie betrachtete ihre Freundin voller Kummer. Sie sah nicht gut aus, schien noch verhärmter zu sein als sonst.

»Ich mache mir Sorgen um meinen Ältesten. Womöglich ist er da in etwas hineingeraten.«

»Willibald? Was ist denn mit ihm?«

»Ich weiß es nicht. Er ist kaum noch zu Hause. Und wenn, dann bringt er mir alles Mögliche mit, Mehl, Zucker, letztens gleich mehrere Dosen Büchsenfleisch. Nicht, dass wir es nicht dringend bräuchten, versteh mich nicht falsch. Doch wie kommt er daran? Er sagt es mir nicht.«

»Anna ist auch oft nicht da. Und ich weiß auch nicht, was sie tut«, flüsterte Marie. Sie schämte sich, es laut auszusprechen. Doch Agnes schien es genauso zu ergehen.

»Deine Anna?«, fragte Agnes verwundert. »Also, das hätte ich jetzt nicht gedacht! Aber vielleicht ist es diese erbärmliche Zeit. Vielleicht werden die Kinder schneller erwachsen im Krieg.«

»Ja, womöglich hast du recht«, murmelte Marie.

»Und euer Haus? Gibt es etwas Neues?«

»Nein, nichts.« Marie sah sich vorsichtig um, ob sie jemand belauschen konnte. »Ich habe solche Angst«, fuhr sie leise fort. »Stell dir vor, sie könnten mich ins Gefängnis werfen!«

»Ins Gefängnis?«, rief Agnes so laut, dass Marie ihr hektisch bedeutete, leiser zu sprechen.

»Die Besatzer arbeiten wohl gerade an einem neuen Gesetz –«

»Ach was«, unterbrach Agnes sie. »Da müssten ganz andere in den Knast, allen voran der Büll, der hat doch mit den Nazis gemeinsame Sache gemacht. Du doch nicht.«

»Das stimmt«, seufzte Marie. »Aber ich bekomme nicht einmal eine Auskunft. Als der Büll letztens in die Stadt gefahren ist, bin ich heimlich zum Allianz-Gebäude gelaufen, du weißt schon, auf dem Ring, wo jetzt die Verwaltung drin ist. Doch niemand wollte mir weiterhelfen.«

Agnes runzelte die Stirn. »Aber die Kaufurkunde liegt dort vor?«

»Ja, Dean, also du weißt schon, wer, hat es überprüft.«

Marie sprach nicht gern mit Agnes über Dean. Ihre Freundin harrte bei ihrem Ehemann aus, obwohl er ein gewalttätiges Scheusal geworden war, während sie selbst Matthias untreu geworden war.

Agnes kratzte sich am Kopf. »Hast du schon mal überlegt, wie die Kaufurkunde ins Rathaus gekommen ist?«

Marie nickte schnell.

»Das ist es ja gerade. Unsere Kaufurkunde ist im Krieg verbrannt, und die der Kohns hat der Büll sich unter den Nagel gerissen. Er hat sie mir selbst gezeigt, damals, in unserer Küche.«

»Aber warum sollte der Büll die Urkunde ins Rathaus bringen und diese böse Verunglimpfung in die Welt setzen? Was hätte er davon?«

»Das weiß ich nicht.« Marie fuhr sich durch die blonden Haare. »Aber es macht mir Angst.«

Agnes nickte. Dann senkte sie ihre Stimme und trat noch ein wenig dichter an Marie heran.

»Warum harrst du überhaupt noch hier aus? Warum nutzt du deine Chancen nicht?«

»Welche Chancen?«, fragte Marie und ahnte gleichzeitig, worauf Agnes anspielte.

Agnes' Wangen und Nase waren tiefrot vor Kälte. »Ach, Marie, ich meine, warum wartest du auf einen Mann, der nicht zurückkehren wird? Während dieser schmucke Tommy dir die Welt zu Füßen legt? Na ja, vielleicht nicht die Welt, aber ein besseres Leben als dieses wäre es ganz bestimmt. Und du wärst dem Büll nicht mehr ausgeliefert.«

Marie war erstaunt von der Direktheit ihrer Freundin. »Agnes, wie kannst du –«

»Warte«, unterbrach Agnes sie, »eins sage ich dir noch: Der Mann, den ich geheiratet habe, war ein anderer als der, der zurückgekommen ist. Du weißt nicht, was die Zukunft bringt. Aber überleben musst du jetzt.«

Damit wandte sie sich zum Gehen, drehte sich aber noch einmal um.

»Pass gut auf dich auf, und auf die Kinder!«

Marie ging zurück in die Backstube. Egon stand allein am Backstubentisch, der Büll ließ sie und Egon in letzter Zeit immer öfter allein, irgendwelche dringenden Aufgaben trieben ihn in die Innenstadt. Marie konnte sich schon denken, um was für eine Art von Geschäften es sich dabei handeln musste.

Widerwillig begann sie, die nächsten Teigballen zu kneten. Der Verdacht, der Büll könne etwas mit dem Verlust ihrer Bäckerei zu tun haben, verfolgte sie schon lange. Nun hatte sie ihn zum ersten Mal ausgesprochen. Doch welche Schlüsse konnte sie daraus ziehen?

Am Abend wollte Karl nicht einschlafen. Er quengelte, wie es gar nicht seine Art war, und wieder schien er Marie ungewöhnlich heiß und verschwitzt. Ihr Sonnenschein würde ihr doch hoffentlich nicht krank werden? Als Anna in den Verschlag kroch, wirkte das Mädchen fröhlicher als sonst und zugleich noch abwesender. Immer noch hatte Marie oft keine Ahnung, wo Anna sich herumtrieb. Wenn sie sie fragte, wich sie aus. Sie schien ein Geheimnis mit sich herumzutragen, eines, das sie nicht mit Marie teilen wollte. Sie wollte das Mädchen nicht bedrängen, aber lange würde sie das nicht mehr mit ansehen.

»Karl, mein Kleiner.« Anna ließ sich neben ihn in die miefigen Strohsäcke fallen, strich ihm die feuchten Haare aus der Stirn und begann, ein Lied für ihn zu summen, das Matthias ihr einst vorgesungen hatte, wie Marie erkannte. Dass sie sich daran noch erinnern konnte!

Karl beruhigte sich und schlief ein. Anna jedoch war wach, Marie spürte ihren prüfenden Blick.

»Hast du endlich etwas herausgefunden wegen der Bäckerei?«

Marie nickte. Und dann begann sie, Anna zumindest einen Teil der Geschichte zu erzählen. Über ihre Angst vor dem Gefängnis verlor sie jedoch kein Sterbenswörtchen.

»Ich bin mir ganz sicher, dass Matthias die Kohns nicht betrogen hat«, sagte sie. »Ganz im Gegenteil. Er gab ihnen all seine Ersparnisse, dazu gehörte auch die Erbschaft, die ihm seine erste Frau vermacht hatte. Die Kohns hatten nur so lange gezögert. Herr Kohn war immerhin der wichtigste Architekt, als das Martinsviertel vor dem Krieg saniert und nach historischem Vorbild neu aufgebaut wurde. Er konnte sich einfach nicht vorstellen, dass die Nazis auch ihn ...« Nach Worten suchend brach sie ab. »Und nun wissen wir nicht einmal, ob sie noch leben«, fügte sie mit rauer Stimme hinzu. »Ob sie es bis nach Amerika geschafft haben oder –«

Sie schwiegen lange. Und in das Schweigen hinein sagte Anna ein einziges Wort.

»New York.«

Marie blickte das Mädchen verblüfft an. »Was? Woher weißt du das? Wir haben mit niemandem darüber gesprochen, dass sie nach New York wollten, und du warst noch so klein ...«

»Da stand ein Globus auf dem Vertiko.« Anna klang, als spräche sie mehr zu sich selbst als zu Marie. »Und da war eine Linie, einmal quer über den Atlantik.«

New York. Marie hatte sich bislang kaum getraut, darüber nachzudenken, was aus den Kohns geworden sein könnte. Zu schrecklich war die Vorstellung, was ihnen damals gedroht hatte. Doch nun hatte sie einen Einfall, der sie von Kopf bis Fuß elektrisierte. Er war wahnwitzig, und die Chance, dass es gelang, winzig klein. Und dennoch: Ehe man sie ins Gefängnis steckte, musste sie einfach alles versuchen.

»Meine Große.« Marie bemühte sich, ihre Aufregung vor Anna zu verbergen. Sie durfte ihr keine falschen Hoffnungen machen. Behutsam streckte sie eine Hand nach Anna aus, fuhr ihr zärtlich durch das widerspenstige Haar. »Weißt du was? Morgen stehle ich mich davon, und dann hole ich dich von der Schule ab.«

»Aber warum denn? Ich habe nichts angestellt –«

»Das weiß ich. Ich muss nur dringend mit deiner Lehrerin sprechen.«

Der Zufall spielte ihr in die Hände. Zur späten Mittagszeit machte der Büll sich schon wieder auf in Richtung Innenstadt. Marie sah, wie er die Treppe hinuntereilte und wie er hastig einen Beutel in die Innentasche seines Ledermantels steckte. Ihr war, als hörte sie daraus ein verdächtiges Klimpern. Konnte es sein, dass der Büll mit einem Beutel voller Geld in die Stadt fuhr? Zuzutrauen war es ihm.

»Muss ich mit, wenn du mit Fräulein Stüssgen sprichst?«, fragte Anna, kaum dass sie Marie auf dem Schulhof erblickt hatte.

»Nein, auf keinen Fall«, antwortete Marie. »Aber vielleicht möchtest du auf mich warten?«

Doch noch ehe sie ausgesprochen hatte, war Anna mit einem knappen Gruß davongelaufen. Das Mädchen entglitt ihr, das wurde ihr in diesem Moment wieder einmal schmerzlich bewusst.

Fräulein Stüssgen war dabei, das Klassenzimmer aufzuräumen. Obwohl in der Ecke ein altersschwacher Ofen glomm, war es eiskalt in dem Raum. Als sie Marie erblickte, winkte sie sie rasch zu sich.

»Frau Odenthal! Wie schön, Sie zu sehen. Ist etwas mit Anna? Sie ist gerade hinaus …?«

»Nein, nein.« Marie dämpfte ihre Stimme zu einem Flüstern. Mit einem Mal kam ihr ihre Idee noch wahnwitziger vor als in der vergangenen Nacht. »Ich wollte Sie nur gern etwas fragen.«

»Nun kommen Sie schon. Setzen Sie sich, meine Liebe.«

Marie hockte sich in eine der Schülerbänke, und plötzlich fühlte sie sich wie ein kleines Mädchen. Ob es ihr gelingen würde, diese freundliche Lehrerin für ihr Unterfangen zu gewinnen?

Fräulein Stüssgen hatte sich dicht neben sie in die Bank gesetzt und schaute sie mit neugierigem Blick an. Da holte Marie tief Luft, straffte ihren Rücken und begann zu erzählen. Sie sprach lange, und Fräulein Stüssgens Augen wurden immer größer.

»Das ist eine verwegene Idee, liebe Frau Odenthal«, sagte sie, als Marie geendet hatte. »Und ich muss Ihnen nicht sagen, wie gering die Wahrscheinlichkeit ist, dass Sie damit etwas erreichen.«

Marie nickte. Das war ihr selbst nur allzu deutlich bewusst.

»Ich war nur so kurz in der Schule. Ich würde es nicht hinkriegen. Und verzeihen Sie, ich möchte Ihnen nicht zu nahe treten, aber vielleicht könnten Sie gemeinsam mit Ihrem Bekannten –«

Marie brach ab und sah zu ihrem Erstaunen, dass Fräulein Stüssgen ganz rote Ohren bekommen hatte, als wäre sie selbst ein junges Mädchen und nicht die Lehrerin.

»Wir werden bald heiraten«, erklärte sie und hob ihre linke Hand, an der ein schmaler Ring mit einem hübschen blauen Stein steckte.

»Oh, wie schön! Ich gratuliere.« Marie spürte einen Kloß im Hals und zwang sich, nicht an Dean zu denken und an das, was Agnes ihr geraten hatte.

Fräulein Stüssgen schien ihre sorgenvollen Gedanken nicht zu bemerken und drehte ganz verzückt an ihrem Ring.

»Wenn ich es mir recht überlege ...«, meinte sie schließlich, zwinkerte Marie verschwörerisch zu und streichelte zugleich in einer kleinen, unbewussten Bewegung ihren sich deutlich wölbenden Bauch. »Wer nicht wagt, der nicht gewinnt, nicht wahr, liebe Frau Odenthal? Ich werde mit meinem Verlobten sprechen und sehen, was sich tun lässt.«

Den Weg zurück schaffte Marie, wie es ihr schien, in der halben Zeit, so beschwingt fühlte sie sich. Auch wenn das Unterfangen noch so aussichtslos sein mochte, so hatte sie doch zumindest etwas unternommen. Sie war nicht mehr die Leibeigene des Büll, die sich halb tot schuftete, ohne Aussicht, diesem elenden Dasein jemals zu entrinnen. Sie war wieder Marie Odenthal, die Bäckersfrau vom Buttermarkt. Und sie fing endlich an, für ihre Bäckerei zu kämpfen.

Kapitel 31

In der letzten Januarwoche setzte starker Schneefall ein. Als Anna die Bäckerei erreichte, hatten sich auf ihren Schultern kleine Eishubbel gebildet. Wie freute sie sich darauf, mit Joseph vor dem Juno-Herd zu hocken! Doch er erwartete sie bereits dick eingemummelt im Hof.

»Was hast du vor?«, fragte sie ihn.

»Einmal darfst du raten«, lachte er und zog hinter sich einen hölzernen Schlitten hervor.

»Das ist nicht dein Ernst.«

»Das ist mein vollkommener Ernst.«

Hand in Hand liefen sie zum Dom. Anna hatte nie zuvor etwas Vergleichbares getan, aber es schien ihr das Natürlichste von der Welt zu sein. Und wie herrlich es sich anfühlte! Sie hätte die ganze Welt umarmen können.

Doch das war noch nichts im Vergleich zu dem Vergnügen, das sie erwartete. Denn vor dem Dom stellte Joseph den Schlitten auf den breiten Bürgersteig und hieß Anna mit einer eleganten Verbeugung, Platz zu nehmen. Er selbst setzte sich dicht hinter sie und umschlang sie mit beiden Armen. Und dann ging es den Domberg hinab.

Anna blieb die Luft weg. Die Welt zog im Sauseschritt an ihr vorbei. Die kleine Grünanlage in der Mitte der Fahrstraße rechts von ihnen glitzerte unter ihrer dicken Eisschicht wie ein Märchenwunderland. Die Sträucher auf dem schneebedeckten Domhof schienen ihr zuzuzwinkern. Und selbst die Eisschollen auf dem Rhein, deren Knirschen sie noch vor wenigen Tagen als so unheilvoll empfunden hatte, funkelten in der Sonne, als lächelten sie zu ihnen beiden herüber. Das Wundervollste jedoch waren Josephs starke Arme, die sie hielten, seine Wange an ihrer und sein tiefes Lachen.

Unten am Rhein wich er geschickt einer der völlig überfüllten Straßenbahnen aus und brachte den Schlitten zum Stehen.

»Noch einmal, meine Liebe?«

»Noch einmal!«

Anna zählte nicht die Male, die sie den Domberg hinaufliefen und mit dem Schlitten wieder hinabfuhren. Bald hatte sie jedes Zeitgefühl verloren. Alles, was sie wahrnahm, war Joseph. Seine Hände, sein Lachen, das Schlagen seines Herzens an ihrem Rücken. Sie fühlte sich so geborgen und sicher. Es erinnerte sie ein wenig daran, wie Onkel Matthias sie gehalten hatte, damals, als sie noch ein kleines Mädchen gewesen war. Aber nur ein wenig. Denn dies hier war eine völlig neue Art der Geborgenheit, sie ließ sie nämlich zugleich von Kopf bis Fuß erbeben.

Sie machte sich erst auf den Heimweg, als es schon längst dunkel war.

»So gerne würde ich dich begleiten!« Joseph umarmte

sie ein letztes Mal und drückte sie fest an seine Brust. »Aber du weißt ja, wenn ich in eine Kontrolle gerate …«

»Wirst du als ehemaliger Zwangsarbeiter interniert und zurück nach Polen geschickt, ich weiß«, seufzte Anna. »Schon das Schlittenfahren war eigentlich viel zu gefährlich, nicht wahr?«

»Es war das Allerschönste, was ich seit Langem erlebt habe«, murmelte er und streichelte ihr Haar.

»Ach, Joseph, ich wünschte, wir könnten für immer zusammenbleiben!«

»Das wünsche ich mir auch.« Er beugte sich zu ihr hinab, und für einen Moment berührten seine Lippen die ihren. Anna war, als fahre ein Blitz in sie, der jeden noch so kleinen Teil ihres Körpers in einen wilden Taumel versetzte.

Den Weg zurück flog sie vor Glück.

Am nächsten Tag gelang es ihr nicht, dem Büll zu entkommen. Er zerrte sie mit einer Kraft in den Mehlraum, die Anna keine Chance ließ. Als er endlich mit ihr fertig war, schubste er sie auf ein paar alte verdreckte Säcke, wo sie liegen blieb.

Anna konnte sich kaum bewegen. Der Schmerz und der Ekel hatten sie überwältigt. Sie wollte schreien, weinen, doch aus ihrem Mund drang kein Laut, und sie hatte keine Tränen.

Sie brauchte lange, um sich aufzurichten und ihre Kleidung zu ordnen. Und sie brauchte all ihre Kraft, um den Mehlraum zu verlassen. Als sie die Backstube betrat, wankend, traf sie auf die Ehefrau des Büll.

»Bitte, ich –«, stammelte Anna, doch Erna Bell bedachte sie mit einem Blick, als gehöre zu sie zu dem Unrat, aus dem sie gerade gekrochen war.

Von Kopf bis Fuß zitternd, in kleinen, mühsamen Schritten näherte Anna sich dem Verschlag. Marie lag, erschöpft von der nächtlichen Arbeit, schlafend darin, Karl in ihren Armen. Da zog Anna vorsichtig ihren schiefen Mantel unter den beiden hervor, streifte ihn über. Und dann machte sie sich auf den Weg.

Sie brauchte viel länger als sonst. Ihre Muskeln gehorchten ihr nicht, immer wieder knickten ihr die Beine weg. Als sie schließlich im Buttermarkt ankam, war sie am Ende ihrer Kräfte.

Joseph öffnete die Tür, sah sie und schien sofort zu verstehen.

»Oh, Anna, meine Anna!«, sagte er, nahm sie in die Arme und hielt sie fest, während er beruhigend auf sie einredete. Dort, in Josephs Armen, konnte Anna endlich weinen.

Später setzte er heißes Wasser auf und füllte damit den blechernen Trog, in dem erst Onkel Matthias und dann er einst den Sauerteig angesetzt hatten. Er holte das alte Reck hervor, das ganz schief war, und legte Annas Mantel darüber sowie seinen eigenen. Er platzierte das Reck so, dass der Trog dahinter verschwand.

»Schau, meine Liebe, hier ist Seife. Und wenn du gebadet hast, werde ich deine Sachen waschen.«

Und so hielten sie es. Anna zog ihre Kleidung aus, aus jeder einzelnen Faser meinte sie den Gestank des Büll zu vernehmen, und stieg in den Trog. Eigentlich war sie dafür längst viel zu groß, doch wenn sie die Beine dicht an den Körper zog, ging es gerade noch. Joseph blieb hinter dem Reck und sang ihr seine polnischen Lieder vor, wie er es getan hatte, als sie noch ein Kind gewesen war.

Josephs Seife roch nach Eisenkraut und nach Lavendel, und als sie fertig gebadet hatte, war sie komplett aufgebraucht.

»Das macht nichts, ich habe noch welche.«

Er reichte ihr ein Handtuch, es duftete nach Tannennadeln und frisch geschlagenem Holz. Anna vergrub ihr Gesicht darin, die Tränen, die nun kamen, wollten nicht aufhören.

Noch später saß sie in ihren Mantel und eine Decke gewickelt auf der Ofenbank, der Juno-Herd lief auf Hochtouren. Joseph hatte erneut Wasser aufgesetzt, nun wusch er im blechernen Trog ihre Kleidung. Er schrubbte sie, bis seine Hände feuerrot waren, und er verwendete so viel Seife, dass das Wasser überschäumte. Als er die Sachen zum Trocknen auf eine schnell aufgespannte Leine hing, duftete die ganze Backstube nach Eisenkraut und Lavendel.

»Anna, meine Liebe«, flüsterte er, als er sich neben sie setzte, sie an sich zog und ihren Scheitel mit kleinen Küssen bedeckte. »Glaub nicht, dass das irgendetwas ändert.«

»Nicht?«, flüsterte Anna.

»Niemals! Du bist das hübscheste und wundervollste Mädchen von ganz Köln, ach, was sage ich, von der ganzen Welt! Der Büll ist ein Verbrecher, und er wird büßen für das, was er getan hat. Und wie er büßen wird! Du aber bleibst hübsch und wundervoll. Und wenn du willst –«

Joseph stockte und räusperte sich, und als Anna zu ihm aufblickte, sah sie, dass er nie so ernst geschaut hatte wie in diesem Moment.

»Und wenn du willst«, setzte er erneut an, »dann bin ich dein, für den Rest unseres Lebens.«

»Ja, das will ich«, flüsterte Anna.

Joseph schien noch etwas sagen zu wollen, doch dann entschied er anders und zog sie stumm an sich.

Es wurde bereits dunkel, als Joseph aufstand und seinen Mantel vom Reck nahm.

»Liebste, ich mache mich jetzt auf den Weg.«

Anna hob den Kopf. »Aber wohin denn?«

»Es ist besser, wenn du es nicht weißt«, antwortete er und nahm noch einmal ihre Hände in seine. »Warte hier auf mich. Und sei ganz gewiss: Der Bäcker Bell wird dir nie wieder etwas zuleide tun.«

»Himmel, Joseph, was hast du vor?«, rief sie und klammerte sich an ihn.

Doch er löste sanft ihre Hände und wandte sich zum Gehen.

»Hab keine Angst, bitte, niemals mehr.«

Völlig verstört und beinahe irre vor Sorge blieb Anna allein auf der Ofenbank zurück. Die Zeit schlich dahin, jede Minute kam ihr vor wie eine Ewigkeit. So verging eine Stunde und noch eine. Anna starrte in die rot glühende Backröhre des Juno-Herdes und begann zu beten.

»Lieber Gott, ich frage mich, ob du überhaupt ein lieber

Gott bist. Wenn du das alles zulässt … das macht mich so wütend auf dich. Aber mein Joseph glaubt an dich. Und er tut es für mich. Also lass ihn nicht im Stich. Bring ihn mir zurück! Bitte, bring ihn mir zurück!«

Allein bei dem Gedanken, dass Joseph etwas zustoßen könnte, begann Anna von Kopf bis Fuß zu zittern, trotz der Hitze, die der Juno-Herd mittlerweile verströmte.

»Und wenn du dieses Gebet unangebracht findest«, fügte sie nach einer Weile schniefend hinzu, »dann hör einfach nicht hin. Oder such dir das raus, was dir gefällt. Vor allem aber: Beschütze meinen Joseph!«

Die Kleidung trocknete. Anna zog sie an, sie duftete nach Sommer. Doch Joseph war immer noch nicht wieder da.

Als er endlich kam, erschien er ihr so blass wie nie zuvor.

»Gott sei Dank, du bist zurück!«

»Verzeih, meine Liebe, ich musste lange warten, bis er das Haus verließ …«

»Oh, Joseph!« Anna spürte eine kalte Ahnung, die ihr die Worte raubte.

»Meine Liebste«, raunte Joseph gehetzt. »Du musst nun gehen, sofort.«

»Aber ich –«

»Glaub mir, bitte, es muss sein!«

»Aber wir wollten einander doch niemals verlassen!«

»Das tun wir auch nicht, ich verspreche es! Doch fürs Erste muss ich von hier verschwinden, jetzt gleich.«

Anna verstand die Welt nicht mehr. Tränen schossen ihr in die Augen.

»Nein, bitte, weine nicht«, flüsterte er, nun auch den Tränen nah. »Ich schreibe dir, hörst du? Ich schreibe dir! Und ich komme zurück.«

»Nein«, schluchzte sie, »geh nicht! Ich bitte dich, geh nicht!«

»Oh, meine Liebe.« Er ließ sich neben sie auf die Ofenbank sinken. »Alles würde ich dafür geben, bei dir zu bleiben! Doch nun ist der Moment des Abschieds gekommen. Ich muss fort, und niemand darf dich mit mir in Verbindung bringen. Es geht nicht anders, bitte, glaube mir!«

Rasch stand er auf und holte etwas aus dem Geheimfach des alten Ofens, in dem einst die flüssige Schokolade warm gehalten wurde. Mit beiden Händen ergriff er ihre Rechte und legte es hinein. Sein Geschenk fühlte sich leicht an und metallisch, Anna wusste sofort, was es war.

»Oh, Joseph«, flüsterte sie ein letztes Mal.

Da zog er sie an sich und küsste sie auf eine Weise, auf die sie niemals zuvor geküsst worden war.

»Ich liebe dich«, sagte er. Und als er sie zur Tür brachte und sie sich ein letztes Mal ansahen, da wusste sie, dass sie ihn auch liebte. »Liebste, lauf, so schnell du kannst.«

Er schenkte ihr einen letzten Blick, ehe er die Tür hinter ihr schloss und sie allein in der hereinbrechenden Nacht zurückließ.

Anna spürte, dass die Welt nun eine andere war. Der frisch gefallene Schnee schien eine weiche Decke über die Wunden der Stadt geworfen zu haben, die ihren Schritt dämpfte. Immer noch fühlte sie Josephs Lippen auf den ihren, seine

Hände an ihrem Hals. Sie roch seinen Duft, sie hörte sein Lachen. All das Schreckliche, das der Büll ihr angetan hatte, war mit einem Mal wie ausgelöscht, war bedeutungslos geworden.

Behutsam setzte sie einen Schritt vor den anderen. Ihre Beine trugen sie wieder. Und obwohl ihr Herz schwer war vor Sorge um Joseph, wusste sie doch sicher, dass sie auf Dauer nichts würde voneinander trennen können.

Auf dem Ring staute sich eine Bahn an die nächste, viele Fahrgäste waren ausgestiegen und traten in der schneidenden Kälte von einem Fuß auf den anderen.

»Ein Unfall am Schlageterplatz!«, rief ein vorbeilaufender Junge, die Schiebermütze tief in den Nacken geschoben.

»Dummes Put«, gab ein anderer zurück, »der heißt jetzt wieder Rudolfplatz!«

»Mir doch egal«, maulte der Erste. »Tot ist tot!«

Anna zuckte zusammen. Sie schaute kurz über ihre Schulter, und tatsächlich, in der Ferne war ein einzelnes Blaulicht zu sehen. Wieder spürte sie eine Ahnung, doch sie drehte sich weg und setzte ihren Weg fort, als habe es nichts mit ihr zu tun.

Kapitel 32

Der Laut, der Marie aus dem Schlaf riss, klang wie der eines Tieres. Doch es war Erna Bell, die oben in ihrer Wohnung so gellend schrie, dass die Wände des Verschlags darunter erzitterten. Als Marie neben sich sah und bemerkte, dass Anna nicht da war, wurde ihr mulmig zumute. Wo konnte das Mädchen stecken? In diesem Moment schrie Erna Bell erneut. Prügelt der Büll seine Frau gerade zu Tode?, fragte Marie sich. Ächzend kroch sie aus dem Verschlag und schlich vorsichtig ein paar Stufen die Treppe hinauf.

Die schwere Eisentür im oberen Stockwerk war weit geöffnet, darin stand ein stiernackiger Polizist, der beschwichtigend auf Frau Bell einredete.

»Es ging ganz schnell, er hat nicht gelitten.«

Erna Bell schrie und schrie. Marie, die auf halber Höhe der Treppe stand, schien sie gar nicht wahrzunehmen.

»Ach, Erna, es tut mir so leid!«, rief der Polizist. »Aber ich sage dir, niemand kann etwas dafür, das passiert immer wieder. Wenn die Bahnen mal fahren, dann sind sie oft so voll, dass die Fahrgäste drohen, hinauszufallen. Erst letzte Woche ist auch jemand gestürzt und überfahren worden ...«

»Ich will nicht wissen, was letzte Woche passiert ist!«, keifte Erna Bell. »Ich will wissen, warum mein Mann plötzlich tot ist!«

Marie war wie vom Donner gerührt. Der Büll war tot? Sie musste einen Laut des Erschreckens von sich gegeben haben, denn Erna Bell wandte sich plötzlich ruckartig zu ihr um. Als sie erkannte, wer dort auf der Treppe stand, versprühte ihr Blick blanken Hass.

»Was tust du hier vor meiner Tür, du elende Flisch?«, zischte sie. »Mach, dass du wegkommst mit deiner dreckigen Bagage.«

»Ich –«, stammelte Marie, doch Erna Bell fuhr ihr sofort über den Mund.

»So etwas wie euch will ich hier nicht mehr haben. Damit ist jetzt Schluss. Raus aus meinem Haus.«

Marie war, als habe Frau Bell ihr mitten ins Gesicht geschlagen. Ohnmächtig vor Wut stieg sie die Treppe hinab und erschrak sich fast zu Tode, als sie unten Karl erblickte. Ihr Kleiner war kreideweiß im Gesicht, zugleich schien er zu fiebern, und er guckte, als sei er dem Teufel persönlich begegnet. Stumm formten seine Lippen Worte.

»Was hast du, mein Schatz, was ist mit dir?«

»Der Mann«, wisperte Karl und wies zitternd die Treppe hinauf, »hat uns die Bäckerei weggenommen!«

»Aber nein, mein Liebling, das ist ein anderer Polizist, nicht der, den du damals gesehen hast.«

»Ist er doch«, rief Karl und fing jämmerlich an zu weinen. Da nahm Marie ihn hoch und redete beruhigend auf ihn ein.

Als sie zurück in den Verschlag ging, erblickte sie Anna, die gerade zurückgekehrt war, wo auch immer sie gewesen sein mochte.

»Der Büll ist tot«, raunte Marie ihr zu. »Seine Frau sagt, wir sollen verschwinden!«

Anna zuckte unbeeindruckt mit den Schultern. »Worauf wartest du dann noch?«

Blitzschnell war Anna dabei, ihre wenigen Habseligkeiten zusammenzuraffen.

»Anna, warte, wir müssen nachdenken.«

Marie überlegte fieberhaft. Nein, sie konnten hier nicht weggehen, denn alles, was ihnen bliebe, wären die Nissenhütten in Bickendorf, und dort ging die Weiße Pest um. Dem durfte sie die Kinder nicht aussetzen! Sie musste versuchen, Frau Bell umzustimmen, und wenn es noch so aussichtslos war.

Auf Zehenspitzen näherte sie sich noch einmal der Treppe und schlich leise hinauf. Die Tür war angelehnt, und aus der Wohnung vernahm sie nun mehrere erregte Stimmen. Außer Erna Bell und dem Polizisten war wohl noch jemand da. Die Kinder vom Büll!, fiel es Marie siedend heiß ein.

Oben angekommen, hatte sie schon die Hand ausgestreckt, um zu klopfen, als sie die Worte verstand, die dahinter gebrüllt wurden.

»Das kann nicht sein.« Eine junge Stimme, es musste der Sohn sein. »Er hatte sie bei sich, ich weiß es ganz genau.«

»Aber ich versichere euch, da war nichts«, rief der Polizist. »Ich bin gleich hin, als die Meldung kam. Bist du dir denn ganz sicher, dass das Geschäft heute über die Bühne gehen sollte?«

»Aber klar doch. Der Kress hatte alles mit ihm ausgetüftelt. Mein Gott!« Nun schien der Sohn in Tränen auszubrechen. »Sieben Goldmünzen. Die können doch nicht weg sein.«

»Sieben Goldmünzen?«, fuhr Erna Bell dazwischen. »Warum bist du nicht mit ihm mit? Du kleener Lötschendötsch, du!«

Und dann vernahm Marie ein Klatschen, das ihr schrecklich vertraut vorkam. Nur dass Frau Bell diesmal ihren Sohn schlug.

Mit zitternden Knien schlich Marie die Treppe wieder hinab. Nein, hier gab es keine Zukunft für sie und die Kinder.

Anna stand bereits im Hof. Sie hatte einen der Säcke, auf denen sie schliefen, mit ihrem wenigen Hab und Gut gefüllt und trug ihn auf dem Rücken. An der Hand hielt sie Karl.

»Da bist du ja endlich«, sagte sie und ging voraus.

Den ganzen langen Weg bis nach Bickendorf fühlte Marie sich wie betäubt. Dichter Schneefall hatte eingesetzt. Sie folgte den Kindern, die Schatten gleich vor ihr herliefen. Irgendetwas an Anna, an der Bestimmtheit, mit der sie aufgebrochen war, weckte in Marie eine tief verborgene Erinnerung. Wie zärtlich und doch zugleich entschieden sie Karls Hand hielt und ihn durch die dunkle Winternacht führte! Dabei liefen sie mitten ins Ungewisse und womöglich direkt in den Tod.

Unter einer Eisenbahnbrücke schlug Anna vor, in einem umgestürzten Waggon zu rasten.

»Ruht euch ein wenig aus, ich denke, etwa die Hälfte des Weges haben wir geschafft.«

Woher wusste Anna das? Seit wann kannte sie sich so gut aus in Köln? Erschöpft ließ Marie sich in den Waggon fallen, in dem es schlimm roch, doch zumindest waren sie für einen Moment vor dem Schneetreiben geschützt.

Auch den restlichen Weg ging Anna voraus, als kenne sie das Ziel.

Die Erinnerung in Marie wurde deutlicher. Ein Aufbruch. Ein Weg ins Unbekannte. Und die feste Entschlossenheit, sich von nichts und niemandem aufhalten zu lassen. Denn ein Zurück gab es nicht …

Marie spürte, wie die Erinnerung ihre Kraft weckte. Erna Bell mochte sie vor die Tür gesetzt haben, aber Marie würde schon dafür sorgen, dass sie bald wieder auf die Füße kamen!

»Wir sind da.«

Anna hatte vor einem umzäunten Gelände angehalten, in dem sich eine Nissenhütte an die andere reihte.

Das sieht aus wie ein Flüchtlingslager, fuhr es Marie durch den Kopf.

»Sie haben Glück!« Aus einer Art Verwalterhäuschen war ein Mann getreten, er trug einen Mantel über seinem Pyjama, Anna hatte ihn wohl aus dem Bett geklopft. »Ganz hinten ist gerade etwas frei geworden.«

Die Nissenhütten sahen aus wie riesige liegende Tonnen, und das waren sie offenbar auch, stellte Marie fest, als sie die Hütte erreichten, die der Mann ihnen zugewiesen hatte.

Die Außenhaut des halbrunden Häuschens bestand komplett aus Blech, innen gab es keine Verkleidung, keine Dämmung, nichts. Eine feine Eisschicht hatte die Wände überzogen, es herrschten nahezu Außentemperaturen.

Ein wackliger Tisch stand in der Mitte der Hütte sowie eine schlichte Bank. Auf dem Tisch waren noch die Reste eines einfachen Mahls zu sehen, jemand hatte zwei Konservenbüchsen bis auf den allerletzten Rest ausgekratzt. Auf einer der Bänke lag ein vor Schmutz starrendes Kinderjäckchen. Zwei eiserne Bettgestelle hatte jemand zusammengeschoben, die Decken darauf waren vollkommen verschlissen, die Kissen mit braunen Flecken übersät. In einer Ecke gähnte ein rußgeschwärzter Ofen, er war kalt, und es gab weder Briketts noch Brennholz.

Diese Hütte ist noch viel trostloser als der schreckliche Verschlag des Büll, war Maries erster Gedanke. Was mochte aus den vorherigen Bewohnern geworden sein? Eine schlimme Ahnung durchzuckte sie. Hier mussten sie so schnell wie möglich wieder ausziehen. Am liebsten hätte sie gleich jetzt auf dem Absatz kehrtgemacht.

Doch Anna und Karl wankten vor Erschöpfung, und auch Marie spürte, dass ihre Beine sie nicht mehr lange tragen würden. Da zog sie ihre beiden Umhänge aus und wickelte Anna und Karl so gut es ging darin ein, bevor sie sie sanft auf das schäbige Lager bettete. Sie versuchte, die schlichte Außentür abzuschließen, doch der Riegel war abgebrochen. Da legte sie sich zu den Kindern, bedeckte sie notdürftig mit dem Sack, den Anna getragen hatte, und drückte sie fest an ihr Herz.

Es ist nur für kurz, sagte sie sich, bevor sie in einen unruhigen Schlaf fiel.

In der Nacht träumte sie von einem Stall, von Blut und einem Messer. Sie hielt es in der Hand, sie musste damit etwas durchtrennen, doch sie wusste nicht, wie. In der nächsten Traumsequenz lief sie durch einen Wald, es war dunkel und kalt, und sie fürchtete sich. Und dann war da plötzlich Matthias, er trug sie in seinen Armen ... Mit einem Ruck wachte Marie auf. Es war früher Morgen. Am Fußende des Bettes machte sich jemand zu schaffen. Ein fremder Mann. Gerade war er dabei, Anna die Stiefel von den Füßen zu ziehen.

»Nein!« Schreiend fuhr Marie hoch und versuchte, den Dieb wegzustoßen, doch er gab nur eine Art Knurren von sich und zerrte weiter unbeirrt an den Schnürsenkeln.

»Elender Schuft!«, keuchte Marie und schlug ihm ins Gesicht, aber auch das hielt den Räuber nicht auf. Da schnellte Anna hoch und fing an, wie wild zu strampeln, doch er hielt ihren rechten Stiefel weiterhin fest umklammert.

»Na warte!«, zischte Anna, hob ihren linken Fuß und stieß ihn dem Mann mit aller Gewalt zwischen die Beine. Er jaulte wie ein Hund und klappte vornüber. Anna trat gleich noch einmal zu und erwischte seinen Kopf. Als er zurücktaumelte, konnte Marie den Abdruck von Annas Stiefel auf seiner Stirn erkennen.

Der Mann fluchte und verschwand durch die offene Tür nach draußen.

»Oh, verdammt«, keuchte Marie. »Das wäre beinahe schiefgegangen!«

»Das ist schiefgegangen«, flüsterte Anna neben ihr. »Karls Schuhe sind weg.«

Marie tastete nach Karls kleinen Füßchen und stellte zu ihrer großen Bestürzung fest, dass Anna recht hatte. Er trug nur noch die zigfach gestopften Socken, die er tagein, tagaus anhatte, die hübschen blauen Kinderstiefel, die Dean ihm geschenkt hatte, waren verschwunden. Karls Füße waren eiskalt, und in seinem zarten Gesicht erkannte sie Frostbeulen.

»Wir bleiben hier nicht lange«, Marie spürte die Verzweiflung wie eine eiskalte Faust, die sich um ihr Herz klammerte. »Ich versuche es morgen noch einmal bei Frau Bell, vielleicht hat sie Erbarmen.«

Anna hatte sich vom Bett erhoben. Ihre Gestalt zeichnete sich klar und deutlich vor dem einzigen Fenster der Hütte ab. Wie groß sie geworden war, trotz des ständigen Hungerns. Fast wie eine erwachsene Frau. Wann war das geschehen?, fragte Marie sich. Sie sah Anna die Hände in die Hüften stemmen und den Kopf in den Nacken werfen. Wieder stieg die Ahnung einer Erinnerung in ihr auf. Diese trotzige Haltung, diese Entschlossenheit ... wie bekannt ihr das alles vorkam ...

»Halt endlich den Mund!«, schrie Anna in diesem Moment und fuhr zu ihr herum. »Wir mussten da weg. Wir hätten da nie hingehen dürfen.«

»Aber Anna«, stammelte Marie, »was ist mit dir?«

»Was mit mir ist?« Annas Stimme bebte. »Der Büll

hat –«, Der Rest ihres Satzes ging unter in einem lauten Klopfen. Die ganze Hütte erzitterte. Jemand hämmerte von außen gegen die blecherne Tür.

»Marie!«, rief dieser Jemand. »Bist du da? Oh, my god, wie konnte das geschehen?«

Dean, es war unverkennbar Dean, der draußen vor der Tür stand. Marie sprang auf, wollte hinauslaufen, hielt inne und wandte sich Anna zu.

»Was wolltest du sagen?«

»Vergiss es«, murmelte Anna. Dann hob sie den Kopf und funkelte sie böse an. »Worauf wartest du noch? Dein Weihnachtsmann ist da!«

»Wir reden gleich, ja?« Marie versuchte, Anna über den Arm zu streichen, doch sie wich ihr aus. Dean hämmerte nun so vehement gegen die Hütte, dass die leeren Konservenbüchsen mit einem lauten Scheppern vom Tisch fielen. Da gab Marie dem schlafenden Karl einen Kuss, warf sich ihren Umhang über und eilte hinaus.

Jetzt erst, im gleißenden Licht des frühen Morgens, erkannte sie die ganze Schäbigkeit des Ortes, an dem sie gestrandet waren. Zwischen den blechernen Hütten stank es nach Exkrementen, hohläugige Kinder hockten teilnahmslos vor den Hütten. Sie waren viel zu dünn angezogen, einige hatten nicht einmal Schuhe, sondern Lumpen um die Füße gewickelt. Sie spielten nicht miteinander, sie hockten da und starrten stumpf vor sich hin, die kleinen Gesichtchen greisenhaft erstarrt.

Und mitten zwischen ihnen stand Dean. In seiner schmucken Uniform kam er Marie vor wie ein Besucher aus einer anderen Welt. Doch der sonst so strahlende Dean wirkte gehetzt, unter seinen Augen entdeckte sie dunkle Schatten. Noch bevor sie sich fragen konnte, was das zu bedeuten hatte, sah sie den prall gefüllten Armeerucksack zu seinen Füßen.

Marie begriff sofort, was das zu bedeuten hatte. Als er sie an sich zog, ließ sie es geschehen. Deans Herz hämmerte wie verrückt, sein Atem ging schnell und stoßweise. Marie spürte, wie all die Wut, die sie bei ihrer letzten Begegnung überwältigt hatte, sich in Luft auflöste.

»Oh, Marie«, raunte er. »Endlich ich habe dich gefunden! I needed to see you again!« Er schluckte. »Es ist also wahr! Ein Mann in der Bäckerei, ich weiß nicht seinen Namen, keine Haare, aber eine weiße Hut –?«

»Egon, der Geselle?«

»Ja, Egon! Er sagte mir, dass vielleicht ihr seid hier. What a terrible place! Tell me, please, was ist geschehen?«

Marie löste sich aus seinen Armen und schüttelte stumm den Kopf. Sie wies auf seinen Rucksack.

»Wann geht dein Zug?«

»In einer Stunde.« Dean machte ein trauriges Gesicht. »Ich wurde nach Hause beordert. Nach Hause! Marie, my love, zu Hause ist hier, bei dir!«

»Nicht doch«, wisperte Marie und legte ihm vor lauter Schreck einen Finger auf die Lippen. Wenn das die Kinder hörten!

Er nahm ihre Hand und küsste die Innenfläche. Marie fühlte seine Lippen, sein frisch rasiertes Kinn, roch sein Aftershave. Und für einen winzig kleinen Moment war sie nicht mehr in diesem elenden Barackenlager in Bickendorf, sondern auf einer Tanzfläche und gab sich dem Jitterbug hin.

»Listen«, raunte er. »Ich werde sprechen mit meine Mutter. Ich habe ihr so viel geschrieben über dich! Und natürlich, sie ist nicht begeistert. Eine Frau mit Kids! Sie hat, wie sagt ihr?, Vorurteile. Wir sind sehr traditionell. Doch sie wird dich lieben!«

»Was redest du da?« Marie entriss ihm ihre Hand.

»Ich rede von Heirat«, flüsterte Dean. Er ergriff ihre Hände, alle beide, zog sie nah an sich heran. Und als Marie zu ihm aufschaute, sah sie eine Ernsthaftigkeit in seinem Blick, die sie alles um sich herum vergessen ließ. »Komm mit nach England!«, rief er. »Ich weiß, du bist verheiratet. Ich weiß, du liebst deine Mann. Aber er kommt vielleicht nicht zurück! Und du liebst auch mich, don't you, Marie? Ich fühle es. Sag, dass es so ist, please, tell me you love me!«

Marie spürte, wie ihr die Tränen kamen.

»Ich habe dich gern«, flüsterte sie, »ich habe dich wirklich gern, aber –«

Weiter kam sie nicht. Die Tür hinter ihr flog auf, und Anna stürmte heraus, das Gesicht wutverzerrt.

»Anna! Warte!«, rief Marie, doch ihre Große würdigte sie keines Blickes und verschwand wie ein gehetztes Tier zwischen den Wellblechhütten. Das Letzte, was sie von Anna sah, war ein Stück des Mantels, den sie so schief zusammengenäht hatte, dass sie sich jedes Mal schämte, wenn ihr Mädchen ihn trug.

Nein, sie war keine gute Näherin. Sie war, nie war es ihr

so bitter bewusst wie in diesem Moment, auch keine gute Ehefrau. Doch es gab etwas, was sie unbedingt sein wollte, und dafür war ihr kein Preis zu hoch. Die Bilder, die sie seit der vergangenen Nacht verfolgten, halb Traum, halb Erinnerung, ließen ihr keine Ruhe. Sie wollte eine gute Mutter sein. Und sie würde sich bald ihrer eigenen Wahrheit stellen müssen.

»Ich hole sie«, murmelte Dean und wollte Anna hinterhereilen, doch Marie hielt ihn auf.

»Nein«, sagte sie mit fester Stimme. »Nimm deine Sachen und mach, dass du rechtzeitig zum Bahnhof kommst.«

»Marie! Ich –«

»Ich liebe dich nicht.« Marie sprach vollkommen monoton, aber in ihrer Brust tobte ein Wirbelsturm. »Ich war allein, ich war schwach. Und du bist klug und liebevoll und, wie sagt ihr?, caring. Dean, du bist ein wundervoller Mann.« Marie straffte ihren Rücken und machte sich ein bisschen größer, als sie eigentlich war. »Aber mein Herz gehört allein meinem Mann. Und auch wenn er nicht zurückkommt, werde ich trotzdem auf ihn warten, bis an mein Lebensende. Verstehst du, Dean? Ich werde auf ihn warten! Mein Leben lang!«

Kapitel 33

Anna rannte. Sie rannte weg von den Nissenhütten, von Marie und von dem, was sie gehört hatte. So, wie die dünne Wellblechwand keinen Schutz vor der Kälte bot, so hatte sie auch alle Worte, die draußen gesprochen worden waren, nach innen getragen. Schlimmer noch, sie waren von den kahlen Wänden widergehallt und hatten sich in Annas Herz gebohrt wie giftige Pfeile. Karl war aufgewacht und hatte die Worte auch gehört, und wenngleich er wahrscheinlich nicht alles genau verstanden hatte, so hatte er doch angefangen zu weinen. Und Anna hatte ihn zum ersten Mal in ihrem Leben nicht trösten können.

Sie rannte und wusste schon bald nicht mehr, wo sie war. In der vergangenen Nacht, als es darum ging, endlich dem elenden Leben im Haus des Büll zu entkommen, hatte sie mit schlafwandlerischer Sicherheit den Weg gefunden. Nun war sie ohne jede Orientierung.

Noch dazu hatte die Kälte ihr übel zugesetzt. Schon seit Stunden fühlten ihre Hände und Füße sich taub an, sie schienen geschwollen, jede Bewegung war ein einziger Schmerz. Mit Schrecken dachte sie an die rot schimmernde

Beule, die sie in Karls Gesicht gesehen hatte. Noch eine Nacht ohne Kohlen, und sie würden jämmerlich erfrieren.

Mit bebenden Fingern griff Anna sich an die Brust. In der Innentasche von Josephs Jacke trug sie seinen Rosenkranz, den er ihr zum Abschied geschenkt hatte. Wie sie Joseph vermisste! Mit jeder Minute, die sie ohne ihn war, fühlte sie sich unvollständiger, so, als existiere sie nur noch zur Hälfte. Sie vermisste sein Lachen und sein Singen, ihre langen Gespräche auf der Ofenbank. Er würde Rat wissen, dessen war sie sich ganz gewiss. Doch nun war er auf der Flucht, und sie hatte sich in diesem seltsamen Bickendorf hoffnungslos verlaufen.

Der Ort schien aus lauter kleinen Straßen zu bestehen, so schmal, dass es nicht einmal Bürgersteige gab. Ein niedriges Häuschen reihte sich an das nächste, die handtuchgroßen Vorgärten lagen unter einer dicken Schneeschicht versunken. Es waren armselige Häuschen, doch kaum eins war zerstört, aus den Schornsteinen stieg Rauch. Es gab sogar elektrisches Licht, und durch die erleuchteten Fenster konnte Anna Frauen sehen, die über Töpfe gebeugt am Herd standen, ihren Männern das Frühstück reichten, ihren Kindern über die Köpfe strichen.

Nun öffneten sich wie auf ein unsichtbares Zeichen die Haustüren, und lauter Mädchen und Jungen strömten heraus, die Tornister ordentlich geschultert, warm eingepackt in selbst genähte Mäntel, Mützen, Handschuhe. Sie winkten einander zu, riefen sich bei ihren Namen und machten sich gemeinsam, zu zweit oder in kleinen Grüppchen auf den Weg zur Schule.

Um Anna, die mitten auf der Straße stehen geblieben war, machten sie einen weiten Bogen.

Mit einem Mal begannen Annas Knie so stark zu zittern, sie musste sich an einem vereisten Laternenpfahl festhalten.

Einst war sie so zur Schule gegangen, mit ihrer Freundin Ruth. Gemeinsam hatten sie das Haus im Buttermarkt verlassen, eine jede hatte zuvor eins von den köstlichen weißen Brötchen gegessen, die Onkel Matthias buk. Sie trugen warme Mäntelchen und lederne Tornister und hielten einander an den Händen. Und wenn die Schule aus war, wartete ein Heim auf sie.

Das einzige Ärgernis jener glücklichen Tage war Willibald gewesen.

Bis auf Willibald war ihr nichts davon geblieben. Ruth, ihre Eltern, der kleine Gerald – sie alle waren schon so lange verschwunden, Anna wusste nicht einmal, ob sie überlebt hatten oder ob sie in einem der entsetzlichen Lager im Osten, von denen sie in der Schule gehört hatte, grausam zu Tode gekommen waren. Auch die Bäckerei im Buttermarkt war fort, zerstört und enteignet, Onkel Matthias galt als vermisst, und selbst wenn er noch nach Hause käme, wäre Marie nicht mehr die Seine. Wegen eines dahergelaufenen Tommys!

Anna spürte, wie der eisige Wind unter ihren schiefen Mantel fuhr und ihr ins Gesicht biss. Auch der Hunger hatte längst wieder seine scharfen Krallen ausgefahren und wütete in ihrem Bauch.

Und doch war all das nichts gegen die bittere Verzweiflung in ihrem Herzen. Wenn Marie diesen Dean liebte, dann hatte sie all die Jahre umsonst gehofft, dass Onkel Matthias nach Hause käme und alles wieder so würde wie früher.

Die Sonne kam hinter den Wolken hervor und tauchte die Häuschen, die Vorgärten und die rauchenden Schornsteine in ein gleißendes Licht. Die kleine Straße glitzerte unter ihrer dicken Eisschicht wie eine Winterwunderwelt, und Anna war, als lachte sie ihr höhnisch ins Gesicht. Schau du nur, schien sie ihr zuzurufen, solch ein heimeliges Leben wie hier wird es für dich niemals mehr geben!

Da rannte Anna weiter, sie wusste nicht, wohin, nur weg, ganz weit weg.

Je länger sie lief, desto mehr wich die Verzweiflung der Wut. Und auf die Wut folgte der Trotz. Sollte Marie doch mit diesem Dean nach England gehen! Sie, Anna, würde schon allein klarkommen!

Doch bei dem Gedanken, Marie tatsächlich zu verlieren und womöglich auch den kleinen Karl, musste Anna laut aufschluchzen.

Sie stolperte und schlug lang hin. Als sie sich aufrichtete, stellte sie fest, dass die Gegend sich verändert hatte. Einzelne Werkstätten lagen links und rechts des Straßenrandes, die meisten zerbombt und ausgeweidet, daneben kleine Geschäfte, auch sie zerstört und verlassen. Weit und breit war keine Menschenseele zu sehen. Doch es mussten vor Kurzem erst Plünderer hier gewesen sein, und anscheinend wurden sie gestört. In einem zerbombten Eingang entdeckte Anna einen Sack, den jemand offenbar in Eile fallen gelassen hatte. Schnell bückte sie sich und hob ihn auf. In dem Sack lag ein großer eiserner Hammer.

Anna schnappte nach Luft. So ein Hammer war auf dem Schwarzmarkt einiges wert. Werkzeug war Mangelware, und Eisen wurde überall benötigt. Wie konnte man etwas so Wertvolles zurücklassen?

Blitzschnell schaute sie sich um, schnappte sich den Sack mit dem Hammer und rannte weiter. In der Ferne erahnte sie eine große Straße, und als sie näher kam, sah sie, dass es die Venloer war. Sie würde sie direkt nach Ehrenfeld und auf den Schwarzmarkt führen. Anna griff den Sack noch ein bisschen fester. Wenn sie es geschickt anstellte, würden sie die kommende Nacht warm und satt verbringen. Sollte Marie doch tun, was sie wollte. Sie, Anna, wusste sich schon zu helfen.

Die Gruppe der Menschen, die vor dem Ehrenfelder Bahnhof aneinander vorbeischlurften, leise ihr Angebot murmelnd, erschien Anna noch elender als sonst. Vorsichtig reihte sie sich ein. »Ein Hammer«, flüsterte sie. »Massives Eisen.« Der erste Interessent bot ihr ein Brot an, so gelb und strohig, dass Anna sofort abwinkte. Der Zweite wollte ihr gefälschte Lebensmittelmarken andrehen, die auf den ersten Blick als solche erkennbar waren, und der Dritte erklärte ihr unverblümt, für den Hammer bekäme sie nichts von ihm, wohl aber, wenn sie ihn auf die Bahnhofstoilette begleitete. Anna war nahe daran, ihm mit dem schweren Hammer den Schädel einzuschlagen.

Sie war schon auf halbem Weg in die Innenstadt, um ihr Glück auf einem der anderen Schwarzmärkte zu suchen, als sie es spürte. Plötzlich lag eine Unruhe in der Luft, die Menschen auf den Gehsteigen beschleunigten ihren Schritt, Kinder liefen ihren Müttern voraus.

Und tatsächlich, kurz hinter dem Ehrenfelder Bahnhof stand ein Zug auf den Gleisen, die Waggons bis oben hin angefüllt mit Briketts. Längst war der Zug umzingelt von Menschen, sie lauerten auf der Böschung, nur notdürftig verborgen hinter ein wenig kahlem Gestrüpp. Die Soldaten, die den Zug sicherten, mit Maschinengewehren im Anschlag, hatten sie genau im Blick.

Flink wie ein Wiesel flitzte auch Anna die Böschung hinauf. Oben angekommen, war sie dem Zug sehr nah. Ein paar Schritte noch, ein Sprung hinauf auf den erstbesten Waggon, und schon wäre es geschafft. Warum nur verharrten alle auf ihren Plätzen? Die Soldaten würden doch garantiert nicht das Feuer auf Zivilisten eröffnen! Anna wollte gerade loslaufen, als eine knochige Hand sie zurückhielt.

»Biste verrückt, Mädchen?«, zischelte eine zahnlose alte Frau hinter ihr. »Die schießen!«

»Ach was!«, gab Anna zurück. »Die schießen doch ganz bestimmt nicht auf Frauen und Kinder.«

»Würd ich nicht drauf wetten«, murmelte die alte Frau. Ihr Gesicht war so voller Runzeln, dass, wenn sie sprach, Anna ihre Haut knistern zu hören meinte. »Erst letzte Woche haben sie eine totgemacht, genau hier vorne.«

»Hier vorne?«, hauchte Anna, und die Alte nickte energisch mit dem Kopf.

Verdammt. Nun kroch auch Anna hinter das dürftige Gestrüpp, wohl wissend, dass es ihr keinen Schutz bot. Die Waggons voller Briketts waren zum Greifen nah! Und zugleich unerreichbar. Und sie saß hier, zur Untätigkeit verdammt.

Wie Marie, durchfuhr es Anna. Auch Marie hatte beim Büll ausgehalten und gewartet und gehofft. Und Anna hatte den Preis dafür gezahlt.

Wieder wanderten ihre Gedanken zu Joseph. Er würde wissen, was zu tun war. Was hatte er nicht alles für sie riskiert! Joseph hatte immer eine Lösung gefunden. Und es musste auch jetzt einen Weg geben!

Was, fragte sie sich, hätte Hilde getan? Sie hätte ein Ablenkungsmanöver inszeniert, beantwortete Anna ihre eigene Frage, und die Erinnerung an Hildes Schlitzohrigkeit ließ sie trotz ihrer Trauer lächeln.

Doch Hilde war tot, und Joseph weit weg. Sie war auf sich allein gestellt.

Prüfend betrachtete Anna die Waggons. Sie überlegte. Und dann kam ihr ein Gedanke, der ihr so tollkühn erschien, dass sie ihn sogleich wieder verwarf. Aber er blieb in ihrem Kopf, drehte eine Pirouette und noch eine. Anna biss sich auf die Unterlippe. Betrachtete den Waggon. Die Art, wie er gesichert war. Eine doppelflügelige Tür, in der Mitte ein Riegel, gehalten von einem von oben hineingeschobenen Bolzen. Alles sehr massiv. Alles aus Eisen.

Anna dachte nach. Dann holte sie den Hammer aus dem Sack hervor. Wog ihn prüfend in ihrer Hand. Betastete den Stiel, den Kopf. Alles sehr massiv. Alles aus Eisen.

Es war mehr als tollkühn. Es war vollkommen verrückt. Und doch. Es konnte funktionieren.

Und als der Zug anfuhr, als die Wachen mit ihren Maschinengewehren ihre Posten verlassen und sich in ein Abteil gleich hinter der Lokomotive gesetzt hatten, da sprang Anna aus ihrem Gebüsch hervor. Der Zug nahm schneller Fahrt auf, als sie gedacht hatte. Sie rannte, und als sie den ersten Schlag führte, ging er ins Nichts. Anna spürte, wie die Verzweiflung und die Wut sie zu übermannen drohten. Da hob sie den Hammer noch einmal und rannte noch ein bisschen schneller. Sie führte ihn mit beiden Händen an ihrer rechten Seite nach hinten, holte tief Luft und schwang ihn mit einer solchen Macht an ihren Füßen vorbei nach vorn, dass sie beinahe hinterherflog. Sie schrie. Und obwohl es alles so schnell geschah, sah sie es ganz langsam: wie der Hammer den Bolzen an genau der richtigen Stelle von unten traf, wie der schwere Bolzen nach oben aus dem Riegel schoss, als sei er leicht wie eine Feder, wie die doppelflügelige Tür unter dem Gewicht der Fracht aufflog und wie sich zentnerweise Kohlen auf die Bahnböschung ergossen.

Der Zug aber fuhr weiter, und von den Wachleuten schien niemand etwas bemerkt zu haben.

Einen Moment lang herrschte Totenstille. Dann brandete ungläubiger Jubel auf, die Menschen am Gleis sprangen aus ihren Verstecken hervor.

»Mädchen mit dem Hammer!«, schrien sie unentwegt, »Mädchen mit dem Hammer!« Zwei Jungen in Annas Alter versuchten sogar, sie zu packen, um sie auf ihren Schultern durch die Menge zu tragen, aber Anna schubste sie weg.

»So lasst mich doch!«, japste sie.

Sie krochen lange über den Bahnsteig, bis alle Kohlen aufgesammelt waren. Sie füllten ihre Taschen und Beutel, ihre Säcke, ihre Kinderwagen. Zuletzt zogen sie trotz der beißenden Kälte ihre Mäntel aus und füllten auch diese mit Kohlen. Und obwohl immer mehr Menschen hinzukamen, reichte es für alle.

Anna hatte den Sack vollgestopft, in dem der Hammer gewesen war, sowie einen weiteren, den ihr jemand im allgemeinen Tohuwabohu zugesteckt hatte. Nun stand sie auf der Böschung, müde und glücklich. Immer noch strichen ihr wildfremde Menschen über die Wangen, küssten ihre Hände.

Es wird Zeit, dachte sie, dass ich nach Hause komme.

Als sie versuchte, den ersten Sack anzuheben, ließ sie ihn sogleich wieder los. Du meine Güte, war der schwer! Wie sollte sie zwei davon bis zur Hütte tragen?

»Komm! Lass uns das machen!«

Plötzlich waren die beiden Jungen wieder zur Stelle. Ein jeder schulterte einen Sack, und obwohl sie ein wenig wankten, hatte Anna den Eindruck, dass sie es bis nach Bickendorf schaffen könnten.

Und so war es. Sie liefen den ganzen langen Weg an ihrer Seite, stolz, ihr helfen zu dürfen. Anna trug lediglich den Hammer. Den, dachte sie, gebe ich nie wieder her.

Mit einem Mal erschien ihre Zukunft ihr in einem völlig neuen Licht. Niemals würde irgendetwas wieder so sein, wie es einst gewesen war. Und dennoch würde sie immer weiter hoffen, dass Joseph zu ihr zurückkehrte, dass Onkel Matthias lebte und nach Hause kam. So, wie sie darauf vertrauen wollte, dass Ruth und ihre Familie den Nazis entkommen waren.

Und eines war gewiss: Von nun an würde sie für sich selbst sorgen. Und für Marie und Karl. Weil sie kein kleines Mädchen mehr war, sondern eine junge Frau. Eine, die liebte. Und die einen schweren Hammer schwenken konnte wie niemand sonst.

Obwohl es doch erst wenige Stunden her war, dass sie außer sich vor Wut aus der Nissenhütte gestürmt war, sehnte Anna sich danach, Marie und Karl in ihre Arme zu schließen. Was würden die beiden für Augen machen, wenn sie die Säcke voller Kohlen sahen!

»Stets zu Diensten, Mädchen mit dem Hammer!«, salutierten die Jungen, als sie die Nissenhütte erreicht hatten, und luden ihre kostbare Fracht vor dem Eingang ab.

Anna winkte ihnen noch einen Moment lang hinterher, dann stieß sie voller Elan die Tür auf.

»Marie! Karl!«, rief sie, »schaut mal, was ich mitgebracht habe.«

Doch von drinnen kam keine Antwort. Nur ein Husten, so rasselnd, dass Annas Hochgefühl augenblicklich einer kalten Beklemmung wich.

»Marie? Karl? Seid ihr da?«, rief sie noch einmal, wesentlich leiser. Und dann sah sie sie. Marie saß auf dem schäbigen Bett und hielt Karl im Arm. Der Kleine röchelte und hustete. Und der sandfarbene Umhang, in den Marie ihn gewickelt hatte, war voller Blut.

Kapitel 34

Der Morgen hatte noch gar nicht recht begonnen, als sie sich auf den Weg machten. Dichter Schnee fiel aus einem dunkelgrauen Himmel herab. Nass und schwer legte er sich in ihr Haar, auf ihre Schultern. Marie zuckte darunter zusammen, als wären es Schläge. Ihr einziger Schutz vor der unerbittlichen Kälte war der Sack, unter dem sie sonst schliefen. In ihre Umhänge und in die schmuddeligen Bettdecken hatte sie Karl gewickelt und ihn vorsichtig in den niedrigen Leiterwagen gebettet. Anna hatte ihn besorgt, von einer Familie, die ein paar Hütten weiter lebte.

»Unser Enkelchen hat von Insterburg bis hierher darin gelegen«, hatte die Besitzerin gesagt. »Da wird er ihren Kleinen wohl noch gut bis ins Krankenhaus bringen.«

Marie hoffte es aus ganzem Herzen.

Seit vorgestern hustete Karl und spuckte Blut. Marie hatte ihm Brustwickel gemacht und heißen Tee eingeflößt. Nachdem Anna das geheime Kohlenlager entdeckt hatte, über das sie nichts verraten wollte, litten sie wenigstens keine Kälte mehr. Anna war es auch, die Lebensmittel herbeigebracht hatte, wie sie sie seit Jahren nicht gegessen hatten. Ein in Wachspapier eingewickeltes Stück Pferdefleisch zum Beispiel. Marie ahnte, dass Anna in etwas involviert war, das sie nicht gutheißen konnte. Sie würden darüber sprechen, später.

Jetzt mussten sie erst einmal Karl heil ins Krankenhaus bekommen. Es ging eine kleine Anhöhe hinauf, Marie griff die Deichsel fester und merkte, wie Anna von hinten schob. Ihr großes, wundervolles Mädchen.

Trotz ihrer Sorge um Karl war Marie überglücklich, dass Anna zurückgekommen war. Von dem Moment an, in dem sie die Hütte betreten und Karl erblickt hatte, war die alte Vertrautheit zwischen ihnen wieder da gewesen. Sie hatten einander angeschaut und sich stumm versichert, dass sie für Karl kämpfen würden, gemeinsam, und dass ihnen kein Preis zu hoch war.

Über Dean hatten sie noch genau zwei Sätze verloren.

»Kommt er noch einmal?«, hatte Anna gefragt. Und Marie hatte geantwortet: »Nein, nie mehr.«

Der Schmerz, den sie gespürt hatte, als er gegangen war, wurde jeden Tag ein bisschen kleiner. Und er war nichts im Vergleich zu ihrer Sehnsucht nach Matthias.

Nun kam Anna um den Wagen herumgelaufen und wollte ihr die Deichsel aus der Hand nehmen.

»Ich schaffe das auch allein, du bist ja ganz außer Atem«, sagte das Mädchen.

»Lass mal, wir machen das zusammen.«

Sanft legte Anna für einen Moment ihre Hand auf Maries Hand, ein Zeichen stummen Einverständnisses, das Marie ein wenig beruhigte.

Immer wieder sah sie sich nach Karl um. Er hatte die Augen halb geöffnet, doch er schien sie überhaupt nicht wahrzunehmen. Sein kleiner Körper war noch heißer geworden, er glühte förmlich. Noch dazu verfiel er immer wieder in eine Art Starre, aus der ihn nichts aufwecken konnte.

Marie war nie zuvor in einem Krankenhaus gewesen. Sie wusste nicht einmal, ob man einfache Menschen wie sie dort überhaupt behandelte. Doch Anna und sie würden alles dafür tun, damit ihr kleiner Sonnenschein Hilfe erhielt.

Auf der großen Straße, die geradewegs in die Innenstadt führte, kamen ihnen nun Menschen entgegen, die sie freundlich, ja, fast ehrfürchtig grüßten. Marie wunderte sich. Was hatte das zu bedeuten? Ein paar Halbwüchsige liefen sogar eine ganze Weile neben ihnen her.

»Mädchen mit dem Hammer!«, riefen sie. »Wohin gehst du? Nimmst du uns mit?«

Sie schienen Anna mit jemandem zu verwechseln, denn Anna schüttelte nur den Kopf und machte ihnen Zeichen, zu verschwinden. Einer jedoch, ein dünner Junge, dessen Kopf fast verschwand unter einer riesigen Mütze mit herabhängenden Ohrenklappen, blieb ihnen dicht auf den Fersen.

Karl war aufgewacht und gab ein leises Wimmern von sich. Als er zu husten begann, war der Umhang, den Marie in der letzten Nacht gewaschen und vor dem Ofen getrocknet hatte, wieder voller Blut.

»Anna, warte! Lass uns kurz anhalten! Ich trage ihn lieber!«

»Das schaffst du nicht.«

»Das wird schon gehen.«

Marie hob ihren Sohn aus dem Wagen und presste ihn an ihre Brust. Sein Gesicht hatte eine wächserne Farbe angenommen, und seine Lippen waren blau.

»Mein Karlchen, mein liebstes, liebstes Karlchen«, flüsterte sie. »Halt durch, bitte, wir haben es gleich geschafft.«

Das Krankenhaus lag in einer Seitenstraße, und als sie es endlich erreichten, stockte Marie der Atem. Denn ihnen entgegen kamen nicht weniger als vier Pferdefuhrwerke, und ein jedes war bis oben hin beladen mit hastig zusammenzimmerten Särgen. Direkt vor dem Krankenhaus stand ein fünftes Fuhrwerk, gerade waren zwei Männer in weißen Kitteln dabei, auch auf dieses zwei einfache Särge zu heben.

»Oh nein«, hörte sie Anna neben sich sagen. »Da gehen wir nicht hinein. Lass uns umkehren!«

Annas Wangen hatten den Ton von Weizenmehl angenommen, und auch Marie spürte, wie jede Farbe aus ihrem Gesicht wich. Doch dann schüttelte sie sich und zog Anna weiter.

»Natürlich gehen wir hinein«, erklärte sie mit Nachdruck, obwohl sie genauso große Angst hatte wie das Mädchen.

Seufzend drückte Anna dem Jungen mit der großen Mütze die Deichsel des Karrens in die Hand.

»Passt du darauf auf?«

Er nickte eifrig.

Marie konnte kaum glauben, was sie sah. »Anna, wie kannst du, er wird –«

»Darauf aufpassen«, fiel ihr das Mädchen ins Wort und folgte Marie in die hohe Eingangshalle des Krankenhauses.

Karl hatte zu röcheln begonnen, aus seinem Mund zog sich eine Blutspur bis an sein Kinn. Um Himmels willen! Marie beschleunigte ihren Schritt. Er würde ihr doch nicht gleich hier sterben?

»Zweiter Stock links«, sagte der Mann in der Pförtnerloge und wies ihnen mit dem einen Arm den Weg, der andere endete kurz über seinem Ellbogen.

Eine steile, marmorne Treppe führte in die oberen Etagen. Als Marie die ersten Stufen hinaufstieg, zitterte sie plötzlich so sehr, dass sie fürchtete, mit dem Kind in den Armen zu stürzen. Auch Anna vor ihr keuchte.

»Wir sind gleich da«, sagte Marie atemlos, und sie wusste nicht, ob sie Anna beruhigen wollte oder sich selbst. »Sie werden ihm helfen, ganz bestimmt.«

Marie spürte, wie die Angst ihr die Kehle zudrückte. Es roch so komisch in diesem Krankenhaus, nach etwas Scharfem. Sogar Karl, der ein wenig zu sich zu kommen schien, kräuselte sein Näschen. Und was für ein Gedränge hier herrschte! Schwestern mit gestärkten Häubchen flitzten an ihnen vorbei, Pfleger in fleckigen Schürzen schoben klirrende, eiserne Wägen voller beängstigend aussehender Instrumente die Flure entlang, Mütter zerrten ihre plärrenden Kinder hinter sich her.

Im zweiten Stock saß in einem gläsernen Kasten eine Nonne, aus deren Kinn lange schwarze Haare sprossen.

»Was wollen Sie?«

»Mein Sohn«, stammelte Marie. »Er hustet und spuckt Blut, er –«

»Setzen«, schnarrte die Nonne und zeigte mit einer knöchernen Hand auf eine Stuhlreihe am Ende eines düsteren Ganges, auf der bereits eine andere Mutter mit einem Säugling im Arm Platz genommen hatte.

Verhalten grüßend, setzten Marie und Anna sich dazu. Die Frau schien sie nicht zu bemerken. Sie murmelte unablässig leise vor sich hin und beugte sich tief über ihr Kind. Es dauerte eine Weile, bis Marie begriff, was sie tat. Die Frau sagte das »Gegrüßet seist du, Maria« auf, Dutzende Male hintereinander. Das Kind lag ganz starr und gab keinen Mucks von sich.

Marie lief es kalt den Rücken herunter.

Nachdem die Frau endlich aufgerufen worden war, dauerte es lange, bis sie aus dem Untersuchungszimmer wieder herauskam. Sie bewegte sich, als sei sie eine hölzerne Puppe. Sie betete nicht mehr, ihr Blick war leer. Der Säugling in ihrem Arm lag vollkommen verdeckt unter einem weißen Tuch.

Marie hatte plötzlich das Gefühl, davonlaufen zu müssen, doch eine Hand legte sich schwer auf ihren Arm.

»Nicht doch«, sagte der Mann, der zu ihnen getreten war. Er trug einen weißen Kittel, im linken Auge ein Monokel und sah uralt aus mit seinem kahlen Schädel voller bohnengroßer brauner Flecken. »Kommen Sie, kommen Sie, liebe Frau.«

Unsicher folgte Marie ihm in einen Raum, in dem es so hell war, dass sie unwillkürlich die Augen zusammenkniff. Alles hier war aus glänzendem Metall, die große Untersuchungsliege in der Mitte, die Regale an den Wänden, sogar der Schreibtisch in der Ecke. Wieder begann sie so sehr zu zittern, dass sie Angst hatte, Karl fallen zu lassen. Anna an ihrer rechten Seite drückte sich an sie.

»Setzen Sie sich mit ihrem Sohn hierher.« Der Mann wies auf einen eisernen Stuhl. »Wie heißt er denn?«

»Karl«, stotterte Marie. »Karl Odenthal.«

»Ich bin Doktor Johann«, entgegnete der Mann. »Und wenn Sie einverstanden sind, Frau Odenthal, dann werde ich den kleinen Karl jetzt untersuchen.«

Marie nickte stumm.

Karl ließ alles bereitwillig über sich ergehen. Er streckte die Zunge heraus, er hustete für den Doktor, und als der mit einem metallenen Knopf, der über ein Gummi mit seinen Ohren verbunden war, auf seine nackte Brust drückte, zuckte er nur kurz. Zum Schluss kratzte der Doktor ein wenig von dem Blut, das auf Maries Umhang klebte, ab, strich es auf eine dünne Glasplatte und betrachtete es lange unter einem schwarzen Apparat, in den er von oben hineinschaute.

Als er sich Marie wieder zuwandte, wirkte er noch älter als vorhin auf dem Flur.

»Ihr Sohn, liebe Frau Odenthal«, begann er, »hat eine offene Tuberkulose. Überlegen Sie bitte genau: Ist sonst noch jemand in der Familie erkrankt? Wissen Sie, wo er sich angesteckt haben könnte?«

Marie konnte ihm nicht antworten, sie brachte keinen Ton heraus. Die Worte des Arztes bestätigten, was sie längst befürchtet hatte. Und obwohl er ganz sanft zu ihr sprach, fühlte es sich an, als reiße er ihr mit bloßen Händen das Herz aus der Brust.

»Nein«, wollte sie flüstern, doch das Wort blieb auf ihren Lippen.

»Hilde«, krähte da Karl, der zum ersten Mal seit Stunden wach aus den Augen schaute und den Arzt neugierig betrachtete. »Du musst wissen, Doktor Johann«, erklärte er, »Hilde hat auch so gehustet.«

»Soso, was du nicht sagst.« Der Arzt schaute ihn ernst an. »Und wie geht es Hilde jetzt?«

»Ich weiß nicht.« Karl suchte Annas Blick, doch Anna wandte sich von ihm ab, nickte stattdessen dem Arzt ernst zu.

Der Arzt verstand – und Marie auch.

Ihr war, als stürze die Welt um sie herum zusammen. Das viele Metall in diesem fürchterlichen Zimmer begann sich zu drehen, es blitzte und blendete sie. In ihren Ohren dröhnte es. Alles, was Marie denken konnte, war: Karl wird sterben. Mein über alles geliebter Sohn, mein Sonnenschein, wird sterben. Wir werden ihn verlieren.

»Ihr Sohn ist sehr krank«, fuhr der Arzt fort. »Er bräuchte dringend Penicillin. Damit hätte er eine gute Überlebenschance. Nicht, dass er nicht auch ohne Penicillin weiterleben könnte. Es gibt immer wieder Fälle ... nun ja. Ich muss Ihnen leider sagen, die Tuberkulose ist schon fortgeschritten.«

Marie versuchte, seinen Ausführungen zu folgen, doch es gelang ihr nicht.

»Was«, stotterte sie, »was sagen Sie da? Was ist mit Penicillin?«

»Es könnte ihn heilen«, antwortete der Arzt. »Wenn –«

»Dann geben Sie ihm welches!«, schrie Marie, außer sich vor Schmerz. »Doktor Johann, so heißen Sie doch, nicht wahr? Geben Sie es ihm. Bitte! Machen Sie schnell!«

Doch er schüttelte nur den Kopf und nahm sein Monokel aus dem Auge. Jetzt sah er überhaupt nicht mehr wie ein Arzt aus, sondern wie ein sehr müder, sehr alter Mann.

»Sehen Sie die Pferdekarren dort vor dem Fenster?«, fragte er und zeigte hinaus.

Marie folgte seiner Hand und erschauderte. Draußen vor dem Eingang wurden schon wieder Särge verladen.

»Wenn ich Penicillin hätte«, sprach der Arzt weiter, »stünden diese Fuhrwerke dort nicht. Ich könnte die Kranken, die zu mir kommen, behandeln, und viele, wenn nicht sogar die allermeisten, würden auf ihren eigenen Beinen aus dieser Klinik hinausspazieren. Nach Hause, zu ihren Familien. Aber ohne Penicillin –« Er verstummte.

»Wollen Sie damit sagen, dass es ein Medikament gibt, aber Sie haben es nicht?«

»So ist es, Frau Odenthal.«

»Und wenn Sie es nicht haben, wer hat es dann?«

»Die Briten haben es, die Amerikaner. Doch sie brauchen es für ihre eigenen Leute. In deutschen Krankenhäusern ist es Mangelware. Auf dem Schwarzmarkt wird ein schwunghafter Handel damit getrieben. Doch man müsste ein Vermögen dafür hinlegen ...«

»Wir besorgen welches«, sagte Anna.

Sie war aufgesprungen, ihr Blick wirkte wirr, ihre Augen glasig.

»Moment mal, junges Fräulein«, meinte Doktor Johann.

»Für mich als Arzt wäre es schwer, daran zu kommen, aber für dich ist es so gut wie unmöglich! Außerdem möchte ich dich auch kurz angucken, du siehst mir sehr blass aus –«

Aber Anna schien ihn gar nicht zu hören.

»Nun komm schon!« Sie packte Marie am Arm, versuchte, sie vom Stuhl hochzuzerren. »Worauf wartest du noch?«

Marie zögerte, aber irgendetwas an Annas Bestimmtheit weckte eine leise Hoffnung in ihr. Also packte sie ihren Sohn wieder fest in ihre Umhänge und folgte Anna hinaus.

»Wir besorgen es«, wiederholte Anna im Rausgehen. »Wir besorgen es, glauben Sie mir.«

Und Marie glaubte ihr.

Kapitel 35

»Du willst was?«

Anna hatte Willibald genau dort angetroffen, wo sie ihn vermutet hatte: auf dem Eigelstein. In einen bodenlangen Pelzmantel gehüllt, lungerte er im Eingang des Stavenhofs. Seine halblangen Haare hatte er mit Brillantine zurückgekämmt, sodass es aussah, als trüge er einen glänzenden Helm. Nicht weit von ihm entfernt drückten sich Mädchen und Jungen in viel zu dünnen Kleidern an eine zerschossene Hauswand.

»Penicillin«, wiederholte Anna mit fester Stimme. Sie wusste genau, dass sie Willibald niemals das Gefühl geben durfte, dass sie sich vor ihm fürchtete. Dann wäre gleich alles verloren. »Ich brauche Penicillin.«

»Was du nicht sagst.« Willibald musterte sie abfällig, holte eine Packung Lucky Strike aus seinem Mantel, steckte sich eine davon in den Mund und entzündete sie. Er tat es mit einem goldenen Feuerzeug, und auch an jedem Finger seiner beiden Hände glänzten goldene Ringe.

»Und was habe ich damit zu tun?«, fragte er und pustete ihr den Zigarettenrauch mitten ins Gesicht.

Anna verzog keine Miene. Das war fast der schwierigste Teil. Wie konnte sie Willibald dazu bringen, ihr zu helfen?

»Weißt du denn nicht, was man über dich sagt?«, schmeichelte sie ihm. »Man sagt: Was Willibald nicht besorgen kann, das kann keiner besorgen.«

»Sagt man das.« Willibald schaute betont gelangweilt an ihr vorbei, doch sie spürte, er hatte den Köder geschluckt. Jetzt kam es darauf an, keinen Fehler zu machen. Bloß nicht an Karl denken, der in der Nissenhütte lag und fieberte. Nicht an Marie, die ihn weinend in ihren Armen hielt. Und nicht an das, was Hilde geschehen war. Sie musste einen kühlen Kopf bewahren. Zigmal hatte sie im Stillen geprobt, wie sie es angehen würde.

»Und da es wirklich schwierig zu besorgen ist, dachte ich, ich komme damit zu dir«, sagte sie mit honigsüßer Stimme, um dann hinzuzusetzen: »Aber wenn du es nicht kannst, dann sag es ruhig, dann verschwende ich nicht meine Zeit.«

Willibalds Augen hatten sich zu kleinen Schlitzen verengt. War sie zu weit gegangen? Doch dann beugte er sich zu ihr hinab.

»Was gibst du mir dafür?«, raunte er.

»Was willst du?«, fragte Anna zurück.

Sie hatte nichts, was sie Willibald zum Tausch anbieten konnte, rein gar nichts. Doch was immer er verlangen würde, sie würde alles tun, um es zu besorgen.

Willibald kniff die Augen zusammen.

»Gib mir den Hammer.«

Hatte sie sich verhört? An einen Hammer zu kommen,

musste für Willibald ein Leichtes sein. Warum wollte er ihren? Da bemerkte sie seinen arglistigen Blick, und sie verstand. Sie war das »Mädchen mit dem Hammer«, über das in ganz Ehrenfeld getuschelt wurde, wenn nicht sogar in der ganzen Stadt. Auch Willibald wusste offensichtlich davon. Sie war die, die die Türen vorbeifahrender Kohlezüge aufschlug, sodass die frierenden Menschen sich die Taschen mit Briketts vollmachen konnten. Ohne es zu wollen, war sie zu einer kleinen Berühmtheit geworden. Ohne den Hammer wäre sie wieder ein Nichts.

Was jedoch viel schlimmer war: Ohne den Hammer würden sie weiter frieren und hungern. Auf Bezugsschein gab es nur selten Briketts. Die Kohlevorräte im Ruhrgebiet waren aufgebraucht, so hatte sie es im Zeitungskasten der »Kölnischen Rundschau« gelesen, hinzu kam, dass viele Eisenbahnstrecken wegen der anhaltenden Kälte nicht mehr befahren werden konnten. Und auch die Lebensmittelmarken waren oft das Papier nicht wert, auf dem sie gedruckt waren, denn die Geschäfte waren leer. Das wenige, das sie zu essen hatten, hatte Anna gegen die erbeutete Kohle getauscht.

Willibald setzte ihren Überlegungen ein Ende, indem er sie zur Seite schubste.

»Dann eben nicht. Mach, dass du weiterkommst, du verschreckst die Kundschaft.«

»Du kriegst den Hammer!«, rief sie schnell. »Ich bringe ihn dir!«

Er nickte. »Dann lauf, ich warte nicht lange.«

Anna war schon fast losgerannt, als sie sich noch einmal umdrehte.

»Und du kannst es wirklich besorgen?«, fragte sie. Aus ihrer Stimme war die mühsam antrainierte Lässigkeit verschwunden.

»Nun mach schon.« Willibald wedelte hektisch mit der Hand. »Bevor ich es mir anders überlege!«

Sie lief, so schnell sie konnte. Gleichzeitig zermarterte sie sich den Kopf. War es richtig gewesen, Willibald um Hilfe zu bitten? Würde er sie nicht übers Ohr hauen?

Zu Hause nahm Marie gerade einen Kessel mit heißem Wasser vom Ofen und mischte ein bisschen von dem Milchpulver hinein, das sie am Vortag gegen eine Schaufel Briketts getauscht hatte. Karl trank wenige Schlucke, dann ließ er erschöpft den Kopf zur Seite sinken.

»Er wird immer schwächer«, flüsterte Marie unter Tränen. »Was sollen wir bloß tun?«

»Es wird alles gut«, versuchte Anna sie zu beruhigen, doch die Angst schnürte ihr die Luft ab.

Mit einem Ächzen bückte sie sich und holte den Hammer unter dem Bett hervor. Sie wollte sich zum Gehen wenden, als Marie sie aufhielt.

»Was hast du damit vor?«

»Nichts –«

»Anna, sag mir die Wahrheit. Wie kommst du bloß so plötzlich an Kohlen und Lebensmittel? Bitte sag es mir. Ich weiß, du tust es für uns, aber ich mache mir schreckliche Sorgen.«

»Brauchst du nicht, nicht mehr«, war alles, was Anna antwortete.

Ein letzter Blick auf Karl, der bleich und röchelnd im Bett lag, dann rannte sie wieder los.

Von Willibald war nichts zu sehen. Sie lief den Eigelstein auf und ab, spähte in jeden Hausflur, in jede Ruine, vergebens.

Er hat mich belogen, dachte Anna voller Bitterkeit, er hatte nie vor, mir zu helfen.

Da trat er plötzlich aus der Türnische eines halbwegs intakten Hauses hervor und schloss im Gehen seinen Hosenbund. Hinter ihm im Halbdunkel wischte sich eines der Mädchen aus dem Stavenhof mit dem Jackenärmel den Mund ab.

»Guck nicht so«, brummte Willibald. »Hast den Büll ja auch nicht leiden lassen.«

Einen Moment lang war Anna wie versteinert. Dann spürte sie, wie sie vom Hals bis zu den Haarwurzeln feuerrot wurde. Mit einem Mal war alles wieder da. Die fürchterliche Erinnerung, von der sie gehofft hatte, sie würde sie nie wieder heimsuchen. Wie sauber sie sich gefühlt hatte, nachdem sie bei Joseph in der Backstube gebadet hatte, wie reingewaschen von dem Entsetzlichen, was der Büll ihr angetan hatte. Aus. Vorbei. Ihr war, als sei sie wieder im Mehlraum, eingesperrt mit dem scheußlichen Büll. Bloß dass es diesmal Willibald war, der sie auf eine Weise verletzte, die ihr Innerstes in Fetzen riss.

»Du Scheusal«, keuchte sie. »Du elendes Scheusal! Was fällt dir ein!«

Noch ehe sie darüber nachdenken konnte, hatte sie den Hammer weit über ihren Kopf geschwenkt. Sie war so außer sich, sie war bereit, ihn auf Willibalds pomadisierten Schädel niedersausen zu lassen.

Das Mädchen in der Nische begann zu kreischen. Willibald jedoch zog mit einem süffisanten Lächeln eine weiße Pappschachtel aus seinem Pelzmantel hervor.

»Was der Willibald nicht besorgen kann, das kann keiner besorgen«, grinste er selbstgefällig.

Anna ließ den Hammer sinken.

»Gib es mir«, krächzte sie.

»Nicht so schnell.« Willibald ließ sein goldenes Feuerzeug aufschnappen und zündete sich eine weitere Lucky Strike an. »Erst der Hammer.«

Anna zitterte so stark, dass der Hammer, als sie ihn Willibald reichte, zwischen ihnen hin und her schwang, als sei er lebendig.

»Und die Schuhe.«

»Was?«

»Deine Schuhe. Sie gefallen mir. Englische Armeestiefel, nicht wahr? Ich hätte sie gern.«

»Willibald, ich –«

»Nun mach schon. Die Schuhe!«

Anna sah die weiße Pappschachtel in Willibalds Hand, und sie sah seinen Blick. Mit bebenden Fingern begann sie, ihre Stiefel aufzuschnüren. Der eisige Wind pfiff ihr, als sie sich bückte, unter den schiefen Mantel, und als sie Willibald die Stiefel reichte, stand sie in ihren vielfach geflickten Socken auf dem dick vereisten Bürgersteig.

»Wie soll ich ohne Schuhe den Weg nach Hause schaffen?«

»Stimmt.« Willibald tat, als würde er überlegen. »Weißt du was? Fanny gibt dir ihre.«

Das Mädchen, das immer noch in der Türnische stand, begann sofort, flehentlich auf ihn einzureden.

»Willi, mach keine Witze, du weißt, ich mag das nicht!«

»Schnauze!«, brüllte er. »Gib ihr deine Schuhe!«

Da zog das Mädchen die Schuhe blitzschnell aus und hüpfte auf nackten Füßen über das Eis zu Anna, sie hatte nicht einmal Strümpfe.

Tief beschämt hielt Anna die Schuhe in der Hand. Es waren Plastikschuhe ganz ähnlich denen, die sie getragen hatte, bevor Dean ihr die Stiefel geschenkt hatte. Und sie waren ihr viel zu klein.

»Anziehen!«, kommandierte Willibald.

»Aber sie passen mir nicht …«

»Ich sagte anziehen!«

Stumm steckte Anna ihren rechten Fuß hinein, ein Teil der Socke war auf dem Eis kleben geblieben. Ihre Ferse schaute hinten heraus.

»Fanny!«, herrschte Willibald das Mädchen an, das sich leise klagend entfernt hatte. »Schneid ihr die Schuhe auf!«

»Was?«, riefen Anna und Fanny gleichzeitig.

»Muss ich alles dreimal sagen? Nimm dein Messer, schneid ihr vorne die Schuhe auf!«

Anna und Fanny warfen sich einen Blick zu, und Anna erkannte, dass auch Fanny genau wusste: Gegen Willibald hatten sie keine Chance. Schon nahm das Mädchen ihr den ersten Schuh ab und säbelte mit einem kurzen, scharfen Messer, das sie aus ihrer fadenscheinigen Jacke gezogen hatte, vorn ein Loch hinein. Mit dem Zweiten hielt sie es genauso.

Zitternd vor Wut und auch wegen der eisigen Kälte zog Anna die Schuhe wieder an. Ihre Zehen schauten mehrere Zentimeter weit heraus.

»Geht doch«, brummte Willibald. »Biste jetzt zufrieden?«

»Das Penicillin«, flüsterte Anna. Ihre Stimme brach beinahe.

»Ach ja, das Penicillin«, lachte Willibald, als habe sie einen Witz gemacht. »Bitte schön, hier hast du es, viel Spaß damit.«

In den aufgeschnitten Schuhen zu laufen, erwies sich als unmöglich. Anna stolperte und stürzte immer wieder, bald waren nicht nur ihre Zehen aufgeschürft, sondern auch ihre Knie und ihre Hände. Es wurde dunkel, und der Schnee fiel so dicht, dass ihr schiefer Mantel in kürzester Zeit vollkommen durchweicht war. Mit fahrigen Fingern tastete sie nach der Pappschachtel, die Willibald ihr gegeben hatte. Sie steckte sicher und trocken in der Innentasche von Josephs Jacke.

Joseph. Wenn er doch bloß bei ihr wäre! Sie vermisste ihn mit jeder Faser ihres Herzens. Sein Lachen, seine Hände, seine Lippen auf ihren. Anna brauchte nur daran zu denken, wie er sie zum Abschied geküsst hatte, und ihr wurde augenblicklich heiß. Und er hatte ihr gesagt, dass er sie liebte! Da vergaß sie ihre schmerzenden Füße, die Kälte und die Demütigungen, die Willibald ihr zugefügt hatte, und rannte gleich ein bisschen schneller. Solange es Joseph in ihrem Leben gab, würde sie alles schaffen, wirklich alles.

Die Tür zur Nissenhütte bekam sie kaum auf, so hoch lag der Schnee davor.

»Oh nein!«, schrie Marie, als sie sie sah.

Anna schaute an sich herab. Ihre blutigen Zehen hatten rote Schlieren auf den groben Holzdielen hinterlassen.

»Nicht so schlimm«, wollte sie abwehren, doch Marie hatte schon einen Lappen in warmes Wasser getaucht und begann, ihre Wunden zu säubern. Es brannte furchtbar, doch Anna hatte nur Augen für Karl. Er lag im Bett, seine Brust hob und senkte sich schnell, doch er schien wach zu sein.

»Ich habe es bekommen«, raunte sie Marie ins Ohr.

»Du hast es?« Marie erstarrte mitten in der Bewegung. »Ist das wahr?«

»Ja, ich habe es.« Anna wusste nicht, wie ihr geschah, sie musste plötzlich so sehr weinen, dass sie von Kopf bis Fuß bebte. »Ich habe es«, wiederholte sie unter Tränen. »Ich habe es bekommen.«

Da tat Marie, was Anna sie niemals hatte tun sehen. Sie fiel auf die Knie und betete.

»Danke, lieber Gott!«, rief sie voller Inbrunst. »Ich danke dir!«

Die Schachtel enthielt dreiundzwanzig einzelne lose Pillen. Anna wusste nicht, ob sich das so gehörte. Wurde Penicillin auf diese Weise verkauft? Wohl kaum. Aber wer wusste schon, welchen Weg die Medizin genommen hatte.

Marie nahm eine der kleinen weißen Pillen heraus und hielt sie ehrfürchtig auf der Handfläche.

»Wie viele geben wir ihm?«, fragte Anna.

»Ich weiß nicht. Ich gehe morgen früh zu Doktor Johann und frage ihn.«

»Aber Marie«, entgegnete Anna mit Blick auf Karl, der sie neugierig anlächelte, die Haare so feucht, dass sie ihm wie ein nasser Flaum auf der Stirn klebten. »Lass uns ihm jetzt gleich die Erste geben!«

Marie zögerte.

»Karl, mein Schatz«, sagte sie schließlich. »Anna hat dir etwas Feines mitgebracht. Magst du den Mund aufmachen?«

Karl tat sofort, wie ihm geheißen. Marie legte ihm die Tablette auf die Zunge. Anna sah, wie der Kleine die Augen schloss, er schien auf der Tablette herumzulutschen, und noch bevor sie ihm sagen konnte, er müsse sie sofort herunterschlucken, riss er begeistert die Augen auf.

»Lecker!«, brüllte Karl so laut, wie er lange nicht gebrüllt hatte. »Pfefferminze!«

Kapitel 36

Am nächsten Morgen marschierte Marie schnurstracks zu Willibald. Sie war so wütend, sie hätte den Kerl in der Luft zerreißen mögen.

Anna hatte ihr nur widerstrebend verraten, wo sie Willibald finden konnte. Marie konnte es kaum fassen, an welchen Orten sich ihre Große herumgetrieben hatte. In Zukunft würde sie solche Unternehmungen zu verhindern wissen.

Willibald lungerte, genau wie Anna gesagt hatte, im Eingang zum Stavenhof herum, in eine erregte Diskussion mit einem älteren Mann verwickelt.

»Extras kosten nun mal!«, brüllte Willibald. »Bezahl oder zieh Leine!«

Der Mann zog den Kopf ein unter Willibalds Worten, und als Marie zu ihnen trat, machte er, dass er schnell davonkam.

»Guten Morgen, Willibald«, sagte sie scheinbar gelassen, doch der Zorn ließ ihre Stimme beben.

Willibald erschrak bei ihrem Anblick sichtlich, und für einen Augenblick erkannte Marie in ihm den kleinen Bengel von früher. Doch eine Sekunde später hatte er sich wieder gefangen.

»Guten Morgen«, sagte er und ließ ein Bündel Geldscheine in seinem viel zu weiten Pelzmantel verschwinden. »Frau Odenthal, was tun Sie denn hier?«

»Die Frage ist nicht, was ich hier tue, sondern was du tust«, zischte sie. Sie sprach so leise, dass Willibald sich vorbeugen musste, um sie zu verstehen.

»Ich?« Ihr scharfer Ton schien ihn kein bisschen zu verunsichern.

»Als Erstes gibst du mir Annas Stiefel.« Marie sprach langsam, sie legte so viel Bestimmtheit in jedes Wort, wie ihre Wut zuließ. »Falls du dich weigerst, werde ich ein ernstes Wörtchen mit deiner Mutter reden. Wie du weißt, sind Agnes und ich uns eng verbunden. Was würde sie sagen, wenn sie davon erführe, was du hier treibst? Was du Anna angetan hast?«

Willibald begann, die Fassung zu verlieren. »Die Stiefel, ach ja«, murmelte er, »jetzt, wo Sie es sagen – es war ein Versehen, ähm, ein Missverständnis, ich wollte doch nur –«

»Gib sie mir«, unterbrach Marie ihn und streckte eine Hand aus.

»Es tut mir ehrlich leid«, Willibald zuckte mit den Schultern. »Ich habe sie nicht mehr.«

»Du wirst sie zurückholen. Und wenn du sie hast, bringst du sie mir.«

»Das will ich gerne versuchen«, Willibald sandte ihr einen offenbar lang erprobten Dackelblick. »Aber es könnte sein –«

»Heute Abend«, unterbrach Marie ihn erneut. »Sonst spreche ich mit deiner Mutter.«

Mit Genugtuung sah sie seinen eingeschüchterten Blick. Im Grunde, dachte sie, bist du doch immer noch der kleine Junge, der meine Anna auf dem Schulweg piesackt.

»Du willst ihr doch keinen Kummer machen?«, fragte Marie laut und sah in seinen Augen, dass sie ins Schwarze getroffen hatte.

»Nein.« Er räusperte sich. »Natürlich nicht.«

Marie nickte. »Gut so. Dann kommen wir jetzt zu dem anderen Punkt.«

Willibald runzelte die Stirn. »Dem anderen?«

»Das Penicillin.«

»Oh.« Nun wurde Willibald puterrot. »Wissen Sie, Frau Odenthal, –«, begann er, doch Marie fuhr ihm sofort über den Mund.

»Kein Wort«, zischte sie. »Kein einziges Wort, hast du verstanden? Ich will nichts von dir hören, keine Ausflüchte, keine Entschuldigungen, gar nichts.«

»Aber –«

»Still!«, schrie Marie und ärgerte sich, dass sie laut geworden war. Dieser elende Lümmel würde nicht erleben, dass sie die Fassung verlor, den Gefallen tat sie ihm nicht.

»Du besorgst auch das Penicillin bis heute Abend.«

»Frau Odenthal, das geht nicht.«

»Was?«

»Es geht nicht«, wiederholte Willibald, und Marie sah, dass er plötzlich viel selbstsicherer wirkte. »Das ist so teuer, das kann kein Mensch bezahlen.«

»Erzähl mir nichts.« Marie stieß ein raues Lachen aus. »Du hast die Taschen voller Geld!«

»Das?«, fragte Willibald und holte tatsächlich ganze Bündel von Geldscheinen aus seinem Pelzmantel hervor. »Das ist doch nichts!«, rief er und begann, die Scheine von sich zu schmeißen, als würde er auf einem Karnevalswagen stehen und Kamellen werfen. Die Mädchen und Jungen, die weiter hinten im Stavenhof herumlungerten, eilten herbei und rafften alles an sich, dessen sie habhaft werden konnten. Völlig verblüfft sah Marie dem Treiben zu. Sie war nahe daran, auch auf die Knie zu fallen und so viel wie möglich von dem Geld einzustecken, als Willibald wie irre zu kichern begann.

»Das verdiene ich an einem Vormittag. Und nachmittags ist es noch die Hälfte wert! Was Sie wollen, Frau Odenthal«, er beugte sich vor, und Marie roch, dass er so früh am Morgen schon Alkohol getrunken hatte, »das gibt es nicht für Geld zu kaufen. Dafür bräuchten Sie schon Gold und Geschmeide!«

Tief in Gedanken versunken machte Marie sich auf den Heimweg. Gold und Geschmeide, wie sollte sie daran kommen? Vielleicht hatte Willibald ihr aber auch einen Bären aufgebunden, zuzutrauen wäre es ihm. Unfassbar, was er trieb! Sie musste so schnell wie möglich mit Agnes reden. Wenn jemand Willibald zurück auf den rechten Weg führen konnte, dann seine Mutter.

Mit einem Mal sehnte sie sich so sehr nach Matthias, dass sie stehen bleiben und eine Hand auf ihr Herz legen musste. Wie oft hatte er Anna, als sie noch klein war, vor Willibald beschützt! Er fehlte ihr unendlich.

In der Hütte sah Anna ihr fragend entgegen. Seitdem die vermeintlichen Penicillin-Tabletten sich als Pfefferminzbonbons entpuppt hatten, hatte sie kaum noch ein Wort gesagt.

»Er bringt dir die Stiefel zurück«, sagte Marie schnell. »Gleich heute Abend.«

Anna nickte.

»Und das Penicillin?«

»Ich kümmere mich«, versicherte Marie. Nie im Leben würde sie Anna verraten, was Willibald behauptet hatte. Ihre Große war eh schon so in Sorge!

Anna entgegnete nichts und kroch zu Karl ins Bett. Sie bewegte sich so schwerfällig, als sei sie eine alte Frau. Und anders als sonst drückte sie Karl nicht an sich, sondern drehte sich von ihm weg, mit dem Gesicht zur Wand.

Dieser elende Willibald, dachte Marie, ich hätte ihn mir noch viel mehr zur Brust nehmen sollen!

Gleichzeitig überkam sie eine ungeheure Wut. Wenn sie daran dachte, welche üblen Geschäfte Willibald betrieb! Wo war da die Polizei? Wie konnte man sie, Marie, vor die Tür setzen wegen eines angeblichen Vergehens, das gar keins war, ihr gar mit Gefängnis drohen, und gleichzeitig Verbrecher wie Willibald unbehelligt lassen? Na wartet, dachte Marie, ihr werdet mich noch kennenlernen. Niemals würde sie ins Gefängnis gehen, niemals würde sie die Kinder im Stich lassen! Und dieses verdammte Penicillin würde sie auch noch auftreiben!

Das Essen, das Anna gegen die Kohlen eingetauscht

hatte, war aufgebraucht. Also ging Marie in ein Wäldchen in der Nähe des Lagers, sie kannte dort eine Lichtung, auf der noch Brennnesseln standen. Die anderen Mütter, die tagein, tagaus das Wäldchen durchkämmten, mussten sie übersehen haben. Marie pflückte die Brennnesseln, und mit jeder Pflanze, die sie unter dem Schnee hervorzog und ausrupfte, wurde ihre Wut noch ein bisschen größer. Dieses elende Leben hatten sie nicht verdient!

Zurück in der Hütte, wich ihr Zorn der Sorge. Anna und Karl aßen nichts. Karl röchelte, seine Wangen glänzten unnatürlich rot. Tagsüber schien das Fieber zu sinken, wenn er wach war, sprach er sogar manchmal, als wäre nichts. Doch Nacht für Nacht glühte sein kleiner Körper, Schweißperlen standen auf seiner Stirn, während er von Fieberkrämpfen geschüttelt wurde.

Und Anna hatte angefangen zu husten.

Marie legte sich zu den Kindern, hielt sie beide umschlungen. Ihr war, als würde die Angst auf ihrer Brust sitzen und ihr die Luft abdrücken.

Gegen Abend hörte sie ein Scharren draußen an der Tür, und als sie sich erhob und öffnete, stand dort ein Paar nagelneuer Armeestiefel. Es waren nicht Annas, aber sie hatten die richtige Größe, und sie waren sogar besser in Schuss als die, die Willibald ihr abgenommen hatte.

Wenn meine Große wieder auf die Beine kommt, dachte Marie, wird sie darin wunderbar laufen können. Sie musste nur erst gesund werden, Annas Husten wurde von Minute zu Minute schlimmer. Ängstlich blickte Marie zum Bett, in dem die Kinder lagen. Schon wieder hatte sie das Gefühl, nicht atmen zu können.

In der Nacht quälte sie wieder der Albtraum. Sie war in einem Stall, alles war voller Blut. Sie hielt ein Messer in der Hand und wusste nicht, was sie damit tun sollte. Später rannte sie durch einen Wald, in den Armen ein Bündel. Und dann erklang plötzlich ein Geräusch, wie wenn der Herbstwind die letzten Blätter von den Bäumen reißt.

Mit einem Ruck schrak Marie hoch. Was war das? Sie wendete den Kopf zu Karl. Der Kleine schlief tief und fest, wie sie erleichtert feststellte.

Anna aber schnappte verzweifelt nach Luft.

»Meine Große! Was ist mit dir?« Marie streichelte ihr Wangen und Stirn.

Doch Anna gab keine Antwort, nur ein einziger Laut kam aus ihrer Kehle, es war eine Art heiseres Stöhnen. Dann begann sie so sehr zu husten, dass Marie meinte, die Hütte müsste erbeben. Anschließend sank Anna zurück und starrte mit glasigen Augen an die Decke. Als Marie sich über sie beugte, sah sie Tränen auf ihren bleichen Wangen.

»Mein Liebes, was ist mit dir?«

»Ich bin schuld«, flüsterte das Mädchen, und Marie hatte Mühe, sie zu verstehen.

»Was sagst du da?« Marie strich Anna erneut über die Stirn. »Niemand ist an irgendetwas schuld. Du hast dich erkältet, als du in den kaputten Schuhen nach Hause laufen musstest …«

Doch Anna schüttelte kaum merklich den Kopf.

»Ich bin schuld, dass wir krank sind.«

»Aber nein! Wie kommst du bloß darauf?«

»Ich habe Karl damals mit zu Hilde genommen, als sie schon hustete. Die anderen haben mich gewarnt. Aber ich dachte –«

Annas Stimme erstarb.

»Glaub mir, bitte, niemand ist schuld.« Marie nahm Anna zärtlich in den Arm und strich ihr die widerspenstigen Haare aus dem schweißnassen Gesicht. Anna war so abgemagert, dass ihre Augen in tiefen Höhlen lagen und ihre Haut sich über den Wangenknochen spannte. Und doch, wie schön sie war! Marie küsste ihre Große.

»Nicht!« Anna versuchte, sich ihr zu entziehen. »Du wirst es auch bekommen …«

»Das wissen wir doch gar nicht. Vielleicht hast du gar nicht die Schwindsucht.« Sie machte eine kurze Pause. »Und selbst wenn, meinst du im Ernst, deshalb würde ich dich nicht mehr umarmen und halten?«

»Aber –«

»Kein Aber!«, flüsterte Marie. »Ich werde dich immer halten, so, wie ich es dein Leben lang getan habe, seit dem Tag, an dem du geboren wurdest.«

»Als ich geboren wurde …?«, flüsterte Anna mit erstickter Stimme.

Die Nacht neigte sich dem Ende, alles in diesem Raum kündete von Elend und Krankheit. Und doch schien die Luft zwischen ihnen plötzlich zu flimmern wie an einem heißen Sommertag.

Und so begann Marie zu erzählen.

Vor langer, langer Zeit hatte Marie beschlossen, ein Geheimnis zu wahren. Sie hatte geglaubt, es gebe nur diesen einen Weg. Sie hatte es so sehr von sich abgetrennt, dass es fast nicht mehr zu ihr gehört hatte. Doch nun, die fiebernde Anna in den Armen, flüsterte es sich aus ihr heraus.

»Ich bin in einem Waisenhaus groß geworden«, begann Marie leise. »Meine Eltern habe ich nie gekannt. Die Nonnen waren streng und prügelten uns viel. Mein einziger Lichtblick war die Schule. Wie gern habe ich gelernt! Kein Buch in der kleinen Bibliothek, das ich nicht beinahe auswendig kannte. Als ich zwölf Jahre alt war, gaben sie mich zur Anstellung auf einen Hof im Bergischen. Mit der Schule war es vorbei, ich arbeitete auf dem Feld und mit den Tieren. Doch der Bauer und seine Frau waren gut zu mir, ich hatte genug zu essen und sogar ein kleines Zimmer ganz für mich allein.«

Marie holte kurz Luft. Anna lauschte mucksmäuschenstill.

»Jedes Jahr im Sommer kam ein Scherenschleifer durch das Dorf. Er hatte seine Familie bei sich, darunter einen Jungen in meinem Alter, Fritz. Fritz hatte grüne Augen und braunes Haar, das ihm in wilden Wirbeln in die Stirn fiel. Er sprach wenig, doch er war so geschickt! Die Bauern zeigten ihm alles, was kaputt war, und er brachte es wieder in Ordnung. Ich mochte ihn von Anfang an. Immer, wenn er da war, hockte ich bei ihm und beobachtete ihn, wie er mit wenigen Handgriffen eine Egge instand setzte oder eine Uhr wieder zum Laufen brachte.«

Marie hielt inne.

Was, fragte sie sich mit einem Mal, tue ich gerade? Einst habe ich mir vorgenommen, dies alles niemals zu erzählen, weder Anna noch sonst jemandem. Und nun?

Doch tief in ihrem Innern wusste sie, dass jetzt die Zeit gekommen war, alles auszusprechen.

»In dem Sommer, in dem wir beide sechzehn waren, schaute Fritz mich plötzlich auf eine andere Weise an. Und auch für mich hatte sich etwas verändert. Mit einem Mal ging mein Atem schneller, wenn ich ihn sah. Und wenn wir uns trennten, fühlte ich eine Wehmut, die ich bis dahin nicht gekannt hatte.

›Komm, Marie‹, sagte er eines Abends. ›Lass uns spazieren gehen.‹

Ich war noch nie spazieren gegangen, ich fand es eine verwegene Idee. Wer ging schon spazieren! Er führte mich immer weiter weg vom Dorf, einen Hang hinab, ein Stück in den Wald hinein. Und dann –«

Marie spürte Annas glühende Augen auf sich ruhen.

»Ich wusste nicht einmal, was wir taten. Es ging sehr schnell, es tat ein bisschen weh. Trotzdem fühlte es sich auch schön an.« Sie schüttelte den Kopf. »Du meine Güte, ich war sechzehn, und niemand hatte mich je zuvor umarmt oder gar geküsst! Und niemand hatte mit mir über diese Dinge gesprochen.«

Verlegen senkte sie den Blick. Auch wenn sie nun eine erwachsene Frau war, schämte sie sich, als wäre es erst gestern geschehen.

»Am Tag darauf reiste der Scherenschleifer mit seiner Familie weiter. Ich vermisste Fritz, und als es mir immer schlechter ging, dachte ich, es sei der Kummer. Ich konnte kaum essen, ständig war mir übel. So ging das wochenlang. Doch erst als die Bauersfrau mich beiseitenahm und ernst mit mir sprach, wurde mir klar, in was für eine Situation er mich gebracht hatte.

Wenig später weckte mich der Bauer mitten in der Nacht und begleitete mich zu einer Frau im Nachbardorf. Er reichte ihr drei große Stücke Wurst, doch sie gab sie ihm sofort zurück. ›Es ist zu spät‹, sagte sie. ›Das würde sie nicht überleben.‹

Da berieten die Bauersleute sich mit dem Pfarrer, und er sagte ihnen, sie sollten mich zu ihm bringen, in der Nacht, wenn es niemand sieht.«

Marie konnte die Tränen nicht mehr zurückhalten.

»Der Pfarrer bespritzte mich mit Weihwasser und rief, ich trüge den Teufel in mir. Und dann versuchte er, den Teufel aus mir herauszutreiben. Er schlug mich, er trat mich, er quälte mich drei Nächte lang. Doch was immer in mir war, es kam nicht heraus. Da begriff ich, der Teufel, das war der Pfarrer. Und als er mich zurückbrachte, blutig und zerschunden, als ich hörte, wie er den Bauersleuten das Versprechen abpresste, das Kind zu ihm zu bringen, sobald es geboren wäre, da stand mein Entschluss fest.«

Marie blickte direkt in Annas weit aufgerissene Augen, die in einem wundervollen Grün glänzten.

»Meine größte Angst war, dass man das Kind hören könnte. Während meiner Zeit auf dem Hof hatte die Bäuerin vier Kinder geboren, ich kannte die aufgeladene Stille, wenn die Hebamme bei ihr war und alle auf den ersten Schrei warteten. Und so ging ich, als ich spürte, dass es so weit war, in den Stall zu den Tieren. Du musst wissen, Liebes, ich träume in letzter Zeit oft davon, doch tatsächlich habe ich keine Erinnerung an das, was dort geschah. Vielleicht habe ich es so gemacht, wie der Bauer es mit den Kälbchen und mit den Lämmern machte, wenn sie zur Welt kamen. Ich weiß es nicht.«

In Annas Augen sah Marie nun auch Tränen schimmern, schnell ergriff sie ihre Hände.

»Das Kind war wunderhübsch«, fuhr sie fort. »Es war kein Teufel, es war so schön, als sei es ein Engel. Und es gab keinen einzigen Laut von sich. Da nahm ich ein wenig Milch von den Kühen und machte mich auf den Weg. Ich lief zwei Nächte und zwei Tage, bis ich Hilfe fand. Und erst, als wir in Sicherheit waren, hast du deinen ersten Schrei getan.«

Marie war fertig. Ihr Herz schlug so sehr, dass sie glaubte, es müsse zerspringen. Durch die Ritzen der Nissenhütte drang mehr und mehr Licht hinein, voller Angst suchte sie Annas Blick. Das Mädchen wischte sich die Tränen aus dem Gesicht. Doch in ihren Augen war kein Erstaunen, überhaupt keins.

»Warum die Lüge?«, fragte Anna nur und hustete.

»Weil ich mich schämte. Weil ich mich so sehr schämte. Ich war erst siebzehn. Und auch wenn ich spürte, dass der Pfarrer im Unrecht war – ich fühlte mich so schmutzig. Und die Kohns waren so liebenswürdig zu mir. Ich hatte fürchterliche Angst, sie würden mich hinauswerfen, wenn sie es erführen. Und dann fing Matthias an, um mich zu werben. Ich verliebte mich Hals über Kopf in ihn. Dass ich jemals einem so anständigen, wundervollen Mann begegnen würde, hätte ich niemals zu hoffen gewagt. Und so vergrub ich mein Geheimnis tief in meinem Inneren. Ach, Anna, mein liebstes Kind, ich wusste mir nicht anders zu helfen, ich habe nie mehr daran gerührt. Für dich mag es scheinen, als habe ich dich verleugnet, doch ich hätte dich nicht mehr lieben können, als ich es tue, mein liebes, liebes Mädchen.«

»Ich weiß, dass du mich liebst«, flüsterte Anna. »Aber in all den letzten Jahren, als wir so viel miteinander durchgemacht haben, hieltest du es nicht wenigstens da für nötig, mit der Wahrheit herauszurücken? *Tante?*«

Annas Tonfall hatte sich verändert, das letzte Wort sprach sie mit so viel Wut aus, dass Marie glaubte, das Blut gefriere ihr in den Adern.

»Aber Anna! Du warst und bist mein Mädchen, immer! Was hätte es geändert? Und wie hätte ich es dir sagen können, ohne es Matthias zu sagen?« Sie biss sich auf die Unterlippe. »Es ging doch nicht, wo nicht einmal er es wusste.«

Der Schmerz überwältigte sie. All die Jahre hatte sie geschwiegen. Sie hatte fest geglaubt, es wäre das Beste so. Jetzt aber erschien ihr alles so fürchterlich falsch.

»Bitte«, weinte sie, »bitte, verzeih mir!«

Doch Anna wandte sich von ihr ab, ein weiterer Hustenanfall schüttelte sie.

»Mein Kind!«, schluchzte Marie. »Bleib bei mir!«

Da blickte Anna sie noch einmal an. Ihr Gesicht war weiß wie Schnee. »Ach, Marie«, murmelte sie. »Onkel Matthias weiß doch, dass du meine Mutter bist. Er hat es mir gesagt, bevor er in den Krieg ziehen musste.«

Kapitel 37

Anna schwebte. Sie schwebte zwischen der Welt, die ihr vertraut war, und einer neuen, völlig unbekannten. In der vertrauten Welt lag sie neben Karl im Bett, und Marie sorgte für sie. Doch Karls Husten und Weinen klangen wie von weit her an ihr Ohr, und Maries zärtliche Berührungen – eine Hand auf ihrer Stirn, kühle Lippen auf ihren glühenden Wangen – waren leicht wie die Flügelschläge eines kleinen Vogels.

In der fremden Welt saß Hilde am Fußende ihres Bettes. Ihr Haar war so verfilzt wie eh und je, mit einer lachenden Geste warf sie es zurück. Nun schien sie etwas zu sagen, doch Anna konnte sie nicht verstehen.

»Hilde!«, rief sie, »sprich lauter, bitte!« Doch Hilde stand auf und ging hinaus, als habe sie sie nicht gehört.

»Anna!« Statt ihrer beugte sich Marie über sie, das Gesicht vollkommen durchsichtig. »Du fieberst! Wach auf!«

Doch Anna glitt schon wieder davon.

Beim nächsten Mal trug Hilde ihre Mütze.

»Die hast du doch Karl geschenkt!«, wunderte sich Anna.

Doch Hilde lächelte nur und sagte kein einziges Wort.

Erschöpft lehnte Anna sich zurück und sank in einen traumlosen Schlaf.

Als sie wieder emportauchte, war Hilde verschwunden. Statt ihrer hatte sich jemand anders ans Bett gesetzt. Er hatte sich dazu die schlichte Bank aus der Mitte der Hütte ganz nahe herangezogen. Dieser Jemand stank entsetzlich und er war so dick, dass er rechts und links von der Bank herunterquoll.

Der Büll.

Er trug seinen Ledermantel und darunter seine schmierige Bäckerhose. Seine feisten Hände hatte er ausgestreckt, als wollte er nach ihr grabschen. Er starrte sie an, und seine Augäpfel waren vollkommen weiß.

Anna schrie. »Hauen Sie ab!«, kreischte sie. »Sie sind tot! Sie haben hier nichts mehr verloren!«

Doch der Büll verzog nur seine Lippen zu einem spöttischen Grinsen. Da sah Anna, dass aus seinem Mund dickes, schwarzes Blut hervorquoll.

Außer sich vor Angst, schlug sie die Hände vors Gesicht. Doch der Büll griff nach ihren Handgelenken und riss sie herunter.

»Nein!«, keuchte Anna. »Nein! Bitte! Hilfe!«

»Schsch«, raunte eine vertraute Stimme. Es war nicht der Büll, es war Marie, die ihre Arme hielt. »Mein Schatz, ich will dich doch nur ein bisschen erfrischen.«

Anna spürte, wie Marie ihr mit einem feuchten Tuch über das Gesicht fuhr, den Hals, die Hände. »Das wird dir guttun«, flüsterte sie.

»Er war da«, stotterte Anna. »Der Büll, er hat da vorne gesessen!«

»Schsch«, machte Marie wieder. »Beruhige dich. Das ist das Fieber. Du musst –«

Der Rest ihrer Worte ging unter in einem Strudel aus Bildern und Geräuschen, der Anna verschlang.

Ein Kinderzimmer. Ein etwas größeres Bett mit einem braunen Vorhang davor, gegenüber ein kleineres mit einem Gitter. In einem Korbstuhl eine Puppe mit seidigem Haar und Augen, die auf- und zuklappten.

»Elsbeth«, flüsterte Anna. »Ich dachte, die lange Lina hat dich?«

Da trat Ruth ins Zimmer, in ihren Armen trug sie den Globus, der kleine Gerald krabbelte ihr hinterher. Er lächelte übers ganze Gesicht und schob seine hölzerne Eisenbahn über den Fußboden.

»Was macht ihr hier?«, fragte Anna. »Bitte, sagt nicht, ihr habt es nicht geschafft? Ihr wolltet doch nach New York.«

Ruths Augen hatten etwas Träumerisches bekommen. Sanft stupste sie den Globus an. Er drehte sich und drehte sich, aber dann wurde es plötzlich stockdunkel. Jemand musste die Verdunkelungsrollos heruntergezogen haben.

»Ruth!«, schrie Anna. »Ruth! Gerald! Wo seid ihr?«

Doch es kam keine Antwort.

Stattdessen war da ein anderer Duft, ein köstlicher Duft. Anna schnupperte. Ja, es roch nach Sauerteig und Schwarzbrot. Und da waren große, starke Hände, die nach ihr griffen. Onkel Matthias! Er hob Anna hoch, als sei sie noch ganz klein.

»Da bist du ja endlich! Wir warten schon so lange auf dich!«, schluchzte Anna und vergrub ihr tränennasses Gesicht in seiner blütenweißen Bäckerjacke. »Endlich, endlich wird alles gut.«

Doch auch Onkel Matthias sagte kein einziges Wort, und ehe Anna sich's versah, war auch er schon wieder verschwunden.

Als Nächstes hörte sie ein Rauschen wie von einem großen Fluss. Sie folgte dem Geräusch und stolperte über Äste und Wurzeln, sie schien in einem dichten, dunklen Wald gefangen zu sein.

Da, endlich, kam Anna an das Wasser. Es war ein breiter Wildbach, in wilden Stromschnellen stürzte er einen Hang hinab. Und am anderen Ufer sah sie Joseph stehen. Er wirkte so klein und so verloren! Sie rief ihn, sie winkte, sie schrie so laut sie konnte, doch er schien sie überhaupt nicht wahrzunehmen. Da setzte sie einen Fuß ins Wasser und noch einen, und obwohl sie spürte, dass der Grund unter ihr nachgab, ging sie weiter hinein, bis das eiskalte Wasser über ihr zusammenschlug.

»Anna! Atme! So atme doch!«

Es war Marie, die schrie, und mit einem Mal war Anna wieder im Bett in der Nissenhütte. Sie spürte, wie ihr Brustkorb sich hob und senkte wie verrückt, doch sie bekam keine Luft, überhaupt keine.

Da sank sie zurück ins Dunkle.

Irgendwann war Hilde wieder da, sie saß am Fußende des Bettes.

»Sind sie alle tot?«, keuchte Anna voller Angst. »Ruth?

Gerald? Onkel Matthias?« Den letzten Namen bekam sie kaum über ihre Lippen. »Joseph?«

Hilde schüttelte sanft den Kopf, erhob sich und wandte sich zum Gehen.

Anna wollte nach ihr rufen, ihr hinterhereilen, da schaute Hilde sie noch einmal an und schüttelte abermals den Kopf. Und dann war sie weg.

Plötzlich war es helllichter Tag. Anna kniff die Augen zusammen. Was blendete sie nur so?

»Du bist wach! Was für ein Glück!«

Marie hatte am Herd gestanden, nun beeilte sie sich, zu ihr zu kommen.

»Oh, mein Liebes, lass mich deine Stirn fühlen. Du hattest so hohes Fieber. Aber jetzt scheint es herunterzugehen. Magst du etwas essen? Schau, ich habe einen Knochen ausgekocht, warte, ich bringe dir ein wenig Brühe.«

Anna blinzelte immer noch. Es war die Sonne, die sie so sehr blendete, sie schien durchs einzige Fenster mitten in ihr Bett. Wie dunkel es gerade noch um sie herum gewesen war!

Zitternd nahm sie die Blechtasse, die Marie ihr reichte, und trank. Die Brühe war dünn, und es fehlte Salz, und doch kam sie ihr vollkommen köstlich vor. Mit jedem Schluck war ihr, als würde das Leben in sie zurückkehren. Suchend schaute sie sich nach Karl um. Er lag neben ihr, die Augen geschlossen, und atmete schwer.

Karl, ihr kleiner Bruder. Anna kostete das Wort leise auf ihren Lippen. Bruder, Bruder, Bruder. Wie wundervoll es klang! Und auch wenn sie schon lange geahnt hatte, dass sie Geschwister waren, so hatte sie sich doch nie getraut, es auszusprechen.

Zu deutlich hatte sie Onkel Matthias' Worte in Erinnerung.

Ihre Gedanken wanderten zurück zu dem Tag, an dem sie voneinander Abschied nehmen mussten. Sie saß mit ihm auf der Ofenbank, Marie war vorn im Laden.

»Ich habe keine Ahnung, warum sie es vor uns verborgen hält«, hatte Onkel Matthias gesagt. »Sie wird ihre Gründe haben. Aber mir ist wichtig, dass du es weißt, verstehst du? Und eines Tages, mein Mädchen, wird sie es dir sagen. Ich bin mir ganz sicher. Bis dahin musst du dieses Geheimnis in deinem Herzen bewahren. Kannst du das?«

Anna hatte seinen fragenden Blick gesehen und genickt. Sie hatte sich fest vorgenommen, ihn auf keinen Fall zu enttäuschen. Und so hatte sie es gehalten, all die langen Jahre. Doch als Karl geboren wurde, hatte sie ihn sogleich geliebt wie ihren Bruder, und auch Marie hätte sie nicht mehr lieben können.

Vielleicht, fragte sie sich nun, während Marie eine weitere Tasse dünne Brühe holte, vielleicht wäre es anders gekommen, wäre all das nicht mitten im Krieg geschehen. Wäre Zeit gewesen, über Dinge nachzudenken, Antworten zu verlangen – sie hätte Marie längst mit der Frage nach ihrer Herkunft konfrontiert. Sie hätte nicht so lange schweigen können.

Doch die Umstände hatten ihr keine Zeit dafür gelassen.

Sie mussten sehen, dass sie überlebten, nichts anderes zählte.

Und so hatte sie die Frage, ob Marie ihre Mutter war oder nicht, jahrelang aus ihren Gedanken gestrichen, wie man eine Rechenaufgabe von der Tafel wischt, die zu schwer scheint. Sie hatte es also genauso gemacht wie Marie. Sie waren sich so ähnlich! Sie waren schließlich Mutter und Tochter.

Vorsichtig nahm Anna Marie die Blechtasse aus der Hand. Auf ihren Wangen sah sie Tränen schimmern.

»Weine nicht«, flüsterte Anna. »Ich bin dir nicht böse.«

»Wirklich nicht?«

»Wirklich nicht.«

Und während sie es sagte, wusste Anna, dass es die Wahrheit war. Sie würde Marie niemals lange böse sein können, nicht einmal jetzt.

»Auch wenn ich dich niemals Mama genannt habe und jetzt nicht mehr damit anfangen werde«, fügte sie hinzu, »so bist du doch die beste Mutter, die ich mir nur wünschen kann.«

Und Marie legte ihren Kopf in Annas Schoß, und ihre Tränen versiegten.

Sie waren so sehr ineinander versunken, dass sie Karls aufgeregtes Wispern erst gar nicht bemerkten. Er war aufgewacht und versuchte, aus dem Bett herauszukommen.

»Ich will zu dem Pferd«, murmelte er und wehrte Annas Versuch, ihn festzuhalten, vehement ab. »Lass mich. Ich will das Pferd streicheln!«

Anna brach es das Herz. Der Kleine schien im Fieber zu fantasieren, genau wie sie eben noch.

»Ach, Karlchen«, raunte sie. »Da ist kein Pferd, glaub mir.«

»Bist du blind oder was?«, gab Karl zurück und zeigte aus dem Fenster. Anna folgte seinem kleinen ausgestreckten Zeigefinger und glaubte, nun selbst wieder zu träumen. Draußen im Schnee stand tatsächlich ein Pferd. Es war das magere Pferd des Büll, und dahinter auf dem Karren saß Egon, der Geselle. Als er sie durchs Fenster erblickte, sprang er herab und kam auf seinen Krücken in die Hütte gehumpelt.

»Ich ahnte es doch, dass ihr noch hier seid!«, rief er. »Ihr habt ein Telegramm bekommen, aus Nu Jork!«

Kapitel 38

Marie hielt das braune, vollkommen zerknitterte Papier in den Händen und versuchte zu verstehen, was darauf geschrieben stand. Doch die Buchstaben begannen auf dem Blatt herumzutanzen, kaum dass sie sie entziffert hatte, als wollten sie sie ärgern.

Karl und Anna waren aus dem Bett gestiegen und hielten sich zitternd am Tisch fest, während auch sie sich über das Telegramm beugten. Marie hörte, wie Anna heftig nach Luft rang und versuchte, etwas zu sagen, doch sie brachte nur ein Stammeln hervor. Der Einzige, dem es nicht die Sprache verschlagen hatte, war Karl.

»Still, nicht vorsagen, ich kann's!«, krähte er und begann lauthals, das oberste Wort zu buchstabieren. »We-s-te-r-n U-ni-o-n. Wer ist das?«

»Ich, ich weiß nicht«, stotterte Marie. »Egon, woher hast du das?«

Egon, der hinter den Kindern stand, kratzte sich das bärtige Kinn. »Eine Botin der Reichspost hat es heute Morgen gebracht. Stell dir vor, sie kam auf einem Motorrad. Und sie wollte es dir unbedingt persönlich aushändigen. Doch die Chefin redete so lange auf sie ein, bis sie es ihr gab. Ich dachte, ich spinne, als ich sah, wie die Frau vom Büll zu zetern begann, kaum dass die Botin davongeknattert war. Sie schien sich gar nicht mehr beruhigen zu wollen. Und dann zerknüllte sie das Telegramm und warf es in den Kehricht. Da habe ich es heimlich an mich genommen und bin so schnell es ging hierher.«

Egon brach ab und wischte sich mit einem Tuch den Schweiß von der Stirn, obwohl es in der Hütte kein bisschen warm war. Marie hatte ihn noch nie so viel auf einmal sprechen hören.

»Sag, Marie«, fragte er und zog die grauen Brauen hoch, »ist es das, was ich denke?«

»Ja, ich glaube, das ist es«, antwortete sie. Sie musste sich gegen die Tischkante lehnen, um nicht von der Bank zu stürzen, denn mit einem Mal begann sie am ganzen Körper zu zittern. Tränen füllten ihre Augen, gleichzeitig spürte sie den Drang zu kichern, bis ein Schrei in ihr aufstieg, von dem sie nicht geahnt hatte, dass er in ihr schlummerte. Sie schrie so sehr, dass Anna und Karl erschrocken zurückwichen und Egon sich käsebleich an die Brust fasste. Marie aber schrie, sie unterbrach sich nur kurz, um Luft zu holen, und dann schrie sie weiter. Sie schrie all die Angst und Verzweiflung der letzten Wochen hinaus, bis fast nichts mehr davon übrig blieb.

Als sie fertig war, herrschte Totenstille. Anna und Egon sahen sich an, als fürchteten sie um Maries Verstand. Und in die Stille hinein fragte Karl:

»Wer ist denn nun dieser Herr Western Union?«

»Ich glaube, das ist so eine Art Post, nur in Amerika«, antwortete Anna.

»Amerika?«, staunte Karl. »Wer schickt uns denn einen Brief aus Amerika?«

»Die Kohns«, antwortete Marie atemlos. »Die Kohns schicken uns ein Telegramm aus Amerika ...«

Und dann sprang sie auf und tanzte durch die schäbige Hütte, ganz genau so, wie gerade eben noch die Buchstaben vor ihren Augen getanzt hatten.

»Sie leben! Die Kohns haben überlebt! Sie haben es bis nach New York geschafft! Und nun schicken sie uns ein Telegramm aus Amerika!«

Marie konnte gar nicht aufhören mit den Jubelrufen. Sie schnappte sich Karl und herzte und küsste ihn, und sie nahm Anna bei den Händen und wirbelte sie herum, und Anna, die vorhin noch im Fieberwahn geschrien hatte, lachte, sie lachte so sehr, dass sie fast keine Luft mehr bekam.

»Nun lass das Mädchen doch mal«, brummte Egon, da packte Marie auch ihn, stellte sich auf die Zehenspitzen und küsste ihn mitten auf die Glatze.

»Ich danke dir!«, sagte sie. »Ich danke dir so sehr!«

Kurz darauf musste Egon wieder los. Weil es nicht mehr ganz so kalt war wie in den letzten Wochen und Monaten, durfte Karl für einen Moment mit hinaus und das Pferd streicheln. Egon holte derweil ein kleines Paket vom Pritschenwagen und gab es Marie.

»Eins muss ich dir noch sagen«, raunte er.

»Was denn?«

»Nimm dich in Acht vor Erna Bell! Ich glaube fast, sie hatte ihre Finger im Spiel, als ihr das Haus verloren habt. Und irgendwelche Kumpane bei der Polizei haben ihr dabei geholfen. Sie hasst dich, Marie!«

»Wie kommst du darauf?«

»Es wurde mir klar, als sie so tobte wegen des Telegramms. Sie will dich vernichten. Ich denke, sie war eifersüchtig, weil der Büll dich so mochte.«

»Weil der Büll mich mochte?«, kreischte Marie so laut, dass Karl sich die Ohren zuhielt. »Ist das dein Ernst?«

»Ich fürchte, ja«, sagte Egon, kletterte auf den Kutschbock, nahm die Zügel auf und fuhr mit einem schiefen Lächeln davon.

»Dann war es womöglich nicht einmal der Büll ...«, murmelte Marie vor sich hin. »Was für eine dumme, böse Frau.«

»Wer?«, wollte Karl wissen.

»Niemand, mein Schatz. Niemand.«

In dem Paket, das Egon Marie gegeben hatte, war eins von den guten Broten und eine kleine Dose mit Backfett. Marie machte den Kindern etwas zu essen und brachte es ihnen ans Bett. Sie waren beide erschöpft und zugleich vollkommen überdreht.

»Ihr habt mir noch gar nicht gesagt, was denn nun drinsteht in dem Telegramm«, maulte Karl und stopfte sich eine ganze Scheibe Brot auf einmal in den Mund, als habe er nicht vor Tagen aufgehört, mit Appetit zu essen.

»Darf ich vorlesen?«, rief Anna.

»Selbstverständlich.« Marie reichte ihr das Blatt und schloss die Augen. Schon als die Buchstaben noch vor ihren Augen tanzten, hatte der kurze Text sich unauslöschlich in ihr Herz gebrannt. Und zugleich wusste sie, sie würde ihn bis zum Ende ihres Leben immer wieder hören wollen. Voller Wonne lauschte sie Annas Worten.

»New York, Februar der 25. des Jahres 1947«, las Anna. »Matthias und Marie Odenthal rechtmäßige Besitzer des Hauses Buttermarkt 22 in Kologne. Familie Kohn, in Klammern: alle gesund.«

»Und was heißt das?«, fragte Karl, den Mund voller Weißbrot.

»Dass die Kohns den Nazis entkommen sind«, antwortete Marie. »Und dass wir bald nach Hause können.«

In Windeseile hatte sie sich den alten Sack über die Schultern geworfen, der ihr nun schon so lange als einziger Schutz gegen die eisige Kälte diente.

»Kann ich euch allein lassen?«, fragte sie Anna und war schon dabei, ihre Stiefel zu schnüren.

»Klar. Sag mir nur eins: Wie kommen die Kohns dazu, uns zu schreiben?«

»Ach, es war so eine Idee«, antwortete Marie. »Nachdem du dich daran erinnert hattest, dass die Kohns nach New York wollten, bat ich Fräulein Stüssgen, herauszufinden, welche Zeitungen dort erscheinen. Und dahin zu schreiben. Weißt du, Fräulein Stüssgen ist verlobt mit einem Briten, und sie selbst kann auch ein bisschen Englisch …«

»Das war deine Idee?« Zum ersten Mal seit sehr langer Zeit sah Marie Bewunderung im Antlitz ihrer Tochter.

Sie verbarg ihre Rührung und beugte sich über Karl. Der Kleine war eingedöst, und das Fieber schien schon wieder zu steigen. Jetzt aber riss er noch einmal die Augen auf.

»Mama«, fragte er, »wenn wir jetzt nach Hause können, muss ich dann nicht sterben?«

»Wie kommst du darauf?«, riefen Marie und Anna wie aus einem Mund.

»Wegen der Tuberkulose«, antwortete Karl. »Hilde ist doch auch gestorben. Und wir haben kein Penicillin.«

Marie spürte, wie das Entsetzen all die Freude, die sie empfunden hatte, aus ihr heraustrieb. Karl sprach vollkommen klar, als sei er nicht erst vier Jahre alt, sondern ein erwachsener Mann.

»Nein«, wisperte sie und mühte sich, nicht zu weinen. »Keiner wird sterben. Das lasse ich nicht zu. Verlass dich ganz auf deine Mama, mein Schatz.«

Blind vor Tränen machte sie sich auf den Weg.

Im Allianz-Gebäude, das weitgehend unzerstört einen ganzen Block am Kaiser-Wilhelm-Ring einnahm und in dem die Briten eine provisorische Verwaltung eingerichtet hatten, wurde Marie sofort vorgelassen. Sie zeigte das Telegramm einem kleinen Mann in einem abgewetzten grauen Anzug, der ein Büro ganz für sich allein hatte, und verlangte die Herausgabe der Schlüssel zu ihrem Haus. Nachdem er das Telegramm gründlich studiert hatte, griff er zum Hörer des Telefons, das auf seinem Schreibtisch stand, und gab Anweisung, die Schlüssel zu holen.

»Ich frage mich, wer Sie gleich vor die Tür gesetzt hat«,

murmelte er, während sie warteten. »Normalerweise werden solche Vorgänge erst geprüft.«

»Was Sie nicht sagen«, sagte Marie und spürte, wie ihr Blut in Wallung geriet. »Davon wäre ich auch ausgegangen. Stattdessen musste ich fürchten, dass man mich ins Gefängnis wirft.«

Der Beamte rückte sich die Brille zurecht. »Wie kommen Sie denn darauf?«

»Das Gesetz, das die Briten gerade erarbeiten? Womit Juden ihr Hab und Gut wiederbekommen sollen, das ihnen während der Nazi-Zeit gestohlen wurde?«

»Ach das«, meinte er und lächelte so überheblich, dass Marie ihn am liebsten geschüttelt hätte. »Darüber werden sie sich noch eine ganze Weile mit den Amis streiten. Und mit den Franzosen. Und mit den Russen erst. Nein, liebe Frau Odenthal, bis das in Kraft tritt, wird noch viel Wasser den Rhein hinunterfließen. Falls es überhaupt jemals so weit kommt.«

Marie wusste nicht, was sie sagen sollte.

»Dann hätte ich gar keine Angst zu haben brauchen?«, fragte sie schließlich.

»Nein! Wer auch immer Ihnen das mit dem Gefängnis gesagt hat, meinte es entweder sehr böse mit Ihnen oder«, er sah Marie an, »zu gut. Vielleicht war jemand einfach in Sorge.«

Marie nickte. Ihr war, als würde eine zentnerschwere Last von ihren Schultern rutschen.

»Trotzdem würde ich der Sache gerne nachgehen«, meinte der Mann in dem verschlissenen Anzug und rieb sich das Kinn. »Sagen Sie, wissen Sie, welche unserer Polizeidienststellen damit befasst war?«

Marie dachte kurz darüber nach, dem kleinen Mann zu sagen, was Egon ihr über Erna Bell und ihre Helfershelfer berichtet hatte. Der Mann schien ihr rechtschaffen, aber ob sie ihm wirklich trauen konnte? Ihre Gedanken wurden von einer Sekretärin unterbrochen, die mit den Schlüsseln hereinkam.

»Das weiß ich nicht«, erklärte Marie nach einem Moment des Zögerns, schnappte sich die Schlüssel und machte, dass sie weiterkam.

Eine Stunde später schloss sie die Tür zur Backstube auf. Sie ruckelte ein wenig, und es roch ein bisschen anders als sonst. Jemand war hier gewesen, das war unübersehbar. Die Zinkwanne, in der Matthias den Sauerteig angesetzt hatte, stand mitten im Raum, daneben das Reck. Vor allem aber hatte der unbekannte Eindringling den Juno-Herd aus der Küche, wo er nutzlos in einer Ecke gestanden hatte, in die Backstube geschoben und ihn mit einem Stromkabel verbunden.

Wir haben hier doch noch gar keinen Strom, oder? Gedankenverloren drehte Marie an einem der Schalter des Herdes, und nach kurzer Zeit begann die Bratröhre zu glühen. Na, so was!

Im Schlafzimmer war das große Bett halb vergraben unter einem Berg von Schnee. Das Fenster aus Ersatzglas war gestohlen, es musste schon längere Zeit hereingeschneit haben.

Doch am Fußende des Bettes war noch der Besenstiel festgebunden, den Anna und Karl zum Weihnachtsbaum umfunktioniert hatten, und es hingen sogar noch ein paar Strohsterne daran.

Marie ging zurück in die Backstube und setzte sich auf die Ofenbank. Diese Ruine, stellte sie fest, hat nur noch wenig gemein mit dem Ort, an dem wir einst mit Matthias gelebt haben. Und doch. Sie ist unser Zuhause.

Die Hitze aus der Bratröhre des Juno-Herds strahlte direkt auf ihre Knie, ihre Hände, ihr Gesicht. Jemand musste hier gesessen und sich gewärmt haben.

Genau wie wir früher, dachte Marie. Und mit einem Mal fluteten die Erinnerungen heran. Der Wecker, der immer so früh geklingelt hatte, dass Marie meinte, sie seien doch eben erst schlafen gegangen. Und dennoch war sie jeden Morgen freudig aus dem Bett gesprungen, begierig, auch diesen Tag mit ihrem Liebsten in der Bäckerei zu stehen, zu backen und die Menschen mit Brot zu versorgen. Matthias, wie er Nacht für Nacht den Ofen angeheizt hatte. Wie groß und stark er war! Er hatte die Kohlen aus dem Hof hereingewuchtet, als würden sie nichts wiegen, er hatte Bleche voller Brot geschleppt, als wären sie federleicht. Und immer hatte er dieses Lächeln in den Augen gehabt, und sein Grübchen hatte dazu getanzt. Die köstlichsten Brote und Kuchen hatte er gebacken, die Kunden hatten sie ihnen aus der Hand gerissen. Sie hatten beide so hart gearbeitet, und zugleich waren sie so glücklich gewesen! Jedes Mal, wenn sie einander ansahen, hatte Marie gespürt, wie ihr Herz hüpfte, und dasselbe hatte sie in Matthias' Augen gesehen. Sie hatten keine

Gelegenheit ausgelassen, sich zu liebkosen. Wie oft hatten sie einander auf dieser Ofenbank umarmt!

Und mit welcher Selbstverständlichkeit er Anna angenommen hatte, als sei sie sein eigenes Kind!

Er hat gespürt, dass sie meine Tochter ist, dachte sie nun. Er hat bis auf den dunkelsten Grund meiner Seele geblickt. Er wusste, dass ich ihn belog. Und er hat mich trotzdem geliebt.

Die Erkenntnis traf Marie wie ein Paukenschlag. Konnte ein Mensch mehr lieben, als Matthias sie geliebt hatte? Nein, gab sie sich selbst zur Antwort.

Und sie hatte ihn mit Dean betrogen.

Marie sackte auf der Ofenbank zusammen.

»Verzeih mir, Liebster«, stammelte sie, »bitte, verzeih mir! Wie dumm ich war, wie selbstsüchtig! Ich verdiene dich nicht!«

Nun war es die Reue, die heiß in ihr aufstieg. Da wurden plötzlich im Hof Stimmen laut.

»Als Erstes verticken wir den Ofen.«

»Den Ofen? Den will doch keiner!«

»Nicht den ganzen Ofen, biste jeck? Die Steinquader, aus denen er gemacht ist. Meine Mutter sagt, das ist echtes Vulkangestein. Was meinst du, das geht weg wie warme Semmeln, haha. Wo doch überall Baumaterial fehlt. Du machst dir keine Vorstellung, was die Leute dafür hinblättern.«

Marie glaubte, nicht richtig zu hören. Wer wagte es …? Vorsichtig spähte sie um die Ecke. Im Hof standen Willibald und der Sohn vom Büll. Na warte, denen würde sie es zeigen! Sie wollte gerade auf die beiden losgehen, als sie es sah:

Der Sohn vom Büll hielt einen Revolver in der Hand und ließ betont lässig das Magazin kreisen. So etwas hatte Marie bisher nur ein einziges Mal in ihrem Leben gesehen, vor vielen Jahren, als sie mit Matthias im Kino einen Western angeschaut hatte. Dies hier jedoch war kein Kinofilm, und dem Sohn vom Büll traute sie alles zu. Auf Zehenspitzen schlich sie zurück in die Backstube und kroch, ohne lange zu zögern, in den Ofen, der ihr und den Kindern in den Bombennächten so oft Schutz gewährt hatte.

Sie hatte sich keine Sekunde zu früh versteckt, denn schon kamen die beiden ihr hinterher.

»Und du bist sicher, das fällt keinem auf?« Es war eindeutig Willibald, der da sprach.

»Und wenn schon!«, tönte der Sohn vom Büll. »So bald kriegen die ihre Bäckerei nicht wieder, dafür sorgt meine Mutter. Die sitzen noch ewig im Barackenlager in Bickendorf. Tja, mein alter Herr, Gott hab ihn selig, hat wohl einfach zu oft von ›Marie‹ gefaselt. Marie hier, Marie da, wie toll sie ist, und dann noch diese blonden Löckchen. Die Finger konnt' er nicht von ihr lassen. Da hat meine Mutter den alten Kaufvertrag rausgeholt, den er sich damals untern Nagel gerissen hat, und hat Marie rausschmeißen lassen. Sie dachte, die krepiert mitsamt ihrer Brut, wenn sie kein Dach mehr überm Kopf hat. Stattdessen holt mein alter Herr sie zu uns. Und stellt ihr erst recht hinterher. Ich kann dir sagen, da war was los.«

Der Sohn vom Büll stieß ein höhnisches Lachen aus, und Willibald fiel darin ein.

Marie, im Innern des Ofens, lag vollkommen starr.

Plötzlich ergab alles einen Sinn. Wie konnte man nur so hinterhältig sein!

»Und dieses Telegramm?«, fragte Willibald.

»Hat sie vernichtet. Und das verdammte Judenpack aus Amerika wird wohl kaum ein zweites Mal schreiben, denk ich mir.«

Wieder erklang das hämische Lachen der beiden jungen Männer, und Marie wäre am liebsten aus dem Ofen herausgeschossen und hätte ihnen ein paar Ohrfeigen verpasst. Doch sie zwang sich, ruhig zu bleiben und keinen Mucks von sich zu geben.

»Warum brennt denn hier der Herd?«, rief Willibald, und Marie bekam aus ihrem Versteck heraus mit, wie die beiden aufgeregt die Ruine absuchten.

»Wer auch immer das Ding angemacht hat, muss schon weg sein«, stellte schließlich der Sohn vom Büll fest. Die beiden schienen sich schwer auf die Ofenbank fallen zu lassen.

»Der Kress wird Augen machen«, freute sich Willibald. »Dass wir da nicht früher drauf gekommen sind. Ein Lager so nah an der Frankenwerft. Da können wir erst mal alles verschwinden lassen, ohne dass die Schmier was mitkriegt. Ich sag dir, damit sammeln wir ordentlich Pluspunkte beim Chef.«

»Auf jeden Fall. Wir bringen ihn gleich morgen früh hierher. Er wird auch direkt den Elektroherd verscherbeln wollen. Wobei, allein das Gestein vom Ofen bringt ein hübsches Sümmchen.«

Der Sohn vom Büll nannte einen Betrag, der Willibald

ungläubig aufschreien ließ. Marie aber begann, von Kopf bis Fuß zu zittern.

Sie zitterte immer noch, als die beiden längst gegangen waren. So viel Geld! Sie liebte den Ofen, seit Matthias ihn ihr zum ersten Mal vorgeführt hatte. Doch sie hatte keine Ahnung gehabt, wie wertvoll er war. Beinahe so wertvoll wie Gold und Geschmeide.

Mit einem Mal wusste sie, was sie zu tun hatte. Sanft begann sie, über den grauen Stein zu streichen, der sie umschloss.

»Hundert Jahre«, flüsterte sie. »Vor hundert Jahren haben Ofenbauer dich gebaut. Sie zogen von Bäckerei zu Bäckerei und unterhielten sich in einer Sprache, die sie extra für ihr Handwerk erfunden hatten und die von Generation zu Generation weitergegeben wurde, so geheim war ihre Kunst. Dein Gestein kam aus den tiefsten Höhlen der Eifel, und es wurde so beschlagen, dass die zentnerschweren Platten sich lückenlos aneinanderschmiegten. Sie verwandten kein einziges Tröpfchen Mörtel. Hundert Jahre lang hast du den Broten eine unvergleichliche Krume geschenkt, hast Menschen satt gemacht und den Bäckerfamilien, die dich ihr Eigen nennen durften, ein Auskommen beschert. Matthias war so stolz auf dich. Und Anna, Karl und mich hast du vor dem sicheren Tod bewahrt, als wir in den Bombennächten in dir Schutz suchten.«

Marie hielt inne. Ihr war vollkommen bewusst, dass sie mit einem Ofen sprach, doch sie fand nichts dabei.

»Niemals wäre ich auf die Idee gekommen, dich abbauen und abtransportieren zu lassen. Aber nun werde ich mit dem, was ich für dich bekomme, das Leben meiner Kinder retten.«

Sie legte ihre Wange auf das von Abertausenden Broten glatt geschliffene Gestein. Und ihr war, als gebe der Ofen ihr sein Einverständnis.

Als Marie aus dem Ofen herauskroch, war sie über und über mit Staub und Spinnweben bedeckt. Sie schüttelte sich, und obwohl sie immer noch vollkommen schmutzig war, fühlte sie sich wie neugeboren. Sie wusste, dass ihre Entscheidung richtig war.

Mit einem Mal spürte sie, wie die Kraft und die Freude, die sie beim Lesen des Telegramms empfunden hatte, in sie zurückströmten. Sie war keine elendig vor sich hin vegetierende Flüchtlingsfrau mehr, mit zwei sterbenden Kindern. Sie war Marie Odenthal, Bäckerin vom Buttermarkt! Und die gab nicht auf, niemals.

Trotzig strich sie sich eine von Spinnweben verklebte Haarsträhne aus der Stirn. Sie würde auch mit Willibald und dem Sohn vom Büll fertigwerden und wenn nötig sogar mit diesem Kress, von dem sie gesprochen hatten. Sie hatte sogar schon eine Idee. Ihre Bäckerei ein Umschlagplatz für Schmuggelware von der Frankenwerft? Das würde sie zu verhindern wissen!

Gedankenvoll betrachtete Marie den immer noch glühenden Juno-Herd. Wenn irgendwie möglich, dachte sie bei sich, behalte ich ihn. Wir fangen klein an und backen erst einmal nur so viel, wie in seine Röhre passt. Und dann sehen wir weiter.

Ein letztes Mal noch setzte Marie sich auf die Ofenbank.

Vor ihrem inneren Auge sah sie die Bäckerei wiederauferstehen. Es würde schwer werden, es würde ihnen viel abverlangen. Eine Bäckerei ohne richtigen Ofen! Doch sie würden es schaffen. Und sie würden leben.

Als sie sich von der Ofenbank erhob, spürte sie eine Wehmut, als müsste sie sich von einem geliebten Menschen verabschieden.

»Danke«, flüsterte sie. »Danke für alles!« Sie streichelte das alte Gewölbe. Keine Einzige der dicken, weißen Fliesen, die den Ofen einst ummantelt hatten, war noch heil. Sie waren in den Bombennächten des Krieges eine nach der anderen abgeplatzt. Der helle Stein darunter jedoch war nahezu unversehrt und so glatt, wie man ihn einst gemeißelt hatte. Nur ein einzelner, kleinerer Stein weit oben sah ein wenig anders aus, von unten war es kaum zu erkennen. Die Backofenbauer hatten dort ihr Siegel hinterlassen, Matthias hatte es Anna und ihr voller Stolz gezeigt. Die Erinnerung an diesen Moment zauberte Marie ein Lächeln ins Gesicht.

»Aber das ist ja ein Gesicht!«, hatte die Kleine ausgerufen und war mit ihrem Finger die Linien entlanggefahren.

Ach, Anna, seufzte Marie, wie gern hast du aus dem Topf voller Schokolade genascht, den Matthias hinter diesem Stein stets verborgen hielt!

Sie tastete nach den winzigen Dellen, die links und rechts in den Stein geschlagen waren und von denen nur Eingeweihte wussten, und nahm den Stein heraus. Allein aus alter Gewohnheit stellte sie sich auf die Zehenspitzen und griff in das geheime Fach. So lange schon gab es darin keine Schokolade mehr. Doch da war etwas anderes, ganz hinten in der Ecke. Marie machte sich noch ein bisschen größer, als sie eigentlich war, und zog daran. Hervor kam ein Stück Stoff, genauer gesagt ein kleiner Sack aus grünem Samt. Er war überraschend schwer, und was immer auch darin war, klimperte.

Maries Herz begann schneller zu schlagen. Sie ließ sich noch einmal auf die Ofenbank sinken, den Beutel hielt sie in ihrem Schoß. Mit bebenden Fingern öffnete sie das Band, mit dem er verschlossen war, und griff hinein. Im nächsten Augenblick wurde sie beinahe ohnmächtig.

In dem Sack waren sieben Goldmünzen.

Kapitel 39

Anna traute ihren Augen nicht, als am nächsten Tag gegen die Mittagszeit ein »echt richtiges Taxi« vor der Nissenhütte hielt, wie Karl begeistert feststellte. Der schwarze VW-Käfer sorgte in der Barackensiedlung für so viel Aufsehen, dass Dutzende Kinder ihn im Nu lärmend umringten und der Fahrer, ein rundlicher Mann mit glänzender Schirmmütze, seine liebe Not hatte, sie fernzuhalten. Als Anna sah, wer aus dem Auto stieg, mit einer solchen Selbstverständlichkeit, als wäre sie es gewöhnt, sich herumkutschieren zu lassen, glaubte sie erst recht zu träumen. Es war nämlich Marie, und sie strahlte übers ganze Gesicht. Marie war am Abend zuvor erst spät nach Hause gekommen und am frühen Morgen schon wieder weggegangen, und sie hatte seltsam geheimniskrämerisch getan. Nun kam sie beschwingten Schrittes in die Hütte geeilt.

»Kommt, Kinder! Wir fahren nach Hause!«

»Jetzt sofort?«, stammelte Karl, und Anna, die eigentlich auch etwas sagen wollte, stellte zu ihrer Verwunderung fest, dass aus ihrem Mund einfach nichts herauskam.

»Aber ja doch«, rief Marie und lächelte so sehr, als wollte

sie all die Wochen und Monate, in denen sie kein einziges Mal gelächelt hatte, wieder wettmachen.

In Windeseile stopfte sie ihre wenigen Habseligkeiten in den Sack, den Anna vom Haus des Büll hierhergeschleppt hatte, und trug ihn nach draußen. Sie reichte ihn dem verblüfften Fahrer, als handele es sich um ein edles Gepäckstück.

»Bitte schön!«

Der Mann zögerte einen Moment, dann öffnete er vorn am Auto die Motorhaube, die gar keine Motorhaube war, denn darunter befand sich der Kofferraum, und verstaute den Sack.

Da war Marie schon wieder hineingerannt und hob Karl hoch, auf seinen Wangen glänzten grellrote Kreise.

»Anna, schaffst du es allein?«

»Ja klar!«

Anna hatte wie versteinert im Bett gesessen. War das alles wirklich Realität? Nun schüttelte sie sich, als müsse sie all die Ängste und Sorgen, die sie an diesem unwirtlichen Ort gequält hatten, von sich abwerfen, und griff nach den Armeestiefeln, die Willibald gebracht hatte. Sie waren so nagelneu, das Leder knarzte noch. Und sie passten wie angegossen.

Als sie versuchte, aufzustehen, zuckten schwarze Schatten vor ihren Augen. Wann hatte sie die Hütte das letzte Mal verlassen? An dem Tag, an dem Willibald ihr Pfefferminzpastillen als Penicillin angedreht und sie gezwungen hatte, in aufgeschnittenen Schuhen nach Hause zu laufen. Seither war sie gefangen gewesen in einem Albtraum aus Fieberschüben und Angstvisionen. Anna spürte, wie eine heiße Wut in ihr aufstieg. Sie warf sich ihren schiefen Mantel über und schritt, ohne einen Blick zurückzuwerfen, ein letztes Mal durch die Hütte. Draußen atmete sie tief die kalte Luft ein.

Sie fuhren nach Hause, endlich.

»Dass eins der Kinder krank ist, haben Sie mir nicht gesagt«, maulte der Fahrer, als er Karl erblickte. »Den Kleenen nehm ich nicht mit!«

»Selbstverständlich tun Sie das«, gab Marie zurück. »Sie fahren, ich zahle. Punkt, aus.«

Anna glaubte nicht richtig zu hören. War das die Marie, die wochenlang beim Büll ausgeharrt hatte? Nein, entschied sie, das war die Marie, die für ihre Kinder kämpfte und die sie von ganzem Herzen liebte.

Sie setzten sich alle drei auf die Rückbank, Karl nahmen sie in ihre Mitte.

»Wie sollen wir das bezahlen?«, raunte Anna, doch Marie schüttelte nur den Kopf.

»Wir wurden rausgeschmissen wie Verbrecher«, zischte sie leise. »Abtransportiert auf einem Pritschenwagen für Mehlsäcke. Jetzt kommen wir zurück, wie es sich für eine Bäckerfamilie gehört. Und wie sollte Karl den Weg sonst schaffen?«

Anna nickte zögernd. Trotzdem kam ihr dieses ganze Unterfangen vollkommen verrückt vor. Meine Güte, sie fuhren in einem echten Auto!

Das Gefährt gab ein machtvolles Schnurren von sich,

und nach kurzer Zeit war es so warm darin, dass die Scheiben beschlugen. Leicht benommen lehnte Anna sich zurück. Wie schön sich diese verschwenderische Hitze anfühlte! Und wie schnell sie unterwegs waren! Sie konnte sich gar nicht entscheiden, ob sie lieber aus dem Fenster sehen wollte, an dem die Welt im Sauseschritt vorbeizog, oder den Fahrer beobachten, der lauter mysteriöse Dinge tat. Er lenkte nicht nur, er drückte auch mit seinen Füßen auf etwas herum, und gleichzeitig rüttelte er immer wieder an einer runden Kugel, die an einem Stab zwischen den Vordersitzen steckte. So gerne würde sie ihn fragen, wie das alles funktionierte! Doch in dem kleinen Spiegel über seinem Kopf sah sie, dass er immer wieder ziemlich grimmig zu ihnen nach hinten schaute. Da ließ sie es. Aber eines Tages, beschloss sie, werde ich auch Auto fahren!

Obwohl so viele Straßen voller Löcher und Schutt waren und sie deshalb einen Umweg nach dem nächsten nehmen mussten, hatten sie ihr Ziel nach nicht einmal einer Stunde beinahe erreicht. Zu Fuß, rechnete Anna, wären sie wohl mehr als einen halben Tag unterwegs gewesen.

In die Altstadt schien das Leben zurückzukehren. An zahlreichen Häusern wurde gearbeitet, und auch dort, wo weiter nur Ruinen standen, schlugen Frauen Ziegelsteine aus Trümmerresten heraus und rutschten Kinder verdrehte Stahlträger hinab. Die Menschen kehrten zurück in ihr Martinsviertel.

Ausgerechnet im Buttermarkt herrschte an diesem Vormittag ein solches Gedränge, dass der Fahrer fluchend halten musste. Die kleine Straße war voller Menschen, viele von ihnen trugen Uniform. Es waren Polizisten. Und sie alle umkesselten eine Ruine, ihr Zuhause.

»Oh nein!«, schrie Marie und drückte Annas und Karls Kopf mit aller Macht nach unten. »Duckt euch!«

Anna wusste kaum, wie ihr geschah, als in der engen Gasse ein Geräusch erklang, so vertraut, so schrecklich. Seit Kriegsende hatte sie es nicht mehr gehört, aber sie erkannte es sofort. Ein Schuss fiel. Und noch einer und noch einer. Jemand schrie, und dann war es totenstill. Anna wollte sich aufrichten, doch Marie zwang ihren Kopf unnachgiebig nach unten. »Nicht bewegen!«, zischte sie.

Weitere Minuten vergingen, Anna kamen sie vor wie Stunden. Was ging da vor sich? Endlich wurden Stimmen laut, eine Trillerpfeife ertönte. Der Druck von Maries Hand ließ nach, Anna hob ihren Kopf, Stück für Stück, und als sie einen Blick aus dem Fenster erhaschen konnte, sah sie, wie aus einem Kordon von Polizisten zwei Menschen abgeführt wurden. Der Erste war ein mittelalter Mann, der so vornehm gekleidet war, dass er Anna vorkam wie ein Filmstar. Seine Hose und sein Jackett schienen aus feinstem Tuch, er trug eine matt schimmernde Krawatte und auf Hochglanz polierte Lederschuhe. Sein Haar war ordentlich zurückgekämmt und voller Brillantine, sein Gesicht jedoch war verzogen zu einer wütenden Fratze. Unwillkürlich duckte Anna sich wieder. Doch als sie aus den Augenwinkeln sah, wer der andere Verhaftete war, schnellte sie hoch und staunte mit offenem Mund. Es war niemand anders als der Sohn vom Büll! Er trug wie der vornehme Mann Handschellen, und auch sein Gesicht war zu einer Fratze verzerrt. Es war jedoch keine Wut, die Anna in seinem Antlitz erblickte, sondern nackte Angst.

Anna fasste sich an ihr Herz. Was hatte das alles zu bedeuten? Da teilte sich die Menschenmenge erneut, und Sanitäter trugen eine einfache Trage heraus. Neben der Trage liefen zwei Polizisten und ließen den darauf Liegenden nicht aus dem Blick, als würde es sich um einen Schwerverbrecher handeln. Der Verletzte war jedoch nur noch ein Häuflein Mensch und leichenblass, aus einem hastig angelegten Verband an seiner Schulter tropfte Blut. Die halblangen Haare klebten ihm im Gesicht, doch Anna erkannte sofort, wer es war. Willibald! Man trug ihn direkt an ihrem Wagen vorbei, seine Lider flatterten, und als Anna schon glaubte, er habe sie nicht bemerkt, riss er die Augen auf und starrte ihr voller Panik mitten ins Gesicht. Anna spürte einen eiskalten Schauer ihren Rücken hinunterlaufen. Und in diesem Moment vergab sie ihm alles.

Eine Minute später war es vorbei. Die Menschenmenge schloss sich hinter den Männern mit der Trage. Anna atmete tief aus. Willibald würde ihr so bald nichts mehr tun.

Der Fahrer fing an, vor sich hin zu schimpfen, weil er immer noch feststeckte und nicht weiterkam, doch er verstummte augenblicklich, als sich ein kleiner, dünner Mann in einem abgetragenen Anzug dem Auto näherte. Er klopfte leise gegen die Scheibe des Beifahrersitzes, und der Fahrer beeilte sich, das Fenster ein Stück aufzuschieben.

»Danke«, sagte der Mann und schaute zu Marie, als würden sie sich kennen. »Danke, dass Sie gestern Abend doch noch mit mir gesprochen haben. Ihr Tipp war Gold wert.

Dem Kress sind wir schon lange auf den Fersen. Sie können sich gar nicht vorstellen, welchen Schaden er mit seinen Autospringern angerichtet hat, ganz zu schweigen von den Opfern, die diese Verbrechensserie gefordert hat.«

»Und beinahe hätten meine Kinder dazugehört!«, sagte Marie verärgert. »Sie versicherten mir, im Morgengrauen sei alles erledigt! Und nun geraten wir mitten hinein!«

»Tut mir leid.« Der Mann erschien Anna ehrlich zerknirscht. »Sie kamen später, als wir dachten. Aber wir sind gleich fertig. Wir machen noch eine Untersuchung in der Backstube, und dann –«

»Gar nichts machen Sie!«, unterbrach Marie ihn. »Sie ziehen jetzt Ihre Leute ab, und meine Kinder können endlich nach Hause.«

Der Mann wollte etwas erwidern, doch Marie fuhr ihm sofort über den Mund.

»Gehen Sie, sonst überlege ich es mir anders und erzähle der ›Kölnischen Rundschau‹, was für Dreckskerle in Ihrem Polizeiapparat arbeiten!«

Ein Zucken ging durch den Mann, nun begann er sogar zu stammeln. »Wenn ... wenn Sie die Kollegen meinen, die Sie illegal aus Ihrem Haus geworfen haben, die sind längst suspendiert, und ich versichere Ihnen –«

»Versichern Sie mir nichts«, unterbrach Marie ihn ein letztes Mal. »Lassen Sie uns einfach in unsere Bäckerei. Jetzt.«

Der Mann nickte, trat einen Schritt zurück und gab den uniformierten Polizisten ein Zeichen, den Wagen durchzulassen.

Fassungslos starrte Anna zu Marie. Was war nur in sie gefahren?

Und dann waren sie da.

»Ich will nicht getragen werden!«, brüllte Karl, als Marie ihn aus dem Auto heben wollte, und rannte voraus. Marie lief ihm hinterher, Anna nahm den Sack. Wie leicht er war, und wie muffig er roch!

Überbleibsel eines erbärmlichen Daseins, das nun endlich vorüber war.

Seit sie ihr Zuhause verloren hatten, war Anna viele Male hier gewesen, um sich heimlich mit Joseph zu treffen. Immer war sie mehr durch den Hof geflogen als gerannt, so eilig hatte sie es, sich in Josephs Arme zu werfen. Doch als sie nun den Hof betrat, konnte sie mit einem Mal keinen Schritt mehr weitergehen. Neben dem zerbombten Klohäuschen ließ sie den Sack auf das vereiste Kopfsteinpflaster sinken und begann, von Kopf bis Fuß zu zittern. Wie sehr hatte sie diesen Moment der Heimkehr herbeigesehnt! Das Glücksgefühl, das sie durchströmte, war so gewaltig, dass es ihr beinahe die Luft nahm. Gleichzeitig spürte sie eine solche Sehnsucht nach Joseph, dass sie meinte, ihr Herz müsse zerspringen. Wie sollte sie durch die Backstubentür gehen, ohne dass er sie dahinter erwarten würde?

Sehnsuchtsvoll blickte sie in den Himmel, der heute so blau und strahlend war wie seit Wochen nicht.

»Joseph«, flüsterte sie, »wo immer du bist, bitte komm bald zurück!«

Und ihr war, als blinzelten die Eiszapfen, die dicht gedrängt unter dem zerstörten Dach hingen, ihr voller Zuversicht zu.

Aus dem Haus hörte sie Karl rufen.

»Guten Tag, Ofen!«, krähte er. »Guten Tag, Reck! Guten Tag, Gärraum! Guten Tag, Zimmer! Guten Tag, neues Bett! Guten Tag, Weihnachtsbaum!«

Ihr kleiner Bruder begrüßte sein Zuhause. Anna musste so sehr lachen, dass der Kummer keinen Platz mehr in ihrem Herzen hatte. Sie fühlte sich sogleich viel leichter, und dann stieg ein solches Hochgefühl in ihr auf, dass ihr Körper von Kopf bis Fuß zu pulsieren begann. Vorbei die Zeiten, in denen sie sich still und leise in ihr eigenes Zuhause hineinschleichen musste, immer ängstlich darauf bedacht, bloß nicht erwischt zu werden. Das schmale Haus im Buttermarkt mochte nur noch ein halbes Haus sein, aber es war wieder ihres. Anna konnte nicht anders, juchzend vor Freude hüpfte sie in die Backstube hinein.

»Wir haben es geschafft!«, rief sie ein ums andere Mal, obwohl ihr gleich wieder schwindelig wurde und ihr der kalte Schweiß ausbrach. »Wir haben unsere Bäckerei zurück!«

»So ist es, meine Große«, antwortete Marie, die auf der Ofenbank saß, und wischte sich mit einem Zipfel ihres vollkommen zerschlissenen Umhangs über die Wange. Karl wiederum kam aus der Küche geschossen und zog sich auf Maries Schoß. Er schien etwas sagen zu wollen, doch dann fing er so heftig an zu husten, dass sein kleiner Körper ganz durchgeschüttelt wurde.

Annas Freude fiel schlagartig in sich zusammen.

»Was machen wir mit Karl?«, flüsterte sie voller Angst.

»Er wird wieder gesund«, murmelte Marie, während sie ihren Sohn hochhob. »Doktor Johann müsste bald hier sein.«

»Was sagst du da?«, fragte Anna.

Doch Marie war schon mit Karl im Zimmer nebenan verschwunden.

In der kleinen Küche, die ihnen als Wohnraum gedient hatte, war das Fenster mit Pappe zugenagelt, und statt des alten Bettes mit dem hohen Kopfteil standen zwei einfache Pritschen darin.

»Mehr konnte ich auf die Schnelle nicht auftreiben«, sagte Marie und legte Karl vorsichtig auf eine der beiden. »Bald haben wir wieder richtige Betten.«

Sie hatte kaum ausgesprochen, als draußen eine Stimme zu vernehmen war.

»Hallo? Frau Odenthal? Bin ich hier richtig?«

Anna glaubte zum wievielten Mal an diesem Tag, ihren Sinnen nicht zu trauen. Im Hof stand Doktor Johann, in der Hand einen schwarzledernen Koffer.

»Wie hast du es geschafft, dass er hierherkommt?«, raunte sie Marie zu.

»Später«, antwortete Marie und eilte los, den Arzt hereinzulassen.

Karl wurde eingehend untersucht, und als er fertig war, wandte Doktor Johann sich Anna zu.

»Na, junges Fräulein, machen wir auch einmal den Mund auf?«

Anna sah fragend zu Marie, und als die ihr aufmunternd

zunickte, tat sie, wie ihr geheißen. Der Arzt leuchtete ihr mit einer kleinen Lampe in den Hals.

»Die Mandeln schwellen schon ab«, stellte er fest und steckte sich die Gummikabel in die Ohren, die mit einem silbernen Knopf verbunden waren. »Darf ich dich noch abhören?«

Als das kalte Metall ihren Rücken berührte, zuckte Anna kurz zusammen, aber dann war Doktor Johann auch schon fertig.

»Alles bestens«, stellte er zufrieden fest. »Ihre Tochter hat sich ordentlich verkühlt, aber jetzt, wo das Fieber weg ist, sollte sie schnell wieder auf die Beine kommen.«

Anna sah, wie Marie sich schon wieder verstohlen über das Gesicht wischte, und hörte, wie sie flüsterte.

»Kein Tbc?«

»Nein, um Anna brauchen Sie sich keine Sorgen zu machen.«

»Und ich?«, war ein zartes Stimmchen zu vernehmen.

»Du, junger Mann«, antwortete Doktor Johann und wandte sich erneut Karl zu, »wirst jeden Tag brav deine Medikamente nehmen. Ich habe deiner Mutter genau aufgeschrieben, wie du sie zu schlucken hast. Und zwar ohne Widerworte, hast du verstanden?«

Karl nickte ernst.

»Und dann muss ich nicht sterben?«

»Wir gehen mal nicht davon aus«, schmunzelte der Arzt und holte aus seiner Tasche einen ganzen Stapel weißer Pappschachteln hervor.

Anna verschlug es die Sprache.

»Ist, ist das –«

»Penicillin«, antwortete Doktor Johann. »Aus einer sicheren Quelle. Dieser kleine Mann hier wird leben. Und fragt mich nicht, wie ich das gemacht habe, fragt eure formidable Mutter.«

Damit wandte er sich zur Tür.

»Ich komme in ein paar Tagen wieder, dann sollte es ihm schon ein wenig besser gehen.«

Nachdem er fort war, starrte Anna abwechselnd auf Karl, auf die Tabletten und auf Marie, die ganz rote Wangen bekommen hatte.

»Wie?«, flüsterte Anna. »Wie hast du das geschafft?«

»Ich erzähle es dir später, meine Große«, lächelte Marie und machte eine vielsagende Geste Richtung Karl, der interessiert die Ohren spitzte. »Jetzt mache ich euch schnell etwas zu essen, denn gleich kommen die Handwerker, setzen ein neues Fenster ein und montieren ein vernünftiges Ofenrohr, das alte ist ja voller Löcher, und der Elektroherd heizt nur sehr unzureichend. Und dann reparieren sie hoffentlich auch direkt das Dach, damit es nicht mehr in die Backstube regnet.«

Während sie sprach, waren ihre Wangen immer röter geworden, und ihre Augen blitzten. Anna hörte mit offenem Mund zu und kam aus dem Staunen nicht mehr heraus.

»Marie, was hast du vor?«, japste sie.

»Ganz einfach, meine Große: Ich will so schnell wie möglich die Bäckerei wiedereröffnen!«

Das Fenster war aus echtem Glas, das Ofenrohr glänzte wie

neu, und in der Backstube roch es bald nach frischer Farbe, denn die Arbeiter hatten die geflickte Decke auch gleich gestrichen.

Außerdem hatte Marie eine Suppe gekocht, in der viel frisches Gemüse und sogar ein Stückchen Fleisch war. Als am Abend Karl endlich eingeschlafen war und Marie zu ihr auf die Ofenbank kam, meinte Anna, die Neugierde keinen Moment länger aushalten zu können.

»Nun sag mir, wo hast du das Geld her für all das?«, bedrängte sie Marie, und Marie atmete einmal tief aus.

»Versprich mir nur eins«, bat sie, »verurteile mich nicht.«

»Warum sollte ich dich verurteilen?«

»Weil ich etwas genommen habe, was mir nicht gehört.«

Anna zögerte, aber nur kurz.

»Mach ich nicht. Nun erzähl endlich!«

Marie erzählte, und Anna lauschte ihr atemlos.

»Ich bin mir ziemlich sicher, dass das die sieben Goldmünzen sind, die der Büll bei sich hatte, als er verunglückte«, schloss Marie ihren Bericht. »Aber wie kommen sie in unseren Ofen?«

Anna schwieg. Sie ahnte, wer sie dort deponiert hatte.

In der Nacht lag Anna lange wach. Sie hatte eine der beiden Pritschen bekommen, Marie war so dünn geworden, dass sie sich ohne Weiteres ein Lager mit Karl teilen konnte. Seit Onkel Matthias in den Krieg ziehen musste, hatte Anna nicht mehr allein in einem Bett geschlafen. Doch das war es nicht, was sie wach hielt. Es waren auch nicht die Ereignisse dieses Tages, obwohl auch die noch wild durch ihren

Kopf wirbelten. Wie kamen die sieben Goldmünzen in ihren Ofen?

Das alte Haus ächzte, wie sie es seit Kindertagen kannte, draußen hörte sie die ersten Möwen, das Tuckern der Schiffe auf dem Rhein. Vor ihrem inneren Auge sah sie Joseph, seinen Blick, sein Lächeln. All das, was er ihr gesagt hatte, war direkt aus seinem Herzen gekommen. Das hatte sie damals gespürt, und nun, mit den vertrauten Geräuschen ihres Heimes, war sie sich umso sicherer. Joseph liebte sie.

Vor dem Fenster zeichnete sich das erste Morgenrot ab, als Anna mit einem seligen Lächeln auf den Lippen in einen tiefen Schlaf fiel.

»Anna, bist du das? Du bist es! Guten Morgen. Willkommen daheim. Nun guck doch mal. Anna, hörst du mich überhaupt? Schläfst du etwa noch? Anna!«

Ein Klopfen. Eine Stimme, die ihr bekannt war. Und ein Sonnenstrahl, der ihre Nasenspitze kitzelte.

Anna schlug die Augen auf. Und mit einem Mal war all das Glück des gestrigen Tages wieder da. Sie waren zu Hause! Ein warmes Pulsieren strömte durch ihren Körper, genüsslich rekelte sie sich auf ihrer Pritsche. Marie und Karl schienen schon auf zu sein, sie hörte sie leise in der Backstube miteinander sprechen. Doch wer schrie da so?

Vor dem Fenster stand der Briefträger. Es war derselbe, der ihnen auch früher schon die Post gebracht hatte. Und er blickte direkt bis zu ihr ins Bett. Das war der Nachteil, wenn man ein Fenster aus echtem Glas hatte, stellte Anna lachend fest: Die Menschen, die draußen in der Gasse vorbeigingen, konnten ihnen bis auf den Bauchnabel gucken.

»Guten Morgen!«, rief sie, richtete sich auf und öffnete das Fenster, die Gummidichtung roch noch ganz neu. »Wie geht es Ihnen?«

»Prächtig, liebe Anna, prächtig, und erst recht, wenn ich dich sehe! Seit wann seid ihr zurück?«

»Seit gestern«, antwortete Anna und streckte ihren Kopf hinaus. Was war denn mit dem Wind passiert? Er fühlte sich so mild an, als habe ein gigantischer Ofen ihn angewärmt.

»Schau, was ich für dich habe!« Der Briefträger begann, in seiner großen Umhängetasche zu kramen. »Ich wusste nicht, wem ich sie geben sollte, da habe ich sie für dich aufbewahrt. Eigentlich darf ich so etwas nicht, und wenn ihr nicht bald gekommen wärt, hätte ich sie zurückgeschickt. Aber ich dachte mir immer, die liebe Frau Odenthal, die kommt wieder, die gibt ihre Bäckerei nicht auf. Und nun seid ihr da! Willkommen noch einmal, junges Fräulein!«

»Danke schön!« Anna war dabei, den Wind zu erschnuppern. Er duftete nämlich nach Sonne und dem Wasser des nahen Flusses und sogar ein bisschen nach frischem Grün. Aber das konnte doch gar nicht sein, oder doch?

»Bitte schön!« Der Briefträger hatte gefunden, was er suchte. »Es sind siebzehn Stück. Ich habe ein Band drumgemacht, damit sie nicht durcheinandergeraten. Fast jeden Tag ist einer gekommen. Aus Polen!«

Anna vergaß den Wind und die Sonne und das frische Grün, sie vergaß sogar ihre gute Erziehung, denn sie riss dem freundlichen Briefträger das Päckchen Briefe einfach aus der Hand und schlug ihm das Fenster vor der Nase zu. Sie hätte in diesem Moment womöglich auch vergessen, wer sie war, hätte nicht ihr Name auf jedem Einzelnen dieser Briefe gestanden. Geschickt in einem Abstand von jeweils nur einem einzigen Tag, aus einer Stadt in Polen, deren Namen sie nie zuvor geschrieben gesehen hatte, deren Klang ihr jedoch wohlvertraut war.

Das glückliche Pulsieren, mit dem sie gerade eben erst erwacht war, war einem ekstatischen Glückstaumel gewichen. Sie schaffte es kaum, den ersten Umschlag zu öffnen, so sehr zitterten ihre Hände. Doch als es ihr endlich gelungen war, versank sie in einem Strudel seligen Entzückens.

Liebste Anna, schrieb Joseph. *Wie geht es dir? Ich bin in so großer Sorge um euch. Hoffentlich seid ihr an einem sicheren Ort.*

Ich vermisse dich, meine Liebste. Ich vermisse dich so sehr, ich kann nicht schlafen und nicht essen. In Gedanken halte ich deine Hand und küsse dein Haar. Ich sehne mich so sehr nach dir, ich wünschte, ich hätte niemals fortgehen müssen.

Seit gestern bin ich zu Hause. Es ist schrecklich, was hier geschehen ist. Alles ist zerstört, unser Haus niedergebrannt. Meine Mutter ist in einem fürchterlichen Zustand, krank und beinahe verhungert. Doch nun bin ich hier, und ich sorge für sie. So gerne würde ich auch für dich sorgen. Bitte, wenn du irgendwie kannst, sende mir ein Lebenszeichen.

Ich schicke diesen Brief in den Buttermarkt, ich weiß nicht, wohin sonst. Hoffentlich erreicht er dich.

In ewiger Liebe

Joseph

Anna ließ das dünne Papier sinken, heiße Tränen rannen

über ihr Gesicht. Sie presste den Brief an ihr Herz, und dann öffnete sie sogleich den nächsten. Siebzehn Briefe der Liebe! Sie meinte, platzen zu müssen vor Glück. Sie las und las, sie hörte Marie nach ihr rufen und stellte sich schlafend und hoffte, dass sie nicht hereinkommen würde. Und bald war auch das Rätsel, das sie in der Nacht wach gehalten hatte, gelöst.

Ich hoffe, ihr habt gefunden, was im Schokoladenfach ist, schrieb Joseph. *Ich konnte dir nicht sagen, dass ich es genommen habe, ich schämte mich zu sehr. Ich bin kein Dieb! Doch als ich sah, was er mit sich trug, musste ich an euch denken und an all das Leid, das der Krieg euch gebracht hat. Und was der Büll dir angetan hat. Bitte, nehmt die Münzen und baut eure Bäckerei wieder auf. Und so Gott will, werde ich wieder in der Backstube stehen und backen, mit dem Ofen, mehr als hundert Jahre alt.*

Anna las die Stelle einmal und noch einmal und dann ein drittes Mal. Ihr lieber, lieber Joseph. Er hatte alles nur für sie getan, genau wie sie es immer in der Tiefe ihres Herzens gewusst hatte.

»Anna, du Langschläferin!« Marie kam herein. »Magst du nicht langsam aufstehen? Karl und ich, wir haben längst gefrühstückt.«

»Gleich«, murmelte Anna, schob geschwind die Briefe unter Josephs Jacke, die sie selbstverständlich auch nachts trug, und rannte an Marie vorbei hinaus. »Ich will nur kurz Luft schnappen.«

Draußen im Hof blickte sie in den Himmel, der von einem solchen Blau war, als habe man ihn eben frisch gestrichen.

»Danke!«, flüsterte Anna in das Himmelszelt, sie hätte nicht sagen können, wem oder was sie dankte, sie musste es einfach tun. »Danke!«

Da löste sich einer der Eiszapfen, die unter dem kaputten Dach hingen, und fiel klirrend herab, ein zweiter und ein dritter flogen hinterher. Es taute. Der Winter war vorbei.

TEIL III

Mai 1947 – Januar 1948

Kapitel 40

Die Nacht hatte sich längst über das Martinsviertel gelegt, als Marie die letzte Munitionskiste an ihren Platz schob. Anna hatte sie gesäubert und elfenbeinfarben gestrichen, so wie die anderen Munitionskisten auch, acht an der Zahl. Die Amis hatten sie in einem Depot nahe der Frankenwerft zurückgelassen. Neben- und übereinandergestellt bildeten sie nun die neue Theke. Sie war selbst für Marie ziemlich niedrig, aber es würde schon gehen.

Hinter ihr schraubte Anna noch an den Brotregalen.

»Magst du nicht langsam schlafen gehen?«, fragte Marie und strich ihr zärtlich über das widerspenstige Haar.

»Ich hab's gleich«, murmelte Anna.

Marie trat einen Schritt zurück und betrachtete Annas Werk. Es war unglaublich, was das Mädchen aus ein paar alten Latten, die sie hier und dort aus dem Schutt gezogen hatten, gebastelt hatte. Die Regale hingen so akkurat übereinander, als hätte sie ein Schreinermeister gefertigt.

Was hatten sie nicht alles geschafft in den letzten beiden Monaten! Der Fußboden ihres kleinen Ladens schimmerte in sanftem Hellblau. Die Fliesen, die ihn bedeckten, stammten aus einem zerstörten Schwimmbad. Ganz bis in die Ecke hatten sie nicht gereicht, aber da stand sowieso das kleine Bänkchen, das dort früher schon gestanden hatte für erschöpfte Kundinnen. Eine Nachbarin hatte es sich im Wirrwarr der Bombennächte geborgt, wie sie es nannte, und nun zurückgebracht.

Am stolzesten jedoch war Marie auf ihre neue Ladentür. Die alte mit den hübschen Bleiglasfenstern war unwiederbringlich verloren, doch die neue hatte auch bunte Glaseinsätze. Sie war sehr hoch, und draußen in der engen Gasse funkelte ihr riesiger Messingknauf mit dem Mondlicht um die Wette. Marie und Anna hatten sie in einer zerbombten Kirche im Rechtsrheinischen gefunden und sie auf einem alten Karren beinahe einen ganzen Tag lang zu Fuß nach Hause transportiert. Marie hatte kurz überlegt, ob sie wirklich eine Kirchentür in ihrem Haus haben wollte, und dann entschieden, dass die Kirche ruhig auch etwas beitragen konnte zu ihrem Wiederaufbau.

Nun bescherte die Tür ihrer kleinen Bäckerei ein prachtvolles Entree.

Die sieben Goldmünzen waren beinahe aufgebraucht. Den größten Teil hatte Marie für Karls Medizin ausgegeben, den Rest für Baumaterial und Handwerker. Es war schwierig gewesen, alles zu organisieren, und Marie hatte allzu oft noch etwas drauflegen müssen, damit es überhaupt weiterging. Und dann wollten die Arbeiter, die Schützengräben und Gefangenenlager überlebt hatten, sich von einer Frau nichts sagen lassen, erst recht nicht von einer so kleinen mit blonden Locken. Ohne Anna, die den Männern gegenübertrat, als sei sie ihresgleichen, und der jede Schlamperei, und sei sie noch so klein, sofort auffiel, wäre Marie verloren gewesen.

Jetzt musste das Mädchen aber endlich ins Bett.

»Und du?«, fragte Anna.

»Ich gehe auch gleich«, log Marie. Sie würde in dieser Nacht keine Sekunde schlafen, aber das brauchte Anna nicht zu wissen.

Anna schlich in die Küche, in der nach wie vor ihre Pritschen standen, Marie folgte ihr. Im Halbdunkel beugte sie sich über Karl. Er war schon vor Stunden todmüde ins Bett gefallen, nachdem er den ganzen Tag mit den anderen Kindern im Buttermarkt Hüpfekästchen gespielt hatte. Nun schlief er mit einem kleinen Lächeln auf den Lippen, sein Atem ging tief und gleichmäßig. Marie tat, was sie immer tat, wenn sie ihren Sohn anschaute, Tag für Tag, Hunderte Male: Sie dankte dem Schicksal. Karl würde noch eine Weile die Medikamente brauchen, die Doktor Johann für ihn besorgt hatte. Doch dann, so hatte der Arzt es Marie versichert, wäre er wieder ganz gesund.

Marie strich ihren Kindern ein letztes Mal über die Köpfe, zog leise die Küchentür hinter sich zu und setzte sich in der Backstube auf die Ofenbank. Ihr war danach, einmal tief durchzuatmen.

Das kleine Haus im Buttermarkt war immer noch schwer beschädigt. Sie hatten kein richtiges Schlafzimmer, und dort, wo einmal der erste Stock gewesen war, regnete es weiterhin herein. Sie hatten auch kein Bad, doch das Klohäuschen im Hof war einigermaßen instand gesetzt. Sie hausten in einem Provisorium, und das würde wahrscheinlich auch noch lange so bleiben.

Doch sie hatten wieder einen Laden und eine Backstube. Und morgen würden sie eröffnen.

Sie hatten es tatsächlich geschafft. Doch für Marie fühlte es sich so unwirklich an, als schaue sie sich selbst in einem Theaterstück zu. Der Moment war zu groß, um ihn zu fühlen.

Und Zeit, innezuhalten, war eh keine. Marie bückte sich und holte ein wenig Feuerholz unter der Ofenbank hervor. Dann öffnete sie die Feuerungsklappen des Ofens, legte das dünne Holz auf die Roste links und rechts der Ofentür und entzündete es. Sofort begannen zwei muntere Feuer zu brennen, ganz genau so, wie es sein sollte. Marie hatte den Ofen nie zuvor hochgefahren. Doch sie hatte Hunderte Male Matthias dabei zugesehen, und nach all den Nächten, in denen der Ofen sie und die Kinder in seinem Bauch vor Bomben und Gewalt geschützt hatte, war er ihr so vertraut wie ein alter Freund.

Nun begann der schwerste Teil der Arbeit. Die Briketts mussten aus dem Hof hereingeschleppt werden. Marie arbeitete zügig und mit Bedacht, wenn sie sich nun schon zu sehr verausgabte, würde sie nicht durchhalten. Sie hätte einen der Arbeiter bitten können, die bis zum Nachmittag damit beschäftigt gewesen waren, die poröse Außenmauer abzustützen. Doch sie wollte es selbst tun. Es war der letzte Akt, mit dem sie ihr Haus, ihre Bäckerei wieder in Besitz nahm. Sie würde den Ofen anfeuern, wie es Generationen von Bäckern vor ihr getan hatten.

Das Holz war rot glühend in sich zusammengefallen, vorsichtig schichtete Marie die ersten Briketts darauf. Für einen Moment schien es, als bekäme die Glut zu wenig Luft. Da zog sie an den eisernen Zügen, und das Feuer loderte so herrlich auf, dass es eine Lust war, ihm zuzusehen. In genau diesem Moment begann Marie, etwas zu spüren. Eine Freude, die prickelnd in ihren Fußsohlen begann und bis in ihre Haarspitzen strömte. Der Ofen, mehr als hundert Jahre alt, war wieder in Betrieb.

Schnell zog Marie ihre staubigen Anziehsachen aus und wusch sich im Hof. Der Mond schien freundlich zu ihr herab, kurz erlaubte sie sich einen Blick zum Polarstern. Ob Matthias ihn auch sah? Ob er an sie dachte?

Immer noch kamen Kriegsheimkehrer aus Russland. Zerlumpte, abgemagerte Männer, manche wurden auf Pferdefuhrwerken gefahren, weil ihre Füße erfroren waren und sie kaum noch gehen konnten. Jedes Mal, wenn Marie einen von ihnen erblickte, rannte sie los und zeigte ein Foto von Matthias. Doch sie erntete nur Achselzucken und mitleidige Blicke.

Karl aber nahm ihr das Bild immer wieder aus der Hand und betrachtete es, als präge er sich jedes Detail ein.

»Wenn Papa nach Hause kommt«, erklärte er stets, »werden wir uns gleich an unseren roten Haaren erkennen.«

Tief in ihrem Herzen glaubte Marie zu wissen, dass Matthias noch lebte. Und genau wie Karl würde sie niemals die Hoffnung aufgeben, dass er eines Tages zu ihnen zurückkam.

»Mein Liebster«, flüsterte sie und schaute noch einmal

hinauf zum Polarstern. »Wir machen es, wie du gesagt hast. Wir bewahren die Bäckerei und versorgen die Menschen mit Brot. Anna, Karl und ich, wir schaffen das. Und heute Nacht fangen wir neu an.«

Lächelnd schlüpfte sie in ihre Bäckerhose aus weichem Karostoff und in ihre weiße Jacke, es war alte Kleidung von Matthias, die sie im Schutt gefunden und die Agnes für sie umgenäht hatte. Marie strich sich die Haare aus dem Gesicht und band sie zu einem einfachen Zopf. Und dann ging sie zurück in die Backstube und begann zu backen.

Es war fast unmöglich gewesen, an gute Zutaten zu kommen. Aber eben nur fast. Marie hatte sich geschworen, niemals wieder minderwertige Ware herzustellen. Und so hatte sie die Lieferanten so lange bezirzt, bis sie ihr brachten, was sie verlangte. Das Mehl war von allerfeinster Qualität, das Fett vollkommen rein, die Hefe duftete. Und so gelang Marie in dieser Nacht alles auf Anhieb. Der Teig ging, wie er sollte, er ließ sich herrlich kneten. Bald plusterten sich die feuchten Laibe in der Wärme des Gärraums auf. Und als der Ofen die größte Hitze erreicht hatte, schob Marie die ersten vierzig Graubrote in den Backraum, eins so ebenmäßig wie das andere.

Sie buk in dieser Nacht hundertsechzig Brote und feuerte dreimal nach. Als die Hitze des Ofens abnahm, schob sie die Brötchen hinein, jedes Einzelne hatte sie sorgfältig von Hand geformt. Und als auch die Brötchen fertig waren, holte sie die Bleche mit dem vorbereiteten Zuckerplätzchenteig. Er kam bei Weitem nicht heran an die Kuchen, die Matthias einst gebacken hatte, doch Marie fand, dass es in ihrer Bäckerei vom ersten Tag an auch wieder Süßes geben musste.

Sie war schon dabei, die noch warmen Brote in den Laden zu tragen, als ein leises Klopfen sie innehalten ließ.

»Agnes«, rief sie überrascht, als sie öffnete. »Du bist viel zu früh!«

»Wohl eher zu spät«, lachte ihre Freundin und nahm ihr sogleich den Korb voller Brote ab. »Meine Liebe, lass mich dir helfen!«

Zu zweit hatten sie die Regale bald gefüllt. Was nicht hineinpasste, blieb vorerst in der Backstube. Marie stellte die Lade mit Wechselgeld und Fächern für die Lebensmittelmarken in eine der umfunktionierten Munitionskisten. Agnes wischte ihr sanft ein wenig Mehl aus dem Gesicht.

»Na, aufgeregt?«

»Meinst du, sie haben uns nicht längst vergessen?«, fragte Marie mit einem Mal bang. »Wer kommt denn schon in eine Bäckerei, die seit fünf Jahren geschlossen ist?«

»Das werden wir sehen«, erwiderte Agnes und zwinkerte.

Um halb sechs in der Früh standen Anna und Karl in der Backstube. Die Kinder hatten ganz glänzende Augen und waren so aufgedreht, dass sie die Brötchen, die Marie ihnen gab, nicht herunterbekamen.

Um Viertel vor sechs gingen sie alle gemeinsam nach vorn in den Laden. Der Duft der frisch gebackenen Brote war überwältigend. Marie sah Anna schnuppern, als könne sie gar nicht genug davon bekommen, und Karl tat es ihr gleich. Agnes hatte gar Tränen in den Augen.

»Kommt«, sagte Marie leise, »lasst uns uns einen Moment an den Händen halten.«

Und so standen sie im Kreis und sahen einander an, und in den Gesichtern ihrer Lieben sah Marie so viel Stolz und Glückseligkeit, dass sie gleich ein wenig größer wurde. So fühlte es sich also an, wenn Träume in Erfüllung gingen.

»Jetzt aber alle auf ihre Plätze!«, kommandierte Agnes, die ihre Rührung kaum noch verbergen konnte. »Anna, stell dich zu mir hinter die Theke. Du, Karl, kannst auf die Bank. Und du, Marie, solltest nun wirklich einmal aufschließen!«

»In der Bäckerhose?«, rief Marie erschrocken. »Ich habe vollkommen vergessen, mich umzuziehen!«

»Du bist genau richtig, Mama«, antwortete Anna und sprach dieses eine Wort so leichthin aus, als habe sie es schon Millionen Mal gesagt. »Du bist schließlich die Bäckerin vom Buttermarkt!«

Nun fühlte auch Marie die Tränen aufsteigen, und so kam es, dass sie, als sie an diesem Maimorgen im Jahr 1947 zum allerersten Mal wieder ihre Bäckerei öffnete, erst einmal blinzeln musste, um zu sehen, was draußen im Gange war. Womöglich, sagte sie sich später, lag es auch daran, dass gerade die Sonne aufging und all die Menschen, die vor der Tür standen, im Gegenlicht verschwammen. Als sie jedoch endlich klar sehen konnte, musste sie sich an der schönen hohen Tür festhalten, um nicht hinterrücks umzufallen. Denn die Schlange vor ihrer kleinen Bäckerei zog sich so lang, dass ihr Ende nicht zu sehen war.

Kapitel 41

Die Nachricht, dass die Bäckerei im Buttermarkt wieder geöffnet hatte, verbreitete sich wie ein Lauffeuer. Tag für Tag drückten die Kunden sich gegenseitig den glänzenden Messingknauf der alten Kirchentür in die Hand, die Schlange in der schmalen Gasse schien niemals kürzer zu werden. Und obwohl die Menschen im Martinsviertel kaum etwas hatten, brachten viele Blumen aus ihren Hinterhöfen und selbst gemachte Geschenke.

»Jetzt, wo Sie wieder da sind«, sagte eine junge Frau, die schon als Mädchen mit ihrer Mutter bei Marie eingekauft hatte, »kann das Leben weitergehen.«

Marie fühlte sich wie im Rausch. Sie arbeitete Tag und Nacht, sie schlief nur kurz, nachdem sie den Laden abends abgeschlossen hatte und bevor sie den Ofen in der Nacht wieder anheizte. Doch sie spürte keine Müdigkeit, keinen Hunger, keinen Durst. Alles, was sie wahrnahm, war die Freude der Menschen, die in ihre kleine Bäckerei strömten. In ihren Gesichtern sah sie die Spuren der Nöte, die sie ausgestanden hatten. Und sie sah ihre Hoffnung, dass es nun aufwärtsgehen würde. Die kleine Bäckerin, die es geschafft hatte, ihr Geschäft wiederzueröffnen, schien ihnen allen neuen Mut zu schenken.

Wenn Anna nicht in der Schule war, ging sie ihr zur Hand. Zunächst säuberte sie nur den Ofen und fegte abends den Laden, doch bald merkte Marie, dass ihre Tochter viel mehr konnte. Der erste Teig, den Anna ansetzte, ging so gut auf, dass er zwei Stunden später beinahe aus dem Bottich quoll. Die Brote, die sie formte, waren noch ebenmäßiger als die von Marie. Und die Züge des Ofens bediente sie mit einem solchen Geschick, dass ihr die knusprigsten Brötchen gelangen.

»Meine kleine Bäckerin!«, rief Marie bewundernd, als Anna ihre ersten Schwarzbrote aus dem Ofen zog, ein jedes hatte eine perfekte Krume. »Du hast es im Blut!«

Und zu Maries Entzücken bekam Anna ganz rote Ohren.

An einem warmen Tag, an dem die Sonne so hell schien, als sei es schon Sommer, schleppte sich gegen Mittag eine sehr voluminöse Frau in den Laden, die sich anscheinend kaum noch auf den Beinen halten konnte. Marie rannte ihr sofort entgegen, reichte ihr einen Arm und bugsierte sie zu der niedrigen Bank.

»Bitte, setzen Sie sich. Was kann ich Ihnen bringen?«

»Vielleicht ein Brot?«, entgegnete die Frau. »Vor allem aber wollte ich unbedingt einmal gucken kommen.«

Da erst erkannte Marie, dass es Annas hochschwangere Lehrerin war.

»Fräulein Stüssgen!«, rief Marie erfreut. »Wie geht es Ihnen? Ist es nicht bald so weit?«

»Vorletzte Woche«, lächelte die Lehrerin ein wenig gequält. »Übrigens heiße ich jetzt Taylor.«

»Herzlichen Glückwunsch! Wie wundervoll! Aber Sie sollten nicht mehr herumlaufen –«

»Nur bis zu Ihnen, liebe Frau Odenthal, ich war einfach zu neugierig.«

»Liebes Fräulein –«, begann Marie und verbesserte sich sofort. »Liebe Frau Taylor! Ich kann Ihnen gar nicht genug danken. Wenn Sie nicht gewesen wären ... Schauen Sie, was wir geschafft haben, mit Ihrer Hilfe. Wir haben unsere Bäckerei zurück.«

»Das sehe ich.« Die Lehrerin sah sich wohlwollend um, dann wies sie auf den Platz neben sich. »Haben Sie einen Moment Zeit?«

»Selbstverständlich«, murmelte Marie. Die Kunden standen schon wieder Schlange, aber wenn die Lehrerin ihr etwas Wichtiges zu sagen hatte, mussten sie eben einen Augenblick warten.

Als der Sommer begann, konnte Marie Agnes, die ihr bislang aus reiner Freundschaft geholfen hatte, ein kleines Gehalt zahlen. Im Herbst hatte die Bäckerei bereits so viel eingebracht, dass Marie beschloss, das Schlafzimmer unten neben der Küche und das erste Stockwerk wieder aufzubauen. Angeblich würde es bald eine neue Währung geben, aber noch verlor das Geld schneller an Wert, als Marie es zur Bank bringen konnte. Und von den Arbeitern, die mit dem Neubau der Deutzer Brücke beschäftigt waren, hieß es, dass sie sich gern nach Feierabend etwas dazuverdienten. Und genau so war es. Im Handumdrehen hatte Marie eine Truppe für ihr Vorhaben zusammengestellt.

Die Männer, die von da an in der Dämmerung zu Fuß von der riesigen Baustelle herüberkamen, waren müde, aber freundlich. Einer von ihnen, ein angehender Ingenieur von der anderen Rheinseite, der sich so das Studium finanzierte, arbeitete beinahe die Nächte durch. Er hatte offensichtlich Gefallen an Anna gefunden und nutzte jede Gelegenheit, in ihrer Nähe zu sein. Marie wunderte sich kein bisschen, denn ihre Tochter war zu einer wahren Schönheit herangewachsen. Sie überragte Marie mittlerweile um mehr als einen Kopf, war gertenschlank, und die braunen Haare, die ihr einst so widerspenstig vom Kopf abgestanden hatten, fielen ihr in sanften Wellen fast bis auf ihre Hüften hinab. Anna trug sie zwar meist zu einem einfachen Zopf gebunden, doch kaum ein Mann schien sich ihrem Zauber entziehen zu können.

Der junge Ingenieur brachte Anna Äpfel und Bonbons und einmal sogar Pralinen, doch er biss, wie Marie feststellte, auf Granit. Denn Anna fieberte Tag für Tag nur auf den Augenblick hin, in dem der Postbote erschien. Er brachte Briefe über Briefe aus Polen. Anna riss sie ihm förmlich aus der Hand und verschwand sogleich ohne ein weiteres Wort damit, doch Marie sah, wie ihre Wangen sich jedes Mal vor Freude röteten.

Marie hatte schnell heraus, wer Anna so emsig schrieb. Zugleich fragte sie sich, wann das Verhältnis zwischen Anna und Joseph so eng geworden war. Gerne hätte sie Anna so vieles gefragt, aber sie hielt sich zurück. Ihre Tochter war groß geworden in den letzten Monaten, beinahe erwachsen. Sie hatte ein Recht auf ihre Geheimnisse.

Sie selbst jedoch wollte Anna nie wieder etwas Wichtiges verschweigen. Deshalb nahm sie sie, als sie an einem Novemberabend gemeinsam mit Karl den Rohbau im ersten Stock inspizierten, beiseite.

»Schau«, raunte sie leise, damit Karl sie nicht hören konnte und sich womöglich verplapperte. »Du bekommst dein altes Zimmer, Karl das daneben. Aber dieses Zimmer und die beiden da drüben, also, ich habe mir Folgendes gedacht …«

Anna lauschte und machte große Augen, und dann legte sie ihre Hand auf ihre.

»Wunderbar, Marie«, flüsterte sie ebenso leise zurück. »So machen wir es.«

Und als der erste Stock fertig war, zog Agnes mit ihren vier Kleinen zu ihnen in den Buttermarkt. Marie hatte lange mit Engelszungen auf ihre Freundin einreden müssen, bis sie sie endlich überzeugt hatte, ihren gewalttätigen Ehemann zu verlassen.

»Und wenn er hierherkommt und uns zurückholen will?«, hatte Agnes gefragt und vor Angst ganz rote Flecken im Gesicht bekommen.

»Dann jage ich ihn mit dem Ofenschieber vom Hof, darauf kannst du dich verlassen!«, hatte Marie entgegnet, und es war ihr vollkommener Ernst gewesen. Niemals wieder würde jemand Agnes oder ihren Kindern etwas antun. Dafür würde sie sorgen.

Kurz vor Weihnachten brachte der Postbote Anna neben dem täglichen Brief aus Polen noch einen weiteren, der ebenfalls aus dem Ausland zu kommen schien. Marie sah Anna blass werden, als sie das Kuvert erblickte. Doch nachdem sie ihn geöffnet und gelesen hatte, rannte sie damit aufgeregt zu Karl. Die beiden beugten sich gemeinsam darüber und begannen zu jubeln.

Da hielt Marie ihre Zurückhaltung, die sie sich Annas Angelegenheiten gegenüber auferlegt hatte, nicht mehr aus, und sie trat vorsichtig zu ihnen.

»Ihr Lieben, darf ich fragen –«

»Aber natürlich darfst du!«, rief Anna und reichte ihr ein Foto. Darauf war ein Brautpaar zu sehen, beide schon etwas älter, umrahmt von fünf Kindern. Marie erblickte drei größere Jungen, von denen einer eine Augenklappe trug, einem anderen fehlte offensichtlich ein Arm, sowie einen sehr viel kleineren Jungen und ein pummeliges Mädchen. Die Jungen trugen alle dunkle Anzüge und weiße Rosen am Aufschlag und strahlten um die Wette. Das kleine Mädchen wiederum lachte so selig in die Kamera, dass auch Marie sogleich lächeln musste. Das Kind sah aber auch einfach zu süß aus in seinem rüschenbesetzten Kleid und mit dem Blumenkranz im Haar.

»Wer ist das?«, fragte sie.

»Das sind unsere Freunde aus der Ehrenstraße«, antwortete Anna mit Tränen in den Augen. »Schau, hier, der Große, das ist Horst, daneben stehen Hans und Günter, und die Kleinen, das sind Jürgen und Helga. Sie leben jetzt alle in Frankreich, und sie schreiben, dass es ihnen dort sehr gut geht. Und guck, Günters Vater hat die Frau, bei der er als Zwangsarbeiter untergebracht war, geheiratet.«

Staunend betrachtete Marie das Bild. Das sollten die Kinder sein, von denen Anna und Karl ihr erzählt hatten? Die ganz allein auf sich gestellt in einem Keller gehaust hatten? War nicht eines von ihnen sogar elendig gestorben an der Weißen Pest? Sie spürte, wie nun auch ihr die Tränen kamen.

»Das ist ja fast ein Weihnachtsmärchen«, flüsterte sie mit erstickter Stimme, und Karl fiel ihr sofort ins Wort.

»Das ist kein Weihnachtsmärchen!«, krähte er. »Das ist ein Weihnachtswunder!«

Heiligabend kam, und Marie verkaufte so viele Brote wie nie. Vor allem aber hatte sie Geschenke für die Kinder. Die meisten Geschäfte waren nach wie vor leer. Viele Händler horteten ihre Waren, weil sie auf das neue Geld warteten, von dem niemand wusste, wann die Besatzer es ausgeben würden. Und dennoch war es Marie gelungen, für Anna ein Paar Strumpfhosen aus echter Wolle zu besorgen und für Karl neue Stiefel. Sie waren fast so hübsch wie die, die er letztes Weihnachten bekommen hatte.

Marie dachte kaum noch an Dean, der kleine Gummiball in ihrem Bauch hatte sich schon lange in Luft aufgelöst. Und wenn ihre Gedanken doch einmal zu dem britischen Soldaten schweiften, dann hoffte sie aus tiefstem Herzen, dass er eine Frau gefunden hatte, die ihn glücklich machen würde.

Der Weihnachtsabend in der kleinen Bäckerei im Buttermarkt wurde der lauteste, den das alte Haus womöglich je erlebt hatte. Sechs Kinder tobten durch die kleine Küche, selbst Anna, die doch eigentlich schon zu alt dafür war, sang und tanzte mit den Kleinen um die Wette. Marie war todmüde, sie hatte wieder einmal die Nacht zuvor durchgearbeitet, doch sie konnte sich nicht sattsehen an dem Spektakel. Agnes' Kinder waren in der kurzen Zeit, die sie unter ihrem Dach lebten, aufgeblüht, und Agnes selbst trällerte ein Weihnachtslied nach dem anderen. Marie hatte ihr nie gesagt, was Willibald ihnen angetan hatte, und so sollte es bleiben. Er würde eh noch lange im Gefängnis sitzen. Vielleicht, hoffte Marie still, wird er danach ein besserer Mensch.

Ein vergnügtes Kreischen riss sie aus ihren Gedanken. Irgendjemand war vor lauter Gehopse gegen den kleinen Tannenbaum gefallen, an den Marie voller Sentimentalität die Strohsterne gehängt hatte, die die Kinder im letzten Jahr aus Abfall gebastelt hatten. Der Tannenbaum wankte einige Male, aber er stürzte nicht.

Marie spürte, wie ein Wohlgefühl sie durchströmte, wie sie es seit Jahr und Tag nicht erlebt hatte. Sie hatten wieder ein Dach über dem Kopf, sie hatten es warm, und sie waren sicher.

Nachdem Agnes und die Kinder sich müde gesungen hatten, ging ein jeder auf sein Zimmer. Marie jedoch konnte nicht schlafen. Der Mond schien so hell zu ihr herein, als wolle er sie hinauslocken. Und so erhob sie sich, zog sich an und wickelte sich in ihren sandfarbenen Umhang. Der Umhang war so zerschlissen, er fiel beinahe auseinander. Außerdem hatte Marie die Blutflecken aus der Zeit, in der Karl so krank gewesen war, nie richtig herausbekommen. Und doch. In dieser Weihnachtsnacht wollte sie ihn noch einmal tragen.

Ihre Füße führten sie, als wüssten sie den Weg. Wenig später stand sie am Ufer des Rheins. Der Strom floss machtvoll an ihr vorbei, das Wasser gluckerte und leckte an den Pier, kleine Schaumkronen tanzten auf den schwarzen Wellen. Wie viel milder dieser Winter war im Vergleich zum vorherigen! Aus der nahen Stadt vernahm sie Glockengeläut. Die Menschen gingen zur Christmette.

Weit im Norden sah Marie den Polarstern. Ob Matthias ihn auch anschaute? Ob er an sie dachte?

Kapitel 42

Anna lag im Bett und schnupperte.

»Riechst du das?«, fragte sie Karl, der auch diese Nacht eng an sie geschmiegt verbracht hatte. Er hatte zwar jetzt ein Zimmer für sich allein, doch er konnte einfach nicht schlafen, wenn niemand bei ihm war. Wobei das unbedingt ihr Geheimnis bleiben musste. Karl war jetzt schon fünfeinhalb und wollte nicht, dass irgendjemand ihn für ein Baby hielt. Nicht einmal Marie durfte davon wissen.

»So riecht Schwarzbrot«, fuhr Anna fort. »Der Duft von Schwarzbrot ist schwer und ein wenig sauer. Du erkennst ihn daran –«

»Still«, murmelte Karl. »Ich schlafe noch.«

»Tust du doch gar nicht«, lachte Anna und wuschelte ihm durchs Haar.

Der Kleine schien einen Moment zu überlegen.

»Stimmt«, antwortete er schließlich. »Aber ich weiß, wie Schwarzbrot riecht. Sag mir lieber, was Joseph schreibt. Ist seine Mutter noch krank?«

Anna zögerte. Nachdenklich sah sie in Karls forschende Augen. Die neue Straßenlaterne vor ihrem Fenster leuchtete durch den dünnen Vorhang hindurch direkt in sein zartes Gesicht. Ihr kleiner Bruder war der Einzige, mit dem sie über Joseph sprach. Und auch wenn er sonst ein Plappermaul war, so behielt er doch alles, was sie ihm über Joseph anvertraute, für sich. Denn Karl vermisste Joseph ebenfalls, wenn auch nicht auf die gleiche Art wie sie.

»Wenn ja«, erklärte Karl jetzt, »kann er sie ja mitbringen. Tante Agnes und ihre Kinder sind doch auch bei uns eingezogen. Und Joseph könnte endlich nach Hause.«

Anna spürte, wie ihr ganz warm wurde. Karl sprach aus, was sie fühlte. Josephs Zuhause war schon lange nicht mehr in Polen, es war hier, bei ihnen.

»Das ist eine süße Idee von dir, Karl«, sagte sie leise, um dann vorsichtig hinzuzufügen, was ihr Herz seit Josephs letztem Brief in Aufruhr versetzte. »Aber du weißt ja, Josephs Mutter war wirklich schlimm krank, sie hat sich sehr gequält. Und nun ist sie gestorben.«

»Dann kann Joseph jetzt kommen?«

»Ja«, raunte Anna. »Er hat mir geschrieben, dass er bereits unterwegs ist, sein letzter Brief kam aus Berlin.«

»Dann wird ja alles gut«, antwortete Karl, und während Anna noch über seine kindliche Logik staunte, fiel er, wie es seine Art war, augenblicklich in einen tiefen Schlaf.

Voller Gedanken streckte Anna sich noch einmal aus und presste ihre Füße gegen die warme Wand am Fußende ihres Bettes. In der Backstube direkt unter ihr bullerte der Ofen. Sie konnte das Bullern spüren, es war, als wiegte ein Riese das Zimmer mit allem, was darin war, sanft in seiner Hand. Und obwohl gerade erst der Januar begonnen hatte, war es hier drinnen schon frühmorgens herrlich warm. Was hatte Marie noch gesagt, damals, als sie beide aus dem Dienstbotenzimmer im Dachgeschoss hier herunter gezogen waren? »Niemals mehr kalte Füße!« Versonnen lächelte Anna in sich hinein. Das Versprechen von damals hatte nach all dem, was sie erlebt hatten, nichts von seinem Reiz verloren, ganz im Gegenteil.

Seit es Marie gelungen war, die Bäckerei zurückzubekommen, war so vieles in ihrem Leben wieder schön geworden.

Beinahe wie früher, aber eben auch nur beinahe. Anna vermisste Joseph nun schon so lange, dass es sie fast zerriss. Bald ein Jahr waren sie jetzt getrennt, mehr als eine Ewigkeit, wie es Anna schien. Seine Briefe hatten in all der Zeit nichts von ihrer Zärtlichkeit verloren, mehr noch, seine Verliebtheit schien von Woche zu Woche zuzunehmen. Und nun sah es danach aus, als wäre er bald wieder bei ihr. Es konnte sich nur noch um Tage handeln.

Daran, dass dann immer noch jemand fehlte, wagte sie kaum zu denken. Onkel Matthias war nun schon so lange fort, dass Anna sich nicht mehr erlaubte, auf seine Rückkehr zu hoffen.

Nebenan ging jemand ins Bad. Agnes schaffte es nie, lange liegen zu bleiben. Sobald sie Marie unten in der Backstube rumoren hörte, sprang sie auf, um ihrer Freundin zu helfen.

Auch Anna hielt es jetzt nicht mehr im Bett. Wenn sie sich beeilte, konnte sie noch vor der Schule versuchen, ein Rosinenbrot zu backen. Das Rezept und die Zutaten hatte

Egon mitgebracht, als er sie am zweiten Weihnachtstag besuchte.

Schnell schlüpfte Anna in ihre Anziehsachen. Wo war denn bloß ihr rechter Strumpf? Suchend knipste sie die kleine Lampe an, die auf einem Tischchen neben ihrem Bett stand, und erntete sofort wütenden Protest.

»Ich schlafe!«, schrie Karl. »Außerdem ist es immer noch mitten in der Nacht.«

»Ach, Karlchen«, schmunzelte Anna und drückte ihm einen leichten Kuss auf die Stirn. »So lange, wie du immer schläfst, wird aus dir nie ein Bäcker!«

»Bestimmt nicht«, murmelte Karl und drehte sich mit dem Gesicht zur Wand. »Ich werde nämlich Arzt, so wie Doktor Johann.«

Leise vor sich hin lächelnd stieg Anna die Treppe hinab. Wenn es nach ihr ginge, würde sie ab sofort nur noch in der Backstube stehen. Sie liebte es, zu backen! Doch Marie bestand darauf, dass sie weiter zur Schule ging und erst einmal die Reifeprüfung ablegte. Darauf hatte Fräulein Stüssgen sie gebracht, die jetzt anders hieß und sich kurz vor ihrer Niederkunft in den Laden geschleppt hatte. »Die Lehrerin sagt, du bist ein wahres Mathegenie«, hatte Marie begeistert ausgerufen und Annas Widerworte beiseitegewischt. »Du legst die Reifeprüfung ab und wirst danach Bäckerin, basta!«

Anna hatte murrend zugestimmt. Hauptsache, sie durfte vor und nach der Schule so viel backen, wie sie wollte.

Unten stand Marie und sandte ihr ein fröhliches Lächeln, während sie flink wie ein Wiesel einen Brötchenteig knetete.

»Guten Morgen, meine Große! Magst du dir einen Tee machen? In der Küche ist auch –«

»Gleich«, unterbrach Anna sie. »Ich muss nur erst etwas ausprobieren.«

»Das Rosinenbrot?«, fragte Marie, doch sie zwinkerte dabei so wissend, dass Anna gleich merkte, es war gar keine Frage. Sie kannten einander einfach zu gut.

Vorn im Laden hörte sie Agnes leise ein Lied summen, während sie die Regale einräumte. Gleich würde sie aufschließen.

Wir bekommen alles hin, fuhr es Anna durch den Kopf, wir drei Frauen. Selbst wenn wir allein bleiben sollten, wir bekämen es hin.

Das Rosinenbrot schien zunächst auf Anhieb zu gelingen, doch als es aus dem Ofen kam, fiel es in sich zusammen und war innen ganz matschig. Nachdenklich biss Anna sich auf die Unterlippe. Vielleicht war die Temperatur zu hoch, die Backzeit zu kurz? Sie könnte versuchen …

»Su 'ne Driss«, unterbrach Agnes ihre Gedanken. Sie kam nach hinten geeilt, um einen weiteren Korb voller Brote zu holen. »Die Kunden tragen den ganzen Matsch, der vom Hochwasser übrig geblieben ist, in den Laden. Wenn ich nicht zwischendurch schnell wische, stürzt womöglich noch jemand.«

»Das kann ich doch machen«, rief Anna und war schon losgerannt. Was für ein seltsamer Winter, überlegte sie, während sie aus dem Hof Schrubber und Eimer holte. Im letzten Jahr wären sie beinahe erfroren, monatelang war das Thermometer bei minus zwanzig Grad verharrt. Und in diesem Winter war es kaum einmal bis auf null Grad gefallen. Es war so mild, dass man beinahe meinen konnte, der Frühling stünde schon vor der Tür.

Und dann dieses Hochwasser! Innerhalb von nur drei Tagen war der Rhein nach Weihnachten über die Ufer getreten, und an Neujahr hatte er einen großen Teil der Altstadt überschwemmt. Die kleine Bäckerei im Buttermarkt war nur knapp verschont geblieben. Warum sollten wir nicht auch einmal Glück haben?, dachte Anna, während sie um die Beine der Kunden herum die hellblauen Fliesen im Laden sauber wischte.

Als sie fertig war, beschloss sie, auch gleich vor dem Haus den Bürgersteig zu schrubben. Sie schnappte sich einen großen Besen und legte los. Die enge Gasse lag so früh am Morgen noch im Dunkel, die Straßenlaternen tauchten sie in ein sanftes Licht. Der Matsch klebte auf dem uralten Kopfsteinpflaster. Dass es an vielen Stellen zersprungen war und nackter Lehm darunter hervorschaute, machte Annas Arbeit nicht leichter. Sie spürte, wie ihr der Schweiß ausbrach. Egal. Emsig und mit gesenktem Kopf schrubbte sie weiter, ganz in ihre Aufgabe vertieft.

Sie bemerkte nicht, wie die Menschen, die an diesem Morgen im Buttermarkt ihrer Wege gingen, ihre Schritte verlangsamten. Wie sie innehielten und erstarrten. Sie hörte nicht, wie sie zunächst verstummten. Wie der Erste etwas flüsterte, so leise, als traue er seinen Worten nicht. Wie der Nächste darin einfiel, ebenso ungläubig. Wie das Flüstern bald aus jedem Hausflur kam, aus jeder Nische. Wie es sich steigerte zu einem Zischen und Raunen, das die Gemäuer der uralten Häuser erbeben ließ. Sie schrak erst hoch, als ein Kind schrie.

»Papaaa!« schrie das Kind, ohrenbetäubend. »Papaaa!«

Da hob sie langsam ihren Blick. Ein paar Meter von ihr entfernt stand jemand auf dem kaputten Pflaster. Ein Paar Armeestiefel, notdürftig zusammengehalten von einem alten Draht. Darüber eine Hose, so zerschlissen, dass man ein Knie sah, voller Narben. Eine Armeejacke, vielfach geflickt. Und dann: wunderbar große Hände. Sie bewegten sich wie in Zeitlupe. Die eine Hand streckte sich nach ihr aus, die andere zog an einer abgewetzten Pelzmütze. Unter der Mütze kam ein Gesicht zum Vorschein, so gealtert und zugleich so vertraut, dass Anna glaubte, sie müsse hier und jetzt auf der Stelle ohnmächtig werden. Denn das Glück, das sie fühlte, war zu groß, um es zu ertragen.

Anna versuchte, einen Schritt zu gehen, doch ihre Beine gehorchten ihr nicht, sie stolperte über den Besen und stürzte. Und während sie zu Boden ging, wurde sie von hinten überholt.

»Papaaa!«, schrie das Kind noch einmal. Es war nicht irgendein Kind. Es war Karl, und im Rennen schmiss er das Brötchen, von dem er gerade noch abgebissen hatte, in den Rinnstein. Er rannte so schnell, seine kleinen Beine flogen beinahe über das alte Kopfsteinpflaster. Das letzte Stück schien er tatsächlich zu fliegen, denn er sprang mit einem gewaltigen Satz direkt in die Arme des Mannes. Schluchzend und lachend zugleich umschlang er ihn und drückte sein Gesicht fest an seines.

»Papa!«, kreischte er. »Endlich bist du da!«

Anna sah, wie der Mann den Kleinen anstarrte, wie er immer noch wie in Zeitlupe seine Hand hob, ihm zunächst fragend, dann zitternd und dann weinend durchs Haar strich, so rot wie seins. Da schaffte sie es endlich, sich aufzurappeln, irgendjemand stützte sie, es war Agnes, am anderen Arm hatte sie Marie, leichenblass. Zu dritt stolperten sie die wenigen Meter, die sie noch trennten, Anna kam es so vor, als bräuchten sie Stunden dafür. Und dann, endlich, waren sie bei ihm. Sie sahen sich in die Augen, und als sie einander berührten, war es, als würde der Himmel sich auftun. Seine Hände waren verschorft und rissig, aber es waren immer noch seine Hände, die Anna hielten und sie streichelten, die Marie umarmten, die Karl an sich drückten, als wolle er ihn nie wieder loslassen.

Zusammen sanken sie mitten in der Gasse auf die Knie und hielten sich, und das Grübchen in Matthias' Mundwinkel begann zu tanzen.

ENDE

NACHWORT UND DANK

Dies ist ein Roman, alle Figuren und Begebenheiten sind erfunden. Und doch wurde mir vieles von einer inneren Stimme eingeflüstert. Ich musste nur genau hinhören, mich erinnern.

Meine Eltern, meine Großeltern und Urgroßeltern mütterlicherseits – sie waren alle Bäcker. Und so wuchs ich auf mit dem Duft frisch gebackener Brötchen, mit dem Bullern des Ofens unter dem Kinderzimmer, mit der herrlich warmen Wand des Kamins direkt an meinem Bett. Auch in unserer Bäckerei gab es in der Ofenwand ein Fach, in dem ein Topf voller geschmolzener Schokolade stand, wobei es streng verboten war, da einfach die Finger hineinzustecken. Mein Vater verzierte mit der Schokolade unter anderem seine Marzipanrouladen, eine Köstlichkeit aus fluffigem Biskuit, gelber Marmelade und selbst gemachtem Marzipan. Ich liebte diese »Marzis«, wie ich sie damals nannte, so sehr, ich aß sie fast meine gesamte Kindheit hindurch zum Frühstück.

Gleichzeitig wusste ich von klein auf, was Hunger bedeutet. Meine Mutter hat den Hungerwinter 1946/47 als

Kind erlebt, ihre Erinnerungen haben sich tief in unser familiäres Gedächtnis gegraben. Mein Opa gilt bis auf den heutigen Tag als in Russland vermisst. Meine Oma baute ihre vollkommen zerstörte Bäckerei ganz allein wieder auf, Stein auf Stein.

Aus heutiger Sicht ist es kaum vorstellbar, in welcher Not die Menschen damals überleben mussten. Umso dankbarer bin ich den Zeitzeugen, die mit mir zurückgeblickt haben auf diese düsteren Jahre. Vieles konnte ich meine Mutter fragen, an anderes haben sich unsere Verwandten erinnert. Auf meiner Suche nach Zeitzeugen in Köln fand ich durch wunderbare Vermittlung den Konditormeister Franz Decker, dem ich einen besonderen Dank aussprechen möchte. Fast neunzig Jahre alt, erzählte er so detailliert aus seinem schillernden Leben, dass ich beinahe glaubte, mit ihm durch die Straßen des zerstörten Köln zu streifen.

An einem eiskalten Tag im Dezember machte ich mich auf zum Siebengebirgsmuseum in Königswinter und durfte dort das Modell und die Skizzen eines echten Königswinterer Ofens studieren. Meine Oma hatte genau so einen Ofen ihr Eigen genannt, nun verstand ich endlich, wie er funktionierte. Gleichzeitig wurde im Hof des Museums in einem etwas einfacheren, aber nach wie vor funktionstüchtigen Ofen eifrig gebacken. Ich fuhr heim mit drei noch dampfenden Graubroten, und plötzlich duftete es im Auto wie einst bei uns zu Hause.

Um ganz in die Zeit des Zweiten Weltkriegs und in die Jahre danach einzutauchen, habe ich auch viel gelesen, alte Filme geschaut, Bildbände gewälzt. Einige historische Fotos haben mich so sehr berührt, dass sie während des Schreibens plötzlich lebendig wurden. Auf den DVDs des Kölner Filmemachers Herrmann Rheindorf entdeckte ich wahre Filmschätze. Und in den packenden Erinnerungen von Heinz Monheim begegneten mir die Autospringer, die es wohl tatsächlich in Köln gegeben hat.

Während ich »Trümmermädchen« schrieb, brach Corona aus. Ich war entsetzt, festzustellen, wie viele Parallelen es zur Nachkriegszeit gab. Einige Tage lang war ich wie paralysiert. Heute bin ich dankbar, gerade in der Krise erfahren zu dürfen, worauf wir uns immer verlassen können, nämlich aufeinander.

Ich danke meinen wundervollen Agenten Regina und Peter Molden dafür, dass sie mir mit »Trümmermädchen« eine Chance gaben. Meiner verehrten Kollegin Brigitte Glaser danke ich für Lob, das mich beflügelte. Und meiner großartigen Lektorin Judith Mandt danke ich von Herzen für ihren strengen Blick und ihre präzisen Hinweise – ich kann mich kaum erinnern, wann ich das letzte Mal so gerne so viel gelernt habe.

Dieses Buch widme ich meinem Vater. Wenige Wochen, bevor ich mit dem Manuskript begann, wurde er aus unserem Leben gerissen. So ist »Trümmermädchen« in einer Zeit tiefer Trauer entstanden. Und zugleich ist es erfüllt vom Duft meiner Kindheit und vom Glück, eine Bäckerstochter zu sein.

Lilly Bernstein, Köln im Juni 2020